A PRINCESS, STOLEN

EIN KUSS AUS RACHE, BLUT UND LIEBE

MILA OLSEN

Triggerwarnung für die Reihe

Entführung.
Gewalt.
Sexueller Missbrauch.

Bitte nimm diese Triggerwarnung ernst!

Deutschsprachige Erstausgabe April 2020

Handlungen und Personen im Roman sind frei erfunden. Ähnlichkeiten mit lebenden oder verstorbenen Personen sind rein zufällig.
Uta Maier, Apfelstraße 7a, 69517 Gorxheimertal
Lektorat: Anne Paulsen
Korrektorat: Jürgen Müller
Plotredaktion, Lektorat: Anna Milo
Umschlaggestaltung: Marie-Katharina Wölk www.wolkenart.com unter Verwendung von Motiven von © shutterstock
Satz: Uta Maier
ISBN: 9798626263404
Independently published

Kapitel 1

Damals in Louisiana

»*Alle großen Dinge beginnen mit einem Kuss.*« Ich habe Grandmas Worte nie vergessen, und für mich, Willa Nevaeh Rae Hampton, damals knapp elf Jahre alt, trafen sie zu zweihundert Prozent zu.

Ich bekam meinen ersten Kuss am Tor unserer Südstaaten-Residenz Rosewood Manor, einem kolossalen säulenbewehrten Palast, umgeben von prachtvollen Gärten mit uralten Baumbeständen. Das Bemerkenswerte daran war, dass ich den Jungen, der ihn mir gab, kaum kannte.

Obwohl, das stimmt nicht ganz. Ich hatte ihn schon vorher öfter gesehen, zusammen mit einem Mann, der dieselben wilden mitternachtsschwarzen Haare besaß wie er, schulterlang und ungezähmt; wie ich es mir bei Piraten vorstellte. Und doch fand ich beide auf eine erschreckende Weise schön. Vielleicht war der Ältere sein Bruder. Oder sein Vater. Ich konnte das Alter von Erwachsenen damals nur schwer einschätzen. Jedenfalls kam der Jüngere eines Tages nur noch allein, und ich machte es mir zur Gewohnheit, bei der hinteren Einfahrt Himmel-und-Hölle zu spielen, denn dort war die Mauer, die das Land meines Vaters umgab, von hohen Schmiedezäunen und Hecken durchbrochen. Dort konnte ich ihn gut sehen.

Er und ich. Wir waren wie zwei Tiere in zwei Käfigen, die sich misstrauisch, aber neugierig beäugten. Ich hatte kaum Umgang mit Gleichaltrigen, und dieser Junge, der sogar ein wenig älter wirkte als ich, brachte mein Herz in verrückter Weise zum Klopfen. Oft sammelte er Holz oder er saß im Gras und schnitzte. Zeitweise betrachtete er mich stumm, und wenn ich ihn ebenfalls ansah und den Kopf nicht abwandte, huschte ein Lächeln über sein Gesicht. Eines von denen, die einem tagelang in der Seele nachhallen, weil sie dich unerwartet treffen.

Ich begann, meine schönsten Sommerkleider anzuziehen, wenn ich mich in den hinteren Gartenbereich stahl. Ich flocht mein Haar zu zwei ordentlichen Zöpfen, da das, wie Dad oft betonte, all meine Vorzüge zur Geltung brachte – mein herzförmiges Gesicht, das kräftige zimtbraune Haar, meine porzellanweiße Haut, die korallenroten Lippen und die rauchblauen Augen. Irgendwie schien in seinen Augen vieles an mir bunt zu sein.

Meine Vorzüge habe ich von Mom. Auch das sagte Dad immer, aber Mom war nicht mehr bei uns.

Durch ihren Tod erfuhr ich, dass nicht alles käuflich ist. Kein Geld der Welt kann Tote wieder lebendig machen, und das ist wohl eine der härtesten Lektionen, die ich je habe lernen müssen.

»Kannst du Mom den Engeln nicht wieder abkaufen, Daddy?«

»Nein, Sweetie, so funktioniert das mit dem Tod nicht.«

»Aber ich will sie zurück, Dad. Sie soll wiederkommen. Sofort, sofort, sofort!«

»Oh, Willa Rae …«

»Bitte, bitte, Daddy. Oder hast du nicht genug Geld?«

Als Mom starb, war ich sechs Jahre alt und hatte noch keine Ahnung, dass sich der Tod der Macht des Geldes entzieht. Und Dad hat Milliarden, er ist einer der reichsten Männer Amerikas, das wusste ich selbst mit meinen sechs Jahren.

Ob es dem Jungen hinter dem schmiedeeisernen Zaun bekannt war, wusste ich jedoch nicht.

Eines Tages, als ich mal wieder Himmel-und-Hölle spielte, kam er ganz nahe an die eisernen Zaunstäbe.

Ich hielt mitten im Hüpfen inne. Sah ihn direkt an. Diesmal lächelte er nicht, aber sein Blick hatte etwas Herausforderndes, als wollte er sagen: *Trau dich!*

Und ich traute mich; ich hatte drei Nannys und zwei Leibwächter, auch wenn diese nicht ständig zu sehen waren. Außerdem fuhr die Schwenk-Kamera am großen Tor hin und her. *Ich bin hier sicher. Sicher verwahrt, wie Dad sagt.* Vorsichtig näherte ich mich dem Zaun und musterte den Jungen. Seine Füße waren schmutzig. Ich trug meine brandneuen Ballerinas und hatte mir seinetwegen sogar Gänseblümchen ins Haar geflochten. *Er ist bestimmt arm.* Seine Hose war verschlissen und das Flanellhemd zu warm für den Hochsommer in den Südstaaten, noch dazu fehlten einige Knöpfe. *Er gehört ganz bestimmt zu den armen Leuten, die am Sumpf leben. Zu den Vertriebenen. Deswegen trägt er auch das Hemd. Wegen der Stechmücken dort.* Dad sprach manchmal von diesen Leuten und meistens abfällig. *Hoffentlich will er nichts stehlen!*

Mein letzter Gedanke ließ mich stehen bleiben. »Was willst du hier?«, fragte ich, ohne ihn aus den Augen zu lassen.

Zaghaft streckte er die Faust durch das Tor. »Ich hab was für dich.« Er lächelte, und zum ersten Mal sah ich seine Augen deutlich. Sie waren meergrau, lang und schmal, und sie funkelten in dem einzigen Sonnenstrahl, der durch das Blätterdach der jahrhundertealten Eichen fiel. Seine Augen erschreckten mich, so wie alles an ihm; allerdings auf eine wundervolle Weise. Etwas kitzelte in meinem Bauch. Besonders seine Augen gefielen mir, wie mir nie zuvor etwas gefallen hatte.

Seltsam aufgewühlt ging ich die letzten Meter zum Tor, auch wenn Dad immer sagte, ich solle mich von Fremden fernhalten.

»Das ist für dich«, sagte er und drückte mir etwas in die Hand. »Es ist nur wenig.« Ich spürte Trotz in seinen Worten. Trotz und einen Hauch Zorn, so als würde er mich zugleich mögen und nicht mögen. Oder als würde er nur zugeben, dass er mich mochte, wenn er es zuerst von mir hörte.

Mein Herz schlug schneller, nicht wegen seines Zorns, sondern wegen des Geschenks. Es war ein Armband zum Knoten, und es sah so robust und stabil aus, als könnte es mein ganzes Gewicht tragen, ohne zu reißen. »Es glitzert nicht«, stellte ich fest.

»Ich hab doch gesagt, es ist nur wenig.« Nun war der Unmut des Jungen offenkundig.

»Das macht nichts, also, dass es nicht glitzert … es ist nur, weil …« *Weil alles, was ich geschenkt bekomme, normalerweise funkelt und strahlt.* »Es ist schön.« Mit dem Zeigefinger fuhr ich über das raue Band. Es schien, als seien Haare darin eingeflochten. Haare und Stoffe. Stoffe, die vielleicht einmal weiß gewesen waren; jetzt waren sie jedoch grau, meergrau wie seine Augen. *Er hat es aus dem Wenigen gemacht, das er besitzt!* Das war irgendwie mehr wert, als wenn mir einer von Dads reichen Freunden ein Paar neuer Goldohrringe schenkte.

Mein Herz klopfte plötzlich noch schneller. »Danke.« Ich band die Enden um mein Handgelenk, aber es war schwierig, es mit einer Hand zuzuknoten, außerdem zitterten meine Finger.

Nachdem der Junge mich eine Weile beobachtet hatte, streckte er die Hände zwischen den Zaunstäben hindurch und half mir. Seine Fingerkuppen fühlten sich ebenso rau an wie das Band. Und schwielig, als müsste er bereits jetzt hart arbeiten. Mein Bauch kribbelte schon wieder.

»Das ist ein Geschenk. Geschenke darf man nie ablegen, hörst du?« Es klang feierlich. Es war ihm wichtig, also nickte ich und hoffte, dass sich keine Läuse in den Stoffresten eingenistet hatten.

»Das ist nett von dir!«, sagte ich etwas unbeholfen, als er still blieb.

Er betrachtete mich von oben bis unten, was mich wieder in eine süße Aufregung versetzte, der gegenüber ich vollkommen wehrlos war. Mir fielen seine Wimpern auf, sie erinnerten mich an die Federfahne von Raben, tiefschwarz, dicht und seidig. Mit einem Mal hörte ich das Rauschen der Eichen über mir, roch die Baumwollblüten der nahen Plantagen und spürte die feuchte Luft auf der Haut, während ich wartete, bis er mit der Musterung fertig war.

»Du hast geweint«, stellte er fest. »Du weinst ziemlich oft, finde ich.«

Ich schwieg, denn er hatte recht. Ich weinte wirklich oft, aber ansonsten schien alles mit mir in Ordnung zu sein.

»Willa ist ein artiges, verträumtes, hochsensibles Kind. Etwas zerstreut und ja, gewiss manchmal etwas seltsam, aber immer hilfsbereit und liebenswert. Leicht zu lenken.« Das hatte ich Dad neulich durch die geöffnete Tür zu Dr. Moore sagen hören. Dr. Moore war ein renommierter Psychiater, der mich seit Moms Tod betreute.

»Du weinst immer, wenn du aus dem weißen Dingsda in eurem Garten kommst«, fügte der Junge hinzu und verschränkte abwehrend die Arme vor der Brust, als rechnete er mit einem *»Das geht dich nichts an«*.

Aber ich wollte ihn nicht zurückweisen. »Wegen Mom«, sagte ich leise und tastete über das raue Band an meinem Handgelenk. Es fühlte sich wunderbar an, auch ohne Glitzer. »Das weiße Dingsda ist eine Gedenkstätte, die mein Dad für sie errichtet hat. Ein Ort, wo wir an sie denken und trauern können.« Das war Erwachsenensprache, die ich aufgeschnappt hatte. »Ähnlich wie ein Friedhof«, fügte ich schnell hinzu, falls er nicht verstand, was eine Gedenkstätte war.

Er nickte und löste die verschränkten Arme wieder. »Das Armband hat Zauberkräfte. Es hilft dir, mit dem Weinen aufzuhören.«

Ich betrachtete ihn, wie er da stand, einen halben Kopf größer als ich und so braungebrannt, als lebte er auf der Straße, ohne ein Dach über dem Kopf. Er hatte ein hübsches, ernstes Gesicht. Oval, mit einer geraden Nase, schmalen eindringlichen Augen und einem besonderen Mund. Der Mund war das Einzige an ihm, das nicht ganz so ernst oder zornig aussah – seine Oberlippe erinnerte mich an eine fliegende Möwe, so wie wenn Kleinkinder sie mit Strichen malen.

Mir wurde klar, dass er mich auch von anderen Plätzen aus beobachtet haben musste, wenn er mich bei der Gedenkstätte hatte weinen sehen. Sie lag geschützt mitten in unserem Garten. Vielleicht war er auf eine der hohen uralten Eichen geklettert – er wirkte so, als würde er das können.

»Du hast die weiße Frau umarmt.«

»Mom?«, fragte ich verlegen.

»Ich dachte, sie ist tot?«

»Ist sie auch. Die weiße Frau ist eine Marmor-Statue, die aussieht wie sie.«

»Und du umarmst sie?« Er zog die schnurgeraden Augenbrauen hoch und sah plötzlich älter aus.

Ich schämte mich. Manchmal tat ich verrückte, seltsame Dinge, aber ich nickte, weil ich wusste, dass man nicht lügen darf.

»Ich rede manchmal mit Lea«, sagte er jetzt.

»Lea? Ist sie … ist sie auch tot?«

»Schon länger.«

Er ist auch traurig. Ich hätte es spüren müssen, denn er strahlte diese Trauer ebenso aus wie diesen merkwürdigen Zorn, nebelartig wie einen feinen Dunst, der ihn umgab, aber ich war zu sehr mit meinen Gefühlen beschäftigt gewesen.

Vorsichtig zog ich ein Gänseblümchen aus meinen Zöpfen und reichte es ihm durch die Zaunstäbe. »Ich bin Willa Nevaeh Rae«, stellte ich mich vor und betonte das *Niväih* extra deutlich, damit er nicht nachfragen musste.

Der Junge lächelte und steckte das winzige Blümchen in seine Hemdtasche, dorthin, wo Dad oft ein Einstecktuch trug. Im nächsten Moment trat er noch einen Schritt näher und sein Gesicht berührte beinahe die Stäbe. »Ich habe noch was für dich.« Er sagte es leise, als wäre es etwas Verbotenes, das niemand außer mir hören durfte.

Gespannt machte ich einen kleinen Schritt auf ihn zu, da griff er meine geflochtenen Zöpfe, zog mich daran ganz nah an die Stäbe und küsste mich auf den Mund. Schnell, aber auch verwegen, als wüsste er, dass das nicht in Ordnung war. Danach ließ er mich los und legte den Finger auf seine fein geschwungenen Lippen. »Ich bin Nathan. Merk dir meinen Namen.«

Ich konnte nur nicken, weil sich meine Wangen anfühlten wie heiße Herdplatten und das Herz in meiner Brust wummerte, wie wenn Dad den Bass zu laut aufdrehte. Ich fürchtete, er könnte sehen, was er mit mir angestellt hatte. Ich war verwirrt, auf eine kribbelige Art glücklich, und doch auch empört, weil er mich einfach an den Zöpfen gepackt hatte. Ganz sicher war er schlecht erzogen.

Aber bevor ich ein Wort sagen konnte, drehte er sich um und verschwand hinter den mächtigen Eichen, die Rosewood Manor umgaben.

Natürlich hielt ich am nächsten Tag nach ihm Ausschau, und als ich ihn am Tor entdeckte, klopfte mein Herz bis in die Kehle. In meinem weißen Rüschenkleid mit den bunten Bändern ging ich auf ihn zu.

»Kannst du eigentlich aus deinem Käfig raus?«, fragte er mich, als wäre gestern nichts Nennenswertes passiert, als hätten wir nicht zum ersten Mal miteinander gesprochen, als hätte er mich nicht geküsst.

Ich schüttelte betrübt den Kopf. »Nein. Dad erlaubt es nicht.«

Der Junge lächelte wieder dieses feine, kaum wahrnehmbare Lächeln, das mich komplett verwirrte. »Und wenn er es nicht mitbekommt?«

»Ich darf nicht.«

Nathan trat einen Schritt vor. Er trug dieselben Kleider wie am Tag zuvor, etwas, das für mich nie infrage käme. Außerdem war er immer noch barfuß. »Da hinten in eurer Hecke gibt es eine Stelle, die so aussieht, als könnte man durchschlüpfen. Komm!«

Ich wusste nicht, warum ich parallel zu ihm an dem Schmiedezaun entlang zu der mannshohen Hecke lief. Vielleicht, weil mir diese Stelle noch nie aufgefallen war, ihm aber schon. Und er wohnte ja nicht mal hier. Als ich zu den akkurat in Form gestutzten Sträuchern kam, flüsterte er irgendwann hinter dem Grün: »Hier.«

Ich entdeckte ein paar kahle Äste in Bodennähe. Etwas in meinem Bauch flatterte wie ein Vögelchen, das fliegen lernt. Tatsächlich: Wenn ich mich klein machen würde, könnte ich auf die andere Seite gelangen.

Aber ich konnte da unmöglich durchkrabbeln! »Dad flippt aus, wenn er das mitbekommt!«, flüsterte ich vor mich hin. Und woher kannte Nathan diesen Durchschlupf? Unauffällig sah ich mich nach meinen Bodyguards um, doch beide waren gerade im Haus. Wahrscheinlich dachten sie, ich wäre bei meiner Nanny Delilah. Doch Delilah hatte ich gesagt, ich wollte mit meinen Bodyguards in den Garten. Ich hatte nicht gewollt, dass sie Nathan sahen.

»Komm schon!«, hörte ich Nathan auf der anderen Seite sagen. »Hier gibts auch keine Kameras!«

Wieder sah ich über die Schulter. »Wir bleiben aber nicht lange weg, oder?« Meine Stimme klang etwas zu piepsig.

»Nein. Ich will dir nur was zeigen.«

Ich dachte an den Kuss, von dem ich mir sicher war, dass er ihn mir auch gegeben hätte, wenn ich nicht damit einverstanden gewesen wäre. »Was denn?«

»Etwas Schönes. Etwas, das mich an die Toten erinnert.«

Mir kroch eine Gänsehaut über den Rücken. Wie konnte etwas schön sein, wenn es an Tote erinnerte? Aber dann dachte ich an Mom.

»Traust du dich nicht?«

»Natürlich traue ich mich!« Ich zögerte trotzdem. »Aber diesmal hältst du mich nicht fest, wenn du mich küsst.«

»Nein! Mach ich nicht.« Er klang ehrlich.

Ich sah ein letztes Mal zurück, entdeckte nur den jungen Mr. O'Brien, der den Rasen mähte, und bahnte mir gebückt einen Weg durch die Zweige. Sie kratzten über mein Gesicht, über Arme und Beine. Es tat weh, so etwas war ich nicht gewohnt, aber ich wollte nicht wie ein reiches, zimperliches Mädchen erscheinen, also biss ich die Zähne zusammen.

Nathan reichte mir stumm die Hand und half mir das letzte Stück durch das Gestrüpp.

»Wohin gehen wir?« Ich kam mir plötzlich vor wie eine Ausreißerin; und das war auf eine so seltsame Art herrlich, wie Nathans Augen, die mich zugleich einschüchterten und ermutigten.

»Zu einem Festsaal, in dem die Geister tanzen.«

»Es gibt keine Geister«, wiederholte ich automatisch das, was Dad und Dr. Moore mir immer wieder eingeimpft hatten. Wer glaubte, Geister zu sehen, hatte mit der Vergangenheit nicht abgeschlossen, waren ihre Worte gewesen.

Nathan schien meine Aussage nicht zu kümmern. An der Hand führte er mich durch einen Bambuswald, bis sich nach wenigen Minuten uralte Mauern vor uns auftürmten.

»Die Überreste eines Landsitzes, der im Krieg zerstört worden ist«, erklärte er mir.

»Wie Rosewood Manor, nur kaputt.« Mein Herz klopfte, während wir an dem Anwesen entlangliefen. Fasziniert betrachtete ich das Efeu und die uralten Eichen, die mit den einstigen Palastmauern verwachsen zu sein schienen. Moosbewachsene Stämme ragten durch offene Decken. Schlingpflanzen krabbelten die Wände hinauf, umrankten die zersprungenen Fenster wie Rahmen, und überall hing Spanisches Moos von den Bäumen. *Wie das silberne Lametta an unserem Weihnachtsbaum!*

Nachdem wir eine Ecke umrundet hatten, stiegen Nathan und ich marode Stufen hinauf. »Das hier war der ehemalige Sklaveneingang«, flüsterte er, als könnte uns jemand hören.

Ich nickte nur. Noch nie war ich an einem so unheimlichen Ort gewesen, noch dazu ohne Dad. Ich folgte Nathan durch mehrere Flure, auf denen Moos und Unkraut einen grünen Teppich bildeten.

»Hier ist es«, sagte Nathan plötzlich. Er hatte meine Hand losgelassen und war stehengeblieben. Über seine Schulter blickte ich in einen kreisrunden Saal. Licht flackerte darin, so wie tausend Kerzen im Wind.

»Wahnsinn!«, hauchte ich. Hinter Nathan betrat ich die Festhalle und blieb nach wenigen Schritten stehen. Staunend sah ich mich um. Ich kam mir vor wie in der Mitte eines zerbrochenen Kaleidoskops. Die hohen Fenster ringsum schillerten in allen Farben, waren aber teilweise gesprungen. Von der kaputten gläsernen Kuppeldecke rankten Efeustränge herab, die aussahen wie filigrane Säulen; und dort, wo kein Efeu wuchs, war das Dach überzogen von Schlingpflanzen, sodass das Sonnenlicht ein magisches Lichtmuster auf den Boden malte. Ich lief von einem Lichtfleck zum nächsten, beobachtete, wie sie sich veränderten, vor- und zurückhuschten und im Wind zitterten. Ich war wie elektrisiert.

»Hey, Willa, schau mal!« Nathans Stimme ließ mich zu ihm hinübersehen. Er deutete in die Luft; da sah ich es auch.

Überall funkelten grüne, blaue, rote und gelbe Farblichter, winzige Pünktchen wie Glühwürmchen. An den alten Mauern, auf den Überresten des Marmorbodens, auf Nathans Gesicht. Ein fremder Zauber strich mir über die Haut und hinterließ ein Lächeln in meinem Gesicht. »Das ist schön«, sagte ich leise und fing spielerisch einen blutroten Punkt mit der Hand. Er leuchtete auf meinen Fingern. *Das hätte Mom sicher gefallen!*

»Das bunte Licht kommt von dem Glas überall«, erklärte Nathan und nickte zu den zersprungenen Fenstern und den Glassplittern, die sich am äußeren Rand der Halle verteilten. Gedankenverloren ging ich umher.

»Ein magischer Ort«, hörte ich Nathan sagen. »Aber auch irgendwie gespenstisch.«

»Ja.« Ich zog das Armband, das er mir geschenkt hatte, unter dem breiten Armreif hervor, unter dem ich es vor Dad versteckte. Für einen Augenblick stellte ich mir Mom vor, wie sie in ihrem rauschenden Organzakleid hier herumwirbelte, durchscheinend, als wäre sie selbst eines der zitternden Lichter. »Wirklich als ob hier die Geister tanzen«, sagte ich.

»Ach … ich dachte, es gibt keine?«

Ich drehte mich zu ihm um, er stand in der Mitte des Saals, die Arme verschränkt und einen stahlblauen Punkt auf der Stirn. »Gibt es ja auch nicht«, sagte ich. »Aber wenn es welche gäbe …« Er musste nicht sofort alles über mich erfahren. »Kannst du tanzen?«

»Tanzen?« Er sah mich an, als fände er mich zwar nett, aber trotzdem irgendwie verrückt.

»Ja, wie man das auf Bällen macht«, sagte ich schnell.

»Nein.« Er schüttelte den Kopf. »Und Bälle sind was für reiche Lackaffen!«

Jetzt verschränkte ich die Arme. »Mein Dad ist überhaupt kein Lackaffe!«

»Aber er ist reich. Euer Haus ist ein Schloss.«

»Na und?« Wir starrten uns an, und ich überlegte, ob ich zurücklaufen sollte, doch da flog wieder dieses winzige Lächeln über sein Gesicht.

»Willst du vielleicht tanzen?« Er kam auf mich zu, und seine grauen Augen glitzerten wie ein Wintermeer, auf dem sich Sonnenstrahlen brachen.

Mir wurde merkwürdig warm. »Es ist leicht«, sagte ich leise, als er genau vor mir stand. »Du musst deine Arme um meine Taille legen und ich lege meine auf deine Schultern. Dann bewegen wir uns langsam, aber du musst mich führen.« Das alles wusste ich von Dad.

»Okay.« Nathan legte die Arme um meine Körpermitte und ich schlang meine um seinen Hals. Es fühlte sich komisch an, weil wir uns so nahe waren, und wir mussten kichern. »So?«, fragte er.

»Irgendwie ja.«

Er machte ein paar unbeholfene Schritte, und ich hatte furchtbare Angst, ihm auf die nackten Füße zu treten.

»Du riechst gut. Nach Vanille und Schokolade«, sagte er irgendwann, und weil er mir so nahe war, spürte ich seinen Atem auf meinem Gesicht. Merkwürdigerweise bekam ich eine Gänsehaut, als würde ich frieren.

»Und du riechst nach Salz und Meer«, behauptete ich, wahrscheinlich, weil seine Augen mich daran erinnerten. In Wahrheit konnte ich nicht sagen, wonach er genau roch. Ein bisschen nach Wald und Sumpf vielleicht.

»Ich komme hierher, um mit meiner Schwester zu sprechen. Mit Lea.« Von oben sah er mich an. »So wie du zu deiner Gedenkstätte gehst.«

Immer noch bewegten wir uns: Schritt rechts, Schritt links. »Und – siehst du sie manchmal hier?«

»Nein. Aber manchmal, wenn ich hier bin, fällt plötzlich ein richtig heller Sonnenstrahl in den Scherbenpalast, heller als alle anderen. Ich glaube … also ich glaube, das ist ihre Art, mir zu sagen, dass sie da ist und mir zuhört.«

Ich musste schlucken. Es musste ihm schwerfallen, mir das zu erzählen. Vielleicht brachte ihn dieser Ort dazu. Scherbenpalast hatte er ihn genannt. Das passte. So zersplittert und doch so feierlich, so geheimnisvoll. Es schien, als dürfte man hier alles aussprechen, als könnte dieser Palast alles mit in seine Magie aufnehmen und das Gesagte in Licht verwandeln.

»Ich erinnere mich nicht mehr an Moms Tod«, flüsterte ich daher irgendwann. »Ich habe drei komplette Tage meines Lebens vergessen … und seitdem habe ich Albträume … fast jede Nacht.«

Nathan sagte nichts, aber ich hatte das Gefühl, seine Arme schlossen sich ein bisschen fester um mich.

»Ich habe gestern einem Bauern aus Baton Rouge ein paar Eier gestohlen … ich … ich hatte Hunger.«

Es wäre Zeitverschwendung, ihm zu erklären, dass man nicht stehlen durfte, und seinem Stocken nach zu urteilen, tat es ihm leid. »Haben sie geschmeckt?«, fragte ich deshalb nur.

Für ein paar Sekunden strahlte er. »Großartig.« Plötzlich hielt er inne. »Schau mal!«, sagte er leise, ließ mich los und deutete auf eine Stelle hinter meinem Rücken.

Ich drehte mich um. Ein Lichtstrahl, so breit und hell wie ein Bühnenscheinwerfer, fiel auf Gras, Unkraut und zerbrochenen Marmor. Er war heller als alle anderen.

Nathan rannte in das Licht und breitete die Arme aus. »Sie ist hier. Sie hört mir zu.« Er schaute nach oben. »Es tut mir leid, Lea!«, rief er himmelwärts. »Hörst du? Es tut mir so unendlich leid.« Und obwohl er in der Sonne stand, war sein Gesicht voller Schatten. Voller Kummer. Er wartete scheinbar auf eine Antwort. Doch das Licht erlosch, als hätte man einen Schalter gedrückt.

»Sie ist gegangen«, meinte ich, nur um irgendwas zu sagen.

»Ja … aber sie hat mich bestimmt gehört.«

Ich fragte ihn nicht mehr, ob wir noch mal tanzen sollten. Außerdem musste ich zurück, bevor jemand meine Abwesenheit bemerkte.

Als ich das Nathan sagte, nahm er wortlos meine Hand und brachte mich zu der Hecke zurück. Etwas verband uns, seit wir in dem Scherbenpalast zusammen getanzt hatten. Womöglich lag es daran, dass wir uns gegenseitig etwas über uns verraten hatten, das man nicht jedem erzählte. Vielleicht spürte er es ja auch, es kam mir jedenfalls so vor.

»Kommst du morgen wieder?«, hörte ich ihn fragen, als ich schon durch die Hecke gekrabbelt war.

Ich richtete mich auf, sah mich um, aber alles war wie zuvor, nur Mr. O'Brien mähte nicht mehr den Rasen. »Natürlich«, sagte ich. »Natürlich komme ich morgen wieder. Wir müssen doch schauen, ob Lea dir nochmal zuhört.« Er schwieg und ich fürchtete schon, ihn verärgert zu haben, doch dann streckte er die Hand durch die kahle Stelle der Hecke.

»Hey Will«, sagte er sanft, und sein Spitzname für mich hinterließ einen süßen Schauer auf meiner Haut. »Ich habe noch was für dich. Hab die ganze Nacht daran gesessen.«

Umständlich angelte ich etwas aus seinen Fingern. Es war ein glattes Herz, geschnitzt aus dem Schwemmholz des Sumpflandes. »Es ist wunderschön«, sagte ich leise und spürte mein eigenes Herz wie wild klopfen. »Vielen Dank.«

»Es glänzt, wenn du es in die Sonne hältst.«

Ich lächelte und wünschte mir plötzlich nichts dringender, als dass er mich wieder an den Zöpfen zu sich zog und küsste, aber zwischen uns lag die Hecke.

»Bis morgen, Will«, hörte ich ihn noch sagen, bevor sich seine Schritte entfernten.

Ich sah auf das schimmernde Herz in meiner Hand, und ein seltsames Glück erglühte tief in mir drin. Ein namenloses, stilles, unbezahlbares Glück.

Hätte ich nur geahnt, wie kurz dieses Glück währen sollte.

Später am Abend gab es am Haupttor einen riesigen Lärm, der Dad, die Bodyguards, unsere Gärtner und sämtliche Dienstmädchen anlockte. Ich wollte ebenfalls die breite Freitreppe hinunterlaufen, um zu sehen, was los war, aber Delilah hielt mich fest und zog mich wieder in die Villa zurück.

Niemand verriet mir, was am Tor passiert war, doch später kam Dad und nahm mich mit in einen der drei Konferenzräume von Rosewood Manor. Ich musste mich auf einen Stuhl setzen, und er fragte mich viele Dinge über die Fremden, die sich in der letzten Zeit hier in der Gegend herumtrieben. Einen Jungen und einen jungen Erwachsenen, die an seiner Grundstücksgrenze herumstrichen. Er fragte, wann ich sie zum ersten Mal gesehen hatte, ob ich wüsste, wie sie hießen, und was der Junge in der Nähe des Grundstücks gewollt hatte. Ich sagte, er würde in der Gegend Holz sammeln, und nestelte verstohlen an meinem Armreif herum, der immer noch über Nathans Band lag. Seinen Namen und meinen kleinen Ausflug verschwieg ich Dad, auch wenn ich wusste, dass man nicht lügen sollte.

Dad verbot mir, mit irgendjemandem außer den Angestellten zu sprechen. »Ich habe Angst um dich, Darling. Ich liebe dich einfach viel zu sehr.« Für einen Moment lag sein Blick auf meinem Rüschenkleid, das durch die Heckenpassage einen Riss bekommen hatte. Schnell legte ich die Hand darüber. Ich wollte ihm wirklich keinen Kummer machen, er hatte ja schon Mom verloren, und ich war ein artiges Kind, hatte er selbst gesagt. Außerdem spürte ich seine Angst um mich. Gefühle von anderen in einem großen Raum zu spüren, ist ganz leicht. Leichter, als wenn man am Gartentor steht und schlagartig geküsst wird. Da ist man zu überrumpelt und bekommt nicht mit, ob der andere auch so aufgeregt ist wie man selbst. In einem großen Raum, in dem nur zwei Personen sind, ist es, als saugte sich die gesamte Luft mit den Gefühlen des anderen voll, so stark, dass man sie atmen kann. Und jetzt schien mir Dads Furcht so übermächtig zu sein wie das Meer, in dem Mom ertrunken war.

Trotzdem zog mich eine fremde Macht am nächsten Tag wieder zu der Hecke, hinter der Nathan bereits wartete. Doch gerade, als ich durch das Buschwerk schlüpfen wollte, tauchten wie aus dem Nichts meine Bodyguards auf. Einer jagte Nathan davon, der andere führte mich zu Dad, der schon in der Empfangshalle auf mich wartete. Er stand unter dem Porträt von Richard Hampton, seinem Vater, meinem Großvater. Wie ein Plantagenbesitzer blickte dieser jetzt auf mich herab, streng, als tadelte er mich noch aus dem Grab heraus. Dad hatte seine Eltern verloren, als er vier Jahre alt gewesen war. Dad verlor immer alle, die er liebte, daher hatte er auch so große Angst.

Und jetzt sah er furchtbar enttäuscht aus. In der Hand hielt er ein paar bunte Bänder des Kleids, das ich gestern getragen hatte – und das Herz aus Schwemmholz.

»Die Bänder haben wir nicht auf dem Grundstück gefunden. Hast du mir etwas zu sagen, Willa Rae?«, fragte er mehr resigniert als böse, was mir ein noch schlechteres Gewissen machte. Ich schuldete Dad so vieles, beinahe alles. Warum schrie er mich nicht an? Und warum konnte dieser gelbäugige Richard Hampton nicht aufhören, so vorwurfsvoll auf mich niederzustarren, als könnte er in mein Innerstes blicken? Seine Bernstein-Augen machten mir Angst.

Ich ließ den Kopf hängen. »Es tut mir leid, Dad. Es kommt nie wieder vor.«

Damit behielt ich recht. Denn als ich am nächsten Tag Süßigkeiten, Eier und Brot in der Hecke verstecken wollte, damit Nathan nicht mehr stehlen musste, erwischte Dad mich persönlich. Noch am Abend verließen wir Rosewood Manor, die riesenhaften Bäume und die üppigen Gärten, und kehrten nie wieder dorthin zurück.

Doch Nathan und den Scherbenpalast habe ich niemals vergessen.

Kapitel 2

New York, acht Jahre später

Finstere Wellen brachen über mir zusammen, ich schluckte Wasser und ruderte blind mit den Armen. Ich ertrank. Der Geschmack von Salz füllte meinen Mund, und in meinen Ohren tobte das wilde Brüllen des Meers. *Daddy!* Der stumme Schrei blieb in meinem Kopf. Etwas zog mich hinab, etwas Unerbittliches, Dunkles. Ich konnte nicht atmen. *Dad! Hilf mir!*

Mit einem erstickten Laut schreckte ich hoch und war sekundenlang orientierungslos. Hart pochte mein Herz gegen die Rippen. Nur allmählich begriff ich, dass ich auf meinem Himmelbett saß, schweißüberströmt, doch in Sicherheit, viele Meter über dem Meeresspiegel.

Zögernd ließ ich die Bettdecke los, in die ich meine Finger gekrallt hatte, als wäre sie mein Rettungsring. Ich wusste, der Atlantik war weit weg, trotzdem beruhigte sich mein Herzschlag nur langsam. Mehrmals blinzelte ich in das goldene Morgenlicht, das durch das zimmerbreite Panoramafenster fiel.

Ich hasste diese Albträume, in denen ich durch irgendetwas Finsteres in die Tiefe des Meeres gezogen wurde. Manchmal kam es mir vor, als lauerten dort auf dem Meeresgrund meine fehlenden

Erinnerungen. Als wollte ein Teil von mir, dass ich sie mir anschaute; aber selbst wenn ich in diesen Träumen tief genug sank, blieb alles schwarz.

Flüchtig wischte ich mir über die Stirn und blickte auf die Uhr auf meinem Nachttisch. Schon halb sechs. Einschlafen würde ich ohnehin nicht mehr. Zittrig stand ich auf, zog das verschwitzte Spitzennachthemd über den Kopf und ging nur in Unterwäsche bekleidet zu dem gardinenlosen Fenster. Aus unserem 42-Millionen-Dollar-Penthouse sah ich hinab auf Manhattan. Normalerweise beruhigte mich der Anblick. Unzählige Male hatte ich dieses Motiv mit Ölfarben gemalt, den Central Park – dieses quirlige grüne Rechteck –, die winzigen Menschen, Bäume und Seen, die silbrigen Wolkenkratzer rechts und links und das flache Harlem am Ende. Von oben betrachtet wirkte das Ganze selbst wie ein lebendiges Gemälde. Ich konnte es mir anschauen, mich daran erfreuen, aber ich musste kein Teil des Trubels sein.

Heute verfestigte die Stadt allerdings nur die Furcht in mir. Etwas stimmte nicht. Der Albtraum hatte sich nicht angefühlt wie eine verlorengegangene Erinnerung, sondern realer, eher wie eine Warnung. Für einen Moment presste ich die bebenden Finger auf meine Lider und atmete tief durch.

Es war nur ein Traum, Willa. Alles ist gut.

Womöglich war ich einfach nur nervös wegen der Feier heute Abend und suchte einen Grund, mich davor zu drücken. Dad hatte darauf bestanden, eine Spendengala anlässlich meines neunzehnten Geburtstags auszurichten, und das, obwohl er wusste, wie sehr ich Menschenmassen verabscheute. Vor allem, wenn diese Menschen zur High Society gehörten und mich allesamt kritisch beäugten – mich, die ich lieber im Hintergrund blieb, mit meinen Ölfarben glücklich war und so gar nicht zu ihnen passte.

»Du musst das Penthouse auch mal verlassen, Liebes. Du lebst hier wie in einem Elfenbeinturm«, hatte Dad vor drei Monaten gesagt, als wir über meinen Geburtstag gesprochen hatten. Und – wie immer – hatte ich nachgegeben. Natürlich hatte er recht, und er meinte es ja nur gut. Aber ich fürchtete, er würde ein viel zu großes Brimborium um meinen Geburtstag und diese Gala

machen, etwas, das natürlich nur seiner Liebe zu mir geschuldet war.

Für eine Weile stand ich am Fenster und beobachtete, wie sich der goldene Himmel über den Wolkenkratzern in ein zartes Lavendelblau färbte. Er sah aus wie ein Meer in der Morgendämmerung. Ich seufzte. Ich wusste ja, dass das alles zusammenhing. Meine fehlenden Erinnerungen, die Träume und mein Hang, mich von der Welt abzuschotten und mich stattdessen an Dad zu klammern. Manchmal kam es mir so vor, als könnte mein Leben erst beginnen, wenn ich die Lücken in meinem Gedächtnis schließen konnte; aber das war kompletter Unsinn. Nach Meinung der Ärzte war die Amnesie, ausgelöst durch das Unglück, ein Schutz meines Unterbewusstseins, und solange ich die Erinnerungen nicht verkraften würde, blieben sie in mir eingeschlossen wie in einem Safe. Es war gefährlich, sich zu erinnern. Und auch das Leben war gefährlich. Zumindest für die Tochter eines Milliardärs. Die New York Times nannte Dad Gott und Gönner, die halbe Welt nannte ihn so – aber natürlich hatte er ebenso viele Feinde wie Freunde.

Ich wandte mich von New York ab, streifte ein anderes Nachthemd über und beschloss, die tägliche Blumenlieferung zu verteilen, solange das Personal noch nicht da war; Dad war sowieso schon im Büro. Manchmal fing er bereits um halb fünf an zu arbeiten, damit er abends mehr Zeit mit mir verbringen konnte.

Barfuß verließ ich meinen Flügel und nahm in der Galerie die geschwungene Treppe ins Foyer. Mit dem dreistöckigen Brunnen, dem sündhaft teuren Marmorboden und dem Kristallkronleuchter in der Größe eines Kleinwagens hätte es auch die Empfangshalle des Weißen Hauses sein können. Zum Glück war wirklich noch keiner da, allerdings waren die Blumen schon geliefert worden. Orangefarbene Lilien, salzweiße Rosen und kirschrote Levkojen. Sicher hatte Dad dem Mann vom Lieferservice persönlich die Tür geöffnet. Für mehrere Atemzüge beugte ich mich tief über das Blütenmeer neben der goldenen Doppelflügeltür und sog den süßen Duft ein, bevor ich ein ganzes Bündel herausfischte.

Es gab genau drei Dinge in meinem Leben, für die ich wirklich existierte. Das Erste war ein Lächeln von Dad, das Zweite war meine Malerei und das Dritte waren frische Blumen. Und alle drei Dinge halfen mir immer, mich zu beruhigen, wenn ich nervös war.

Seit wir hier eingezogen waren, war es meine Aufgabe, für frische Blumen im Penthouse zu sorgen. Dad hatte mir dieses Amt übertragen, da ich auch etwas zum Haushalt beisteuern wollte, er es aber nicht gerne sah, dass ich den Dienstmädchen half.

Doch selbst die Blumen beruhigten mich heute nicht. Ich verteilte sie in Dads Weinbar, in meinem Atelier, in den barocken Speisezimmern, in der Küche und sogar in der Partylounge, doch die diffuse Angst lief mir hinterher wie ein Schatten. Immer noch erschien mir der Traum wie der Vorbote einer Katastrophe, die auf mich zurollte, ohne dass ich sie verhindern konnte. Aber warum sollte ich mich freiwillig in die Nähe des Atlantiks begeben? Selbst die Party heute Abend fand nicht einmal in der Nähe eines Gewässers statt, und ich würde wohl kaum in einem Waschbecken des Pretoria Hotels ertrinken.

In der Wohnhalle, in der Dad seine Liebhaberstücke aus aller Welt zur Schau stellte, blieb ich vor einem Rundbogenfenster stehen. Dad nannte die Wohnhalle scherzhaft immer *das größte Wohnzimmer New Yorks,* so hatte es damals jedenfalls der Makler angepriesen.

Zum zweiten Mal heute sah ich hinab auf die Stadt, auf den Hudson River, Liberty Island und die Freiheitsstatue. Dad hatte mir beim Einzug erklärt, ihre siebenstrahlige Krone würde die sieben Weltmeere und die sieben Kontinente symbolisieren. Zusammen mit der Fackel stand sie für die Freiheit aller Völker.

Freiheit!

Eine bittersüße Sehnsucht zupfte an meinem Herzen.

Kannst du eigentlich aus deinem Käfig raus?

Ich musste schlucken, als ich an den Jungen aus Baton Rouge dachte. In all den Jahren hatte ich ihn, den Kuss und den Scherbenpalast nicht vergessen. Und manchmal, wenn ich intensiv genug daran zurückdachte, flatterte mein Herz noch heute bei der Erinnerung an seine meergrauen Augen, seine rauen Hände und unseren Tanz zwischen den bunten Glassplittern und Lichtfunken.

Unweigerlich musste ich wieder an den Brief von Grandma

Anna denken, meiner Großmutter mütterlicherseits. Delilah hatte ihn gestern aus den Werbeprospekten gefischt, auf dem Absender stand Baton Rouge, Louisiana. Noch lag er verschlossen in meiner Nachttischschublade.

Ich sollte ihn lesen. Trotz des Kontaktverbotes.

Der letzte Gedanke ließ mein Herz schneller schlagen. Nachlässiger als sonst arrangierte ich die letzten Rosen und hätte dabei beinahe das durchsichtige Kästchen mit der antiken Brosche von Marie Antoinette von der Kommode gefegt. Schnell rückte ich es wieder neben die Schatulle mit dem ersten Golfball seit Menschengedenken, Dads liebstes Stück in seiner Raritätensammlung.

Zurück in meinem Schlafzimmer zog ich den Brief von Grandma aus der Schublade. War es falsch, ihn zu öffnen? Dad wusste ganz sicher nicht, dass sie mir geschrieben hatte, denn er ließ die Werbeprospekte immer links liegen und hatte ihn daher bestimmt übersehen. Sonst hätte er den Brief zu tausend Prozent konfisziert, immerhin war er derjenige, der mir den Kontakt zu Grandma komplett untersagt hatte.

Unschlüssig drehte ich den Brief in meinen Händen. Ich konnte es ja verstehen. Grandma gab ihm die Schuld an Moms Tod, dabei konnte Dad nichts dafür. Es war ein Unglück gewesen, ein tragischer Unfall, bei dem er schnell hatte handeln müssen.

Aber ich wurde heute neunzehn; ich war seit über einem Jahr volljährig, ich sollte alleine entscheiden dürfen, zu wem ich Kontakt hatte und zu wem nicht. Und Grandma wollte mir bestimmt nur gratulieren. Was war dabei? Außerdem musste Dad es ja nicht erfahren!

Vorsichtig öffnete ich den Umschlag mit dem Nagel meines Zeigefingers, unter dem immer noch dunkelblaue Ölfarbe klebte.

Getrocknete Rosenblüten fielen mir entgegen und erfüllten die Luft mit einem lieblichen Aroma. Mein Herz wurde warm, und das ungute Gefühl, das der Albtraum hinterlassen hatte, verflüchtigte sich ein wenig. Grandma hatte nicht vergessen, wie sehr ich Blumen liebte. So wie sie, und wie Mom früher. Und wie Mom sah ich ihr ähnlich. *Eine ganze Generation Klone,* hatte Dad oft gescherzt und die Hände über dem Kopf zusammengeschlagen. Früher, vor Moms Tod.

Wie es Grandma wohl ging? Plötzlich hatte ich ein schlechtes Gewissen, weil ich sie nur noch selten in meine Gedanken ließ. Dachte sie noch genauso oft an Mom wie ich? Wieso stand Baton Rouge auf dem Absender? Soweit ich wusste, lebte sie in Bakersfield.

Plötzlich unruhig, faltete ich den Briefbogen auseinander. Das cremefarbene Blatt war von Hand beschrieben. Ich las:

Allerliebste Willa,

ich hoffe, der Brief erreicht dich rechtzeitig zu deinem 19. Geburtstag. Von ganzem Herzen wünsche ich dir alles Gute, Gesundheit und jedes Glück dieser Welt. Nun ist es schon beinahe acht Jahre her, dass wir das letzte Mal miteinander gesprochen haben. Damals hast du mir erzählt, du hättest deinen ersten Kuss bekommen. Ich hoffe, du hast noch viele weitere erhalten. Und ich hoffe, du bist gerade unsterblich verliebt. Nichts ist schöner als die Liebe, mein Kind, nicht wahr? Das hat auch deine Mom früher immer gesagt.

Aber ich möchte heute nicht von deiner Mom oder der Vergangenheit anfangen, liebe Willa, sondern von der Zukunft. Ich würde mich freuen, wenn du mich besuchen kämst.

Ich bin vor Kurzem von der Westküste nach Louisiana gezogen, genauer gesagt nach Baton Rouge, und ich weiß ja, wie sehr du die Südstaaten liebst. Oder zumindest einmal geliebt hast. Manchmal sehe ich dich immer noch vor mir, wie du als Fünfjährige durch die herrschaftlichen Gärten von Rosewood Manor gestreift bist. Wir hatten zauberhafte Sommer dort. Du warst für uns alle wie ein feenhaftes Wesen – in deinen raschelnden Kleidchen, mit den wehenden Bändern in deinen Zöpfen und immer umgeben von einer Wolke aus Rosenduft. Deine Nannys hatten es oft viel zu gut mit dir gemeint. Ich glaube, es gibt kein Kind auf dieser Welt, das so oft gebadet und gepudert wurde wie du.

Erst letzte Woche bin ich raus nach Rosewood Manor gefahren, um zu sehen, ob ihr dort seid, aber der Hausverwalter meinte, ihr wärt schon seit Jahren nicht mehr in der Stadt gewesen. Ich habe von draußen in die Gärten geblickt und mir fast eingebildet, dich dort zu sehen, aber diese Zeiten sind natürlich vorbei. Die große Lebensuhr tickt nur in eine Richtung. Jetzt würde ich gerne die Willa kennenlernen, die du geworden bist. Wir müssen miteinander reden. Vor allem über deine Mom und deinen Dad.

Unten findest du meine Adresse. Ich bin meistens zuhause und wenn nicht, hat der Nachbar in der Nummer 5 einen Schlüssel. Er heißt Mr. Jones. Ich würde mich freuen, nein, ich würde, wie ihr jungen Leute es nennt, völlig ausflippen.

In unendlicher Liebe
Deine Grandma

In unendlicher Liebe. Mit einem Kloß in der Kehle ließ ich den Brief sinken. Grandmas Worte hatten mir tausend Bilder in den Kopf gemalt, tausend schöne Erinnerungen. Plötzlich tat mein Herz weh und ich wollte nichts lieber, als die Zeit zurückdrehen und mit ihr und Mom durch die Schattengärten von Rosewood Manor laufen. Verstecken spielen. Fangen. Wieder das glückliche Kind sein, von dem sie mir in ihrem Brief erzählte. Ich schluckte und sah auf die Zeile mit der Adresse.

Anna Farmer, Baton Rouge, LA 70817, Antler Drive 3

Darunter stand noch ein Spruch:

Zwei Dinge machen Menschen unberechenbar: Das eine ist der Krieg und das andere ist die Liebe. (Ivy-Rose)

• • •

Völlig überrumpelt hielt ich inne. Ivy-Rose war meine Mom –, und Worte über den Krieg war ich gewohnt. Aber logischerweise von Dad, da Mom nicht mehr lebte. Dad gehörten mehrere Privatarmeen, eine davon war gerade in Afghanistan stationiert und zwei im Nahen Osten; dadurch bekam er viel mit.

Doch warum hatte Grandma diesen Spruch unter den Brief geschrieben?

Am liebsten hätte ich zum Telefon gegriffen und sie gefragt, aber ich hatte weder Grandmas Nummer noch würde ich mich so eigenmächtig über Dads Kontaktverbot hinwegsetzen. Das hatte ich nur ein einziges Mal getan. Damals, vor acht Jahren, weil ich vor Aufregung über Nathans Kuss fast geplatzt wäre. Das erste und letzte Mal, da Dad es mitbekommen hatte; und weil es kurz nach meinem verbotenen Ausflug mit Nathan gewesen war, hatte es sein Vertrauen in mich nur noch tiefer erschüttert. Seitdem hatte ich nie wieder etwas Verbotenes getan, denn ich konnte es nicht ertragen, wenn Dad böse auf mich war.

Ich blinzelte ein paar Mal, ein lästiger Tic, den ich seit Moms Tod nicht mehr loswurde. Grandma hatte nur mich eingeladen, nicht Dad, denn sicher hatte er keine separate Einladung erhalten. Schließlich wollte sie mit mir über ihn und Mom sprechen. Aber ob mit oder ohne Einladung, Dad würde sowieso keinen Fuß in ihr Haus setzen. Die Frage war also: Wollte ich ohne ihn fahren? Doch allein der Gedanke, irgendwo ohne Dad hinzugehen, erschien mir unvorstellbar. Ich meine, wir waren wie Athos und Aramis ohne Porthos, zwei einsame Musketiere, die nur noch einander hatten. Außerdem käme es mir wie Verrat vor. Ich hatte nicht vergessen, dass sie ihm die Schuld an Moms Tod gab, selbst wenn ihre Worte auf Papier so liebevoll klangen und sie sicher nur das Beste für mich wollte. Ohne Dad würde ich nirgendwo hingehen.

Ein Klopfen an meiner Zimmertür riss mich aus den Gedanken. »Willa, Liebes? Bist du schon wach?«

»Einen Moment, Delilah«, rief ich hastig, sammelte die Blütenblätter ein und ließ sie samt Brief in dem Umschlag verschwinden. *Warum um Himmels willen ist Delilah schon da? Normalerweise besucht sie um diese Zeit doch ihren demenzkranken Vater im Pflegeheim.*

»Ich wollte nur wissen, ob du dich schon für ein Kleid entschieden hast?«

»Nein!« Das war eine glatte Lüge, auch wenn ich sie mir selbst ungern eingestand. Natürlich wusste ich, welches Kleid ich heute Abend tragen würde. Schnell schob ich den Brief unter ein paar alte Zeichnungen in meiner Nachttischschublade, nicht dass unsere Dienstmädchen Jane und Ruby ihn später beim Saubermachen finden würden. »Aber wir können sofort die Anprobe machen«, rief ich dann.

»In Ordnung. Ich warte in deinem Ankleidezimmer.«

Das war der Vorteil von Dads Milliarden. Ich musste mich um nichts kümmern. Schon vor fünf Tagen hatten die drei Topdesigner von New York die exklusivsten Stücke ihrer neuesten Kollektion vorbeigebracht. Sie hatten mir jeden Vorzug ihrer Schöpfung erläutert, ich musste nur wählen.

Als ich das Ankleidezimmer betrat, einen makellos weißen Raum mit begehbaren Schränken und hohen silbereingefassten Spiegeln, stand Delilah bereits in einem Irrgarten aus Kleiderstangen und zupfte die Rüschen von *Belle* zurecht, einem der vielen Abendkleider.

»Da bist du ja!«, schnaufte sie, sicher noch außer Atem von der Treppe, und kam auf mich zu. »Alles Liebe zum Geburtstag!« Ehe ich mich's versah, presste sie mich so fest an ihren gigantischen Busen, dass mir die Luft wegblieb. Trotzdem strahlte ich, als sie mich wieder freigab und eine Salve von guten Wünschen auf mich niederprasseln ließ. Hauptsächlich galten sie meiner Gesundheit und meiner Malerei.

»Auf dass du endlich begreifst, wie talentiert du bist, junge Dame«, sagte sie und verschwand wieder in dem Labyrinth aus Garderobenstangen, auf denen sich die Abendkleider für die Gala aneinanderreihten.

»Wieso bist du schon da?«, hakte ich nach.

»Oh, mein Vater hat behauptet, es wäre ein fremder Mann in seinem Zimmer gewesen und hätte alles durchgewühlt. Ich wollte nicht mit ihm streiten.«

Betroffen sah ich in ihre Richtung, aber sie bemerkte es nicht, sondern belud sich gerade mit meiner Festtagsgarderobe. »Vielleicht war es ja ein anderer Kranker, der gedacht hat, es wäre sein Zimmer.«

Zwischen zwei parallel verlaufenden Stangen schüttelte sie den Kopf. »Ich vermute, es war nur der Pfleger, der ihm seine Wäsche einsortiert hat. Das machen sie immer freitags … er hat ihn einfach nicht erkannt.« Mit drei Kleidern kam sie zurück und wurde fast von ihnen verschluckt. Ein kleines Wunder bei ihrer stattlichen Figur von beinahe zweihundertfünfzig Pfund. »Bitte sehr, deine Vorauswahl von gestern Nachmittag. Welches möchtest du heute Abend tragen? Das gelbe?«, fragte sie und hielt es mir entgegen. Ihr rundes freundliches Gesicht war schwarz und wunderschön, und das Gelb leuchtete davor wie eine Sonne. Ich mochte Gelb, ich mochte alle bunten Farben, aber Gelb stand mir nicht besonders, wie ich zumindest fand. Außerdem erinnerte mich das rüschenüberladene Kleid, das der Designer liebevolle *Belle* genannt hatte, an einen Cupcake.

»Ich weiß nicht.« Mir gefiel *Azur* am besten. *Azur* war ein schlichtes blaues Seidenkleid in A-Linie, aber ich wusste, es wäre nicht Dads erste Wahl. Delilah wusste das ebenfalls.

»Doch lieber blau?« Umständlich zog sie das Azurfarbene in die Höhe, sodass es ihr Gesicht verdeckte. »Das wäre dein Favorit, habe ich recht?«

Sie kennt mich einfach zu gut! Delilah konnte ich nichts vormachen. Sie arbeitete schon seit meinem neunten Lebensjahr bei uns. Damals war sie noch meine Nanny gewesen, heute übernahm sie meine Mani- und Pediküre, kümmerte sich um meine Garderobe, half in der Küche und spielte mit mir Karten, wenn Dad oder meine Freundin Penelope keine Zeit hatten. Kurz: Sie war das Mädchen für alles, wobei der Ausdruck Mädchen nicht passte. Sie war über fünfzig und hatte ein angeborenes Hüftleiden, dem ihre Rubensfigur nicht unbedingt zuträglich war. Und tatsächlich war sie nicht nur das Mädchen für alles, sondern auch meine Freundin. Eine der wenigen, die ich hatte.

»Du solltest das tragen, was du am liebsten magst, Willa Rae. Es ist dein Geburtstag, nicht der deines Vaters«, sagte sie jetzt leise, ließ *Azur* sinken und musterte mich prüfend.

Sie hatte ja keine Ahnung – oder vielleicht zu viel. Sehnsuchtsvoll betrachtete ich den einfachen Schnitt und die changierenden Blautöne. Das Azurfarbene würde toll zu meinen rauchblauen Augen passen, aber Dad fände es zu unspektakulär für mich, dasselbe würde er auch über das trägerlose Graue mit der schimmernden Perlenstickerei sagen. »Mir gefällt das gelbe am besten«, behauptete ich daher und versuchte, überzeugt zu klingen. »Das Blaue ist zu … zu unscheinbar, und das Graue ist langweilig.« Damit ich Delilah nicht in die Augen sehen musste, zog ich mir das Nachthemd über den Kopf.

»Genau das würde dein Vater sagen«, seufzte sie, nahm das Nachthemd von mir entgegen und drückte mir *Belle* in die Hand. Sie wusste, dass ich schwindelte, und das war mir unangenehm, weil ich Lügen verabscheute.

Ich beobachtete, wie sie die ausgeschiedenen Kleider mit zur Seite gedrehter Hüfte auf die Stangen zurückhängte und dabei einen ächzenden Laut von sich gab. Sie litt unübersehbar Schmerzen, trotzdem würde sie niemals von sich aus kündigen. Ich wusste, dass sie jeden Cent für das Pflegeheim ihres Vaters brauchte, doch weitaus mehr kosteten die Medikamente für ihre nierenkranke Nichte. Da Delilah keine eigenen Kinder hatte kriegen können, hing ihr Herzblut an der zehnjährigen Sophie. Und solange die Kleine ihre Medikamente bekam, ging es ihr gut. Aber genau deswegen würde Delilah bis zum Umfallen bei uns schuften, Hüfte hin oder her, und genau das machte mir immer ein schlechtes Gewissen. Mehrfach hatte ich Dad um Geld für sie gebeten, mehrfach hatte er gesagt, Delilah sei zu stolz, um Almosen von ihm anzunehmen, außerdem zahle er ihr schon das Fünffache des üblichen Satzes.

Ich kenne Delilah jetzt länger als Mom. Keine Ahnung, warum ich das dachte, als ich zur Anprobe in das gelbe Sahnebaiserteil schlüpfte.

Nachdem Delilah mir mit dem Reißverschluss am Rücken geholfen hatte, begutachtete ich mich im Spiegel. *Oh nein!* Ich unterdrückte ein Seufzen. Das Kleid sah noch mehr nach Cupcake aus, als ich befürchtet hatte.

»Zum Glück passt es dir.« Delilah watschelte in ihrem liebenswerten Entengang um mich herum, während sie gleichzeitig die Rüschen und den Tüll zurechtzupfte. »Ich hatte schon Angst, wir müssten gleich den Schneider einbestellen, um es enger machen zu lassen.« Eine kleine Anspielung auf mein Gewicht konnte sie sich natürlich nicht verkneifen. Ihrer Meinung nach aß ich zu wenig, was stimmte.

Befangen sah ich in den Spiegel und nestelte an dem Tüll über den Rüschen herum. Ich ähnelte darin tatsächlich ein bisschen Belle aus ›Die Schöne und das Biest‹.

»Du solltest aufhören, deinem Vater alles recht machen zu wollen, und dein eigenes Leben leben«, sagte Delilah plötzlich hinter mir und strich nochmals glättend über den Stoff.

Ich schwieg. Ihre Worte hörten sich so einfach an, aber an Dads und meiner Beziehung war überhaupt nichts einfach. Auch wenn er mich liebte, stand Mom immer zwischen uns. Bei dem Yacht-Unglück damals hatte er nur eine von uns retten können, Mom oder mich. Er hatte sich für mich entschieden, und deswegen musste ich ihm auch jeden Tag beweisen, dass ich dieses Opfer wert gewesen war. Dass er nicht falsch entschieden hatte, dass ich ihn liebte und glücklich machen konnte, wie meine Mom es getan hätte, wäre sie noch am Leben.

Enge legte sich um meine Brust, wie jedes Mal, wenn ich daran dachte, wie sich dieser Moment für Dad angefühlt haben musste. Er sprach nie darüber, und mein Gedächtnis hatte diesen Tag in einen Ordner geschoben, zu dem ich kein Passwort besaß. Diesen Tag und auch den davor und den danach. Und jedes Mal, wenn Dad von mir enttäuscht war, kam es mir jetzt so vor, als würde er seine Wahl von damals bedauern, und das durfte ich nicht zulassen. Ich stand in seiner Schuld, und deshalb würde ich auch genau das tragen, was er am liebsten an mir sah. So wie immer.

Ich ließ meinen Blick an *Belle* herabschweifen und dachte dabei unwillkürlich an Grandmas Worte. *Du warst für uns alle wie ein feenhaftes Wesen.*

Dieses Wesen bin ich immer noch, dachte ich. Ich hatte mich kein bisschen verändert. Ich trug immer noch raschelnde Kleider, duftete nach Blüten und schwebte stets wie in einem Traum durch meine Tage. Vielleicht wäre Grandma ja furchtbar enttäuscht, wenn sie sah, dass ich mich nicht verändert hatte. Vielleicht würde sie auch denken, ich wäre das Opfer nicht wert gewesen.

Wir müssen miteinander reden. Vor allem über deine Mom und deinen Dad.

Was meinte sie damit? Und wieso war sie ausgerechnet nach Baton Rouge gezogen? Ich sah zu Delilah, die an einer der thekenlangen Kleiderstangen hantierte, und dachte an Rosewood Manor. Und damit auch wieder an den Jungen. Verstohlen fasste ich an meinen Zopf und tastete nach dem rauen Band in den verflochtenen Strähnen.

Geschenke darf man nie ablegen, hörst du?

Ich hatte mich daran gehalten. Ich trug sein Armband jeden Tag, meist versteckt in meinen dichten zimtbraunen Zöpfen, die Dad immer noch am liebsten an mir sah.

Unwillkürlich fragte ich mich, ob Nathan noch in der Gegend von Baton Rouge lebte. Ob er immer noch zum Scherbenpalast kam, wenn er mit Lea sprechen wollte, und ob er sich sein Essen wie früher von umliegenden Farmen stehlen musste. Vermutlich traf nichts mehr davon zu, und doch war in meinem Kopf die Zeit stehengeblieben, wenn ich mich an ihn erinnerte. Und ein Teil von mir glaubte tatsächlich an die verborgene Macht des Bandes. Seit dem Tag, an dem er es mir geschenkt hatte, hatte ich weniger um Mom geweint.

Womöglich war ich auch einfach nur abergläubisch und das Armband hatte die Kraft eines Placebos. So würde es Dad zumindest erklären, wenn er davon wüsste. Aber Dad erklärte auch meine Fähigkeit, die Gefühle anderer Menschen zu spüren, mit dem Verstand. Dad sagte, ich wäre nur hochsensibel und könnte die nonverbalen Signale meines Gegenübers besser deuten als andere, womit er möglicherweise recht hatte. Trotzdem glaubte ich an eine Macht jenseits unserer Welt. An Schicksal. An Engel, an Gott, an Geister. Eine genaue Vorstellung hatte ich nicht, aber ich war mir sicher, dass uns von der anderen Seite Schwingungen erreichten; so ähnlich wie bei einer durchlässigen Membran, und dass Menschen wie ich diese einfach besser wahrnehmen konnten als andere. Vielleicht beunruhigte mich der Traum von heute Nacht auch deswegen so: weil er eine Warnung war. Allerdings – wie oft hatte ich schon vom Ertrinken geträumt und es war nichts passiert?

Wieder ertastete ich das Band und stellte fest, dass es die vierte Sache war, die mich beruhigen konnte. Ich schloss die Augen und sah unsere strahlend weiße Südstaatenvilla, fühlte die Feuchtigkeit der heißen Luft und roch den zartfrischen Duft der Baumwollblüten, der stets in die Schatten unserer Gärten geweht wurde. Ich sah den Jungen vor dem Schmiedezaun. Seine meergrauen Augen. *Du weinst ziemlich oft, finde ich.*

Vielleicht würde ich ihn ebenfalls wiedersehen, wenn ich Grandma in Baton Rouge besuchte. Womöglich müsste ich tatsächlich anfangen, mein Leben zu leben, wie Delilah sagte. Und vielleicht würde dieser Besuch mir nicht nur einen Teil meiner Familie zurückbringen, sondern mir auch helfen, mich von meiner Schuld loszusagen. Grandma hatte geschrieben, sie wolle mit mir über Mom und Dad sprechen. Vielleicht konnte sie mir helfen, die Ereignisse besser zu verstehen. Ich würde Dad einfach bei der Feier fragen, ob ich zu Grandma fahren durfte.

Kapitel 3

UNSER FAHRER HOLTE DELILAH UND MICH AM FRÜHEN ABEND AB, UND zusammen mit meinen Bodyguards fuhren wir zu meiner Geburtstagsparty. Dad zuliebe hatte ich zugestimmt, im Pretoria Hotel zu feiern, denn seiner Meinung nach war das Pretoria *das* Luxushotel New Yorks. Wer sich den Grand Ballroom leisten konnte, gehörte definitiv zur Führungsschicht der High Society.

Staunend blieb ich jetzt im Eingangsbereich stehen und sah mich in dem Festsaal um. Wieder einmal kam ich mir vor wie in einem Märchenschloss. Der Grand Ballroom besaß eine gewölbte Decke und einen barocken Säulengang, der den Innenraum rahmte. Prachtvoll eingedeckte Tische mit goldenen Stühlen drängten sich an beide Seiten, die freie Mitte bildete die Tanzfläche, an deren Ende sich eine erhöhte Bühne befand. Dort würde später die angesagteste Live Band New Yorks spielen, The Marquise. Doch nichts davon, weder die Stehgeiger, die in einer Ecke Mozart spielten, noch der opulente Federschmuck auf den einzelnen Tischen, beeindruckte mich. Nein, es waren die Blütenköpfe Tausender weißer Rosen, die an hauchdünnen Fäden von der Decke hingen und die Illusion von schwebenden Schneeflocken schufen. Dazwischen baumelten schimmernde Perlenschnüre, auf denen das bläuliche Licht der Deckenstrahler zerstäubte.

»Wie Rosenschnee!«, flüsterte ich wie gebannt und kam mir auf einmal schrecklich undankbar vor, da ich mich anfangs so gegen diese Feier gesträubt hatte. Dad war es so wichtig, mir seine Liebe auf diese Art zu zeigen. Plötzlich war ich unendlich froh, mich für *Belle* entschieden zu haben.

»Willa, da bist du ja endlich! Fast zu spät auf der eigenen Feier!« Mit ausgebreiteten Armen kam Dad mir aus dem rechten Säulengang entgegen und strahlte. Er war ein George-Clooney-Typ, charismatisch und autoritär. Außerdem lachte er oft, weswegen sich im Laufe der Jahre ein sympathischer Fältchenkranz um seine Augen gebildet hatte. Wie immer bei festlichen Anlässen trug er seinen maßgeschneiderten Anzug von Dormeuil, einer Luxusmarke, die sonst Königen oder Präsidenten vorbehalten war. Geschätzter Wert: Fünfundneunzigtausend Dollar, aber Dad trug ihn mit der ihm eigenen Eleganz, ohne arrogant zu wirken.

Jetzt drückte er mich ganz fest an sich, während Delilah und meine Bodyguards dezent im Hintergrund blieben. »Alles Liebe zum Geburtstag, Willa Rae. Auf dass uns das Leben niemals auseinanderreißt«, sagte er so leise, dass nur ich es hören konnte.

Als er mich losließ, sah ich ihn an. Ich wusste um die wahre Bedeutung seiner Worte. Die Presse nannte meinen Dad *Gott und Gönner*, doch von einem Gott nahm ich an, er besäße die Macht, sein Schicksal selbst zu bestimmen. Dad dagegen hatte die Katastrophen seines Lebens nicht beeinflussen können. Der tragische Verkehrsunfall seiner Eltern war leider nicht das einzige Armageddon im Schicksalsrad meines Dads. Seine erste Frau Florentine und sein zweijähriger Sohn Nicholas junior starben bei einem Feuer im Forb-Hotel in Fort McMurray. Dad hatte wegen der Hampton Oil Company ein paar Monate in Kanada gelebt, und beide hatten ihn dort besucht. Mein Vater war auf einer Konferenz gewesen, als es geschah. Er hatte also insgesamt zweimal seine komplette Familie verloren – und später noch Mom. Seine ständige Angst um mich war nur verständlich.

Und ich spiele mit dem Gedanken, allein zu Grandma zu fahren. Dad würde in New York vermutlich verrückt vor Sorge. Vielleicht sollte ich ihr einfach nur schreiben? Aber im Grunde würde Dad sich über jede Art von Kontaktaufnahme schrecklich aufregen. Am besten ich ließ diese ganze Sache mit Grandma einfach auf sich beruhen.

»Ich habe dich lieb, Dad«, sagte ich leise und drückte seine Hand.

»Ich dich noch mehr.« Er drückte zurück. »Hast du schon den Schokobrunnen entdeckt?«

»Ich dachte, es gibt ein zwölfgängiges Menü?«

»Na und?« Dad führte mich durch den rechten Säulengang, an dessen Ende etwas platziert war, das aussah wie eine überdimensionale Etagere.

»Dad, du bist komplett verrückt! Das mit dem Schokobrunnen war doch ein Witz!«

»Ich habe ihn extra anfertigen lassen. Zehnstöckig, wie du gesagt hast. Die Etagen sind aus echtem Silber.« Er zwinkerte mir zu.

»Aber das ist nicht To'ak, oder?« To'ak war Dads und meine Lieblingsschokolade aus Ecuador. Fünfzig Gramm kosteten dreihundert Dollar.

»Selbstverständlich ist es To'ak! Was denn sonst?« Dad war nicht kleinlich. Bescheiden war er auch nicht. Fragte man ihn nach seinem Vermögen, sagte er mit einem neckenden Lächeln: *Ach, fünfzig Milliarden – oder so.* Doch trotz seines Reichtums vergaß er niemals, was das Wichtigste im Leben war: die Liebe und die Familie.

Er reichte mir den Arm, und ich hakte mich ein. »Du siehst übrigens bezaubernd aus, Darling. Ich hatte gehofft, du würdest genau dieses Kleid aussuchen.« Ich lächelte nur, und Dad musterte mich prüfend, bevor er weiterredete. »Ich habe ein schlechtes Gewissen, weil ich dich nicht persönlich abholen konnte, aber ich musste Missverständnisse innerhalb einer Einheit im Nahen Osten klären. Eine lange Videokonferenz. Wie war der Weg hierher? Gab es Ärger?«

»Gar nicht.« Ich dachte an die ruhige Fahrt in der Limousine. »Wir haben den Hinterausgang genommen und sind hier durch den Personaleingang rein. Keine Presse, wie du gesagt hast.«

Dad schnitt eine Grimasse. »Keiner, der mir ein Kind anhängen wollte, wirklich? Niemand, der behauptet hat, meine Tochter oder mein Sohn zu sein?«

Ich lachte. »Keine Erbschleicher, nein. Und auch niemand, der mich dafür angepöbelt hat, dass wir das Monatsgehalt eines unserer Angestellten zum Mittagessen verspeisen würden.«

»Tja … diese Sticheleien sind der Nachteil des Geldes«, sagte Dad seufzend, aber es hörte sich nicht so an, als würde er es wahrhaftig bedauern.

In der nächsten halben Stunde nahm ich nickend und lächelnd persönliche Glückwünsche entgegen und versuchte, Dad zuliebe, begeistert und glücklich auszusehen, auch wenn ich mich unwohl fühlte. Dad hatte tatsächlich die gesamte Upperclass eingeladen. Einflussreiche Richter, renommierte Anwälte, Mitglieder des Unterhauses der Parlamentskammer und andere Politiker; allesamt natürlich mit ihren Familien.

Als Dad sich kurz mit Mr. Strickland, einem seiner Firmenanwälte, unterhielt, kam dessen Tochter Penelope auf mich zugeschossen.

»Willa, du ›Belle de Jour‹, wo hast du denn das *Beast* gelassen?«, grinste sie mit einem Blick auf das gelbe Kleid und drückte mich an sich. »Alles Gute, Pretty-Bitch.«

»Danke!« Wir wussten beide, wer von uns die *Bitch* war, daher machten mir die flapsigen Worte nichts aus, auch wenn mich so eine verbale Rohheit immer ein wenig erschütterte. So redeten Dad und ich nie. »Du siehst wunderschön aus«, fügte ich noch hinzu, weil ich wusste, dass sie das gerne hörte, und ich meinte es auch ehrlich. Sie trug ein samtblaues Cocktailkleid, und ihre langen Haare wogten weich wie eine goldschimmernde Meerespflanze um ihre Schultern. Ihre seltsame Handtasche sah allerdings aus, als wäre sie mal eine Boa constrictor gewesen.

»Das Kleid ist neu, von Plazane.« Penelope strahlte, was ihre grünen Augen leuchten ließ. »Und die Tasche habe ich auch dort gekauft!« Ich sagte nichts zu der Tasche, aber es fiel ihr ohnehin nicht auf, da sie sofort weiterredete. »Will, du musst dir Lawrence anschauen! Er trägt Armani und sieht hammer aus. Habe ich dir erzählt, dass er nächsten Monat auf das Cover von ›Mister

Manhattan‹ kommt? Und die New York Times will ein Interview mit ihm machen, weil er der jüngste Harvardstudent ever ist!« Penelope geriet ins Plappern, aber das störte mich nicht. Neben Delilah war sie meine einzige Freundin, zumindest die einzige, bei der ich mir sicher war, dass sie mich nicht nur wegen Dads Milliarden mochte. Erstens hatte ihre Familie selbst genug Geld und zweitens ertrug sie dafür zu viele meiner Macken. Zum Beispiel, dass wir nie alleine waren, wenn wir uns außer Haus trafen. Wenn wir essen oder shoppen gingen, waren immer Dad und meine Bodyguards dabei, und ich besuchte sie auch nie zuhause. Zu Filmeabenden und Beautytagen musste sie zu mir kommen.

Jetzt zog sie mich am Arm zu einer Gruppe junger Leute, die am anderen Ende des Saals vor der Bühne stand. Die meisten von ihnen kannte ich von den unzähligen Charities unserer Eltern, und natürlich war auch Lawrence unter ihnen. »Wir gehen am Mittwoch in den neuen Laden in der Westend Street.«

»Was für ein neuer Laden?« Ich wollte eigentlich nicht zu ihnen rübergehen.

»Himmel, Willa Rae, du lebst wirklich hinterm Mond! Die gesamte Upper East Side redet schon seit Wochen vom Seven Stories!«

»Ich nicht.« Aber ich gehörte auch nicht zur Upper East Side. Und ich ging auch nicht aus.

Penelope schüttelte tadelnd den Kopf. »Ich könnte dir eine gefälschte ID besorgen, dann könntest du mit.«

»Nein, danke. Kein Interesse. Außerdem würde Dad es sowieso nicht erlauben.«

»Kannst du dich nicht einmal heimlich rausschleichen? Nur ein einziges, winziges, ganz kleines Mal?« Penelope klimperte mit den Wimpern und ich musste lachen.

»Ich kann mich nicht rausschleichen, ohne unserem Doorman einen Schlaftrunk zu verpassen. Und ich will auch gar nicht mitgehen. Vor allem nicht, wenn diese Upper-East-Side-Snobs dabei sind.«

»Hey, du redest hier auch von Lawrence!«

»Okay, ich schließe Lawrence hiermit offiziell von den Snobs aus. Aber ich will trotzdem nicht.«

Penelope blieb stehen und reckte theatralisch die Hände in die Luft. »Beschwer dich bloß nicht bei mir, wenn du eines Tages als alte, runzelige Jungfer in Daddys Tower endest und dich nicht mal der alte Sack von Smith anfassen würde!«

Ich hatte ebenfalls gestoppt und sah sie strafend an. »Jetzt habe ich furchtbare Bilder im Kopf.«

Penelope grinste fies, trank ihren Champagner aus und griff sich von der nächsten Kellnerin gleich eine neue Flöte. »Ziemlich guter Stoff! Wirklich, Willa, du und ich, wir sollten …«

»Wir sollten die Gäste nicht länger warten lassen«, wurde sie gut gelaunt von Dad unterbrochen. Er bot mir seinen Arm dar und ich hakte mich unter. »Ich habe gehört, Richter Warren wartet schon sehr ungeduldig auf den ersten Gang.«

Penelope und ich lachten, Richter Warren wog über dreihundert Pfund. Außerdem war ich froh, dass Dad mich vor Lawrence und den anderen gerettet hatte, die mich sowieso alle seltsam fanden. Nett, aber seltsam. *Blöde Lackaffen! Sie waren mindestens genauso seltsam mit ihrem ständigen Gerede über Hedgefonds, verbotene Affären und Designerläden.*

In der Mitte der Tanzfläche blieb Dad stehen. »Ladys und Gentlemen!«

Ich zog meinen Arm zurück. Menschen drängten sich um uns und es wurde kirchenstill, wie immer, wenn Dad die Stimme hob.

Nonchalant begrüßte er die Gäste und fand wie immer den richtigen Ton zwischen ernst und heiter. *Milliardäre,* sagte er immer, *beherrschen den Smalltalk und mixen ihn mit Tiefsinn, damit sie nie oberflächlich wirken.* Als er die Anekdote erzählte, wie er mir einmal zum Geburtstag einen gigantischen Malkasten geschenkt hatte, errötete ich, musste aber dennoch lächeln. Mit Pinseln und Farbtöpfen hatte ich in dieser Nacht ein Fresko aus grünem Wasser, morgenrotem Nebel und Sumpfzypressen auf meine vier Zimmerwände gezaubert, die zuvor eierschalenfarben gewesen waren. Dad hatte mich am Morgen schlafend auf dem Boden in einer Flut Ölfarbe gefunden: »Das ganze Kind war in Flussgrün,

Morgenrot und Silber schattiert wie die Wände.« Alle lachten. Ich auch.

Das Fresko existierte noch immer. Nachdem Dad sich von dem anfänglichen Schock erholt hatte, durfte es bleiben, und ich hatte es in all den Jahren perfektioniert. Mein Südstaatenzimmer, nannte ich es.

Nach Dads Rede dankte ich den Gästen für ihr Kommen, für die Glückwünsche und vor allem für ihre Spenden. »Ich würde Sie jetzt bitten, Platz zu nehmen«, endete ich steif. Ich hatte meine wenigen Sätze auswendig gelernt, weil ich anders als Dad nicht gerne frei vor einem großen Publikum sprach, aber Dad nickte trotzdem zufrieden.

»Alles, was du serviert bekommst, ist garantiert ohne Nüsse und Hühnereiweiß, sieht aber genauso aus wie das, was die anderen auf dem Teller haben«, flüsterte er mir zu, als wir uns mit Penelope und ihren Eltern an einen Fünfertisch setzten.

Ich nickte. Die wenigsten wussten von meiner lebensbedrohlichen Allergie. *Wenn diese Information in die falschen Hände gerät, könnte dich ein Verrückter ganz leicht umbringen,* hatte Dad mal gesagt. *Einfach um mir eins auszuwischen.* Und wahrscheinlich käme derjenige sogar ungestraft davon. Anders als bei Gift könne man dem Täter die böse Absicht nie zweifelsfrei beweisen. Sollte er auffliegen, könne er das Attentat immer als Versehen deklarieren. Das setze die Hemmschwelle für so einen Anschlag natürlich herab.

Damit hatte Dad vollkommen recht. Und seit er das gesagt hatte, aß ich ungern außer Haus und wenn, dann am liebsten in den wenigen ausgewählten Lokalen, in denen er jeden Koch und Angestellten persönlich kannte. Doch auch im Penthouse, wo jedes Lebensmittel dreimal kontrolliert wurde, hatte ich manchmal Angst, ein Verrückter könnte es schon vorab mit Allergenen präpariert haben.

Während des Essens saß ich zwischen Dad und Penelope. Penelope redete wieder von Lawrence und natürlich auch über die Auswahl der einzelnen Menügänge. »Roter Thun und Gambas … in Lambda-Öl?«, flüsterte sie mir ins Ohr. »Das ist das teuerste

Olivenöl der Welt! Ich glaube, eine Flasche kostet zwanzigtausend Dollar!«

»Zweiundzwanzigtausend«, verbesserte ich fast entschuldigend.

Später beim Dessert lief es ähnlich. »Ein Golden-Phönix-Cupcake? Wie viel Karat hat der Blattgoldüberzug?«

»Äh ... dreiundzwanzig Karat.«

»Und einer kostete wie viel?«

»Über tausend Dollar.«

Penelope rollte theatralisch mit den Augen. »Ach nur! Und es sind ja bloß dreihundert Gäste.«

»Oder so!«, zog Dad sie auf, der sie genau gehört hatte.

Penelope errötete und grinste entschuldigend. »Wäre ich ein Mann, würde ich Willa vom Fleck weg heiraten.«

Dad und sie alberten ein bisschen mit Penelopes Eltern herum, aber ich hörte nur noch mit einem halben Ohr zu. Mein ungutes Bauchgefühl meldete sich plötzlich wieder, keine Ahnung wieso, vielleicht, weil ich meine Aufmerksamkeit gerade zu sehr nach innen gerichtet hatte. Vielleicht lag mir aber auch nur der Cupcake im Magen. Instinktiv berührte ich das Armband in meinem Zopf und sah mich nach Delilah um. Ihre ruhige Art hätte mir jetzt gutgetan, aber leider saß sie am Tisch für das Personal und das Essen war noch nicht offiziell vorbei. Es wäre unhöflich, vor dem Servieren des Käses aufzustehen.

Kurze Zeit später, als die ersten Paare zu The Marquise tanzten und Penelope sich zu Lawrence aufgemacht hatte, wollte ich zu ihr gehen, doch da kam Dad auf mich zu. »Darf dein alter Herr dich auf ein Wort entführen?«

Ich lachte. »Also erstens bist du erst dreiundfünfzig, und zweitens brauchst du mich nicht zu entführen. Mit dir gehe ich überall hin.« Mit Delilah könnte ich auch später noch reden.

»Oh, na dann erweisen Sie mir die Ehre, sehr verehrte Miss Hampton.« Er zwinkerte mir zu und dirigierte mich in einen angrenzenden Festsaal, den er offenbar auch angemietet hatte. Auf dem einzigen Tisch in der Mitte stand ein duftender Strauß cremeweißer Gladiolen. Davor blieb er stehen. »Ich wollte es dir nicht vor all den Gästen überreichen.« Plötzlich ernst geworden, zog er ein Päckchen aus der Tasche seines Jacketts.

Meine Augen wurden groß. »Dad, du weißt, ich wollte keine Geschenke! Ich wollte nur Spendengelder. Das galt auch für dich. Und du hast doch schon diese Feier ausgerichtet.«

»Es ist nichts, das ich neu gekauft habe, falls dich das beruhigt.«

Er würde es mir so oder so geben, also nahm ich das goldverpackte Geschenk, das er mir entgegenhielt. »Okay.« Das Papier war glatt und kühl unter meinen Fingern, die dunkelrote Schleife aus weichem Samt. Vorsichtig löste ich die Klebestreifen und faltete das Papier auseinander.

Zum Vorschein kam ein dunkelblaues Schmuckkästchen, wie man sie von einem Juwelier erhielt. »Nicht neu gekauft, ja?«, fragte ich gespielt streng. Wahrscheinlich waren es die Ohrringe, die ich neulich bei Cartier entdeckt hatte, winzige Stecker mit Edelsteinen, die genau die Farbe meiner Augen hatten.

Jetzt lächelte Dad. »Ehrenwort. Mach es auf!« Er nahm mir Papier und Schleife ab, legte beides auf den Tisch, und ich klappte den Deckel nach oben.

Ich erkannte sofort, was es war. »Moms Ehering, Dad?«, flüsterte ich schockiert. Es war unverkennbar ihrer. Er besaß neben glitzernden Diamanten auch noch einen zu einem Herzen geschliffenen Rubin in der Mitte. Diesen Stein hatte ich immer geliebt.

Dad musterte mich aufmerksam. »Findest du ihn als Geschenk unpassend?«

Ich schwieg. Unpassend war das falsche Wort, nur fiel mir kein anderes ein.

»Ich denke, deine Mom hätte nichts dagegen gehabt … falls du mal heiraten solltest, könntest du ihn tragen. In vielen Familien wird der Ehering weitervererbt. Töchter bekommen nur meist den ihrer Groß- oder Urgroßmutter, und nicht den ihrer Mom … So sollte es zumindest sein«, fügte er hinzu.

»Oh Dad!« Die Diamanten zwinkerten im Licht der Deckenstrahler. Ich wusste nicht, was ich sagen sollte. Es käme mir nicht richtig vor, ihn anzunehmen. Ich meine, ich war Dads Tochter. Ich konnte doch nicht den Ehering meiner Mom tragen! Das war … einfach falsch.

»Gefällt er dir nicht?«

Ich schüttelte mit einem elenden Gefühl im Bauch den Kopf. »Doch … aber wen sollte ich schon heiraten?«

Dad lachte und fuhr sich durch das dunkle Haar, das nur einen winzigen Grauschleier an den Schläfen zeigte. »Keine Ahnung. Du kannst dir damit gerne noch sehr viel Zeit lassen, Liebes. Und bis dahin kannst du ihn als Schmuckstück tragen oder in deinen Nachttisch legen.«

Ich hielt die Steine ins Licht. Das blutrote Rubinherz schien von innen heraus zu glühen. »Ich weiß nicht, Dad.«

»Probiere ihn einfach mal an. Du hast ihre zierlichen Finger …« Dad wischte sich die Hände an seiner Hose ab, als wären sie feucht. Er schien nervös, weil ich offenbar anders reagierte, als er erwartet hatte. Und auch enttäuscht, da er mir nicht in die Augen sah.

Plötzlich kam ich mir zum zweiten Mal heute durch und durch undankbar vor, weil ich sein Geschenk zurückweisen wollte; ein Geschenk, das ihm vielleicht selbst nicht leichtgefallen war und das ihm offenbar viel bedeutete. Ungeschickt streifte ich mir daher den Ring über den Finger. Er passte tatsächlich wie angegossen. »Er ist ein absoluter Traum, Dad«, sagte ich leise. Auf einmal lag ein schweres Gewicht auf meinem Herzen. Ich konnte nicht Moms Ehering tragen, aber ich konnte Dad auch nicht verletzen. Das war das Letzte, das ich wollte.

Eindringlich betrachtete Dad den Ring, der an meinem Finger funkelte. »Weißt du, deine Mom hätte genauso entschieden.«

»Du meinst, das mit dem Ring?«

Jetzt sah er mich wieder an. »Nein, damals. Sie wollte, dass ich dich rette. Nicht sie. Und wenn deine Mom sich zwischen mir und dir hätte entscheiden müssen, wäre ihre Wahl auch auf dich gefallen. Und genau das hätte ich mir auch gewünscht, denn nur so ist es richtig.«

Ich spürte, wie mir die Tränen in die Augen stiegen. Es tat so gut, das zu hören, auch wenn ich mich immer noch schuldig fühlte. »Ich wünschte, sie wäre heute hier, Dad.«

»Ja.« Seine Stimme klang rau und schwer. »Ich auch.«

Ich musste ihn wieder aufmuntern. »Ich glaube, Mom wäre glücklich, wenn ich ihren Ring eines Tages trage.« Unsicher beobachtete ich ihn, ob ich das Richtige gesagt hatte.

Dad belohnte mich mit einem strahlenden Lächeln. Seine Trauer schien wie weggeblasen. »Ganz sicher, Darling! Sie wäre stolz auf dich.«

Spontan umarmte ich ihn, und er gab mir einen Kuss auf die Stirn. Auf einmal fühlte ich mich ihm noch näher als sonst. Ich meine, indem er mir Moms Ring schenkte, bewies er doch, dass er mich von jeglicher Schuld freisprach. Nicht, dass er mich je beschuldigt hätte, aber manchmal hatte er diesen Blick – als würde er sich eine andere Realität ausmalen. Eine, in der er Mom gerettet hatte. Und nie konnte ich dabei seine Gefühle spüren, denn er verbarg sie zu gut. Aber immer fragte ich mich dann, ob er in dieser anderen Wirklichkeit glücklicher war als in dieser.

»Dad. Ich muss dir etwas sagen.« Es rutschte mir einfach heraus.

»Du findest die Party scheußlich?« Er machte ein erschüttertes Gesicht, aber das war gespielt.

»Nein.«

»Du magst die Schneerosen nicht?«

»Nein … das ist es nicht, Dad. Es geht um Grandma Anna.«

Seine blauen Augen verdunkelten sich schlagartig und mein Magen zog sich zusammen. »Sie hat mir einen Brief geschrieben. Und ich habe ihn gelesen.« Ich biss mir auf die Lippen, als ich ihn anschaute.

»Sie hat dir geschrieben?« Er wirkte irritiert. »Wann?«

»Delilah hat mir den Brief gestern gegeben. Er war zwischen die Werbeprospekte gerutscht. Grandma hat mich eingeladen, sie zu besuchen.« In ängstlicher Erwartung sah ich ihn an.

Dad seufzte tief, wirkte aber zum Glück nicht böse. »Wieso denn das?«

»Sie will mit mir über Mom und dich reden.«

Dad gab einen bitteren Laut von sich. »Ich kann mir vorstellen, wie das aussieht. Sie wird dir einreden wollen, ich sei schuld am Tod deiner Mom.«

»Aber das ist doch völlig absurd! Es war ein Unglück.«

»Ich weiß. Trotzdem hält sie daran fest.«

Dad sah so bekümmert aus, dass ich das Thema nicht weiter vertiefen wollte, daher sagte ich: »Sie wohnt jetzt in Louisiana. In Baton Rouge.«

»Ja.«

»Du wusstest das?«

»Mein Anwalt hat es mir neulich geschrieben.« Ernst betrachtete er mich, und ich blinzelte ein paar Mal. »Willa, deine Grandma möchte einen Keil zwischen uns treiben; schon damals wollte sie am liebsten, dass du bei ihr aufwächst, damit sie eine zweite Chance bekommt.«

»Wie bitte?«

»Ist das nicht offensichtlich? Sie hat ihre Tochter verloren. Durch meine Schuld, wie sie glaubt. Du solltest ihr eine zweite Ivy-Rose sein. Eine, zu der sie ein besseres Verhältnis haben könnte, denn sie und deine Mom ... sie hatten ihre Differenzen.«

Dass Mom und Grandma sich nicht gut verstanden haben sollten, war mir völlig neu, und auch Grandmas Brief hatte nicht danach geklungen.

Wir hatten zauberhafte Sommer dort.

Andererseits waren seit dieser Zeit so viele Jahre vergangen, vielleicht wollte Grandma sich nur an das Schöne erinnern. Und als Kind hatte ich vielleicht die Spannungen zwischen ihnen nicht mitbekommen. Vielleicht musste ich sie selbst danach fragen, aber dafür müsste ich mit ihr sprechen. »Dad«, sagte ich daher, »niemand könnte je einen Keil zwischen uns treiben. Auch Grandma würde das nicht schaffen, egal was sie sagt.«

Er lächelte bedrückt. »Sie hat es kurz nach dem Unglück schon versucht. Du erinnerst dich nur nicht mehr. Sie hat auch behauptet, ich hätte zu wenig Zeit für dich und würde dich vernachlässigen.«

»Wie bitte? Du hast dir immer alle Zeit der Welt für mich genommen.« Wie hatte Grandma nur so etwas behaupten können? Aber sie sagte ja auch, Dad wäre schuld an Moms Tod. Allein das war schon total unfair. »Grandma kennt dich überhaupt nicht richtig«, sagte ich kopfschüttelnd. Irgendwie machte es mich wütend und traurig, wie Grandma über Dad dachte – den Menschen, der mir auf der Welt alles bedeutete.

Dad erwiderte nichts und betrachtete mich von oben bis unten, als grübelte er über etwas nach, dann fragte er: »Möchtest du im Sommer wieder mal nach Rosewood Manor? Ist es das?«

Ich musste schlucken und dachte an die Sommermonate mit Mom und Grandma, an meine raschelnden Kleider und die duftenden Rosen. An Nathan, den Jungen, dessen Geschenk ich selbst auf diesem Fest in einem meiner Zöpfe trug.

»Es gab Gründe, warum wir nicht wieder dort waren, aber jetzt ... wusstest du, dass es bald dir gehört?« Dad lächelte.

Mich traf fast der Schlag. »Wie bitte?«

»Ich hatte es aus steuerrechtlichen Gründen deiner Mom überschrieben. Nach ihrem Tod habe ich es auf dich übertragen lassen. Ab deinem einundzwanzigsten Geburtstag hast du volle Verfügungsbefugnis darüber.«

Und das erzählte er mir so nebenbei! Das war so typisch Dad. Einmal hatte er mir die perfekte Nachbildung der Heart-of-the-Ocean-Kette geschenkt, dem legendären Schmuck aus *Titanic,* den er ursprünglich für seine Sammlung ersteigert hatte. Hatte ja nur siebzehn Millionen Dollar gekostet.

Für Sekunden konnte ich nichts sagen, dann fiel ich Dad um den Hals und drückte ihn, so fest ich konnte. Rosewood Manor bedeutete mir alles. Doch plötzlich kam mir etwas ganz anderes in den Sinn. Was, wenn wir nicht mehr dort gewesen waren, weil die Erinnerungen an Rosewood Manor für Dad zu schmerzhaft waren?

Ich ließ ihn los und sah ihn an. »Dad ... wir müssen nicht hinfahren ... wenn du keine Zeit hast ... oder das nur machst, damit ich Grandma nicht besuche ... ich will sowieso nicht mehr zu ihr fahren.« Nicht, wenn sie versuchen würde, Dads und meine Beziehung mit der Vergangenheit zu belasten.

Dad zog mich in seine Arme zurück. »Ich will mit dir hinfahren, um dich glücklich zu machen. Wenn du glücklich bist, bin ich es auch.« Er lachte. »Und jetzt sollten wir zurückgehen. Ich muss mit

Mr. Strickland über Kanada sprechen, und du solltest besser schnell zu Penelope gehen, bevor sie sich aus Versehen mit ihrer Handtasche erwürgt. Himmel, wer denkt sich denn so etwas aus?«

»Plazane.« Ich musste grinsen und fühlte mich plötzlich federleicht. *Im Sommer,* hatte Dad gesagt. Jetzt war es Anfang Juni. Es bedeutete, wir würden schon in den nächsten Wochen fahren.

Wir gingen zurück. Ich sah mich nach Delilah um und entdeckte sie dank ihres safrangelben Saris sofort am Haupteingang des Saals, das Telefon fest ans Ohr gepresst. Ihre Augen waren weit aufgerissen.

Mein Herz setzte einen Schlag aus. Ich hatte ihr von Rosewood Manor erzählen wollen, aber der Zeitpunkt schien ungünstig. Mit wem sie auch sprach, derjenige musste ihr etwas mitteilen, das sie in Angst und Schrecken versetzte. Vielleicht war es schon wieder ihr Vater. Zum gefühlten neunhundertsten Mal heute! Den ganzen Tag über hatte er immer wieder angerufen.

Rasch ging ich am Rand der Tanzfläche auf sie zu, als mein Handy klingelte. Es war weder die Klaviersonate von Dad noch das Glockenläuten von einem der Angestellten. Dieser Klingelton war der Standardton.

Schlagartig verpuffte das federleichte Gefühl. Ich blieb zwischen Tanzfläche und Entree stehen; und obwohl ich noch vielleicht zwanzig Schritte von Delilah entfernt war, bemerkte sie mich und fing meinen Blick auf. Sie schien immer noch total erschrocken, versuchte jedoch ein Lächeln.

Verwirrt angelte ich mein iPhone aus der Clutch. Wer rief mich jetzt an? Niemand außer Dad, dem Personal und Penelope kannte meiner Nummer, nicht einmal Grandma. Aber womöglich hatte Delilah ihr meine Nummer gegeben. Sie hatte mir ja auch ohne Dads Wissen ihren Brief zugesteckt. Möglicherweise sah sie deshalb so erschrocken aus. Gleichzeitig wusste ich, dass das niemals der Grund für ihre schreckgeweiteten Augen sein könnte.

»Willa Rae Hampton«, meldete ich mich und hielt mir das freie Ohr zu, um besser hören zu können.

»Guten Abend, kleine Lady.«

Ich blinzelte. Die Männerstimme war mir völlig fremd, und

doch machte mich etwas in ihr sofort unruhig. Mein Herz klopfte schneller. Es kam mir vor, als bestätigte sich in diesem Moment die böse Vorahnung, die mich den ganzen Tag über nicht losgelassen hatte. Und wie in meinem Albtraum hatte ich auf einmal das Gefühl, dass mich etwas Finsteres, Todbringendes in die Tiefe zog. Was immer es war, es fühlte sich an, als hinge es unmittelbar mit diesem Mann zusammen.

Kapitel 4

»Wer spricht da?« Meine Frage war ein Reflex, ich hatte nicht darüber nachgedacht, was ich sagen wollte.

Am anderen Ende der Leitung hörte ich den Mann atmen, vielleicht blies er auch den Rauch einer Zigarette aus. »Hör genau zu: In dieser Sekunde ist eine Waffe auf deinen Vater gerichtet. Wenn du nicht tust, was ich sage, wird der Schütze den Abzug betätigen. Und er trifft immer.«

Blut stieg mir in die Ohren, und ich dachte aus irgendeinem Grund an ein Springfield M1903, ein Scharfschützengewehr, von dem Dad öfter sprach, auch wenn er selbst nur Glocks und antike Revolver in seinem Waffenschrank hatte. Mit dem Telefon am Ohr blickte ich mich um. Rechts neben mir war die Tanzfläche. Links die Tische und dahinter der Säulengang. Dad stand hinter den Säulen an der großen Fensterfront, die zur 5th Ave lag, und er sprach immer noch mit Mr. Strickland. Die beiden lachten offenbar über einen Witz. Instinktiv wollte ich ihm zurufen, er solle sich ducken, da redete der Mann schon weiter.

»Du wirst nichts tun, was seine Aufmerksamkeit erregt. Nur eine falsche Reaktion, und sein Gehirn verteilt sich auf dem guten Mr. Strickland wie Grießpudding. Hast du das verstanden?« Für den Bruchteil einer Sekunde überlegte ich, ob es ein ganz mieser Scherz von Penelope war, der mit einer Überraschungstorte und einem Stripper enden würde, aber dafür klang der Mann zu feindselig, und selbst Penelope würde nicht so weit gehen. »Ob du das verstanden hast, habe ich gefragt?«, wiederholte er, als ich nicht antwortete.

»Ja«, flüsterte ich. Das Herz schlug mir bis zum Hals.

»Das ist gut, kleine Lady. Siehst du Delilah Jordan?«

»Ja.«

»Lächle sie an!« Seine Stimme war scharf wie eine Rasierklinge. Aber noch schlimmer war, dass er offenbar durch meine Augen sah, jedenfalls wusste er, mit wem Dad sprach, bestimmt konnte er mich sehen. Vielleicht war er im Grand Ballroom? Womöglich war auch der Schütze hier drin!

Ich zwang meine Mundwinkel nach oben. Ich wusste nicht, wie ich das schaffte, mein Kopf war völlig leer, ich reagierte nur noch.

Delilah, die mich immer noch anstarrte, nickte auf einmal mechanisch, dann wandte sie sich urplötzlich an meine Bodyguards Sander und Navid, ohne das Telefon an ihrem Ohr loszulassen.

Das passiert nicht wirklich! Das kann nicht sein! Ich kam mir vor, als würde die Realität in unendlich viele Farben zerlaufen.

»Du nimmst jetzt den Seitenausgang des Saals und gehst zu den Restrooms bei der Champagner-Bar, gleich neben dem Foyer. Du sprichst mit niemandem außer mit mir, ist das klar?«

Ich sah mich um, entdeckte aber auf die Schnelle keinen Gast, der telefonierte, aber es waren ohnehin zu viele. Ich konnte nicht sagen, ob der Mann am anderen Ende der Leitung hier war, aber eines stand fest: Es war kein Scherz.

»Okay.« Wie in Trance lief ich los, mitten durch die Tanzenden, ein Wirbel aus fliegenden Ballkleidern und silbernem Licht. Als ich ans Ende gelangte, kam Penelope auf mich zu.

»Willa, hey, ›Belle de Jour‹, wo willst du denn hin?«, rief sie überlaut, um die Musik zu übertönen.

Wie paralysiert blinzelte ich sie an und sah nicht mehr als ihre Meerespflanzenhaare und ihr Gesicht, das mir wie ein leeres Oval erschien.

»Wer ist das?« Der Mann hatte sie natürlich ebenfalls gehört.

»Pe-Penelope«, stotterte ich und versuchte, es so zu betonen, als würde ich sie ansprechen. »Ich komme gleich wieder. Ich … ich muss mir nur schnell die Nase pudern.«

»Oh, dann komme ich mit. Ich muss dir unbedingt erzählen, was Lawrence …«

Hektisch schüttelte ich den Kopf. »Nein, das geht nicht … ich muss … ich muss privat telefonieren.« Demonstrativ wackelte ich mit dem Handy an meinem Ohr.

Sie grinste verständig. »Zuckerpüppchen, ist das etwa ein Mr.-Lover-Lover?«

Ich hätte mit den Lippen ein lautloses *Hilfe!* formen können, aber Penelope war Penelope. Sie würde nur ein verständnisloses *Hä?* von sich geben, und Dad wäre womöglich tot. Also sah ich sie nur strafend an, so als würde ich mich über das Mr.-Lover-Lover ärgern.

Ihr Grinsen wurde unanständig. »Telefoniere du nur, Zuckerpüppchen. Ich hole mir in der Zeit noch einen Martini, und dann reden wir.« Mit diesen Worten bahnte sie sich einen Weg über die Tanzfläche und wurde sofort von den erhitzten Körpern verschluckt.

Wie auf Autopilot lief ich zum Nebeneingang. Mein Herz hämmerte mittlerweile so wild, dass ich fürchtete, gleich ohnmächtig zu werden.

»Ist sie weg?«

Ich wusste nicht, wie ich es geschafft hatte, so geistesgegenwärtig zu reagieren. »Ja«, sagte ich atemlos.

»Und Sander und Navid?«

Er kennt die Namen meiner Bodyguards! Entsetzt sah ich über die Schulter. Delilah redete mit großen Gesten auf beide ein, und mir kam der Gedanke, dass sie Sander und Navid ablenken sollte. Das alles hier war ein abgekartetes Spiel. »Reden mit Delilah.«

»Gut, kleine Lady. Sehr gut. Geh weiter und schau, dass dir niemand folgt.«

»Okay.«

Mein Kopf war immer noch wie von einem weißen Nebel gefüllt. Ich lief durch einen barocken Gang und kam an einer Frau in roter Abendrobe vorbei, offenbar ein Hotelgast. Ich traute mich nicht, ihr ein Zeichen zu geben. »Jetzt bin ich im Foyer«, sagte ich, als ich die Empfangshalle betrat.

»Gut gemacht, kleine Lady. Gleich bist du da. Meide die Rezeption.«

In einem weiten Bogen ging ich an dem noblen Empfang vorbei und gelangte zu den Restrooms, die zu der exklusiven Champagner-Bar gehörten.

»Geh in die zweite Kabine, hole das Handy, den Schraubenzieher und die Tüte aus dem Mülleimer.«

Die Forderungen kamen zu schnell. Ich hatte keine Zeit, darüber nachzudenken, wie ich jemanden um Hilfe bitten konnte. Hastig schloss ich die Tür hinter mir ab, kniete mich auf den Boden und kramte alles aus dem Abfall hervor.

»Du wählst die Nummer, die ich dir diktiere, aber du legst mit deinem Handy noch nicht auf, verstanden?«

Ich tat, was er sagte. Am Apparat hörte ich ein Telefon klingen. »Hey, kleine Lady.« Jetzt hörte ich ihn doppelt, und es kam mir vor, als würde seine Stimme gewaltsam in mein Gehirn eindringen. Fieberhaft dachte ich nach. Vielleicht könnte ich mit dem Kajal in meiner Handtasche eine Nachricht hinterlassen; ich könnte auf den Spiegel schreiben.

»Schalte dein Handy aus.«

»Aber …«

»Schalte. Dein. Handy. Aus.«

Seine abgehackten Worte trieben meinen Puls weiter in die Höhe. Ich gehorchte.

»Jetzt nimmst du den Schraubenzieher und zerstörst es, danach schießt du ein Foto und sendest es an den einzigen eingespeicherten Kontakt.«

»Was?«

»Du hast mich genau verstanden, nicht wahr?« Da schwang etwas in seiner Stimme mit, das ich nicht richtig deuten konnte. Ich spürte nicht nur die konkrete Bedrohung hinter seinen Worten, sondern auch etwas Persönliches, Tieferes. Es klang, als würde er mich kennen.

Panisch überlegte ich, was ich tun sollte. Wenn ich mein iPhone zerstörte, würde mich niemand mehr orten können.

»Worauf wartest du? Der Schütze hat einen nervösen Finger, und wir haben einen straffen Zeitplan.«

»Okay. Okay, warten Sie ... bitte.« Hektisch umklammerte ich den Schraubenzieher und legte mein Handy vor mich. Ich hatte noch nie etwas mutwillig kaputtgemacht, rohe Gewalt, gleich welcher Art, lag jenseits meiner Natur. Ganz fest kniff ich die Augen zusammen und stieß zu. Das hässliche Knacken klang, als zerbräche ein Ei. Ich öffnete die Augen und sah das Werkzeug, das mit der Spitze durch den Screenshot ins Gehäuse gedrungen war. Der Anblick des gesplitterten Glases ließ mich bis ins Mark frösteln; es ging mir nicht um das Handy, sondern um die Zerstörung. Um das zertrümmerte Gerät, das mir für einen Augenblick wie ein Symbol für mein Leben erschien. Mit zitternden Fingern schoss ich das Foto und schickte es an den Kontakt, den ich fand. *Isaac.*

Bestimmt nicht sein richtiger Name. Es summte auf der anderen Seite. »Das hast du gut gemacht, kleine Lady.« Ich hörte das feine Lächeln in seiner Stimme, und ein Angstschauder kroch mir über den Rücken.

Er kennt mich. Ganz sicher kennt er mich!

»Jetzt öffnest du die Tüte und ziehst die Sachen an!«

Wieder ging alles viel zu schnell. Ich konnte nicht nachdenken, nur tun, was er sagte. Aber vielleicht suchten Sander und Navid schon nach mir. Vielleicht bekam ich gleich Hilfe. Mit diesem Gedanken kramte ich einen schwarzen Regenmantel aus dünnem Stoff aus der Plastiktüte, ebenso eine blonde Langhaarperücke und eine Sonnenbrille. Völlig neben mir schlüpfte ich in den Mantel, zog die Perücke auf und stopfte meine Zöpfe wie Würste darunter, dann setzte ich die Sonnenbrille auf.

Mir war klar, dass ich in den Sachen das Hotel verlassen sollte, um nicht erkannt zu werden. Mir war ebenfalls klar, dass ich es war, die sie wollten, nicht Dad, aber ich hatte keine Zeit, über irgendetwas länger nachzudenken.

»Alles erledigt.« Meine Finger schwitzten, das fremde Handy rutschte mir fast aus der Hand.

»Steck den Schraubenzieher und das kaputte Handy in deine Handtasche. Wir kontrollieren das später.«

»Mache ich.« Natürlich tat ich es.

»Und jetzt schau draußen im Spiegel, ob alles sitzt.«

Ich verließ die Kabine und starrte wie betäubt auf die Fremde in dem glänzenden Spiegel. Niemand würde mich so erkennen, und ich wusste nicht, ob das gut oder schlecht war. Gut für Dad sicherlich, aber schlecht für mich. Tränen stauten sich in meiner Kehle, doch ich war voller Adrenalin, meine Furcht viel zu groß, um zu weinen. Außerdem bekam ich schon die nächste Instruktion.

»Du verlässt das Hotel jetzt durch den Haupteingang, läufst Richtung Trump Tower und rufst dir ein Taxi.«

»Ja.« Ich flüsterte. Ich war so voller Angst. Wenn ich das Hotel verlassen hatte, gäbe es keine Möglichkeit mehr, Hilfe zu holen. Trotzdem ließ ich mir von einem Anzugträger die Tür aufhalten. Von draußen sah ich noch einmal ins Foyer und betete, jemand Vertrautes zu sehen: Sander, Navid, Penelope oder Dad, doch da waren nur Fremde. Mein Hals schnürte sich zu. Ich wollte mich hinsetzen, nachdenken und eine Lösung finden, aber ich traute mich nicht, nur für den Fall, dass mich tatsächlich jemand im Visier hatte. Vielleicht sogar dieser Mann am Telefon.

Autos hupten, als ich die Straße entlanglief. Irgendwo ertönte eine Sirene, gefolgt von dem Einsatzhorn eines Krankenwagens. Sinneseindrücke flogen an mir vorbei, bruchstückhaft und wie aus dem Zusammenhang gerissen. Die Kühle der Nacht auf meiner Haut, der Geruch nach Abgasen, Fastfood und Parfüm. Gut gekleidete Menschen, die an mir vorbeieilten.

»Ich höre die Stadt, du bist also draußen.« Wieder riss mich die Stimme am Telefon aus dem Nebel in die Realität. »Wenn du weit genug vom Hotel entfernt bist, rufst du dir ein Taxi.«

»Das … das habe ich noch nie getan«, stotterte ich und starrte auf die Straße, auf der Hunderte von Autos vorbeifuhren.

»Stell dich an den Straßenrand und winke. So schwer ist das gar nicht, kleine Lady.« Er lachte sogar.

»Okay.« Ich trat an den Randstein und fuchtelte wie wild mit dem Arm in der Luft herum. Ich hatte mir nicht nur niemals ein Taxi gerufen, ich war auch noch nie in einem gefahren. »Taxi!«, schrie ich jetzt, weil ich das aus Filmen kannte, und spürte, wie mir die Tränen in die Augen stiegen. Wer garantierte mir, dass sie Dad nicht trotzdem erschossen, selbst wenn ich tat, was sie wollten? Andererseits: Wenn sie mich wollten, brauchten sie Dad noch. Er musste bezahlen, also würden sie ihn kaum töten.

Ein gelber Wagen hielt neben mir. »Das Taxi … ich hab eins«, stieß ich hervor.

»Na, siehst du, war doch ganz leicht. Steig ein und lass dich in die Brielle Ave, Ecke Babe Ruth Stadium, fahren. Staten Island.«

»Staten Island«, wisperte ich entgeistert. Das war im Nirgendwo. Menschen verschwanden auf Staten Island! Ganze Gebäude verschwanden auf Staten Island. Das sagten zumindest Penelope und ihre Upper-East-Side-Freunde.

Mit bebenden Händen öffnete ich die Tür des Wagens, auch das hatte ich noch nie getan: eine Autotür selbst geöffnet. »Guten Abend, Sir«, versuchte ich höflich zu sagen, aber meine Stimme brach. Der schnauzbärtige Inder warf mir trotzdem nur einen flüchtigen Blick zu. »Können Sie mich nach Staten Island fahren?«

»Hm«, brummte er zustimmend und stellte das Taxameter an.

»Geld findest du in der Manteltasche.« Gut, der Mann, mit dem ich telefonierte, war jedenfalls nicht dieser Taxifahrer. Er war weiter weg, irgendwo dort draußen, aber das war keine echte Erleichterung.

Ich stieg ein und schlug die Tür zu.

»Wohin genau, Miss?« Der Fahrer drehte sich nicht mal um.

Es war befremdlich, denn wenn ich mit Dad unterwegs war, überschütteten mich die Menschen mit Aufmerksamkeit und Komplimenten. »Ich …«

»Brielle Ave, Ecke Babe Ruth Stadium«, half der Mann am Telefon nach.

Ich wiederholte es. Jetzt wandte sich der Fahrer hinter dem Steuer doch zu mir um. »Ist 'ne einsame Gegend, Miss. Wenn überhaupt, hängt da viel Gesocks rum.«

»Ich … ich treffe mich dort … mit … mit einem Freund«, sagte ich hastig und wunderte mich, wie schnell mir das eingefallen war, wo ich sonst immer so viel Wert auf Ehrlichkeit legte.

Das Taxi fuhr los, und ich wollte nichts lieber, als das elende Telefonat wegdrücken, aus dem Auto springen und zu Dad zurücklaufen. Der Fahrer schwieg und drehte das Radio lauter. Es lief *Hello* von Adele, ein Song, den Dad und ich liebten, aber ich konnte nur auf den am Rückspiegel baumelnden Elefantengott Ganesha starren.

Am anderen Ende der Leitung hörte ich den Mann atmen. Es klang schwer und tief, als schüttelte er seine Anspannung ab. »Das hast du gut gemacht, mein Herz.«

Seine ruhige, dunkle Stimme lähmte alles an mir. Stocksteif sah ich nach draußen, doch dort waren nur verschwommene bunte Lichtpunkte.

»Nennen Sie mich nicht so«, sagte ich leise, aber bestimmt.

Er lachte ein seltsames Lachen, stakkatohaft, kalt und überlegen. »Wir zwei haben mehr gemeinsam, als du dir vorstellen kannst, aber das erfährst du noch alles. Wir sind ja erst am Anfang unserer Reise.«

Bei dem Wort *Reise* musste ich an Rosewood Manor denken, daran, dass ich vermutlich nicht im Sommer dort sein würde, sondern es vielleicht niemals wiedersah. Die Panik, keinen Fehler machen zu dürfen, um Dad nicht in Gefahr zu bringen, machte etwas anderem Platz. Der nackten Angst vor dem, was sie mit mir vorhatten. Doch selbst in dieser Angst ließ er mich nicht in Ruhe.

»Rede mit mir. Sag etwas Nettes. Tue so, als sei ich dieser Freund, mit dem du dich triffst, und erwähne niemals, nicht ein einziges Mal, das Wort Hampton.« Wieder atmete er tief durch, und mein Magen verkrampfte sich.

»Ich möchte nicht reden.« Mir war total schwindelig. Ich konnte immer noch nicht klar denken.

»Dann erzähle ich dir etwas. Du kennst doch sicher die kleine Sophie? Delilah Jordans Nichte?«

»Was ist mit ihr?«, fragte ich alarmiert und dachte an Delilahs geweitete Augen. *Gott, bitte mach, dass der Kleinen nichts geschehen ist!*

»Nun, sie hat uns dabei geholfen, an deine Telefonnummer zu kommen. Im weitesten Sinne natürlich. Den Rest hat Delilah erledigt. Natürlich nicht in böser Absicht.«

Es war dennoch ein Schock. »Wie?«

»Oh, es war einfach. Miss Jordan kommt und geht jeden Tag um dieselbe Zeit. Wir haben sie beobachtet. Wie verbringt sie ihren Feierabend? Wer liegt ihr am Herzen? Zu wem fährt sie regelmäßig?«

»Das Heim. Sie waren in dem Heim, in dem ihr Dad untergebracht ist.« Vielleicht waren sie so an Delilahs Handynummer gekommen. »Sie haben seine Sachen durchwühlt.«

»Nenn mich Isaac, kleine Lady. Es ist irritierend, wenn du so förmlich mit mir redest. Außerdem bin ich erst siebenundzwanzig.«

Es klang, als wäre es die Wahrheit. Aber wenn, war es nicht gut, dass er mir so viel über sich verriet.

Der Fahrer nahm den Lincoln-Tunnel unter dem Hudson River, und ich fühlte mich durch die Enge auf einmal wie lebendig begraben. »Ich kenne Sie gar nicht«, sagte ich mit brüchiger Stimme.

Er lachte wieder dieses Lachen, das so kalt war wie Permafrost. »Nein, natürlich nicht. Aber du solltest besser tun, was ich von dir verlange, Willa Nevaeh Rae. Und das wird bald eine ganze Menge sein.«

Mir wurde speiübel von seinen Worten. Außerdem kannte er meinen Zweitnamen, von dem kaum jemand wusste. Und er hatte ihn so vertraulich ausgesprochen, als stünden wir in irgendeiner Beziehung zueinander. In einer intimen Beziehung sogar.

»Wer bist du?«, flüsterte ich und sah hinaus, als wäre er dort im Tunnel, unter dem Fluss, in den blendenden Lichtern der Autos, die uns entgegenkamen; doch das war Unsinn. Oder? Ich blickte aus der Rückscheibe, ob er uns folgte, aber ich sah den Fahrer des hinteren Wagens nicht. Außerdem hätte ich auch dann nicht gewusst, ob er das war.

Plötzlich hatte ich das Gefühl, der Sauerstoff würde knapp. Unter dem Regenmantel staute sich die Hitze, und ich spürte den Schweiß, der mir zwischen den Brüsten hinunterlief.

»Weißt du, was es für ein Gefühl ist, wenn man sich sein Essen auf einer Müllhalde zusammenklauben muss?«

»Nein.«

Für einen Moment rauschte es in der Leitung und ich hoffte, die Verbindung würde aufgrund des Tunnels einfach abbrechen, doch das Netz stabilisierte sich wieder.

Isaac redete weiter. »Ich verrate es dir. Es ist, als wärst du der Abschaum des Abschaums. Der allerletzte Dreck, die Kakerlake, die jeder gerne unter seiner Sohle zerquetscht. Manchmal ist der faulige Gestank des Mülls so stechend, dass deine Augen zuschwellen. Manchmal beißen dich Ratten, und tagelang fragst du dich, ob sich die Wunde infiziert und dir die Finger abfaulen wie deinem Kumpel.« Seine Stimme fiel eine Oktave tiefer. »Hast du schon mal jemanden sterben sehen, Willa Nevaeh Rae?«

»Nein«, wisperte ich. Das letzte bisschen Mut sank in mir herab. Ich musste plötzlich an die Lindbergh-Entführung denken. Der Säugling wurde sechs Wochen später tot in einem Müllcontainer gefunden, obwohl sein Vater das Lösegeld gezahlt hatte. Was, wenn sie mich auf Staten Island töten würden? Wenn Dad nie erfahren würde, was mit mir passiert war? Ich schluckte mehrmals hintereinander. Er würde sterben vor Kummer. Mein Blick fiel auf das Rubinherz des Rings, und das Rot zerlief vor meinen Augen zu einer Lache aus Blut. Wenn sie mich umbringen würden, wäre sein Opfer umsonst gewesen. Mom wäre umsonst gestorben!

»Ist Ihnen nicht gut, Miss? Soll ich anhalten?« Die Stimme des Fahrers riss mich zurück aus dem Albtraum, aber er war nicht vorbei.

»Nein, mir … mir geht's gut.« Ich hatte nicht gemerkt, dass ich weinte. Hastig wischte ich mir über die Wangen, ließ aber die Sonnenbrille auf.

»Hey, kleine Lady! Verlier jetzt bloß nicht die Nerven, verstanden?«

»Es macht mir nichts aus, Miss. Ich könnte rechts ran...«

»Nein, mir … mir geht es wirklich gut. Ich muss nur … ich muss nur ganz dringend nach Staten Island.« Ich sah aus dem Fenster und registrierte erst jetzt, dass wir den Tunnel verlassen hatten. Wir waren bereits auf dem New Jersey Turnpike, und die fernen Stadtlichter huschten vorbei, blinde Augen, die mich nicht sahen. Für Sekunden blieb es still am anderen Ende der Leitung, doch ich hörte immer noch dieses Atmen, das so schwer klang, als hätte derjenige sein Leben lang Jagd auf mich gemacht und mich nach einem kräftezehrenden Marathon endlich gestellt.

»Weißt du, worauf ich mich freue?«, fragte er irgendwann.

»Nein.« Angstvoll berührte ich den Ring und spürte eine raue, scharfe Stelle.

»Auf dich.«

Seine vertraulich gesenkte Stimme kroch in jede Zelle meines Körpers. *Auf dich. Auf dich. Auf dich.* Ich wollte das Telefon aus dem Fenster schleudern, doch ich umkrampfte es nur fester.

»Ich frage mich, wie du so bist.«

Auf einmal glaubte ich zu wissen, was jenseits der konkreten Bedrohung lag. Es war ein Gefühl von Qual und Getriebensein, von Habenwollen und Nichtbekommen. Von Zorn. Als hätte ich ihm etwas gestohlen, das er sich wiederholen musste. Als würde er mich am liebsten mit einer Hand erwürgen und mit der anderen erforschen, um etwas über mich zu lernen, um herauszufinden, was ich besaß, das er nicht hatte. Für einen Moment schloss ich die Augen, um ihn auszublenden, aber ich schaffte es nicht. Ich merkte kaum, dass wir die Goethals Bridge nahmen. Erst als der Fahrer an einer Mautstelle hielt, erwachte ich aus meiner Angststarre. Ich hatte jedes Zeitgefühl verloren.

»Die Gebühr rechne ich in den Fahrpreis ein«, sagte er nur, ohne sich umzudrehen.

Ich nickte schwach. Im Rückspiegel fing ich seinen Blick auf, und er sah mich prüfend an, konnte aber meine Augen wegen der Sonnenbrille nicht sehen.

»Sie sind kreidebleich, Miss.«

Ich wünschte mir nichts dringender, als dass er die Situation für mich löste. Dass er erkannte, in welcher Lage ich mich befand, und sich weigerte, mich auf Staten Island aussteigen zu lassen. Dann wäre es nicht meine Schuld, wenn dieses Vorhaben misslang. Aber er wandte den Blick wieder auf die Straße, und der Augenblick war vorbei. Und wahrscheinlich würden sie Dad im Falle eines Scheiterns ohnehin töten, egal wessen Schuld es letztendlich war.

Kurz überlegte ich, mir mit Kajal ein HILFE auf die Haut zu schreiben, da ich kein Papier in der Handtasche hatte, aber selbst das erschien mir zu riskant. Was, wenn der Fahrer mich fragte, was ich da machte? Oder dieses HILFE vielleicht laut vor sich hin sagte?

Nein, das kam nicht infrage.

»Wo seid ihr?«

Ich sah hinaus. »Staten Island. Bradley Ave«, las ich von einem Straßenschild ab, an dem wir vorbeifuhren. Wir hatten den vierspurigen Freeway verlassen.

»Du bist fast am Ziel, kleine Lady.«

Die Bradley Ave führte durch ein vorstadtähnliches Viertel, am Ende der Straße bog der Fahrer in die Brielle Ave ab. Mein Herz hämmerte. Hämmerte und hämmerte immer schneller. Diese schnurgerade Straße führte in die Einsamkeit. Dichter Baumbestand wuchs zu beiden Seiten in die Höhe, was dahinter lag, konnte ich in der Dunkelheit nicht erkennen, und ich traute mich auch nicht, den Fahrer zu fragen.

Als er an der ausgemachten Ecke hielt, fing ich fast wieder an zu weinen und fragte mich, wann ich damit aufgehört hatte. Ich wollte nicht aussteigen, denn womöglich hatte ich mich selbst an den Ort meines Todes kutschieren lassen.

»Wir sind da«, sagte ich nur. Als ich das Geld aus dem Mantel kramte, hatte ich meine Finger nicht mehr unter Kontrolle.

»Er soll das Restgeld behalten.«

»Behalten Sie den Rest«, wiederholte ich zitternd und gab dem Fahrer die Scheine. Paradoxerweise musste ich daran denken, was mein Dad über mich gesagt hatte, als ich elf Jahre alt gewesen war. *Willa ist ein artiges Kind. Verträumt, zerstreut, aber leicht zu lenken.*

»Danke schön, Miss.« Der Taxifahrer musterte mich, bestimmt überrascht von meiner Großzügigkeit. »Soll ich warten, bis Ihr Freund da ist? Es gefällt mir nicht, Sie hier allein zu lassen.«

Offenbar war ich ihm doch nicht so gleichgültig, oder das Trinkgeld war hoch genug gewesen. Ich sah nach draußen zwischen die Bäume. »Nein, er … er ist schon da. Er wartet irgendwo dahinten.«

Ich machte eine vage Handbewegung. *Oh Gott, ich will nicht dort raus!* Mittlerweile war ich mir sicher, dass sie mich sofort töten würden. Warum sollten sie das Risiko eingehen und mich irgendwo gefangen halten? Panikbilder überfluteten meinen Geist. Wie würden sie mich töten? Mit einem Schuss in den Hinterkopf, den ich nicht einmal kommen sah? Oder mit einem sauberen Schnitt durch die Kehle, nachdem ich vergebens um mein Leben gekämpft hatte?

Es tut mir so leid, Dad. So unendlich, unendlich leid.

»Dort hinten sind nur die verwahrlosten Ruinen der alten Irrenanstalt, Miss. Sie sollten nicht dort hingehen, auch nicht mit Ihrem Freund.«

»Okay, machen wir nicht.« Deswegen hatten sie mich hierherbeordert. Wenn überhaupt, hingen an diesem Ort nur Junkies, Spinner und Dealer rum; Kriminelle, die sich nicht für den Mord an einer jungen Frau interessierten. Stumm flehte ich den Fahrer an, mich nicht gehen zu lassen, aber er hielt mich nicht zurück, als ich hinauskletterte.

Mit dem Gefühl, mein eigenes Todesurteil zu unterzeichnen, schlug ich die Tür zu. Das Telefon ans Ohr gepresst blickte ich ihm nach, wie er davonfuhr und die Rücklichter zu roten Punkten wurden, die sich in der Finsternis verloren.

Auf einmal war es still. Viel zu still. Ich erinnerte mich nicht daran, je so allein gewesen zu sein.

»Ich nehme an, er ist weg.«

»Ja.«

»Und du bist todsicher ganz allein?«

Zitternd schaute ich mich um. »Ja.« Aber natürlich lauerten irgendwo seine Leute auf mich, vielleicht sogar er selbst.

»Du setzt jetzt die Perücke und die Sonnenbrille ab und wirfst beides auf den Boden. Ebenso deine Handtasche.«

Ungeschickt folgte ich seinen Befehlen. »Okay!«

»In dem Mantel findest du ein Tuch. Binde es dir ganz fest um die Augen und sorge dafür, dass es gut sitzt! Es ist deine Lebensversicherung.«

Zuerst traf mich eine Welle des Schocks, dann begriff ich, was seine Worte bedeuteten, und gestattete mir einen tieferen Atemzug. Eine Augenbinde bedeutete, dass ich niemanden erkennen sollte. Sie hatten offenbar nicht vor, mich zu töten. Zumindest nicht sofort, aber natürlich konnte er lügen. Womöglich wollten sie mich mit der Augenbinde nur so hilflos wie möglich machen.

»Wenn du fertig bist, hebst du beide Arme.«

Ich wollte weder die Augenbinde umbinden noch sonst etwas tun. Am liebsten wäre ich ohnmächtig geworden, aber mein Körper tat mir den Gefallen nicht. Mechanisch fasste ich in die Manteltasche und fand etwas Weiches, das ich zuvor zwar bemerkt, doch in der Panik kaum realisiert hatte. Ich zog es heraus. »Ich muss das Telefon weglegen, um mir das Tuch umzubinden.«

»Steck es in die Tasche und lass es an.«

Ich spürte Erleichterung, als ich es wegpackte und diesem Isaac nicht mehr so ausgeliefert war, aber nur für den Bruchteil einer Sekunde. Meine Finger waren steif, so fest hatte ich das Handy umkrallt. Ich schaute Richtung Wald. Sah mich dort auf dem Boden liegen, mit blicklosen Augen und totengefleckter Haut, Rosen aus weißem Eis um mich herum wie Schnee. Es sah aus wie ein Gemälde aus Öl, zerlief in meinem Inneren und ließ nur kalte Furcht zurück.

Zum ersten Mal dachte ich wirklich an Flucht. Ich könnte einfach wegrennen. Die Bäume und die Dunkelheit boten Schutz; in den Ruinen, die der Fahrer erwähnt hatte, könnte ich mich vielleicht verstecken. »Dad!«, flüsterte ich in die Nacht. Wenn er doch nur bei mir wäre! Ich blinzelte mehrmals, und auf einmal sah ich ihn vor mir, wie er ahnungslos mit Mr. Strickland scherzte. Ich sah, wie er lachte, doch dann drehte er den Kopf in die imaginäre Richtung, aus der ich ihn betrachtete. Als würde er spüren, dass ich in Gefahr war und an ihn dachte.

Dad!, flehte ich stumm. Aufmerksam sah er mich an. *Hör mich, bitte, hör mich, Dad!*

Er lächelte mit einem zärtlichen Glanz in den blauen Augen.

Was soll ich machen? Dad, was soll ich nur machen?

Sein Blick hielt mich fest, seine Stimme füllte meinen Kopf. *Du weißt, ich würde jederzeit für dich sterben, Willa Rae, oder? Ich würde es tun, denn nur so ist es richtig, das weißt du doch!*

Ja, das weiß ich!, wollte ich schreien. Ich wollte ihn rufen, so wie ich ihn nachts nach Moms Tod immer gerufen hatte, wenn ich vom sturmgrauen Ozean, den Wellen und vom Ertrinken träumte. Wenn ich weinend aufwachte, weil ich Mom so schrecklich vermisste und nicht verstand, wie sie im Himmel sein konnte, wenn doch das Meer sie in seine Arme gezogen hatte. Ich wollte seine Stimme hören, die mich tragen und trösten konnte, die mich in den Schlaf redete und immer freundlich blieb, nie schrie.

»Dad«, flüsterte ich. Ich durfte ihn nicht verlieren. Er durfte mich nicht verlieren. Wir waren doch Athos und Aramis, die nur noch einander hatten. Ich hatte doch eben erst den Ring von ihm bekommen. Ich war doch erst neunzehn.

Ich hörte Isaac etwas sagen, aber ich reagierte nicht. Dafür band ich mir mit einer verzweifelten Entschlossenheit das Tuch um die Augen und verknotete die Enden so fest, wie ich nur konnte. Bei Gott, den Engeln und den Geistern, ich würde nicht zulassen, dass jemand Dad etwas antat. Ich würde lieber selbst sterben, als ihn zu verlieren. In diesem Moment erkannte ich mit einer plötzlichen Klarheit, wie Mom sich damals gefühlt haben musste, als Dad sich für mich entschieden hatte. Ich wusste mit einer inneren Gewissheit, dass sie es sich tatsächlich für mich und für sich gewünscht hatte, und dieser Gedanke gab mir Kraft. Jedenfalls in diesen Sekunden, in denen ich wie blind im Nirgendwo stand und die Arme hob.

Kapitel 5

Ich hörte die Autos des nahen Freeway. Zuvor hatte ich sie nicht wahrgenommen, aber mit dem Tuch vor den Augen brachen die Geräusche lauter hervor. Erst jetzt dachte ich auch wieder an das Handy, das noch in meiner Manteltasche steckte, doch ich traute mich nicht, eine Hand herunterzunehmen. Mit stockendem Atem lauschte ich in die Dunkelheit. In der Ferne wurde ein Auto angelassen und fuhr los. Dem Motorbrummen nach kam es auf mich zu, und auf einmal hatte ich fürchterliche Angst, überfahren zu werden.

Blind drehte ich mich nach rechts und links, flüsterte ein »Bitte!« in die Luft, das nicht einmal dieser Isaac am Telefon hören konnte. Das Motorengeräusch wurde lauter, aber das Auto schien langsam zu fahren, kurz darauf quietschten Bremsen. Aus reinem Reflex wollte ich mir das Tuch herunterreißen, doch ich zwang meine Hände weiter nach oben.

Ich meinte, dass Türen aufschwangen, ohne dass der Motor ausgeschaltet wurde, dann kamen Schritte auf mich zu. Richtig schwere Schritte wie die von Totschlägertypen, die ich nur aus der Presse und meinen Netflix-Serien kannte.

Töten sie mich jetzt?

»Bitte … nicht schießen«, stammelte ich in irgendeine Richtung.

Keine Sekunde später wurde ich rechts und links unter den Armen gepackt und in meiner völligen Finsternis vorwärts gezerrt.

Hitzewellen der Angst überschwemmten mich wie die vielen dunklen Farben aus den Bildern meiner Albträume. Ich spürte kaum die schwere Hand, die sich auf meinen Kopf legte und mich hinunterdrückte, wie bei Verbrechern im Fernsehen, die in einem Streifenwagen abtransportiert werden.

»Einsteigen!« Die Männerstimme hatte einen Akzent, den ich nicht einsortieren konnte, aber es war nicht dieser Isaac.

Ich gehorchte, ohne einen Laut von mir zu geben, tastete nach Halt, nach irgendetwas im Wageninneren, an dem ich mich orientieren konnte, als mich jemand am Arm packte und nachhalf.

In diesem Augenblick fühlte ich mich nicht mehr aufopferungsbereit so wie kurz zuvor. Erst recht nicht, als sich der andere neben mich schob und mich auf der Sitzbank weiterdrängte. Türen schlugen zu, der Wagen fuhr los, und ich war schlagartig eingezwängt von zwei feuchten, heißen Körpern, die mir riesenhaft, fast monströs vorkamen. Fremde Hände fummelten an dem Mantel herum.

Innerlich kroch ich in mich zusammen und dachte an Isaacs Worte. *Hast du schon mal jemanden sterben sehen, Willa Nevaeh Rae?* Hätte ich jetzt noch einmal dieselbe Wahl wie zuvor am Waldrand bei den Ruinen, wäre ich gerannt.

»Ich hab's!«, brummte plötzlich eine zweite Männerstimme neben mir. Sie hörte sich mindestens genauso furchteinflößend wie die des Akzenttypen an. Als ich eine Bewegung neben mir spürte, zuckte ich instinktiv zusammen, doch es passierte nichts.

Dafür sagte ein weiterer Mann von den vorderen Sitzen: »Hey … Alles cool … Ja, wir haben sie … Ja, war alles brav in der Handtasche … Natürlich … Wir melden uns wieder.« Er klang auffällig jung und lässig. Und erst da dämmerte es mir, dass sie das Handy gesucht hatten, um ihrem Kontaktmann Bescheid zu geben. *Isaac ist nicht hier!* Doch die erste Erleichterung darüber verpuffte sofort. Es bedeutete nichts. Nichts bedeutete etwas. Er konnte jederzeit auftauchen. Sie konnten mich jederzeit töten. Auch ohne ihn.

Das Auto rumpelte wie ein Schubkarren über holprigen Grund,

es rüttelte mich von rechts nach links, sodass ich ständig gegen einen der beiden Typen stieß. Hinter dem Tuch schloss ich die Augen. Schweiß tränkte die Luft, Männerschweiß, billiger Tabak und der Geruch von Zwiebeln. Ich spürte ihre Blicke. Ich hätte auf mein Leben geschworen, dass sie mich anstarrten. Und ich fühlte etwas von ihnen. Nervosität, aber auch Aufregung und Triumph. Panisch schluckte ich gegen den Würgereiz in meiner Kehle an, versuchte, an Dads Lächeln zu denken, an meine Blumen und Gemälde, aber es half nicht. Mein Inneres malte mir ganz eigene Bilder. Vielleicht würden sie mich vergewaltigen. Nacheinander. Zusammen. Vielleicht würde ich heute sterben. Am schlimmsten war die Stille. Niemand sprach. Mit den Fingern zeichnete ich wilde Muster auf den Regenmantel; Halbkreise, Punkte, Vierecke, das Wort: *Dad*, dann *Mom. Hilfe!*

Ich bekam kaum mit, dass der Wagen hielt. Der Akzenttyp befahl mir, die Schuhe auszuziehen, damit ich schneller vorwärtskam. Blind friemelte ich die Riemchen der Manolo Blahniks auf, zog sie aus und umklammerte sie wie einen Rettungsanker, doch sie nahmen sie mir ab. Jemand zerrte mich aus dem Fahrzeug. Immer noch sprach niemand ein Wort – und ich traute mich nicht, etwas zu sagen. Meine Augen tränten unter der Binde. Feuchter Wind blies mir ins Gesicht. Es roch nach Salz und Ozean, wir waren zu hundert Prozent an der Küste von Staten Island.

Wieder wurde ich rechts und links unter den Achseln gepackt und weitergezerrt. Ich hörte das Meer rauschen. Es war so nah. Es klang wie das schäumende Maul eines gefräßigen Tieres. Mein Albtraum flackerte durch meine Sinne.

Vielleicht versenkten sie mich mit Eisengewichten im Atlantik. Vielleicht würde ich ertrinken wie Mom. Es war dieser letzte Gedanke, der den Mut der Verzweiflung in mir aufbäumte. Wie wild wehrte ich mich gegen ihren Griff, schrie und stemmte meine Füße in den sandigen Boden, aber sie ließen nicht los, wuchteten mich nur mit einem »Du still sein! Wind sowieso verschlucken alles!« höher, und meine Fußrücken schleiften über stacheliges Gras, über Kies und Sand. Ich schrie trotzdem, bis ich das Wasser an meinen nackten Füßen spürte. Kaltes, eisiges Atlantikwasser. In

Windeseile saugte sich der Saum meines Kleides damit voll und hing nass um meine Waden.

Es war der Moment, in dem sich mein Verstand in den hintersten Winkel meines Geistes duckte. Schlagartig verstummte ich und gab keinen Mucks mehr von mir, während sich die Realität ausfranste wie die spröden Fasern einer Kordel. Ich nahm alles nur noch voneinander getrennt wahr, als gehörte nichts davon mehr zusammen. Die Männerstimmen, die sich etwas zuriefen, das Rauschen des Meeres, den pfeifenden Wind. Ich bekam kaum mit, dass ich auf eine harte Fläche geworfen wurde. Alles verschwamm in meiner Furcht, schaukelte, während ein ohrenbetäubendes Knattern die Luft erfüllte und sie mit Benzin tränkte.

Angstvoll rollte ich mich zusammen. Was, wenn sie mich aufs Meer hinaus fuhren und viele Kilometer von der Küste entfernt in den Atlantik warfen? Ich würde es nicht zurückschaffen, selbst wenn die Strecke nicht zu weit wäre und ich das Kleid im Wasser ausziehen könnte, selbst mit dem guten Schwimmtraining der letzten dreizehn Jahre. Ich wäre zu panisch.

Hilf mir, Dad! Oh Gott, hilf mir doch!

Das Boot fuhr los. Harte Schläge schüttelten mich durch, und die schäumende Gischt spritzte über mich, durchnässte meine Haare.

Ich tastete nach dem Ring von meiner Mom, befühlte das Rubinherz und die raue Stelle zwischen zwei Steinen. Ich dachte an ihr warmes Lächeln. An den Scherbenpalast. An Delilah und Penelope, die mich bestimmt schon suchten. Hatte Dad schon bemerkt, dass ich weg war? Was würde er unternehmen? Was, wenn sie mich tatsächlich einfach von Bord warfen, vielleicht sogar an Händen und Füßen gefesselt?

Ich wusste nicht, wie lange ich zusammengekauert dagelegen hatte, zitternd vor Kälte und Schreckensfantasien, als sie mich ruckartig auf die Beine hievten und mir den Regenmantel vom Körper zerrten. Meine Zähne klapperten. Wieder schaukelte alles, aber das Boot fuhr nicht weiter, der Motor war aus. Jemand legte meine Hände rechts und links auf raue Seile. »Du da hoch!«, blaffte der mit dem Akzent.

»Was?«, stammelte ich. In meiner Vorstellung war er immer noch ein Totschlägertyp – mit Glatze und Haken als rechter Hand. »Du hochklettern! Das Leiter. Aus Garn.«

»Strickleiter?«, fragte ich vorsichtig.

Heiß knurrte er mir etwas in den Nacken, das ich nicht verstand. Vielleicht ein: »Wird's bald.« Keine Ahnung; aber offenbar hatten sie nicht vor, mich wie ein Mafiaopfer im Atlantik zu versenken.

Um Konzentration bemüht tastete ich mit dem Fuß nach einer Sprosse. Ich fand sie, aber sie bog sich unter meiner nackten Sohle durch, trotzdem gelang es mir, Halt zu finden und mit dem Kleid, in dem ich mich mehrmals verhedderte, einige Stufen hinaufzukommen. Weiter oben hörte ich ein paar Männer reden, und als ich das nächste Mal blind nach einer Sprosse suchte, packten mich mehrere Hände an den Oberarmen.

Mit einem lauten »Jetzt!« zogen sie mich hinauf, und ich landete unsanft auf den Knien.

»Willkommen an Bord, Prinzessin!« Gelächter und Stimmen brandeten um mich herum. Sie schienen aus jeder Richtung zu kommen. Für Sekunden blieb ich am Boden, nicht wissend, wie ich mich verhalten sollte, während ich noch den Schock verarbeitete: Ich war definitiv auf einem Schiff, irgendwo auf dem Atlantik, auf dem Meer, in dem Mom ertrunken war.

Ganz fest ballte ich meine eisigen Finger zu Fäusten, um nicht schon wieder abzudriften. Ich brauchte meine Sinne. Neben mir hörte ich ein Poltern und Fluchen. »Verdammt, Kastor, könnt ihr die Leiter nicht festhalten?« Jemand brummte etwas Finsteres, dann gab es einen lauten Rums und gleich darauf noch einen. Bestimmt kamen jetzt die Männer, die bei mir gewesen waren, an Bord. Ich zählte nicht nach, wie viele es waren. Sie waren sowieso in der Überzahl, und ich war keine zweite Lara Croft. Wonderwoman war ich auch nicht.

Ob Isaac hier war?

Bei dem Gedanken an ihn drehte ich fast durch, war wie narkotisiert vor Furcht, trotzdem nahm ich meine Umgebung wahr. Knarrendes Holz, ein Ächzen von Stahl wie aus einer Metallfabrik, ein Flüstern tiefer Stimmen, danach Stille und schließlich ein: »Okay, bringen wir sie zum Boss.«

Wieder wurde ich gepackt. Sie nahmen keine Rücksicht. Weder auf meine Furcht noch auf meine verbundenen Augen.

Als wir irgendwann stehen blieben, war ich nur noch ein Bündel aus Angst, unterdrücktem Wimmern und haltlosem Zittern. Ich fürchtete, gleich diesem Isaac gegenüberzustehen, und seine Worte wirbelten durch meinen Geist.

Du solltest besser tun, was ich von dir verlange, Willa Nevaeh Rae. Und das wird bald eine ganze Menge sein.

»Da, Captain, da sie ist!«, sagte der Mann mit dem Akzent, der mich allein schon wegen seiner Grobheit erschreckte.

»Unübersehbar, ja«, erwiderte eine dunkle Männerstimme. Es war nicht Isaacs.

Meine Sinne waren so straff gespannt, dass ich wahrnahm, wie er auf mich zukam. Womöglich war dieser Mann auch viel schlimmer als Isaac.

Nicht umkippen, Willa! Bitte nicht!

Holz knarzte unter schweren Schritten wie von derben Boots, und sie schienen mich zu umrunden. Der Mann inspizierte mich sicher von allen Seiten; so als wäre ich ein Kleinod, das ihm seine Männer zum Geschenk gemacht hatten. *»Meine kostbarste Rarität«* – so nannte Dad mich oft scherzhaft. Mir wurde noch kälter, gleichzeitig schwitzte ich aus allen Poren.

»Du bist Willa Nevaeh Rae Hampton?« Er war wieder vor mir.

»Ja«, flüsterte ich eingeschüchtert. Jemand im Hintergrund lachte gehässig. Ein anderer hustete sich die Seele aus dem Leib.

»Du bist neunzehn Jahre alt, auf den Tag, und dein Vater ist Nicholas Garrett Hampton.« Ich nickte, doch er hatte offenbar keine Antwort erwartet, denn er redete weiter. Jetzt musste er seitlich von mir sein. »Deinem Vater gehört die Hampton Oil Company in Kanada bei McMurray und die Tankerflotte North Atlantic, noch dazu mehrere Villen; eine in Monaco, eine in Tokio, eine in Pattaya, eine in Bar Harbor und auch eine in Baton Rouge.« Ein Hauch von Spott schwang in dem Baton Rouge mit, keine Ahnung, wieso.

Wie gestört malte ich wilde Spiralen auf mein Kleid, ein Bild der

Furcht und Verwirrung. Er wusste so viel, ich wusste gar nichts. Er schien eine zweite Runde um mich herum gegangen zu sein, denn ich spürte ihn wieder vor mir. Zu nah. Viel zu nah. Ich konnte ihn riechen, eine schreckliche Mischung aus Salzwasser, Schmieröl und nassen Tauen.

Oh Gott!

»Dein Vater besitzt nicht nur die Ölsandindustrie und die Tankerflotte, sondern er hat außerdem noch mehrere Privatarmeen im Ausland stationiert, Aktien von Silka Chemie Industrie, Berkshire Hathaway und so viele Nobelkarossen, dass es mich langweilen würde, sie alle aufzuzählen, korrekt?«

»Korrekt«, sagte ich leise, obwohl ich keinen blassen Schimmer von den Aktien meines Dads hatte.

»Geschätztes Vermögen: fünfzig Milliarden Dollar.«

Oder so. Ich dachte an Dads Lachen, und mir schossen Tränen in die Augen. Irgendjemand pfiff laut durch die Zähne, und es erhoben sich Stimmen. Tiefe Männerstimmen, ungehobelt und derb. »Dreckiger Bastard.« – »Dem werden wir's zeigen!« – »Hurensohn!«

Ich zuckte bei jedem Wort wie unter Schlägen zusammen. Noch nie war ich Männern wie ihnen begegnet. Sie existierten in meinem Leben nicht, denn sie hatten keinen Zugang zu den oberen Zehntausend. Nicht mal zu den unteren; sie waren ein gesellschaftliches Nichts. Krimineller Abschaum.

Mit flatterndem Herzen umschlang ich mich mit den Armen und spürte die wichtigste Frage in mir zittern. Sie war geschrumpft vor Furcht, schien nur noch wie ein Echo in dem Nebel meiner Wahrnehmung.

Werde ich überleben? Und wenn ja, wie?

Ich traute mich nicht, zu fragen, weil ich die Antwort so sehr fürchtete. Ich schluckte. »Mein Dad … mein Vater … er wird alles tun, um mein Leben zu schützen.« Ich war blind und hilflos, und das Geld meines Vaters die einzige Versicherung, die ich besaß. »Er bezahlt jeden Preis.«

Der Mann vor mir machte einen Schritt auf mich zu. Er musste groß sein, mindestens so groß wie Dad, einen Meter vierundachtzig auf jeden Fall. Wieder roch ich das Salz und das Schmieröl, fühlte seinen Blick. Er bohrte sich in mich hinein, und ein Anflug seiner Gefühle schwappte über mich hinweg, als würde er sie über mir ausschütten. Verachtung, Hass. Dann ein Funken blinder Wut, der gefährlich auf meiner Haut knisterte. Ich spürte, wie er sich bewegte, vielleicht den Arm hob – und aus einem Reflex heraus parierte ich und schlug ihn weg; womöglich mehr aus Zufall.

Die Männer lachten amüsiert. Ich hörte ein »Wowowo!« und ein »Da hat sie es dir aber gezeigt!«, doch ehe ich wusste, wie mir geschah, wurde ich um den Kiefer gepackt. Fest.

Jetzt wagte ich es nicht mehr, mich zu rühren. Ich empfing seinen Ärger. Und eine Prise Anerkennung, aber sie flog davon, je länger er mich festhielt, doch vielleicht bildete ich mir seine Gefühle auch nur ein.

»So, so, jeden Preis also«, spottete er schließlich gedehnt und drehte meinen Kopf nach rechts und links, als wäre ich eine Zuchtstute, deren Wert er bemessen müsste. »Bist du sicher, dass du dich nicht in deinem lieben Daddy täuschst?« Er musste sich weit zu mir herabgebeugt haben, denn sein Atem streifte mein Gesicht, eine Woge wie Meerwasser.

Mir wurde übel. »Er wird zahlen, ganz sicher …«

»O-kay. Wenn du das sagst!« Zu ruckartig ließ er mich los, sodass ich taumelte, aber ich konnte mich gerade noch ausbalancieren. Trotzdem hatte ich die Orientierung verloren und zuckte zusammen, als seine Stimme aus einer unerwarteten Richtung kam. »Wie viel, glaubst du, ist ihm dein Leben wert? Eine Million? Eine Milliarde? Zwanzig Milliarden?« Der Boden knarzte unter seinen Boots, als wippte er vor und zurück.

»Ich weiß es nicht.« Mir war so kalt, so schwindelig.

»Dann überleg es dir. Was würdest du geben, um das Leben eines Menschen zu retten, den du liebst?«

Mein Mund wurde trocken, meine Augen tränten unter dem Tuch. Immer wieder blinzelte ich. »Alles, was ich besitze.«

Das Knarzen hörte auf. Offenbar stand er still. »Und wenn das zu wenig wäre?«, fragte er fürchterlich dunkel.

Das hohe Kreischen von Möwen flog über mich hinweg.

»Mein Leben«, flüsterte ich.

»Ganz genau.«

Stille folgte. Tief und unheilvoll.

»Ihr wollt sein Leben im Austausch gegen meins?«, fragte ich irgendwann entsetzt und bis auf meine Grundfeste erschüttert.

»Das hast du gesagt. Ich habe dir nur vor Augen geführt, was du heute riskiert hast. Dein Leben. Jetzt werden wir sehen, was er bereit ist, für dich zu opfern.«

Ich spürte, wie ich erbleichte. *Oh bitte!* Das durften sie nicht verlangen! Vor allem ergab es überhaupt keinen Sinn. Wenn sie Dads Tod wollten, hätten sie ihn auch sofort erschießen können!

»Wenn er stirbt, bekommt ihr kein Geld«, presste ich hervor.

»Ach, was du nicht sagst!« Er lachte, und für einen winzigen Moment durchzuckte mich eine Erinnerung. Ich sah die Schattengärten von Rosewood Manor, das Himmel-und-Hölle-Kästchen und das Gänseblümchen in meiner Hand. Das Lächeln, das über das Gesicht des Jungen flog und wie er mich an den Zöpfen gepackt hatte.

»Ihr … ihr wollt doch Geld, oder nicht?« Etwas in mir machte sich noch kleiner, als ich mich fühlte.

»Keine Ahnung. Vielleicht wollen wir ja auch nur die Prinzessin.« Er klang gefährlich, so als ginge es hier nicht nur um Dads Milliarden, sondern als wollte er mir persönlich schaden, und er kam näher. Panik stieg in mir auf, und ich wollte mir die Augenbinde herunterreißen. »Tu das nicht!«

Die Schärfe seiner Worte hielt mich zurück, stattdessen stolperte ich rückwärts und stieß mit dem Rücken gegen etwas Hartes, das mich am Fortkommen hinderte. Ich war gefangen, und schlagartig fühlte ich ihn vor mir, so nahe, dass ich vergaß, wie man atmete.

»Du trägst doch ein Kleidchen, als würdest du nur auf einen verdammten Prinzen warten.« Ohne Vorwarnung packte er den Stoff, und ich spürte einen Ruck, hörte Seide und Tüll reißen. Unwillkürlich schrie ich auf, und als ich um mich schlug, fasste er meine Handgelenke. Er brauchte dazu nur eine Hand, da ich viel zu paralysiert war, um mich wirklich zu wehren. »Da, neue Lappen zum Deck schrubben!«, höhnte er, und offenbar warf er

Fetzen meines Kleides in jemandes Hände oder auch nur auf den Boden.

Ein paar seiner Männer johlten.

Ich hielt still, atmete nicht oder viel zu heftig, ich wusste es nicht. Ich fühlte nur noch seine Hand, die einen meiner Zöpfe griff, ihn irgendwie aufwickelte oder daran zog, bis ich seinen Atem auf meinem Ohr spürte. Im Vergleich zu der kalten Luft war er warm. Nein, er glühte!

»Du isst von Silbertellern, die mehr wert sind als all unsere Habseligkeiten zusammen. Ihr klatscht euch Beluga wie Butter aufs Brot, selbst wenn neben euch Kinder verhungern. Ihr nehmt Drogen, weil euer Leben ein langweiliger Haufen Arroganz ohne Sinn ist, und ihr schert euch einen Dreck um Menschen wie uns. Vielleicht scheren wir uns jetzt auch einen Dreck um dich.«

Sein Griff tat weh, er brannte auf meiner Kopfhaut.

Ich gab ein seltsames Geräusch von mir, kein Schluchzen, kein Wimmern, kein *Bitte*, sondern eine armselige Mischung aus allem.

Und als würde er darauf reagieren, hielt er plötzlich inne. »Ich fass dich schon nicht an, keine Angst! Nichts läge mir ferner, Prinzessin, glaub mir!« Er klang absolut verächtlich. Offenbar fiel das, was er gerade tat, nicht in seine Kategorie *anfassen*. Doch trotz seiner Worte ließ er mich nicht los. Er zögerte.

Was macht er da?

Er befühlte meinen Zopf. Ziemlich gründlich. Seine Finger tasteten über das eingeflochtene Band und blieben dort liegen.

Sekundenlang schien er wie erstarrt und schwieg.

Dann hörte ich ihn geräuschvoll schlucken. Und so wie zuvor blitzten Bilder in mir auf. Der Scherbenpalast, die Efeu-Säulen, bunte Schattenlichter auf meiner Haut. Nathans schmutzige Füße und das graue Armband.

Es glitzert nicht.

Ich hab ja gesagt, es ist nur wenig.

Mein Kopf war plötzlich völlig leer. War es Zufall, dass er meinen Zopf so abtastete, als würde er das Band wiedererkennen? Hektisch zwinkerte ich unter dem Tuch. Sollte ich etwas sagen? Aber vermutlich hatte er sich nur gewundert, was da in meiner

Frisur eingeflochten war. Immer noch verharrte er stocksteif, dann strichen seine Finger nochmals über mein Haar, zarter diesmal, fast zärtlich sogar, als erinnerte er sich doch an etwas.

»Ich …«, fing ich an, aber meine Stimme erstarb, da er mich so abrupt losließ, als hätte er sich verbrannt.

»Fesselt ihr die Hände auf den Rücken«, befahl er grob. »Und schafft sie mir aus den Augen! *Sofort!*«

Er schritt davon und schleuderte noch ein zorniges »Kurs auf unser Ziel setzen und die Transponder auslassen!« über das Deck, daraufhin wurde ich wieder gepackt.

Ich kam mir vor, als hätte er mich in einen Eimer mit Eiswasser getaucht, auch wenn ich unendlich erleichtert war, noch einmal davongekommen zu sein. Von was auch immer. Doch eines musste ich trotz des Chaos in meinem Kopf noch wissen: »Isaac? Ist er hier?«, rief ich ihm nach.

Er antwortete mir nicht. Dafür sagte der Typ mit der jungen, lässigen Stimme, die ich auch schon im Auto gehört hatte: »Isaac ist an Land. Vorerst.«

Kapitel 6

Ich hörte, wie sich ihre Schritte entfernten, und gab keinen Laut von mir. Für die nächsten Minuten stellte ich mich tot, bewegte mich nicht. Atmete so flach, als säße ich in einem Versteck und die Monster dort draußen dürften mich nicht hören. Alles, was ich tun musste, war durchhalten. Das klang so einfach, doch der Boden hier war eisig, ebenso die Wand, an der ich lehnte; es kam mir vor, als hätten sie mich in eine Gefriertruhe gesteckt. Oder in ein Leichenschauhaus.

Von Dad wusste ich, dass jedes Schiff über eine Arrestzelle verfügen musste. Nicht nur für den Fall eines Verbrechens auf hoher See, sondern auch wegen psychischer Probleme der Besatzung, Paranoia oder anderer Psychosen. Sogar Dads Yacht hatte eine Art Panikraum besessen.

Mühsam lauschte ich, um kein Geräusch meiner Umgebung zu verpassen, als könnte ich dadurch eine kommende Gefahr abwenden, etwas, das natürlich völlig hirnverbrannt war. Meine Hände waren auf den Rücken gefesselt und ich war blind, ich konnte überhaupt nichts abwenden. Ich konnte nur darauf warten, dass Dad bezahlte, und hoffen, sie würden mich danach gehen lassen. Allerdings hatte ich keine Ahnung, wie lange so eine Lösegeldübergabe oder ein Geldtransfer dauerte. Mit viel Glück wäre übermorgen schon alles vorbei und ich wohlbehalten bei Dad im Penthouse.

Na klar, und morgen erklärt Nordkorea den Weltfrieden! Niemand macht sich die Mühe, dich auf den Atlantik zu verschleppen und nach zwei Tagen wieder gehenzulassen. Da wäre selbst die verfallene Irrenanstalt auf Staten Island die bessere Wahl gewesen!

Als ich länger kein Geräusch in meiner Nähe hörte, rappelte ich mich so leise wie möglich auf. Meine Finger kribbelten durch die Fessel, außerdem musste ich auf die Toilette. Vorhin hatte ich nichts zu ihnen gesagt, aus Angst, sie würden mich vielleicht zu zweit oder dritt aufs Klo setzen, daneben stehen bleiben und sich halbtot lachen. Wieder lauschte ich. Irgendwo weiter oben dudelte Musik, Flaschen klirrten – oder Gläser, und hin und wieder lachten die Männer. Wahrscheinlich stießen sie darauf an, mich erfolgreich verschleppt zu haben.

Ich wollte sie verachten, aber die Furcht steckte zu tief in meinen Knochen und ließ keinen Platz für andere Gefühle. Ich wollte nur lebend wieder hier herauskommen!

Mit winzigen Schritten ging ich an der Wand entlang. Vielleicht fand ich eine Pritsche, irgendetwas, auf das ich mich legen und ausruhen konnte, doch die Wand war kalt und vollkommen nackt, ebenso die nächste. Als ich von dieser Ecke aus weiterlief, spürte ich harte Stangen anstatt einer Mauer. Gitter. Ungeschickt tastete ich an den frostigen Stäben herum, und mein Kopf malte mir das Bild meiner Zelle vor Augen. Klein wie die eines Gefängnisses, drei nackte Wände sowie eine aus Gitterstäben. Als ich ans Ende des Gitters kam, lief ich nochmal bis zur nächsten Ecke. Jetzt müsste ich einmal herumgelaufen sein, doch es gab hier überhaupt nichts, keine Pritsche, kein Klo, kein Waschbecken. Nur eiskalte Wände und einen Boden wie Dauerfrost. Ein paar Mal wankte ich irgendwie mitten hindurch, in der Hoffnung, eine Matte oder Wolldecke zu finden, doch offenbar gestattete man mir auch diesen Luxus nicht.

Ich schluckte und ließ mich wieder an einer Wand auf den Boden sinken. Das Boot schwankte, aber die Furcht vor dem Atlantik lag momentan unter der Furcht vor meiner Situation begraben. Immer wieder dachte ich an die Lindbergh-Entführung, das Jahrhundertverbrechen, das ganz Amerika schockiert hatte.

Fünfzigtausend Dollar hatte der Vater bezahlt und seinen Sohn trotzdem nie wiedergesehen.

»Dad«, flüsterte ich, winkelte die Beine an und starrte blind vor mich hin. Mir war so kalt. Unter mir dröhnte der Schiffsmotor, was sich anfühlte wie die Power Plate in unserem Fitnessraum.

Was machst du jetzt, Dad? Bist du zuhause oder bei der Polizei?

Ich sah ihn mit vor Sorge zerfurchtem Gesicht unsere Wohnhalle ablaufen, Rundbogenfenster für Rundbogenfenster, *das größte Wohnzimmer New Yorks*, das grüne Stadtlicht auf seiner unruhigen Silhouette.

Hatte er die Polizei informiert oder hatte er selbst einen Anruf bekommen, der von ihm Stillschweigen verlangte? So, wie ich es mir aus den Informationen von Isaac zusammenreimte, hatten sie irgendwie Delilahs Nichte Sophie bedroht, oder Delilah damit erpresst, Sophie etwas anzutun. Und durch ihren demenzkranken Vater waren sie sicherlich an Delilahs Handynummer gekommen, und diese hatte ihnen meine gegeben. Womöglich auch Dads.

Für Sekunden verschwamm selbst die Dunkelheit hinter der Augenbinde. »Mach, dass das hier nicht wahr ist! Mach, dass ich aufwache!«, flüsterte ich. Krampfhaft schluckte ich gegen die Tränen an und grub mein Gesicht in den weichen Stoff des Belle-Kleids, spürte den Tüll und die Seide wie ein Streicheln auf meinen Wangen. Dads Lieblingskleid – und dieser Typ hatte es einfach kaputtgerissen, als bedeutete es nichts, als wäre es nur ein billiger Fetzen Stoff.

Ich fass dich schon nicht an, keine Angst. Nichts läge mir ferner. Diese Verachtung in seiner Stimme. Er hatte so geklungen, als wäre das die reinste Zumutung. Als wäre *ich* eine Zumutung und nicht er! Er konnte nicht der Junge aus Baton Rouge sein, unmöglich! Und selbst wenn, war er ein Mistkerl! Ein Krimineller. Ein Verbrecher.

Ich wusste nicht, wie viele Minuten oder Stunden vergangen waren, als ich Schritte hörte. Sie näherten sich leicht und ohne Eile, und mein Herz hämmerte in wilder Panik los. Vielleicht würde man mir jetzt verkünden, was sie mit mir vorhatten. Ich fragte mich, was schlimmer war, Gewissheit oder Ungewissheit, aber da war derjenige schon da.

»Hey, du.« Es war der Typ mit der lässigen, jungen Stimme, der mir die einzige frohe Botschaft des Tages verkündet hatte, nämlich dass Isaac nicht an Bord war. Und er klang freundlich, etwas, das mich in meiner jetzigen Situation fast zum Weinen brachte. »Ich bin Troja.«

Ich presste die Lippen aufeinander. Kastor. Troja. Noch so ein dämlicher Name aus der griechischen Mythologie! Was kam als Nächstes? Hades?

Ein metallenes Klopfen ertönte in meiner Nähe. Eine Art Klong-klong-klong. Es ließ einen eisigen Schauder über meinen Rücken rieseln.

Was macht er? Steht er vor dem Gitter? Kommt er gleich rein?

Mit angespannten Sinnen lauschte ich, aber außer dem Nachhall des Klopfens war es still.

»Nur damit du dir ein Bild von mir machen kannst, wegen der Augenbinde … Ich bin dreiundzwanzig, habe braune Haare und braune Augen.«

Ich hob den Kopf. »Okay«, sagte ich leise, weil ich irgendetwas sagen wollte, bevor er sich über mein Schweigen ärgerte.

»Also, in Wahrheit sehe ich natürlich aus wie Orlando Bloom in ›Fluch der Karibik‹, aber ich will ja nicht angeben.« Jetzt lachte er laut. Ein sympathisches ansteckendes Lachen. Unter normalen Umständen.

Ich erwiderte es nicht. Und selbst wenn sich dieser Troja so charmant anhörte wie der Verkäufer im Bloomingdale's, würde ich ihm nicht vertrauen. Er konnte mich mit seinem vordergründigen Wohlwollen täuschen und gleich etwas richtig Übles mit mir anstellen. Zum Beispiel reinkommen und mir den kleinen Finger mit einer Rosenschere abtrennen, um ihn an Dad zu schicken. Mithilfe des Motorboots und einem Kurier auf dem Festland. Psychopathen machten so etwas. Ihr Opfer mit Nettigkeiten einlullen und erst zuschlagen, wenn es nicht mehr damit rechnete. Vielleicht würde er mich auch anfassen, um sich die Zeit auf hoher See zu versüßen.

Hey, zick nicht rum, Schätzchen, dafür sehe ich doch aus wie Orlando Bloom!

Gott, ich würde lieber sterben, als der Zeitvertreib dieser Männer zu werden!

Ich kauerte mich noch mehr zusammen und hatte das Zittern meines Körpers kaum noch unter Kontrolle.

»Herrje, ich tue dir doch nichts«, sagte er prompt und wartete einen Moment. »Ich will dir nur einen gutgemeinten Rat bezüglich des Bosses und der Crew geben: Verhalte dich ruhig, tu, was sie dir sagen, und reize sie nicht. Der Boss ist sowieso nicht gut auf dich zu sprechen. Keiner hier ist das.«

»Ich habe euch aber nichts getan«, flüsterte ich. »Und mein Vater auch nicht.« Wieso gab er mir überhaupt Ratschläge?

»Dein Vater ist ein Stück Scheiße, und das ist noch schmeichelhaft ausgedrückt.« Jetzt klang dieser Troja nicht mehr so freundlich.

Ich schluckte. »Weil er Geld hat und Beluga isst?« *Oder sich aufs Brot klatscht wie andere Leute Butter?* In Wahrheit aß mein Vater nur den viel edleren Almas-Kaviar; er war elfenbeinfarben und kostete dreißigtausend Dollar das Kilo, aber das würde ich diesem Troja nicht auf die Nase binden.

»Vielleicht, vielleicht auch nicht«, sagte Troja nur kryptisch.

»Mein Dad sichert mit seinen privaten Militäreinheiten im Nahen Osten den Frieden. Er baut Kinderheime in Kanada und unterstützt dort mehrere Hospize. Er organisiert Charities und spendet für so viele wohltätige Zwecke, dass es mich langweilen würde, sie alle aufzuzählen«, benutzte ich die Worte des Anführers über die Nobelkarossen meines Dads. Keine Ahnung, warum.

»Ach so, na dann ist ja alles cool, wenn dein Dad das macht.« Seiner Stimme nach zu urteilen, stand dieser Troja immer noch am selben Fleck. »Aber wenn ich du …«

»Hey – verdammt!« Der scharfe Ruf schallte von weiter oben herab, und er kam von dem Typen, der vorhin mein Kleid zerrissen hatte. Seine zornige, dunkle Stimme hatte sich bereits in meine Nervenbahnen gebrannt, ich hätte sie vermutlich selbst blind auf der Arktis erkannt. »Bist du da unten, Troja?«

»Ja.«

Etwas polterte, vielleicht kam er die Treppe runter, die sie mich vorhin hinabbugsiert hatten. »Bei ihr?«

Konnte man zwei Wörter noch fassungsloser aussprechen? Es klang, als erstickte er daran.

Es gab eine Bewegung in meiner Nähe, dann flüsterte Troja. »Ich habe es dir ja prophezeit: Man sollte ihn nicht reizen. Zorn ist sein zweiter Vorname.«

»Und was ist sein erster?« Ich hatte das nicht fragen wollen, aber es wäre bestimmt von Vorteil, jeden Einzelnen hier genau einschätzen zu können.

»Friedfertigkeit jedenfalls nicht, haha. Stell dir das Haha einfach als Grinsen vor.« Troja schnalzte kurz mit der Zunge. »Komm ja schon!«, rief er dem anderen zu.

Die Schritte waren nicht nähergekommen, daher stand sein Boss offenbar weiter weg, doch jetzt spie er Worte aus, die in meine Richtung schossen. »Sie ist eine Geisel, und so wird sie verdammt noch mal auch behandelt, kapiert? Wir waren uns einig.«

»Ja, ja«, hörte ich Troja sagen, und es klang so lax wie das typische *Jaja*, das auch ein *Leck mich!* bedeuten konnte. Nicht, dass ich je solche Worte benutzt hätte, das verbot mir schon allein der Benimmunterricht, den Dad mir persönlich gab. Kraftausdrücke waren eher Penelopes Ding.

»Tucekilemeur«, nuschelte Troja noch.

»Wie bitte?«, flüsterte ich.

»Sein erster Vorname.«

Ich hatte es nicht richtig verstanden, aber seine Schritte entfernten sich, dafür kamen andere näher. Wie auch immer sie kommunizierten, wenn überhaupt, es brauchte keinerlei Worte.

Kurz danach drehte sich ein Schlüssel im Schloss, und es gab ein Geräusch, als quietschte Kreide über eine Tafel.

»Die letzte Ölung ist lange her, was?«, hörte ich Troja noch rufen, doch der Typ, der jetzt bei mir war, antwortete nicht.

Angespannt saß ich da und ballte meine gefesselten Hände zu Fäusten.

»Willst du was trinken?« Es war der Typ, der mein Kleid zerrissen hatte, der Anführer. Seine Stimme erschien mir eine

Oktave tiefer als die von Troja und sie war schwer, als läge sein eigenes düsteres Schicksal darin.

Oder sogar meines.

Und obwohl meine Kehle kratzte wie Sandpapier, drehte ich das Gesicht zur Seite.

»Spiel keine Spielchen mit mir, Prinzessin.« Schritte näherten sich. »Ich frage nur einmal, selbst wenn du im Grunde gar nichts verdient hast.«

Jetzt sah ich doch in die Richtung, aus der seine Stimme kam. »Was hätte ich denn verdient?«, fragte ich heiser. »Wie eine Geisel behandelt zu werden? Eingesperrt in ein kaltes Loch ohne Decke?«

Er schwieg, aber er hielt mir etwas an die Lippen, das sich wie ein Röhrchen anfühlte; und jetzt brannte mein Durst so stark, dass ich trank. Es war Wasser, und vielleicht war es voller Gift. In dieser Sekunde war es mir egal, ich sog wie eine Verdurstende an dem Strohhalm.

»Ehrlich gesagt … ich persönlich hätte nicht geglaubt, dich heute hier zu sehen«, meinte er und klang so verächtlich, als wäre ich Dreck unter seinen Nägeln. »Ich hätte einen Eid darauf geschworen, dass du deinen Vater hängen lässt.«

Trotz seiner zur Schau gestellten Verachtung strahlte er etwas anderes aus. Ärger über den Respekt, den er mir dafür zollte, ob er das nun wollte oder nicht. Ich entließ das Röhrchen aus meinen Lippen. »Ich liebe meinen Dad«, sagte ich kaum hörbar, da ich ihn keinesfalls provozieren wollte.

»Aha!«

Ich sah den abschätzig heruntergezogenen Mundwinkel fast vor mir, und in meinen Geist malten sich Lippen wie die Flügellinie fliegender Möwen. Bedeutete es für mich Sicherheit oder Schutz, wenn er der Junge aus Baton Rouge war? Bedeutete es überhaupt irgendetwas? Menschen veränderten sich mit den Jahren. Vielleicht ging er ja heute über Leichen.

Und vielleicht war sein Interesse an mir auch schon in jenem Sommer vorgetäuscht gewesen, da es ihm um etwas ganz anderes gegangen war.

Ich lauschte seinen Atemzügen und roch ihn. Unwillkürlich

kräuselte ich die Nase. Sicher stand seine Hose vor Meersalz und Dreck, denn der Geruch haftete immer noch an ihm wie die Pest. Und überall hier stank es nach Fisch.

»Ich muss auf die Toilette«, hörte ich mich plötzlich sagen.

»Was?« Er klang überrumpelt. Bedürfnisse dieser Art hatte er einem reichen Mädchen offenbar nicht zugetraut.

»Dringend«, ergänzte ich daher noch schnell, bevor er wieder ging und ich vielleicht in eine Ecke pinkeln musste.

Er seufzte tief, als hätte ich von ihm verlangt, dass er mir Chopin vorspielte. »Na gut. Meinetwegen. Los, aufstehen!« Das Letzte klang wie der Befehl eines Offiziers, aber ich ignorierte den Tonfall. Solange er mich nicht ertränkte oder anfasste, war es mir fast egal, wie er mit mir sprach. Ich wollte nur wieder freikommen!

Mühsam ging ich erst auf die Knie, bevor ich mich aufrappelte, verhedderte mich aber in dem langen Kleid und kippte zur Seite.

»Verdammt, pass doch auf!« Zwei Hände packten mich an den Oberarmen, und ehe ich mich's versah, stand ich auf den Füßen. Alles schaukelte noch stärker als vorhin, bestimmt hatten wir hohen Seegang.

Meine Augen brannten. Eigentlich sollte ich jetzt lachend und tanzend auf meiner Geburtstagsparty sein und nicht in dieser Ausgeburt der Hölle, zitternd vor Furcht und Kälte, nicht wissend, ob ich meinen zwanzigsten Geburtstag überhaupt noch erleben würde. Oder die nächste Woche.

»Ich kann nicht aufpassen, wenn ich nichts sehe«, presste ich hervor. Mir war so schwindelig, bestimmt würde ich mich gleich übergeben.

Der Typ zog mich ungerührt am Oberarm vorwärts. »Gewöhn dich dran, Prinzessin, denn das wird sich auch in Zukunft nicht ändern.« Seine Schritte waren viel größer als meine, ich kam kaum hinterher, stolperte mehr, als dass ich lief.

»Wie lange?«, fragte ich irgendwann völlig orientierungslos.

»Wir sind gleich da. Keine Angst, Hochwohlgeboren.«

»Ich meine … wie lange werdet ihr mich hierbehalten?«

Er antwortete nicht, sondern stieß etwas auf, das knarrte, und sofort ertränkte mich ein derartig fauliger Gestank, dass mir die

Magensäure bis in die Kehle stieg. So konnte es nur auf einem Männerklo riechen.

»So!« Der Typ schob mich voran und drehte mich einmal um hundertachtzig Grad. »Dann mach mal Prinzessin.« Spott troff aus seinen Worten.

Ich stand da wie versteinert. »Wie denn?«, flüsterte ich.

Er lachte. »Soll ich dir etwa helfen?«

»Nein.« Selbst ich hörte das tiefe Entsetzen in meiner Stimme. Meine Augen begannen zu tränen, aber ich blieb mucksmäuschenstill, obwohl ich jetzt weinte. Vielleicht war das ja nur der Anfang von unendlich vielen Grausamkeiten.

Irgendwann seufzte er wieder. »Ist ja schon gut. Ich löse deine Handfessel, dann gehe ich raus. Aber denk nicht mal dran, das Tuch abzusetzen, hast du verstanden?«

»Ja.« Er ließ mich allein, es kam mir vor wie eine Gnade.

Er trat hinter mich, und es gab ein *Klick*, als sich die Fessel löste. Blut schoss mir bis in die Fingerspitzen, und ich öffnete und schloss die Hände ein paarmal, doch die Gefühllosigkeit verabschiedete sich nicht komplett.

»Also …« Ungefragt nahm er meine Hände und legte sie auf etwas Kaltes vor mir. »Da ist das Waschbecken, hinter dir ist das Klo. Das Bad«, er hob meine Arme und legte meine Finger rechts und links an eine Begrenzung, sicher waren es die Wände, »ist klein, du wirst dich nicht verirren.« Seine Finger waren rau und schwielig, so wie die des Jungen aus Louisiana, aber daran wollte ich jetzt nicht denken. Ich kam mir vor wie eine Marionette, an der er die Fäden zog, doch gerade, als ich das dachte, ließ er mich los. »Ich gehe jetzt raus. Wenn du fertig bist, rufst du. Keine Tricks, keine Spielchen, klar?«

»Ja.«

»Hände weg von der Augenbinde. Ich meine es ernst.«

»Okay«, wisperte ich.

Für einen Moment schien er zu überlegen, ob er mir trauen konnte, doch kurz danach knarrte die Tür erneut und wurde geschlossen. Angespannt lauschte ich. Natürlich konnte er gelogen haben und noch im Raum stehen. »Hallo?«, fragte ich.

»Ich bin draußen auf dem Gang, Prinzessin!«, sagte er und es klang gedämpft.

»Willa«, flüsterte ich fast tonlos, damit er es nicht hörte. »Ich heiße Willa Nevaeh Rae Hampton, ich bin neunzehn und ich wurde entführt, um Lösegeld zu erpressen.« Erst jetzt fiel mir auf, dass eine Mücke an meinem Ohr summte, und es musste ein Licht flackern, denn ich nahm einen hektischen Wechsel von hell und dunkel wahr. *Gott, dieses Schiffswrack ist sicherlich uralt und jedes Rohr undicht.* Es waren nicht nur die Männer und der Gestank, die mir jetzt zusetzten, sondern der Gedanke, dass dieses Ding schneller sinken könnte als die Titanic, nachdem die fünfte Kammer vollgelaufen war.

Die nächsten Minuten brauchte ich, um mein Kleid hochzuraffen, die Toilette zu ertasten und mich so hinzusetzen, dass ich die Klobrille mehr erahnte als berührte. Vor Ekel zogen sich meine Eingeweide zusammen. Ich wollte lieber nicht wissen, wie viele mutierte Bakterien ich jetzt an den Fingern hatte. Wenn die Männer mich nicht umbrachten, dann vielleicht ein gemeingefährlicher Staphylococcus. Noch dazu konnte ich ewig nicht pinkeln, weil ich Angst hatte, sie könnten alle vor der Tür stehen, zuhören oder reinkommen. Irgendwann tastete ich halb sitzend nach dem Waschbecken mit dem Wasserhahn und drehte ihn auf, damit der Wasserstrahl alle Geräusche übertönte.

Danach dauerte es eine endlose Zeit, bis ich mit meinen steifgefrorenen Fingern das Tausend-Dollar-Spitzenhöschen wieder hochgezogen, das Kleid zurechtgezupft und die Hände gewaschen hatte. Schließlich stand ich im Bad und zögerte das Rufen hinaus. Es war besser, hier drin zu sein, nicht gefesselt und mit einer Tür zwischen ihm und mir.

Blind drehte ich noch einmal den Wasserhahn auf und ließ heißes Wasser über meine kalten Finger laufen. Wenigstens das gab es. Heißes Wasser. Mein einziger Luxus. Am liebsten hätte ich mich jetzt geduscht und mir den Schmutz, den Schweiß und die Angst vom Leib geschrubbt. Ich dachte an mein luxuriöses Badezimmer aus hellgrauem Marmor, an die Säulen und die flaumweichen

Handtücher; die fünf Schaumspender. Aprikose-Vanille, Sandelholz-Tonka …

»Fertig?«, fragte der Typ vor der Tür.

»Nein!« Gott, ich wollte nicht raus!

Zitternd rieb ich die Hände aneinander, doch ein scharfer Schmerz ließ mich zusammenfahren. *So ein Mist!* Ich hatte mich irgendwo geschnitten, zumindest brannte es so, wie wenn man sich an einem Blatt Papier schneidet.

Ungeschickt tastete ich nach einer Wunde und entdeckte eine Stelle an meinem Zeigefinger, die sich komisch anfühlte.

Diese dämliche Augenbinde! Ich will endlich wieder etwas sehen!

Meine Finger waren nass, und ich fand kein Handtuch – ich konnte nicht mal sagen, ob es blutete. Als ich meine Hände nochmal unter dem heißen Wasserstrahl aneinanderrieb, spürte ich etwas Scharfes.

Natürlich! Moms Ring! Ich musste mich an der rauen Stelle geschnitten haben, die mir schon im Taxi aufgefallen war.

»Hey, Prinzessin, hast du's bald?«, rief der Typ vor der Tür.

»Moment«, rief ich zurück. Ich befühlte die Stelle an dem Schmuckstück genauer. Sie war scharf wie ein Rasiermesser. Vielleicht war es die kaputte Einfassung eines Diamanten. Schnell drehte ich den Ring so, dass die Stelle zwischen Mittel- und Ringfinger verborgen war, in dem Augenblick knarrte die Tür, und ich zuckte zusammen.

»Was machst du so lange?« Der Typ kam herein.

Er strahlte etwas Autoritäres aus, etwas Bedrohliches, sodass ich mich winzig fühlte.

»Du blutest«, sagte er dann dunkel, aber wenig beeindruckt. Warum musste er so eine tiefe Stimme haben? Sie vibrierte wie ein Bass in meinem Brustkorb und gab mir das Gefühl, dass es vor ihm überhaupt kein Entkommen gab.

Ich sah in irgendeine Richtung, in der ich ihn nicht vermutete. »Ja … ich muss … das ist eine alte Wunde … sie muss wieder aufgegangen sein.« Ich war eine grauenhafte Lügnerin.

Er griff meine verletzte Hand, drehte und wendete sie, und nochmals spürte ich die raue Haut seiner Finger, doch dieses Mal löste sie nichts aus, nur Furcht. Zum Glück trug ich den Ring an der anderen Hand, so würde er ihn vermutlich nicht mit der Wunde in Verbindung bringen und mir aus Sicherheitsgründen abnehmen. Es wunderte mich ohnehin, dass sie ihn nicht längst beschlagnahmt hatten. Vermutlich hatten sie einfach keine Ahnung, wie viel er wert war, verschmähten ihn, weil die vermeintlichen paar tausend Dollar nichts im Vergleich zu den geforderten Millionen oder sogar Milliarden waren.

Als der Typ meine Hand losließ, atmete ich tief durch.

»Ist nicht so schlimm, zumindest wirst du uns nicht verbluten.«

Ich bekam kein Pflaster von ihm, kein Desinfektionsspray, gar nichts. Stattdessen band er mir nur wieder die Handgelenke zusammen und zog den Riemen zu, bis ich aufkeuchte, danach zurrte er ihn noch enger. Für einen Moment hielt er inne, und ich hoffte, er würde ihn lockern, doch er sagte nur: »Gewöhn dich dran! Auch das wird sich nicht ändern.«

Grob führte er mich aus dem Bad, und ein Schwall Meeresluft legte sich um mich wie ein bleischwerer Mantel. Ich roch das Salz, und die Feuchtigkeit drang in meine Lungen wie Wasser. Meine Knie wurden weich. Für Sekunden glaubte ich, nicht weiteratmen zu können. Da war überall Wasser. Wie in meinen Albträumen. Über mir, unter mir. In mir drin. Eine Flutwelle Wasser. Es spülte durch diesen Gang, spülte Bilder aus meinem Innersten hervor, als hätte jemand eine Schleuse geöffnet. Ich sah Mom, wie sie um sich schlug, ein winziger Punkt in einem Sturm grauer Wellen.

»Nicholas! Nic!« Ihr verzweifelter Ruf hallte von irgendwo her, vielleicht kam er auch aus dem verborgenen Ort in meiner Seele. Meine Sicht verschwamm selbst hinter dem Tuch, und mit einem Mal war ich wieder sechs Jahre alt, in einer Zeit ohne Zeit schwebend, im Jetzt und Immer.

Alles passiert in diesen Sekunden.

Das teure Seidenkleid meiner Mom bauscht sich im Wasser auf wie ein weißer Fallschirm, doch er rettet sie nicht, sondern er zieht sie hinab. Mom geht unter, aber sie kommt wieder hoch, weil sie so panisch mit den Armen paddelt. Sie sind wie Ruder, die auf- und abschlagen. »Nic!« Das Weiße in ihren Augen wirkt übergroß wie das von Pferden, die in einem brennenden Stall eingeschlossen sind.

»Ich passe gut auf sie auf! Ich verspreche es!« Dads Stimme klingt angsterfüllt, pure Verzweiflung bricht durch jede Silbe. Sie stürzt mich ins Nichts, ich falle, metertief, endlos, und auf einmal spüre ich nur noch die Kälte wie tausend Nadelstiche und das Meerwasser, das mir unaufhörlich in Mund, Nase und Ohren dringt. Ich verschlucke mich, huste, klammere mich an Dad, so fest, dass er Mühe hat, über Wasser zu bleiben, weil ich so wild herumzappele. »Dad! Daddy!« Über der sturmgrauen Flut, in der die Wellen von allen Seiten kommen, zucken Blitze, gespensterhafte Lichter, die mit Spinnenbeinen ins Wasser tauchen. Grollender Donner folgt. Mom! Wo bist du? Das Salz meiner Tränen vermischt sich mit sprühender Gischt. Ich sehe Mom nicht mehr! Die aufgepeitschte See ist wie ein meterhohes Ungeheuer, das alles verschlingt. Aber immer wieder höre ich ihren Schrei! Nic! Nic! Nic! Doch der ferne Ruf existiert nur noch in meinem Kopf, er ist schon lange verklungen. Mom ist verschwunden. Mommy ist einfach weg! Irgendwo im Meer bei den Geistern der Tiefsee. Es nimmt mir die Luft. Das Entsetzen presst sie aus mir heraus, und mit einem Ruck werde ich aus den Bildern katapultiert wie aus einer Achterbahn, deren Bügel sich öffnet.

In einer verwirrenden Zeit zwischen Vergangenheit und Gegenwart hörte ich mich qualvoll nach Atem ringen. *Mom! Komm zurück!*

»Hey-hey-langsam!« Die Stimme kam aus einem anderen Land, erschien mir nicht real, wirbelte wie ein Strudel um mich herum.

Ich taumelte, stieß mit der Schulter irgendwo an, sank hinab. Die Dimension meiner Furcht war wie Säure, in der ich mich auflöste. Trotzdem spürte ich, wie sich zwei Arme um mich schlossen, mich hochhoben und ich nach vorne kippte. Sekunden später baumelte ich mit dem Kopf voran über einer Schulter.

Jemand trug mich. Wann war ich umgekippt? Ich konnte keinen klaren Gedanken mehr fassen, nur eines wusste ich: Ich hatte Bilder aus der Zeit gesehen, die ich vergessen hatte, einen klitzekleinen Ausschnitt der verlorenen zweiundsiebzig Stunden. Es war keine meiner früheren Panikattacken gewesen, zumindest nicht sofort.

Ich hatte keinen Schimmer, was es bedeutete. Ich wusste nicht, warum ausgerechnet jetzt. Meine Gedanken sprangen hin und her, zwischen Erinnerung und dem, was gerade geschah.

In der Gegenwart wurde ich verhältnismäßig sanft abgesetzt, doch danach schlug mir der Typ ins Gesicht, auch wenn es nicht fest war.

»Hey, Willa, atme, okay! Kurz ein, lange aus!«

Ich blies die Wangen beim Ausatmen auf, als würde ich die Kerzen eines Geburtstagskuchens auspusten. Einmal, zweimal, dreimal. Ich wusste, wie man gegen die Panik atmete, das hatte ich nach dem Unglück mit Dr. Moore geübt, nachdem meine Albträume immer Panikattacken ausgelöst hatten.

»Einundzwanzig Tage«, hörte ich den Typ dann sagen, »solange musst du durchhalten. In dieser Zeit sollte dein Vater die Forderungen erfüllt haben. Hast du das verstanden?«

Ich nickte, dabei schlugen meine Zähne aufeinander, als würde ich immer noch gegen die Wellen ankämpfen und mich an Dad klammern. Einundzwanzig Tage. Ich hatte überhaupt keine Ahnung, wie ich auch nur eine weitere Minute auf See herumkriegen sollte. Ich schaffte es irgendwie, mich hinzulegen, die Wange auf dem eisigen Boden, die Beine angezogen wie ein Embryo. Ganz sicher hatte er mich wieder in meine private Arrestzelle gebracht, und ich hörte auch, dass er noch da war. Verzweifelt schloss ich die Augen. Drei Wochen in diesem Zustand, gefesselt und blind auf einem Boot, kamen mir augenblicklich vor wie die Hölle, wie Folter. Nein, es war Folter. Auch wenn er mich eben Willa und nicht Prinzessin genannt hatte. Auch wenn er mich getragen und nicht noch mit Füßen getreten hatte. Auch wenn er jetzt immer noch da stand und Hass nicht das Einzige war, das er ausstrahlte. Da war noch etwas anderes. Etwas Warmes, Vertrautes, das mir fast tröstlich erschien. Ganz sicher glaubte er, ich wäre vor Angst umgekippt. Vielleicht hatte ihn das milder gestimmt: Zu wissen, wie sehr ich mich fürchtete. Vielleicht verschaffte es ihm auch Genugtuung. Irgendwie fühlte ich beides, aber ich konnte mich irren.

Erneut schluckte ich gegen die Enge in meiner Kehle an. Ich brauchte so dringend eine Sicherheit, dass mir hier nichts passierte.

Und gerade eben schien er nicht mehr ganz so feindselig wie zuvor. Das war meine Chance. Und sollte man nicht auch mit seinen Entführern sprechen? Ihnen zeigen, dass man ein Wesen aus Fleisch und Blut war? Dass man liebte und Gefühle hatte? Das sagten sie doch immer in Filmen. Aber was konnte ich ihm schon sagen? Er wusste ja alles über mich, und dass ich Dad liebte, wusste er auch, sonst wäre ich ja nicht hier. Außerdem würde es ihn wahrscheinlich rasend machen, wenn ich meinen Vater erwähnte. *Reiz ihn nicht,* hörte ich Troja in meinem Kopf flüstern. Vielleicht sollte ich ihn etwas fragen. Aber was? Ob er Nathan hieß? Oder warum Zorn sein zweiter Vorname war? In meinem Kopf war ein absolutes Chaos. Wie konnte ich ihn dazu bringen, mit mir zu reden? Ich dachte an das Wort, das Troja mir zugeflüstert hatte. Von dem ich nicht wusste, was es bedeutete.

»Tucekilemeur«, flüsterte ich wie benebelt auf dem Boden liegend vor mich hin.

Für eine entsetzlich lange Zeit blieb es still, dann fragte er gefährlich leise: »Was hast du gerade gesagt?« Es hörte sich unheilvoll an. Nicht warm, nicht mehr tröstlich. »Wiederhole es! Sofort!«

»Tucekilemeur«, wisperte ich angsterfüllt.

Er atmete hart ein und aus. Ich hörte Erbitterung darin, und im nächsten Augenblick machte er einen Schritt auf mich zu, war nun ganz nah, berührte mich mit seinen Schuhen. »Meine Vergangenheit geht dich nichts an! Meine Familie geht dich nichts an!« Er klang, als würde er mich am liebsten auf die Füße zerren, ohrfeigen oder anspucken. Ich machte mich klein, da hielt er inne. »Wer hat dir das gesagt? Troja?«

»Ich wollte nicht …«

»Du hast kein Recht, diese Worte in den Mund zu nehmen. Sie auszusprechen. Sie überhaupt zu denken! Nicht du! Vor allem nicht du …« Ich sah ihn im Geist vor mir, aschfahl und mit geballten Fäusten. »Ich will keinen einzigen Ton mehr von dir hören, klar?«

»Aber ich …«

»Kein einziges Wort!«, spie er in meine Richtung. »Vergiss nicht, was du bist: ein Faustpfand, eine Geisel, unsere Gefangene. Du solltest besser tun, was ich dir sage.«

Ich presste die Lippen aufeinander. Nickte. Zitterte.

Als er schließlich davonmarschierte, schien der Schiffsboden unter seinen wütenden Schritten zu vibrieren; es kam mir vor, als könnte er mit seinem Zorn eine Zündschnur in Brand setzen. Was immer dieses *Tucekilemeur* bedeutete, es hatte ihn auf hundertachtzig gebracht. Die Frage war nur, wieso Troja es mir verraten hatte, wenn er wusste, wie aufbrausend sein Anführer war.

»Ich heiße Willa Nevaeh Rae Hampton, ich bin neunzehn und ich wurde entführt, um Lösegeld zu erpressen«, flüsterte ich, als er weg war. Ich durfte nicht verrückt werden, auch wenn ich anfing, mit mir selbst zu sprechen. Und im Geiste hörte ich Dad antworten: »Wir schaffen das schon, Willa-Maus.«

Nach Moms Tod hatte er das auch immer gesagt: *Wir schaffen das schon, Willa-Maus!* Als ich mich als Kind eine Zeitlang nicht traute, die Leiter von der Rutsche hochzuklettern: *Wir schaffen das schon!* Als ich nach dem lebensbedrohlichen Allergieschock im Krankenhaus landete und meine komplette Ernährung umstellen musste: *Wir schaffen das schon!*

Dad und ich, wir waren immer eine Einheit gewesen. Untrennbar miteinander verbunden, und so würde es für alle Zeiten bleiben. »Ich schaffe das schon«, flüsterte ich jetzt. »Für dich, Dad!«

Und in meinem Geist flüsterte er: *Ich passe gut auf sie auf! Ich verspreche es.*

War es das Letzte, das er je zu Mom gesagt hatte?

Kapitel 7

»NA – SCHÖN GETRÄUMT, PRINZESSIN? VIELLEICHT VON EINEM Prinzen?«

Erschrocken fuhr ich zusammen, was mir mehrere dreckige Lacher einbrachte. Unruhig drehte ich den Kopf. In meiner unmittelbaren Nähe mussten ein paar Männer herumlungern, die mich beobachtet hatten. Wahrscheinlich war ich trotz Panik kurz eingenickt, doch jetzt zog ich an der Wand sitzend die Knie an und vergrub das Gesicht in dem weichen Stoff von Belle, in dem noch eine letzte Duftwolke meines blumigen Parfüms hing. Diese Mistkerle sollten nicht sehen, wie elend ich mich fühlte. In meinem Mund pappte ein widerlicher Geschmack, ich hatte geschwitzt und gefroren, immer im Wechsel, und das Kleid klebte wie eine zweite Haut an meinem Körper. Es war das erste Mal, dass ich zweimal hintereinander dasselbe trug, fiel mir auf, auch wenn das komplett unwichtig war. Ich war auch noch nie gefesselt gewesen.

»Weißt du, was wir machen mit dir, wenn hier fertig?«, hörte ich jetzt den Akzenttyp fragen. Ich hätte ihn auch am Geruch erkannt, denn er stank immer noch nach Zwiebeln und billigem Tabak.

Es schüttelte mich. »Mich gehen lassen«, antwortete ich trotzdem dumpf, auch wenn er klang, als würde er etwas im Schilde führen.

Er lachte. »Das du so denkst, Prinsessa. Vielleicht wir dich verschiffen auf große Frachter nach China. In Container mit Fisch und Krabben.«

Ich schluckte.

»Manchmal stürzen solche Container ja von Bord«, sagte ein anderer, dessen heisere Stimme komplett neu für mich war. »Das hast du bestimmt auch schon mal gehört, oder? Bei Sturm zum Beispiel. Oder wenn man sie nicht korrekt lascht.« Ein stechender Geruch von Kampfer drang in meine Nase, und ich verband ihn automatisch mit diesem Typen. »Der Container würde vermutlich bis auf den Meeresgrund sinken.« Jetzt lachten sie nicht mehr, und ich wurde mir des Hasses bewusst, der von dem Kampfer-Mann ausging. Wer immer er war, er schien mich lieber heute als morgen mit bloßen Händen erwürgen zu wollen. »Und dann sitzt du in tausend Meter Tiefe in deinem kalten Sarg und wartest auf den Tod. Weißt du, wie dunkel es da unten ist? Und wie kalt? Oder welche Kreaturen es da gibt? Und ich rede nicht nur von Haien …«

Mir wurde speiübel, und ich kauerte mich noch mehr zusammen.

»Dein Vater bezahlen muss«, redete der mit dem Akzent nun weiter, der in meinen Augen immer noch ein Totschlägertyp war. »Ich jetzt mache Foto für ihn. Du vielleicht nett lächeln.«

Ich blieb reglos sitzen.

»Los, Kopf hoch, damit dein geliebter Daddy auch dein Gesicht sieht und dich erkennt!«, befahl der Kampfer-Typ mit der heiseren Stimme. »Pan macht ein nettes Bild von dir. Geht auch ganz schnell.«

Pan – noch so ein Name aus der griechischen Mythologie. Da ich nicht wollte, dass einer von ihnen näher kam und mit Gewalt nachhalf, tat ich, was sie verlangten.

»Brave Prinzessin!«, höhnte ein anderer Mann, den ich ebenfalls noch nie sprechen gehört hatte, und ich musste seltsamerweise wieder an Dads Worte denken. *Willa ist ein artiges Kind. Verträumt, zerstreut, aber leicht zu lenken.*

Es klickte ein paar Mal, und ich sah durch die Augenbinde die Helligkeit des Blitzlichts.

Anschließend war es still, dann meinte noch ein anderer: »Okay … das ist gut … wir haben es.« Als wäre das ein Model-Shooting.

Schritte entfernten sich, aber mindestens einer stand noch in meiner Nähe und schnaufte. »Du!«, sagte Pan, der Akzenttyp. »Du vielleicht hübsche Gesicht, aber das nicht heißt hübsche Herz. Du aufpassen musst!«

Daraufhin ging auch er, und ich atmete durch, ohne mich zu entspannen. Sie konnten jederzeit zurückkommen, mich weiter quälen oder sonst etwas tun, das ihnen Spaß machte. *Sie ist eine Geisel, und so wird sie auch behandelt.*

Zeit verging, keine Ahnung, ob Minuten oder Stunden. Am schlimmsten war es, nichts sehen zu können. Zuhause malte ich den halben Tag, ich brauchte meine Augen, um die Wirklichkeit zu erfassen und wiederzugeben, doch jetzt war da nur Dunkelheit. Es kam mir vor, als verliefen die Geräusche meiner Umgebung in mir wie ein Aquarell.

Ich verlagerte mein Gewicht und wusste nicht, wie ich mich hinsetzen sollte, damit mir nichts wehtat, als sich wieder Schritte näherten. Ein Schleier aus duftenden Kräutern wehte zu mir herüber, ich roch Minze und Moos, offenbar war derjenige frisch geduscht. Und ich saß hier, fror, schwitzte und zitterte um mein Leben!

»Guten Morgen, Prinzessin.«

Mr. Bandenführer persönlich. Klar. Er muss ja auch mal wieder vorbeischauen und seinen Triumph auskosten. Da er mir gestern jedoch das Wort verboten hatte, blieb ich still. Dafür schnupperte ich wie ein Häschen in die Luft. Zu dem Kräuteraroma mischte sich der Duft von Eiern und Burgern, und obwohl ich eine Allergie gegen Hühnereiweiß hatte, liebte ich diesen Geruch immer noch. Mein Magen knurrte auch prompt.

»Schmeckt lecker, dieser Bacon-Burger. Der Speck ist saftig und trotzdem schön kross, das Fleisch zart wie Butter. Burger kann Troja richtig gut.«

Ich hörte ihn geräuschvoll kauen. Es klang, als würde er mir extra demonstrieren wollen, wie gut er es hatte; im Gegensatz zu mir. Er war ein echter Mistkerl; in der Sprache der Männer hätte ich allerdings noch ganz andere Wörter gefunden, aber auf dieses Niveau wollte ich mich nicht herablassen.

Ich wandte den Kopf in eine andere Richtung, da quietschte die Tür. Diesmal hatte sich zuvor kein Schlüssel gedreht, also war sie anscheinend offen gewesen. Kein Wunder, da ich in meinem Zustand sowieso nicht flüchten konnte, außerdem waren wir mitten auf dem Atlantik.

»So still heute, ja? Oder hast du mir nur nichts zu sagen?« Als ich den Typ näher kommen hörte, rutschte ich an der Wand bis in die Ecke. Es nutzte nichts, denn ich spürte seine Präsenz ein paar Sekunden später direkt vor mir. Etwas berührte mein Kleid, wahrscheinlich seine Beine. Hektisch zwinkerte ich unter der Binde. Der Duft des Specks betäubte mich fast, seine Nähe ebenfalls. Schon wieder schluckte ich gegen die Enge in meiner Kehle an. Ich hatte so unendlich viele Fragen.

»Du hast gesagt, ich soll nicht mehr reden«, sagte ich irgendwann, als ich die Stille nicht mehr aushielt. Ich klang rau, nicht wie ich selbst.

Über mir räusperte er sich. »Das bezog sich auf gestern.« Etwas Schuldbewusstes lag in seiner Stimme, auch wenn er es grob sagte.

»Die Fotos sind für meinen Dad, oder? Habt ihr Kontakt mit ihm aufgenommen?«

»Das geht dich nichts an.«

»Es … es geht mich sehr wohl etwas an.«

»Je weniger du weißt, desto besser für dich.«

»Weiß er, dass ich lebe?«, fragte ich leise.

Der Typ lachte. »Auf den Fotos siehst du jedenfalls ziemlich lebendig aus.«

Dad würde einen Herzinfarkt bekommen, wenn er mich gefesselt und mit verbundenen Augen in diesem Loch sitzen sah. »Mein Dad … er wird sofort zahlen.« Vielleicht kam ich ja irgendwie um diese drei Wochen herum.

Der Typ aß einfach ungerührt weiter. »Wir werden sehen, ob er alle Forderungen erfüllt«, sagte er nach einer Weile.

»Ihr habt mehrere?«

»Ein paar.«

Etwas Finsteres malte sich in mich hinein. Ich konnte mir nicht vorstellen, was das für Forderungen sein sollten. Mir fiel nichts ein außer Geld. Vielleicht sollte Dad ja Geld auf mehrere geheime Konten überweisen, auf falsche Namen oder mit gefälschten Papieren. Ich kannte mich mit solchen Dingen nicht aus, aber sicher konnte eine Menge dabei schiefgehen. »Und wenn er es nicht schafft? Wenn er alles versucht, aber es nicht klappt? Was macht ihr dann mit mir?« Voller Angst hielt ich den Atem an, weswegen mir sein Kauen noch lauter vorkam.

Ich hörte den krossen Bacon zwischen seinen Zähnen krachen und es kam mir vor, als wären es meine Nerven, die er kleinrieb.

»Was glaubst du denn, was wir dann mit dir machen?«, fragte er, nachdem er offenbar runtergeschluckt hatte.

Ich dachte an die Filme über Geiseldramen, in denen man abgetrennte Finger sah.

»Dich häppchenweise an deinen geliebten Daddy schicken?« Er offenbar auch.

Ich kam nicht gegen das Grauen in mir an, in meine Dunkelheit projizierten sich immer mehr Schreckensbilder. Mein Kinn zitterte, und für Sekunden war es über mir wieder so entsetzlich still wie vor Stunden, als ich das Wort von Troja geflüstert hatte.

»Hey – das glaubst du nicht wirklich, oder?« Jetzt klang er ehrlich entsetzt, und dieses Entsetzen beruhigte mich ein bisschen.

»Ist das so abwegig?«, presste ich mühsam hervor.

»Nein … also ja! Verflucht, so etwas tun wir nicht!«

Ich zwang mich, tief durchzuatmen. Wäre er so durcheinander wegen meiner Befürchtungen, wenn er das ernsthaft vorhätte? Aber dann dachte ich wieder an die Bemerkungen der anderen. »Sie haben gesagt, wenn es vorbei ist … Verschifft ihr mich dann in einem Container nach China?«

»Verfluchte Scheiße … Natürlich nicht.«

»Aber jemand …«

»Das war ein Scherz von Pan und Sparta.«

Sparta – ganz sicher der Kampfer-Typ.

»Das war ein ganz blöder Scherz«, traute ich mich zu sagen.

Er lachte nur, diesmal klang es beinahe belustigt. »Wir sind ja auch Geiselnehmer und keine Heiligen, Prinzessin.«

Ich dachte an Dads Beziehungen, die bis ins Weiße Haus reichten. Wahrscheinlich war Hilfe bereits unterwegs. »Habt ihr keine Angst, dass die Wasserschutzpolizei euch auf dem Meer ortet?«, fragte ich trotzdem.

Der Typ aß wieder weiter. »Nicht, wenn die Transponder ausgeschaltet sind, außerdem sind wir nur ein harmloser Fischkutter.«

»Was sind Transponder?«

»Ortungsgeräte. Noch nie was von iranischen Geisterschiffen gehört?«

»Nein.« Sein lässiger Tonfall gefiel mir nicht.

»Die iranischen Geisterschiffe sind gigantische Tanker, die im amerikanischen Seegebiet den Bestimmungen entgehen wollen. Die haben regelmäßig ihre Transponder ausgestellt. Sie sind quasi unsichtbar.« Es hörte sich an, als würde er lächeln. »Wenn es so großen Schiffen gelingt, unerkannt über den Atlantik zu schippern, sollte es für unseren Kutter eine Kleinigkeit sein.«

Ich schluckte hart und hörte ihm eine Weile zu, wie er kaute. Dad vermutete mich auch sicher nicht auf See. Bei Entführungen dachte doch jeder automatisch an ein unterirdisches Verlies oder eine abgelegene Waldhütte. Niemand hatte mitbekommen, wohin mich das Taxi gebracht hatte, und Dad durfte bestimmt auch nicht die Polizei einschalten. Andererseits hatte Dad noch andere Beziehungen, er brauchte die Polizei vielleicht gar nicht. Er könnte ohne ihr Wissen Hunderte von privaten Spezialisten beauftragen.

»Hast du Hunger?«, fragte der Typ über mir und riss mich damit aus meinen Gedanken.

»Nein«, log ich schnell, da knurrte mein Magen.

Er lachte spöttisch. »So? Na gut. Dann bekommst du auch nichts. Ich hätte hier Brot für dich gehabt … Du scheinst merkwürdigerweise immer das Gegenteil von dem zu sagen, was du meinst.« Er hielt etwas vor meine Nase, und es duftete herrlich frisch nach Teig. Aber er hätte mich füttern müssen, und das wollte ich nicht. Lieber würde ich drei Wochen lang hungern, als von ihm das Brot anzunehmen – von dem ich nicht einmal wusste, ob es vielleicht Spuren von Nüssen enthielt.

Er ging und schloss die Tür, drehte aber den Schlüssel nicht. »Melde dich, wenn du was willst. Du wirst es kaum drei Wochen ohne Essen aushalten.«

Erschöpft legte ich die Stirn auf meine angewinkelten Knie. Da hatte er natürlich recht. Allerdings musste ich ihm dann von meiner Allergie erzählen, und das könnte er später gegen mich verwenden.

Tage vergingen. Zumindest in meinem Universum. Keine Ahnung, wie lange ich tatsächlich schon an Bord dieses Schiffes war. Ich kauerte mich in eine Ecke und fror. Wenn ich mal einschlief, dann auf dem Boden, eingerollt wie ein Igel. Ich starrte vor mich hin, benommen vor Angst, was als Nächstes passieren würde.

Vor allem die Blindheit setzte mir zu. Immer wieder hörte ich Schritte, Männer, die miteinander sprachen und die vorbeiliefen, manchmal lachten sie auch. Es zermürbte mich. Das alles hier. Der Gestank nach Fisch und Meer, Männerschweiß und Salz, das geballte Testosteron, das hier herumwaberte wie stickiger Dung. Meine Angst, dass einer oder mehrere mich anfassen könnten, wuchs mit jedem Mal, bei dem sie vorbeischlenderten und ich ihre drückenden Blicke auf mir spürte. Aber es passierte nie etwas. Der Einzige, der hereinkam, war der Anführer, der mich regelmäßig zur Toilette brachte und mich Wasser aus dem Röhrchen trinken ließ.

Er redete kaum mit mir, fragte nur immer wieder, ob ich nicht etwas essen wollte, aber ich verneinte jedes Mal. Manchmal dachte ich an das tiefe Entsetzen in seiner Stimme. *Hey – das glaubst du nicht wirklich, oder?*

Zumindest er hatte sich nicht so angehört, als hätten sie Grausames mit mir vor. Er würde mir auch kaum Wasser geben, wenn sie vorhatten, mich umzubringen. Und: Wenn die Männer mich wirklich anfassen wollten, hätten sie das schon getan. Warum sollten sie damit warten?

All das sagte ich mir, um mich zu beruhigen, ohne zu wissen, ob irgendetwas davon Bedeutung hatte. Der Anführer konnte auch lügen, aber mein Gefühl sagte mir, dass er ehrlich gewesen war. Es machte meine Situation aber trotzdem nicht einfacher. Ich blieb blind und gefesselt, hilflos und hungrig. Ich fror und mir tat alles weh.

Irgendwo unter mir dröhnte der Motor, ansonsten war es ruhig. Keine Ahnung, wie lange ich jetzt schon wach war, aber es kam mir ewig vor. War es Abend? Oder erst Mittag? Im Geist hatte ich Bilder gemalt, um mir die Zeit zu vertreiben. Erst den grünen Sumpf, dann die indigoblauen Hyazinthen von Rosewood Manor, doch irgendwann waren die Bilder nur noch schwarze Pinselstriche gewesen. Seitdem hatte ich nur noch düstere Gedanken im Kopf. Um mich davon abzulenken, begann ich damit, die Männer aufzuzählen, die ich kannte. Da gab es zum einen Troja, den Orlando-Bloom-Typ, der wohl hier ab und zu mal Burger briet. Dann war da natürlich noch der zornige Anführer und Pan, der Akzenttyp, sowie Sparta, der Kampfer-Typ. Das waren schon vier. Aber ich hatte noch drei weitere Stimmen gehört, also mussten es mindestens sieben sein, mein Gefühl sagte mir jedoch, dass es wesentlich mehr waren. Vielleicht zehn bis zwölf. Vorhin hatte ich sogar noch einen weiteren Namen aufgeschnappt. Taurus. Ich stellte ihn mir vor wie einen Stier, aber das lag nur an dem Namen, den ich mit Minotaurus assoziierte.

»Hey, Prinzessin.«

Die Worte erschreckten mich, da ich keinerlei Schritte gehört hatte. »Troja?«, fragte ich mit dünner Stimme.

»Der Leibhaftige!« Er lachte, sprach dann aber leiser weiter. »Wieso hast du es dem Boss gesagt?«

»Was gesagt?«

»Das weißt du genau! Tu nicht so unschuldig!«

»Tucekilemeur?« Ich wollte nicht mit ihm reden, denn auch wenn er nett war, er gehörte zu ihnen. Und vielleicht tat er ja auch nur so, als wäre er mir wohlgesonnen.

»Hab ganz schön Ärger bekommen. Ich sollte stocksauer auf dich sein.« So klang er aber nicht. Im Gegenteil.

»Ich habe auch Ärger bekommen«, sagte ich vor mich hin. *Und wie!*

Er lachte wieder. »Dann haben wir ja was gemeinsam. Wirklich … so wütend habe ich den Boss selten erlebt. Hätte mir beinahe eine verpasst … Ich meine, er ist sowieso nicht die Heiterkeit in Person …«

»Wie ist er denn so?« *Nur damit ich ihn besser einschätzen kann.*

Es gab wieder dieses Geräusch, dieses Klong-klong-klong, als würde Metall auf Metall klopfen. Es zerrte an meinen Nerven, die sowieso schon zum Zerreißen gespannt waren.

»Zynisch. Zornig. Ein Mann ohne Träume.« Troja schien zu überlegen. »Er lässt sich von niemandem etwas sagen, und wenn er etwas entscheidet, gilt das unwiderruflich, aber das ist auf See normal. Widerworte oder Mitbestimmung sind undenkbar. Beides grenzt an Meuterei.«

Ich musste schlucken, doch im Grunde war es gut für mich. Der Anführer wollte mir keine Finger abtrennen – also würde es auch keiner der anderen tun. »Und sonst noch?«

Das metallene Klopfen hörte auf. »Wenn er dir etwas verspricht, dann hält er immer sein Wort.«

»Wirklich?«, fragte ich beklommen, denn das konnte gut oder schlecht sein, je nach Versprechen. »Woher weißt du das?«

»Von Isaac.«

Unwillkürlich kroch mir eine Gänsehaut über den Rücken. »Isaac.«

»Der, der dich angerufen hat.«

Mir war nicht bewusst, dass ich den Namen laut ausgesprochen hatte. »Wann … wann kommt er hierher?«, fragte ich nach einem Moment, in dem ich unendlich mit mir gerungen hatte.

Wieder ertönte das Klopfgeräusch, Metall auf Metall. Wahrscheinlich trug Troja einen Ring oder eine Uhr, mit der er gegen das Gitter pochte. »Das darf ich dir nicht sagen.« Klong-klong-klong.

Mein Herz pochte plötzlich schneller. »Wieso nicht?«

»Du sollst nicht zu viel über das Vorhaben wissen. Verständlich, oder?«

Ich atmete ein paar Mal flach ein und aus. »Wie ist Isaac?«

Troja gab keine Antwort. »Sag mal … Der Boss sagt, du isst nichts. Hast du keinen Hunger?«

Mit zusammengepressten Lippen schüttelte ich den Kopf. Nach der Erwähnung von Isaacs Namen sowieso nicht mehr. Die Dunkelheit vor meinen Augen erschien mir plötzlich noch tiefer. »Wie ist er?«, wisperte ich nach einer Weile.

»Hey, auf meiner Stirn steht nicht Auskunft, auch wenn ich der Einzige in diesem Affenstall bin, der dich nicht ständig fertigmacht.« Er schwieg eine Weile, schließlich sagte er: »Du hast mich gefragt, woher ich weiß, dass der Boss seine Versprechen hält. Isaac hat's mir erzählt. Willst du es hören?«

Ich wollte überhaupt nichts mehr hören. Ich wollte nur noch nach Hause, etwas essen und in mein warmes Bett, aber Dad sagte immer, man müsste so viele Informationen wie möglich über seine Feinde sammeln, daher nickte ich.

»Okay, dann komm näher!« Klong-klong-klong.

»Was … wieso?«

»Ich will nicht so rumbrüllen – und reinkommen erst recht nicht. Der Boss würde mich killen, wenn er mich erwischen würde.«

Ich wollte erst aufstehen, blieb dann aber sitzen. Vielleicht war Troja ja derjenige, der eine Meuterei plante.

»Gut, wenn du es nicht wissen willst … wenn du mir nicht traust … dann gehe ich jetzt.«

»Nein, warte!« Ich brauchte mehr Infos, und für ein paar Sekunden zögerte ich. Womöglich könnte ich ein oder zwei Schritte in seine Richtung gehen. Meinen guten Willen demonstrieren, ohne mich in seine Reichweite zu begeben. Aber: Was war seine Reichweite?

Vorsichtig stand ich auf, und für ein paar Sekunden drehte sich alles, obwohl ich nichts sah. Mir war so schwindlig von der Schaukelei, der Situation, dem Hunger und der Angst. Ich lehnte mich an die Wand in meinem Rücken und wartete kurz, bevor ich zwei kleine Schritte in Trojas Richtung machte. »Nahe genug?«, fragte ich. Wenn ich bloß meine Hände ausstrecken könnte, um das Gitter zu ertasten!

»Noch ein Stück.«

Stumm schüttelte ich den Kopf. Ich kam mir vor wie in dem Märchen *Hänsel und Gretel,* als wollte Troja mich zu sich locken, um mich in den heißen Ofen zu stecken, wobei der heiße Ofen hier alles Mögliche sein konnte.

Er seufzte. »Okay, ich sehe schon … du hast immer noch Angst vor mir. Ist genehmigt. Ich erzähle es dir trotzdem. Im Übrigen könnte ich dich schon jetzt an einem deiner hübschen Zöpfe packen, so nahe stehst du an dem Gitter.«

Schnell machte ich einen Schritt zurück.

Troja holte tief Luft. »Also, der Boss hatte mal eine kleine Schwester. Sie ist gestorben, als er elf war.«

Hinter meiner Augenbinde tanzten auf einmal die bunten Pünktchen des Scherbenpalasts. Nathans Stimme brandete durch diese Erinnerung. *Ich komme hierher, um mit meiner Schwester zu sprechen. Mit Lea.*

»Er hing unendlich an ihr. So sehr wie ein Mensch nur an jemandem hängen kann. Sie war alles für ihn. Wirklich alles. Sein Leben. Sein Atem, seine Seele. Das Schönste, das er je gesehen hatte.«

Seine poetischen Worte klangen schwermütig, als würde er sie exakt nachempfinden, und sie berührten mich tief, auch wenn ich das nicht wollte.

»Sie wurde schwerkrank, und er versprach ihr, sie zu den Bayous zu bringen.«

»Zu den Bayous?«, fragte ich irritiert und vergaß für Sekunden sogar meine Angst vor ihm. Als Bayous bezeichnete man langsam fließende Flüsse, Seen und Bäche. In Louisiana war damit das komplette Mündungsdelta des Mississippi gemeint, aber nicht nur das. An der gesamten Küste erstreckte sich diese Sumpflandschaft, die ich so liebte. Mein Zimmer, mein Südstaatenzimmer, war ein Abbild dieser Landschaft! Grünes Wasser, uralte Sumpfzypressen und Spanisches Moos wie silbernes Lametta.

»Er hatte seiner Schwester immer von den Bayous erzählt. Sie sind Heimat für Verfolgte, Vertriebene und Geächtete. Er hatte ihr immer gesagt, dass sie dort ein neues Zuhause fänden, dass es genug zu essen gäbe und sie nicht mehr stehlen müssten, weil man von der Krabbenfischerei und vom Jagen leben könnte … kein Weglaufen mehr. Sie sollte die Bayous wenigstens einmal sehen, aber …«

»Aber?«, wiederholte ich vorsichtig.

»Sie starb vorher, irgendwo am Mississippi. Doch er hielt an seinem Versprechen fest. Er hat sie nach ihrem Tod dorthin gebracht und sie zwischen zwei einsamen Sumpfbänken beerdigt, obwohl er selbst noch ein Kind war. Elf Jahre alt. Das kann man sich echt kaum vorstellen.« Er schwieg kurz, dann sagte er leiser: »Er hat sich niemals verziehen, dass seine Schwester die Bayous nicht mit eigenen Augen sehen konnte … Sie war taubstumm … deswegen war es ihm so wichtig, ihr etwas Schönes zu zeigen.«

Das Herz klopfte hart in meiner Brust. Der Anführer dieser Truppe – es musste einfach Nathan sein. Es gab keinen Zweifel.

Aber was war mit seinen Eltern? Seiner Familie? Hatte er niemanden mehr?

Meine Familie geht dich nichts an! Du hast kein Recht, diese Worte in den Mund zu nehmen. Sie auszusprechen. Sie überhaupt zu denken! Nicht du! Vor allem nicht du …

Was war ihm passiert, dass ihn diese Worte so zornig gemacht hatten? Blind versuchte ich, in Trojas Richtung zu sehen. »Tucekilemeur – was heißt das?«

Er schnaubte. »Glaubst du ernsthaft, ich verrate dir das?«

»Euer Boss meinte, es seien Worte. Also kann es kein Vorname sein. Und wieso hast du mir diese Worte überhaupt gesagt, wenn du mir nicht verraten willst, was sie bedeuten?«, hakte ich nach.

»Weißt du«, sagte Troja jetzt, und ich erschrak, weil er mir viel näher schien als zuvor. »Wegen seiner Schwester gibt er nur noch Versprechen, die er auch halten kann. In seinen Augen hat er damals versagt. Er hat dieses Versprechen gebrochen, und er hat seiner kleinen Schwester noch im Tod geschworen, dass das niemals wieder vorkommen würde. Versprechen bedeuten alles in seiner Familie.«

Nachdem er gegangen war, setzte ich mich wieder auf den Boden und dachte über das nach, was er mir erzählt hatte. Todsicher war der Boss des Kutters der Junge aus Baton Rouge. Eigentlich sollte mich das freuen, da ich mich nun sicherer fühlen konnte. Doch stattdessen stieg ein Gefühl der Bitterkeit in mir hoch.

Er wusste ganz bestimmt, wer ich war; und es war ihm egal. Mit dem Nathan von früher hatte ich immer Abenteuer und Freiheit verbunden. Zusammengehörigkeit, da wir beide wussten, was Trauer bedeutete. In all den Jahren hatte ich diesen Sommer in Louisiana in meinen Erinnerungen gehütet wie einen Schatz, den ich mir immer dann angeschaut hatte, wenn ich mich im Penthouse allein und eingeschlossen gefühlt hatte, wie in einer Schutzburg. Sicher, aber nicht frei. Doch wenn das hier jetzt Nathan war, würde meine Erinnerung und der ganze Sommer zu Staub zerfallen, denn er trat meine Freiheit mit Füßen. Er spottete über mich. Er lachte mich aus. Im Grunde würde ich ihn, wenn er Nathan war, noch mehr verachten als einen Fremden. Und irgendwie machte mich das traurig.

Ich dachte an sein Armband, das immer noch in einem meiner Zöpfe steckte. So lange hatte ich es bei mir getragen, um mich an all die Gefühle zu erinnern, die Nathan in mir geweckt hatte, doch was bedeutete es noch? Nichts. Gar nichts.

In den nächsten Tagen fand ich heraus, dass nie alle Männer gleichzeitig wach waren. Es gab Schichten, die sie Freiwache nannten. Ich lernte, die meisten Stimmen voneinander zu unterscheiden. Die Männer einer Wache blieben meistens dieselben, auch das erkannte ich an den Stimmen. Troja, Sparta, Pan und einer, den sie Ikarus nannten, waren immer zur selben Zeit wach, also gehörten sie bestimmt zu einer Schicht.

Manchmal, gegen Abend, schätzte ich, spielte Musik, Gläser oder Flaschen klirrten aneinander und der Duft von Braten und Kürbis zog zu mir hinab. Sie aßen gemeinsam, sie lachten, sie spielten Karten. Sie duschten in dem Gang, wo ich gefangen gehalten wurde, und sie spotteten über mich, die ich in einer Art Käfig steckte, dreckig, klebrig und hungrig. Sie hassten mich alle, Troja schien die einzige Ausnahme zu sein, und ich fühlte mich so wertlos wie nie, auch wenn ich für sie vermutlich kostbarer war als ein Brillant. Ich bat sie mehrmals, mir die Augenbinde abzunehmen, wenigstens für eine Stunde, aber sie amüsierten sich nur darüber. Vor allem Pan, Sparta und der eine, den sie Taurus nannten. »Verwöhntes Prinzesschen, wir nicht da, um Arsch zu pudern« war das Netteste, das Pan zu mir sagte. Keine Ahnung, wo Troja in diesen Momenten war, und wer weiß, ob er mich überhaupt verteidigt hätte. Ich hatte noch nicht herausgefunden, ob es hier so etwas wie eine Art Hierarchie gab.

Ich blieb jedes Mal ganz still sitzen, so auch heute. Der süße Duft von Erdnussbutter-Schoko-Brownies zog durch den Gang, und mein Magen wurde hart und winzig wie eine Walnussschale. Der Hunger war kaum auszuhalten, außerdem würde mein Kreislauf bald schlappmachen, wenn ich nicht in absehbarer Zeit etwas essen würde. Mir war schon richtig schwummrig. Müde schloss ich hinter dem Tuch die Augen. Der Anführer, vermutlich Nathan, hatte es mir ein paar Mal fester gebunden, damit es nicht verrutschte. Mehrfach war ich versucht, ihn mit seinem Namen anzusprechen, hatte mich dann aber nicht getraut. Vielleicht irrte ich mich ja doch.

Jetzt dachte ich an mein früheres Zuhause. Es war der Geruch der Brownies, der mich an Boston erinnerte. Dort hatten wir gewohnt, bevor Mom ertrunken war. Ich versuchte, mich an die Küche zu erinnern, an das dunkle, edle Holz und die lange Arbeitsfläche, auf der Mom manchmal noch selbst und ohne Personal mit mir gebacken hatte.

»Mom? Mom, die Brownies sind fertig!« Ich sah mich, wie ich mit meinen zimtbraunen Zöpfen und dem goldenen Kleidchen vor dem Ofen stand, aus dem der Kuchen einen herrlich-süßen Geruch verströmte. »Mom?« Suchend lief ich an der ellenlangen Theke vorbei, meinen weißen Stoffhasen, Mr. Sparkles, fest unter den Arm geklemmt. Alles funkelte auf Hochglanz poliert, war blitzsauber, das Werk von Penny, unserem Dienstmädchen. Mom putzte eigentlich nie, das musste sie auch nicht. »Sie ist bestimmt im Wohnzimmer«, sagte ich zu Mr. Sparkles. »Wahrscheinlich hat sie sich hingelegt.«

Tatsächlich lag sie auf der Couch. Sie sah wunderschön aus, wie ein schlafender Engel mit zimtfarbenem Haar, das sich über ihre Schultern auf das ebenholzschwarze Designer-Sofa ergoss. »Mom, steh auf! Du musst die Brownies aus dem Ofen holen!« Ich wusste, dass ich das nicht selbst machen durfte, allerdings hatte ich auch von Dad und unserem Hausarzt gesagt bekommen, dass Mom viel Schlaf brauchte. Normalerweise hätte ich jetzt meine Nanny Claire gerufen, aber sie war heute wegen eines Termins früher gegangen. Nervös bohrte ich den Finger in den Bauch von Mr. Sparkles, wie immer, wenn ich unter Anspannung stand. »Mom?«

»Pst! Leise, Sweetie. Mom schläft!«

»Dad!« Ich wirbelte herum und lief in Dads Arme, die er für mich ausbreitete. »Du bist ja schon da!«

»Ich habe früher Schluss gemacht. Mom hat mich angerufen, weil sie so müde war.«

Ich ließ Dad los und zeigte zur Küche. »Die Brownies sind fertig. Die Uhr am Herd hat geklingelt.« Ich kam mir in diesem Augenblick sehr erwachsen vor, weil ich Moms Aufgabe übernommen hatte.

Dad grinste breit und zwinkerte mir zu. »Habe ich da gerade Brownies gehört?«

Ich kicherte.

»Du weißt, ich sterbe für Brownies! Komm, lass sie uns aus dem Ofen holen!«

Aus einem Impuls heraus sah ich zum Sofa, auf dem Mom schlief. »Wie lange wird Mom denn noch immer so viel Schlaf brauchen?«, fragte ich. »Nie hat sie Zeit für mich!«

Dad lächelte und nahm meine Hand. »Sie hatte eine schwere Grippe, das dauert eben eine Weile.«

»Es dauert aber schon so lange eine Weile, Dad!« Plötzlich war ich traurig, da drückte Dad meine Finger und ließ sie dann los. »Wer zuerst am Herd ist!«

»Hey.« Eine Stimme holte mich zurück. Sie gehörte zu dem Anführer, der sicher gekommen war, um mir Wasser zu geben. Allerdings kam er nicht rein, ich hörte jedenfalls nichts, was darauf hindeutete.

»Troja hat Brownies gebacken«, sagte er und klang viel netter als sonst. »Willst du ein Stück?«

Ich drehte den Kopf weg, weil ich nicht wollte, dass er meine

Tränen sah. Ich hatte geweint, ohne es zu merken, wahrscheinlich wegen der Erinnerung an Mom; und weil ich Dad so schrecklich vermisste. Vielleicht sogar wegen des süßen Kuchendufts und meines unerträglichen Hungers.

»Du musst doch mal was essen«, sagte er jetzt leiser und seltsam berührt.

Sein sanfter Tonfall machte mich plötzlich zornig. »Ich dachte, du wolltest mich wie eine Geisel behandeln«, sagte ich bitter.

Er seufzte. »Möchtest du nun ein Stück, ja oder nein?«

»Nein.« In Wahrheit hätte ich alles für ein Stück Kuchen gegeben, und ich hätte sogar dafür meinen Stolz hinuntergeschluckt, aber ich wollte nicht nach den Zutaten fragen.

»Ich nehme dir auch die Fessel ab, dann kannst du es allein essen. Was sagst du?«

»Nein.« Auch wenn das Angebot verlockend war, es wäre zu gefährlich.

»Okay. Dann eben nicht.« Er lachte kurz. »Dann nehme ich es wieder mit und esse es selbst.«

Ich musste schlucken. Plötzlich fühlte ich mich unendlich allein. Ich wollte nicht, dass er ging, aber ich wollte auch nicht, dass er blieb. Und ich wollte ihn auch mit etwas treffen. Keine Ahnung, warum. Vielleicht weil er da stand und auf einmal so freundlich zu mir war und mich damit verwirrte. Vielleicht aber auch, weil er so blöd gelacht hatte.

Ich sah in seine Richtung, versuchte es zumindest. »Weißt du, du kannst gerne weiterhin so tun, als würdest du mich nicht kennen, aber ich weiß ganz genau, wer du bist. Ich habe mir deinen Namen nämlich gemerkt, so wie du es gewollt hast … Nathan.«

In der eintretenden Stille hätte man ein Staubkorn herabsinken hören. Ich konnte nichts mehr deuten, weder ein Gefühl noch eine Bewegung, vielleicht weil ich so angespannt war.

»Wieso sagst du nichts?«, fragte ich flüsternd. Was, wenn ich ins Schwarze getroffen hatte und er jetzt Angst bekam, ich würde ihn später verraten? Ich wollte sein Gesicht sehen, den Ausdruck darin. Womöglich würde er mich gleich auf die Füße zerren und mir die

Kehle zudrücken. Vielleicht würde er mich einfach über Bord werfen!

In meiner Panik bekam ich kaum mit, dass er ging. Ich registrierte es erst, als seine Schritte schon weit weg klangen.

»Nathan?«, rief ich. »Warte! Bitte, rede mit mir!«

Er blieb nicht stehen. Und im Geiste sah ich ihn vor mir, wie ich ihn als Erwachsenen gezeichnet hatte, immer wieder und immer wieder. Die schmalen meergrauen Augen mit den Wimpern wie Rabenfedern, die harmonischen Lippen wie Möwenschwingen, das ernste, zornige Gesicht, die dunklen Haare, die bis zu den Schultern reichten. Er war immer eine Fantasiegestalt in meinem Kopf gewesen. Nur ein weiteres Bild in meiner Sammlung voller Gemälde. Unwirklich und ein Wunschtraum. Doch in meinen Träumen hatte ich mir heimlich ausgemalt, wie er war. Die Realität hatte allerdings absolut nichts mit diesen Fantasien gemeinsam.

Gar nichts.

Was war passiert, dass er sich so sehr verändert hatte?

In den nächsten Stunden hätte ich mich für mein naives Vorgehen immer wieder ohrfeigen können. Keine Ahnung, ob Nathan wusste, wie gut ich zeichnen konnte, und ob das bei ihren Recherchen über mich eine Rolle gespielt hatte. Früher hatte ich meine Bilder oft auf Instagram gepostet, doch Dad hatte mir vor zwei Monaten gesagt, dass er das nicht gerne sah. Meine Gemälde hätten etwas von Seelenstriptease, und diese unfreiwillige Entblößung könne zu den wildesten Spekulationen über mich führen. Daraufhin hatte ich meinen Account gelöscht.

Die Männer hätten die Bilder damals aber durchaus entdecken können. Womöglich trug ich die Augenbinde unter anderem auch wegen meiner Mal- und Zeichenkünste. Und jetzt wusste Nathan, dass ich wusste, wer er war. Traute er mir zu, dass ich ihn aus meiner Erinnerung so zeichnen konnte, wie er heute aussah?

Nachdenklich fuhr ich über die raue Stelle des Rings. Ich könnte versuchen, den Kabelbinder damit durchzusäbeln, denn dann könnte ich das Tuch so zurechtzupfen, dass ich ein bisschen hindurchsehen konnte. Unauffällig natürlich. Auf diese Weise hätte ich endlich die letzte Gewissheit, ob der Anführer tatsächlich Nathan war oder nicht. Und vielleicht würde ich auch ein paar andere Männer sehen. So könnte ich sie später detailgetreu nachzeichnen; das wäre viel besser, als wenn ein Polizist es nur nach vorgefertigten Schablonen und Vorgaben machte.

Ich rutschte an die Wand zurück, zog den Ring ab und nahm ihn zwischen Daumen und Zeigefinger. Danach tastete ich nach der rauen Stelle und friemelte so lange herum, bis ich damit an der Fessel feilen konnte. Es tat weh, weil ich dafür meine Finger komplett verbiegen musste, und ich schaffte es auch immer nur ein paar Minuten, bevor ich Krämpfe bekam, aber ich spürte schon bald eine Kerbe in dem Plastikband.

Natürlich würde ich hinterher erklären müssen, wie ich die Fessel gelöst hatte, aber notfalls könnte ich behaupten, ich hätte am Gitter oder an der Wand eine raue Stelle entdeckt.

Für einen Augenblick lauschte ich nach Schritten, aber alles war still, und als ich erneut an dem Kabelbinder herumschabte, löste sich der Riemen mit einem Ruck. Starr saß ich da und konnte nicht fassen, dass ich mich tatsächlich befreit hatte. Mein Magen zog, als wären Dad und ich in unserem Privatjet durch ein Luftloch geflogen.

Wieder horchte ich in die nähere Umgebung, während ich meine Finger ein paar Mal öffnete und schloss, damit das Blut besser zirkulieren konnte.

Es war still. Fast zu still. Der Kutter wirkte menschenleer, ausgestorben wie ein Geisterschiff. Nur der Motor dröhnte und die See rauschte. Wellen schlugen gegen den Schiffsrumpf.

Mein Herz klopfte plötzlich bis in die Kehlgrube. Vielleicht hatte Nathan die Männer zusammengetrommelt und verkündete gerade, dass ich ihn blind erkannt hatte.

Ganz vorsichtig schob ich die Augenbinde ein Stück hinauf, nur so weit, dass ich sie im Notfall schnell genug herunterziehen konnte. Im ersten Schockmoment blendete mich das helle Licht. Es stach wie ein Blitz in den Augen, und ich musste zwinkern, sodass ich nur nach und nach die Umgebung erfasste.

Ich saß tatsächlich in einer Arrestzelle. Eine Wand bestand ausschließlich aus Gitterstäben, in die eine Tür integriert war.

Der Schlüssel steckte. Sie hatten sich wirklich nicht mal die Mühe gemacht, ihn abzuziehen, weil sie offenbar dachten, mich genug eingeschüchtert zu haben. Ich könnte einfach hinausspazieren … *ja klar!*

Ohne nachzudenken stand ich auf, und für mehrere Atemzüge blinkten Sternchen vor meinen Augen. Ich musste dringend etwas essen, und zwar bald, bevor mich meine Kraft komplett im Stich lassen würde.

Angestrengt lauschte ich, hörte aber immer noch nichts. Keinen Laut, keine Stimmen, keine Schritte. Kein Pan, der spottete. Kein Sparta, der seinen Hass über mir ausschüttete. Es war beinahe schon unheimlich.

Eine billige Neonröhre brannte im Gang vor dem Gitter, über mir baumelte nur eine nackte Glühbirne. Auch sonst war kein Mobiliar in der Zelle, so wie ich es vermutet hatte. Keine Isomatte, nichts. *Kein Arschpudern für die Geisel,* dachte ich und war über mich selbst erschrocken. Seit wann war ich sarkastisch?

Ich schaute mich noch einmal um, und plötzlich galoppierten meine Instinkte meinem Verstand davon: Es gab ein Bullaugenfenster! Mit einem Satz stand ich davor, ohne über die Konsequenzen nachzudenken. Mit angehaltenem Atem blickte ich hinaus, ungeachtet all meiner Vorsätze, vorsichtig zu sein. Draußen schien ein mattes Licht, und ich erkannte eine schmale weiße Reling. Direkt dahinter schaukelte das pechschwarze Meer, Moms ewiges Grab. Silbriger Sternenschein zitterte im Seegang wie das Gewand eines Gespenstes.

Mein Herz begann zu rasen. Da war noch etwas anderes. Etwas weiter rechts. Scheinwerfer zerschnitten die finstere Nacht. Dort draußen, unweit des Kutters, fuhr ein anderes Boot. Wie weit es entfernt war, konnte ich schlecht schätzen, vielleicht zweihundert Meter. Es sah aus wie ein kleiner Trawler, ein Boot der Hochseefischerei, die ich früher oft hatte auslaufen sehen.

Was noch besser war: Es schien uns auf einem parallelen Kurs zu folgen.

Ich zwinkerte, benommen von einer spontanen Idee, aber das Fenster ließ sich nicht öffnen. Doch wenn ich auf die Reling käme, könnte ich mich vielleicht bemerkbar machen. Winken. Rufen. SOS brüllen. Und notfalls ins Wasser springen, wenn mich jemand erwischte – was wahrscheinlich war, wenn ich anfing zu schreien. Für Sekundenbruchteile überlegte ich, ob ich zum Fangboot schwimmen könnte. Unter normalen Umständen wäre die Strecke durch Dads unbarmherzigen Drill kein Problem. Monatelang hatte er mich bis zur Erschöpfung in unserem Pool Bahnen ziehen lassen, es war der einzige Streitpunkt zwischen uns gewesen. Ich konnte fünfhundert Meter in zehn Minuten schwimmen, zum Trawler bräuchte ich vielleicht fünf, sechs oder sieben, wenn die Strömung sehr stark war. Aber es war stockfinstere Nacht, der Ozean kohlenschwarz wie der Tod. Meine Panik würde mich hinabziehen wie ein Krake, noch dazu müsste ich das Kleid ausziehen, und das würde ich niemals hier an Bord tun, sondern erst im Wasser. Danach müsste ich es natürlich auch noch schaffen, in die Nähe ihrer Scheinwerfer zu gelangen, damit mich die nächtlichen Wachposten auch entdeckten. Denn wenn nicht, wäre ich allein auf dem Atlantik und beide Boote wären vielleicht weg, vor allem, wenn Nathans Mannschaft mein Fehlen nicht rechtzeitig auffiel.

Sollte ich es überhaupt unbemerkt zur Reling schaffen!

Blitzschnell überlegte ich. Da der Trawler versetzt hinter uns fuhr, dürfte das mit den Scheinwerfern kein Problem sein, ich musste nur sehr schnell eine gerade Linie zurücklegen und das Licht der Boote half mir bei der Orientierung. Den Gedanken an Haie verdrängte ich erst mal. Ich würde es ja auch nur im Notfall tun, vielleicht würde mich ihr Kapitän oder der wachhabende Offizier auch schon auf der Reling entdecken. Es würde sie wundern, wenn ich in dem Ballkleid dort stand und wie verrückt mit den Armen wedelte. Vielleicht würden sie sogar misstrauisch; und falls ich bereits als vermisst galt und öffentlich gesucht wurde, könnten sie die richtigen Schlüsse ziehen. Und was noch besser war: Nathan hatte gesagt, ihre Transponder wären ausgeschaltet. Womöglich war das auch diesem Trawler aufgefallen, der den Kutter zwar auf dem Atlantik vor sich sah, ihn aber nicht auf dem Radar fand. So etwas war verdächtig, zumindest glaubte ich das. Dieser Kutter könnte im Grunde für den fremden Kapitän alles möglich sein, zum Beispiel zu einer Drogenflotte gehören. Sie waren also unter Umständen sowieso bereits auf der Hut. Und vielleicht folgten sie uns ja schon, und es war deswegen so still. Eine vorsichtige Ruhe.

Ich starrte hinaus und fragte mich, ob ich gerade vorhatte, etwas ganz Dämliches zu tun. Wie zum Beispiel der Held eines Films, der coole Liebhaber, der wider besseres Wissen aus dem Fenster im dreißigsten Stock kletterte, damit er nicht vom Ehemann erwischt wurde.

Was, wenn ich eine Panikattacke auf dem Wasser bekomme? Der Ozean ist nicht der Infinity-Pool des Penthouse! Außerdem habe ich seit Tagen nichts gegessen, ich bin geschwächt! Ich werde ertrinken wie Mom!

Und was ist mit den Männern? Was ist mit Isaac?

Im Geist hörte ich seine Stimme. *Du solltest besser tun, was ich von dir verlange, Willa Nevaeh Rae. Und das wird bald eine ganze Menge sein …*

Bei der Erinnerung an Isaacs Worte wandte ich mich ruckartig vom Fenster ab, lauschte, und als ich nichts hörte, lief ich zu der Gitterwand. Womöglich war meine Chance gleich vertan. Womöglich kamen sie gleich wieder zu mir in den Flur.

Aber es war immer noch still.

Ich blickte in den Gang. Endlich konnte ich die Umgebung meines Gefängnisses sehen. Der schlauchförmige Korridor war etwas länger als ein gewöhnlicher Hausflur, mit mehreren Türen auf jeder Seite. An beiden Enden gab es einen schmalen Stieg hinauf und am Ende rechts von mir hingen ein Feuerlöscher und ein hufeisenförmiger gelber Rettungsring.

Ein Rettungsring! Natürlich. Jedes Boot besaß mindestens einen! Aber dieser hier hatte sogar ein rotes LED-Seenotlicht, so wie wir auch welche auf der Yacht gehabt hatten. Dad hatte immer so stolz erzählt, dass diese Lichter acht bis zwölf Stunden Leuchtdauer hatten und über mindestens einen Kilometer bei Nacht und Nebel sichtbar wären. Einmal hatte er einen aus Spaß ins Wasser geworfen, um es uns zu demonstrieren.

Nur hatte Mom der Ring nicht geholfen!

Plötzlich kam mir mein Vorhaben nicht mehr ganz so halsbrecherisch vor, im Gegenteil. Vielleicht sollte ich direkt über Bord springen. Die Sicherheit des Rings würde meine Panik in Schach halten, und selbst wenn nicht, würde er mich schützen. Außerdem würde er wie verrückt weißes oder rotes Blitzlicht zum Himmel schießen. Selbst wenn ich es nicht schaffte, die Scheinwerfer des Trawlers zu erreichen, selbst wenn mich die Männer dieses Kutters zuerst im Wasser entdeckten, die andere Mannschaft würde ganz bestimmt Kontakt zu ihnen aufnehmen und wissen wollen, ob die Rettung geglückt wäre.

Doch was wäre dann mit Dad? Würde ich ihn mit der Aktion nicht in Gefahr bringen? Energisch schüttelte ich den Kopf. *Nein!* Kein Scharfschütze lag wochenlang auf der Lauer. Sie hatten Dad nur bedroht, um mich zu bekommen. Und wenn ich erst mal an Bord dieses Trawlers war, würde ich ihn von dort sofort über ein Satellitentelefon anrufen und warnen. Sollte ich es nicht schaffen, müsste ich mir eher um mein Wohlergehen Gedanken machen.

Wieder lauschte ich. Mein Herz raste. Immer noch war alles still. Totenstill. Für eine Sekunde glaubte ich tatsächlich, sie wären von Bord gegangen und hätten mich und den Kutter dem Ozean überlassen.

Ich lief zurück, hob Moms Ehering auf und löste meinen Zopf. Mit fliegenden Fingern knotete ich den Ring an dem Armband fest und verflocht das Ring-Band wieder mit meinen Strähnen. Dann drehte ich in Zeitlupe den Schlüssel, damit das Ding nicht so laut quietschte, und fragte mich gleichzeitig, ob ich nicht doch den Verstand verloren hatte.

Wenn sie dich erwischen, bevor du die Reling erreichst ... Du bist allein, sie sind mindestens zu siebt.

Vor allem: Wo waren sie? Warum war es so still?

Zitternd schlüpfte ich auf den Gang. Wind pfiff die Treppenstiege hinab durch den Flur, eisige Böen, die schwer waren von Salz und Feuchtigkeit. Auf Zehenspitzen schlich ich zu dem schmalen Stieg, nahm den Rettungsring von der Halterung und kletterte ungeschickt die Stufen hinauf. Ich spürte jeden einzelnen Knochen.

Kurz, bevor ich mit dem Kopf über die offene Luke ragte,

verharrte ich, um mich zu sammeln. Es stank widerlich nach Öl und Fisch. Ich hörte jedoch immer noch nichts, keine Männerstimmen, nur Wind. Vorsichtig stieg ich eine Stufe weiter nach oben. Vor mir lag das Heck des Kutters, ganz sicher war ich mir aber nicht, doch es war eine Plattform, etwas größer als ein gewöhnliches Wohnzimmer. Masten und Miniatur-Lastkräne ragten wie mahnende Zeigefinger in die Dunkelheit. Überall waren Poller, Taue, Netze und Ladewinden, ein paar Bojen und Kram, von dem ich nicht wusste, wozu er gut war.

Mit aller Kraft klammerte ich mich an den Holm des Stiegs. Den linken Teil des Decks konnte ich nicht einsehen, weil neben dem Stieg eine Wand war. Wahrscheinlich die vom Brückenturm. Sie schützte mich zwar auch vor möglichen Blicken, aber ich konnte nicht sehen, ob in diesem Bereich jemand stand oder sogar Wache hielt.

Zögernd kletterte ich das letzte Stück aufs Deck, und sofort griff der eisige Wind nach mir. Er heulte über die Plattform wie ein schauerlicher Chor Tiefseegeister, ließ eine lose Plane vor mir flattern und sprühte eine Ladung Gischt über die Reling. Augenblicklich begriff ich, dass der Wind jeden meiner Schreie schlucken würde so wie an der Küste von Staten Island. Ich musste springen, ohne vorher zu rufen!

Hastig blickte ich zur Reling. Sie war nicht weit entfernt. Ich musste nur ein paar Poller umrunden und ein paar Stufen runterspringen. Von hier oben konnte ich auch den Trawler besser erkennen. Seinen Bug, der mich zermalmen könnte, hinabziehen würde, wenn ich zu dicht davor geriet. Ich schluckte. Vom Heck betrachtet, sah der Atlantik viel stürmischer aus als von der Ebene der Zelle. Unruhig, unbezwingbar.

Hast du schon mal jemanden sterben sehen, Willa Nevaeh Rae?

Ich musste hier runter! Ohne einen weiteren Gedanken lief ich los, doch als ich die schützende Wand zur Linken hinter mir ließ, setzte mein Herz einen Schlag aus.

Wie erstarrt blieb ich stehen, meine Hand krampfte sich um das Seil des Rettungsrings. Ich konnte nicht sagen, wie viele Männer dort auf Kisten zusammensaßen, einige standen auch. Vielleicht waren es zehn oder zwanzig, in meinem Schockzustand war es egal. Ich hatte sie nicht reden gehört, weil der Wind ihre Stimmen geschluckt hatte. Jetzt erschien es mir plötzlich wieder totenstill.

So still. Viel zu still.

Vor allem, weil einer von ihnen mich direkt ansah. Und ohne, dass ich mich erinnerte oder Vergleiche ziehen konnte, erkannte ich ihn sofort.

Den Jungen aus Louisiana.

Nathan.

Kapitel 8

Er stand keine zehn Schritte von mir entfernt, sein Gesicht lag im Dunkeln und das kalte Sternenlicht flutete über seine schulterlangen Haare. Er trug schwarz von Kopf bis Fuß, selbst sein Stirnband war schwarz, und er sah unbändig und wild aus, wie ein Pirat. Doch am meisten erschreckten mich seine Augen. Zorn brannte in ihnen. Dunkel und hell, lodernd wie grauer Phosphor.

Ich schluckte. Auch die anderen drehten ihre Köpfe zu mir um, und ein Gesicht haftete sich sofort an meine Synapsen. Ein breites, bulliges mit einem auffälligen Stierkopf-Tattoo auf der Stirn. *Taurus.* So hätte ich ihn jedenfalls gezeichnet. Neben ihm stand ein hagerer Typ mit glühenden Augen und ellenlangen Dreadlocks und einer, der mir so gewaltig vorkam wie ein kolossaler Baumstamm. Er trug ein ochsenblutrotes Bandana, aus dem sich dicke, schwarze Locken wanden, fett wie Schlangenleiber.

Blinzelnd sah ich von einem zum anderen – das Dümmste, das ich hätte tun können. *Mach die Augen zu!,* schrie alles in mir, aber ich war gelähmt, erstarrt wie ein Reh im Lichtkegel, komplett handlungsunfähig.

In meiner Angst fiel mir erst jetzt auf, dass sich die meisten erhoben hatten.

»Ich glaube, wir haben ein Problem«, hörte ich Nathan schließlich sagen, und seine Stimme klang dunkler, rauer und gepresster als je zuvor.

Seine Worte trafen mich wie ein Erschießungskommando. Ich begriff schlagartig mit jeder Faser meines Körpers und mit aller Macht, was das hier, dieser Augenblick unter dem kühlen Atlantikhimmel, für mich bedeuten konnte. Es war ein Schicksalsmoment, ein Atemhauch zwischen Leben und Tod. Verzweifelt stürmte ich zur Reling, doch Nathan machte einen gewaltigen Satz über Poller und Taue und schnitt mir den Weg ab. Kopflos rannte ich zurück und sprang den Stieg hinunter, den ich eben erst hochgeklettert war.

Ich fiel tief, tiefer als ich gedacht hatte, und landete mit einem Aufschrei auf Händen und Knien. Schmerz flammte in meinem Handgelenk auf, ich ließ den Rettungsring los, und er schlingerte wie ein betrunkener Autoreifen über den Boden, bevor er am anderen Ende des Gangs gegen die Stufen stieß. Blindlings rappelte ich mich auf, raffte den Rock und wusste nicht, wohin. Von oben hörte ich die Männer schreien, aber ich bekam in meiner Furcht nicht mit, was sie sich zuriefen. Mein Reflex war Flucht, auch wenn mein Verstand jetzt schon den Bilanzstrich unter die Rechnung setzte: aussichtslos, vergebens, unsinnig. In diesen Sekunden begriff ich den Fluchtinstinkt der Antilopen, die einem Löwenrudel davonhetzten. Sie rannten, gleich wie ausweglos ihre Lage war. Solange sie rannten, waren sie am Leben; also lief ich den Flur entlang, vorbei an meiner Zelle mit den Gitterstäben, als mich ein dumpfer Aufprall erschütterte. Jemand war mir hinterhergesprungen.

»Bleib stehen, oder glaubst du, du hast eine Chance?«, rief jemand durch den Gang.

Ich erkannte die lässige Stimme.

Unwillkürlich sah ich über meine Schulter und entdeckte einen jungen Kerl mit zu langem Bürstenhaarschnitt, der fast noch jugendlich wirkte. Jünger als ich.

»Komm schon! Wir tun dir nichts!« Beschwichtigend hob Troja die Hände und grinste entwaffnend. In seiner lockeren Jeans und dem weinroten Oversized-Hoodie erinnerte er mich an einen

Skater-Boy; an einen der coolen Jungs auf einer normalen Highschool. Doch trotz seiner ehrlich klingenden Worte und seiner beruhigenden Gestik vertraute ich ihm nicht.

Ohne zu antworten, lief ich weiter und fand im Anschluss an meine Zelle eine Nische mit einer Bullaugentür, die ins Freie führte, direkt an die Reling.

Die Ironie ließ meinen Puls weiter steigen. Hätte mich der Rettungsring nicht nach rechts gelockt, hätte ich diesen Zugang eher bemerkt und wäre bereits frei.

Hastig stürzte ich hinaus, ohne den Ring zu holen, und entdeckte Nathan, der mir draußen offenbar den Weg abschneiden wollte. Er war Richtung Bug gelaufen, vermutlich zu der anderen Treppe des Flurs, doch beim Schnarren der Tür wirbelte er herum.

Mein Herz hämmerte. Für Sekunden konnte ich mich unter seinem stechenden Blick nicht mehr rühren. Er strahlte eine bedrohliche Autorität aus, die selbst die Offiziere von Dads Privatarmee hätte erbleichen lassen. Sie stülpte sich über mich wie eine Glocke, und sekundenlang war ich bewegungsunfähig, ohne gefesselt zu sein.

»Das Spiel ist aus! Komm sofort her!«, schleuderte er mir entgegen.

Sequenzen dieses Moments brannten sich unwiderruflich in meinen Geist, Erinnerungen für die Zeitspanne eines Menschenlebens: Sein Gesicht, das eher schmal als breit war und mittlerweile eine dezente Jawline besaß. Seine schwarzen, wilden Haare, die es einrahmten. Das Stirnband, das er genau so trug, wie nun auch meine Augenbinde saß. Waagerecht über der Stirn.

Es war unsinnig, hirnverbrannt und kindisch, aber es kam mir vor, als hätte er mich und den Sommer im Scherbenpalast verraten. Wie gebannt schüttelte ich den Kopf. »Nein«, flüsterte ich und ballte die Fäuste.

»Nein?« Er kam auf mich zu und lachte ohne Humor. »Allen Ernstes: Nein?« Er war groß und hatte eine athletische Figur. Er war kein Koloss, so wie der Baumstamm-Typ, eher schlank, doch definitiv trainiert. Es wäre zwecklos, mich zu widersetzen.

Einen Wimpernschlag lang überlegte ich, über die Reling zu

springen, aber er war zu nah, er könnte hinterherspringen und mich sofort herausfischen oder eines der Netze über mich werfen. Oder mir hinterherspringen und mich ertränken wie ein Katzenjunges, bevor jemand vom Trawler auch nur hinsah. *Problem gelöst!*

Also drehte ich mich einfach um und lief die Brüstung entlang, ohne ein Ziel zu haben.

»Verdammt noch mal, bleib stehen, hab ich gesagt!« Jetzt schrie er. Ich hörte, wie er losrannte, und wusste nicht, wohin ich fliehen sollte. Ungeschickt nahm ich die Stufen zum Deck hinauf, stolperte, immer noch barfuß, über mein Kleid, fing mich jedoch rechtzeitig ab. Ich hatte das Plateau des Hecks erreicht, doch auch hier lauerten Männer. Sie hatten eine Kette gebildet und schnitten mir den Weg zum Stieg ab.

Wie von einem Querschläger getroffen, taumelte ich seitwärts, hörte Nathan, der die Stufen hinaufsprang, und war plötzlich mit ihm eingeschlossen wie in der Arena des Kolosseums.

Als er auf mich zukam, sah er aus wie ein junger Kämpfer für eine gerechte Sache, und da dachte ich urplötzlich an eine Geschichte aus dem Vietnamkrieg, die mir mein Dad mal erzählt hatte. Eine Geschichte über die Macht des Lächelns. Ein amerikanischer Offizier stand im Feindesland plötzlich zwei Vietcong-Soldaten gegenüber. Etwas an seinem Gewehr blockierte, und da lächelte er einfach. Das hemmte die Vietcong, als Erste zu schießen. Der amerikanische Offizier lud erneut durch und tötete die beiden.

Also lächelte ich jetzt, auch wenn ich keine Glock oder ein Sturmgewehr in der Hand hielt.

Leider zeigte es keine Wirkung, denn Nathans Gesicht wurde noch finsterer. »Bist. Du. Völlig. Bescheuert?« Die Worte flogen im Wind an mir vorbei. Ich stand da wie festgefroren, nur meine Mundwinkel sanken herab. »Hey, rede mit mir!« Er sah aus, als explodierte er gleich wie eine Ladung vergessenes Dynamit. »Was hattest du vor? In den Atlantik springen?«

»Da … da drüben ist ein Trawler …« Meine blinde Panik wurde zu einer tiefen Furcht. Mein Fixpunkt sprang hin und her. Ich sah nur Details, erfasste nicht mehr das große Ganze. Ich sah Männer in dunkelblauen Overalls, manche in Jeans und mit weinrotem

Hoodie wie Troja. Schmächtige Männer, kräftige, massige, aber alle noch jung, zwischen zwanzig und dreißig, stark, in der Blüte ihrer körperlichen Leistungsfähigkeit und Kraft. Männer wie der Stierköpfige mit der Glatze, mit bizarren Tattoos auf jedem Fleckchen Haut.

»Du wolltest zum Fangboot schwimmen?« Nathan klang absolut entgeistert.

»Es … es fährt hinter uns, parallel zu uns … ich hatte den Ring mit dem Notlicht … ich kann … ich kann gut schwimmen … es ist nicht weit weg …« Mir wurde bewusst, dass mich alle anstarrten. »Es ist doch ganz nah«, flüsterte ich vor mich hin. Das Aroma von Schnaps und Zigaretten tränkte die feuchte Meeresluft, dazwischen hing ein Geruch von verwestem Fisch, nassen Tauen, Öl und Kampfer.

»Mädchen, weißt du, wie groß diese Entfernung in Wahrheit ist?«, hörte ich jemanden fragen und es klang, als spräche hier die Stimme der Vernunft. Sie gehörte zu einem Mann, der mich sofort an eine Wiederauferstehung von Jesus Christus glauben ließ. Er hatte langes braunes Haar und einen Bart wie der Gottessohn am Kreuz, außerdem wirkte er wie ein Prediger. »Noch dazu ist es stockdunkel und der Trawler fährt ganz sicher nicht parallel zu uns! Außerdem ist das Notlicht des Rings viel zu schwach! Es wäre verschluckt worden wie eine Fliege vom Frosch. Was hast du dir dabei gedacht?«

»Delphi hat recht.« Ich blickte von ihm zu Nathan, der jetzt sprach. Mein Leben hing am seidenen Faden, so viel war sicher. »Der Kapitän und die Mannschaft des Trawlers hätten dich in der Dunkelheit weder gesehen noch gehört. Ich selbst bin jahrelang auf solchen Hochseefischereibooten mitgefahren. Du wärst ertrunken.« Nathan fixierte mich stechend. »Mit dem Kleid sowieso.«

»Das wollte ich vorher noch ausziehen«, sagte ich. Gott sei Dank hatte ich damit gewartet, denn sonst stünde ich hier in Unterwäsche vor ihnen.

»Sie völlig verrückt.« Ein gigantischer Schatten bewegte sich aus der Finsternis des Kreises auf mich zu. »Und wieso sie ist nicht gefesselt? Wie du gemacht?«

»Pan«, flüsterte ich. Es war der Koloss mit den schwarzen Locken und dem ochsenblutroten Bandana.

Nathan hielt ihn mit dem Arm als Schranke zurück und sah mich merkwürdig emotionslos an. »Du weißt, dass wir jetzt eine Entscheidung treffen müssen, oder?« Ich blinzelte, mein Herz schlug viel zu schnell. »Die Augenbinde war zu deinem Schutz da. Hat Isaac dir das nicht gesagt?«

»Doch.« Immer noch spürte ich Nathans Zorn, er verbarg ihn auch nicht. Aber darunter lag noch etwas viel Tieferes. Furcht. Er hatte Angst vor dieser Entscheidung. Das vermittelten mir zumindest meine hypersensiblen Sinne.

»Das, was du getan hast, war quasi Selbstmord«, sagte er und verschränkte die Arme.

»Ich verrate euch nicht«, flüsterte ich und hob abwehrend die Hände, obwohl niemand näher kam. Etwas Zerbrechliches zitterte zwischen mir und dieser Mannschaft. Es kam mir vor, als hinge mein Leben davon ab, dieses fragile Zittern nicht zu zerstören. Es war vielleicht das Letzte, das mich retten konnte, auch wenn ich nicht wusste, was es war. »Bitte, ich verrate euch nicht«, sagte ich noch einmal, eindringlicher, und blickte von einem zum anderen. Sie sahen zurück und in einigen Gesichtern sah ich meinen eigenen Schock gespiegelt. Mit so einer Eskalierung der Lage hatten sie nicht gerechnet.

»Sie lügen!«, knurrte Pan in die Stille, in der nur der Wind sein heulendes Lied pfiff. »Sie verdorben wie dreckiger Hampton-Bastard. Bei nächster Möglichkeit sie dir Messer in Rücken sticht.«

Furchtvoll sah ich von Nathan zu Pan. Letzterer ragte wie ein Berg hinter dem Anführer auf, die schwarzen Locken wie die Haare der Medusa. Alles an ihm erschien finster. Die Habichtaugen, die gekrümmte Nase, die buschigen Brauen, das markante Kinn mit dem breiten Grübchen.

»Ich lüge nicht«, sagte ich leise, aber bestimmt.

»Wie hast du es gemacht? Wie bist du freigekommen?« Nathan sah mich herausfordernd an und ich wusste, dass sein Wort am meisten zählte.

»Da war was in der Wand, etwas Hartes! Ich hab den Kabelbinder daran aufgesäbelt.«

»Sie lügen«, knurrte Pan noch einmal.

»Ich nicht lügen!«, sagte ich, vor Panik aus Versehen in seiner eigenen verdrehten Grammatik.

Sofort reckte er drohend die Faust. »Du nix machen lächerliche Witze über meine Sprache, Prinsessa.«

Stimmen brachen sich über mir, sie überschwemmten mich regelrecht. »Wir können sie nicht mehr gehenlassen, Boss!« – »Du musst Isaac Bescheid geben!« – »Pan hat recht, sie lügt, sie verrät uns, sobald sie einen Fuß aufs Festland setzt!« – »Funk Isaac an!«

Ich fühlte mich von den Worten herumgeschubst wie ein Punchingball, obwohl ich stocksteif mit erhobenen Armen dastand.

»Wirf über Bord. Sie wollen zum Trawler, sie kommen zum Trawler. Kalt wie Meer.«

»Das entscheidest nicht du«, fuhr Nathan Pan an. Skeptisch musterte er mich. Lange, sehr lange, als wollte er etwas über mich herausfinden, das ihm bisher verborgen geblieben war. »Wenn es stimmt, was du sagst, wird der Raum nicht mehr als Zelle funktionieren. Okay … Pan und Troja – ihr bindet sie direkt an das Gitter. Zumindest solange, bis wir wissen, was wir mit ihr machen.«

Schweigend brachten sie mich in die Zelle und fesselten meine Hände mit Kabelbindern an das Gitter, sodass ich dastand, als würde ich gekreuzigt. Ich konnte auf den Gang sehen, aber nur auf einen der Stiege. Natürlich kam ich so nicht mehr an meinen Ring, außerdem war ich erschöpft und todmüde, weil ich nächtelang kaum geschlafen hatte. Mein Magen knurrte vor Hunger, aber ich hätte nichts essen können. Ich fühlte mich wie vor zwei Jahren im Vorstadium meiner schlimmsten Grippe. Empfindlich auf Geräusche, Licht und Schmerz. Meine Glieder waren schwer, als hätte ich statt Blut Blei in den Adern. Ganz sicher stand ich unter Schock.

Völlig willenlos legte ich die Stirn an die Gitterstäbe, während ein paar Wortfetzen zu mir heruntergeweht wurden wie Zeitungspapier in Zugluft. *Gefahr. Hampton-Tochter. Isaac. Vorhaben. Biller-Miller-The-Killer.*

Wer immer das war, sein Spitzname stellte mir die Nackenhaare senkrecht. Ich fragte mich, warum ich die Männer zuvor nicht gehört hatte, doch vermutlich lag es daran, dass sie jetzt in der Nähe der Treppe standen.

Ich kam mir vor, als wartete ich bei einem Arzt auf die Diagnose einer möglicherweise unheilbaren Krankheit. In meinem abgekapselten Leben in New York hatte ich niemals echte Furcht verspürt. Meine Tage hatten aus Blumen, Malen und Filmabenden mit Penelope bestanden. Aus Opern und Konzerten mit Dad. Nichts davon, mal abgesehen von meinen Albträumen, war besonders aufregend oder anstrengend gewesen, daher war es mir manchmal so erschienen, als läge mein Leben hinter einem träumenden Schleier, der Gut und Böse voneinander trennte. Dad hatte mich stets vor der Brutalität der Welt bewahrt, aber jetzt war ich inmitten meiner – und seiner – persönlichen Hölle gelandet.

Unter meinen schweren Füßen brummte der Motor des Kutters; hin und wieder hörte ich die Wellen gegen den Schiffsrumpf klatschen, ein Geräusch, das mich in meinem jetzigen Zustand noch mehr marterte als zuvor.

Realistisch betrachtet hatten sie drei Möglichkeiten. Möglichkeit eins war, mich zu töten, wenn Dad ihre Forderungen erfüllt hatte. Möglichkeit zwei war, dass sie gar nichts taten und darauf hofften, ich würde sie nicht verraten, was als Option natürlich unwahrscheinlich war. Möglichkeit drei bestand darin, mich nicht zu töten, mich aber auch nicht freizulassen. Aber für wie lange?

Das Problem war auch, dass sie einfach behaupten konnten, sie ließen mich am Ende gehen. Und dann, eines Nachts, würde ich mit einer kalten Pistolenmündung an der Schläfe aufwachen und gerade noch den Schuss hören, ehe sich mein Gehirn wie in einem Splatterfilm an die Wände verteilte.

Das, was du getan hast, war quasi Selbstmord.

Ich schluckte die aufsteigenden Tränen hinunter. Würde Nathan bei seiner Entscheidung an den Sommer in Louisiana denken? An unseren Tanz inmitten der bunten Scherben – oder war ihm das komplett egal? Hatte ich so leichtfertig gehandelt, weil ich in meiner Naivität geglaubt hatte, er würde mich wegen unserer Vergangenheit verschonen, egal, was ich tat? Doch ich hatte ihm ja offensichtlich nie das Gleiche bedeutet wie er mir. Während ich ihn mit Freiheit verbunden hatte, war er vielleicht damit beschäftigt gewesen, meine Entführung zu planen. Wie paradox das doch war!

Schritte auf der Treppe unterbrachen meine Gedanken, und ich ruckte völlig sinnlos an meinen Fesseln, ein alberner, dummer Reflex meines Überlebenswillens. Doch es war nicht Nathan, wie ich gedacht hatte, sondern Pan. Und er war allein.

Mein Puls schnellte in die Höhe. Ich war mir sicher, dass nicht er mir mitteilen würde, was mit mir geschehen sollte. Das würde Nathan selbst übernehmen, ob er das nun wollte oder nicht. Oder hatten sie Pan geschickt, um es sofort zu erledigen? War er das Exekutionskommando?

Mit zitternden Knien sah ich, wie er näher kam. Ganz dicht vor den Gitterstäben blieb er breitbeinig und mit verschränkten Armen stehen. Meine Güte, dieser Typ war bestimmt zwei Meter groß!

»Wirst du es tun?« Ich konnte kaum atmen, ich fühlte mich vor Angst schwach, selbst meine Blase fühlte sich an, als würde sie mich gleich im Stich lassen.

Pan sah mich mit verstörender Intensität an, bevor er langsam den Kopf schüttelte. »Der Captain dich da oben verteidigt wie geschossene Hund. Was du mit ihm gemacht?«

Ich überlegte, ob er mit geschossenem Hund *Schießhund* meinte, fragte aber nicht nach, weil er mich sonst vielleicht kurzerhand mit seinem Bandana stranguliert hätte. Sowieso würde er alles, was ich sagte, gegen mich verwenden, daher schwieg ich. Aber ein Totschlägertyp wie er ließ natürlich nicht locker.

Er beugte sich zu mir herab, sodass seine Nase fast meine berührte. Ich wich zurück, so weit es ging, trotzdem sah ich seine großen Poren auf dem Nasenrücken und seinen unteren Wimpernkranz, der erstaunlich dicht war. »Was du mit ihm gemacht? Ich ihn so nix kennen. Er immer voller Hass auf dich war und jetzt das alles weg.«

Der Geruch nach Zwiebeln und Billigtabak hätte mich vermutlich umgehauen, wenn ich nicht festgebunden gewesen wäre. »Wie kann man jemanden hassen, den man nicht kennt?«, fragte ich jetzt doch, vielleicht, weil mir das Gefühl, Nathan auf meiner Seite zu haben, Mut machte. Jeder hier hörte auf ihn, er brauchte keine Muskelberge wie dieser Pan, um autoritär zu sein.

»Ich dich kenne, ich sehe deine Auge und sehe Hampton!«

Angestrengt kämpfte ich meinen Ekel vor dem Zwiebelgeruch nieder. Es war müßig, ihm zu sagen, dass ich aussah wie Mom und Grandma. Wir waren eine ganze Generation Klone, aber vermutlich meinte Pan mein Innerstes und hatte sich nur falsch ausgedrückt. Ich dachte an Dad, und mein Herz wurde so schwer, dass ich weinen wollte. Jeder fürchtet den eigenen Tod, aber genauso fürchtete ich Dads Kummer in dem Augenblick, in dem er von meinem erfuhr. Es würde ihm den Boden unter den Füßen wegziehen. Es würde ihn ein für alle Mal brechen. Sein Leben wäre vorbei, so wie meines. Mein einziger Trost war, dass ich es dann nicht mehr mitansehen musste.

»Mein Vater ist ein guter Mensch«, sagte ich, auch wenn ich Angst hatte, Pan könnte mich allein für die Aussage schlagen. »Er verdient diesen Hass nicht.«

»Hampton korrupter Drecksack.« Pans Kiefer mahlten. Es wirkte, als zerkaute er all die weiteren Erklärungen, die er mir am liebsten ins Gesicht speien würde, aber nicht durfte, weil sie nichts von ihrem Vorhaben preisgeben wollten.

»Korruption ist ein Teil des Kapitalismus«, wiederholte ich Dads Ansicht, die er mir immer wieder erklärt hatte. »Sie existiert nur wegen der allgemeinen Habgier. Jeder hat seinen Preis.«

Pan sah mich an, als hätte ein stummer Goldfisch plötzlich zu reden begonnen. »Er wird auch zahlen seine Preis«, sagte er daraufhin mit einem unheilschwangeren Unterton. »Du das hoffen solltest, wenn Entscheidung gut ausgehen für dich.«

»Habt ihr schon entschieden?«

»Wir?« Pan richtete sich wieder auf, spuckte auf den Boden und musterte mich aus dunklen zusammengekniffenen Augen. »Nathan ist Boss auf Kutter.«

Nervös blinzelte ich. »Und?«

»Boss sagt, wir keine Killer.« Für einen Moment klang er weniger feindselig, während sein Blick immer noch auf mir verharrte.

Ich dachte automatisch an diesen *Biller-Miller-The-Killer.* »Keine Killer …«, wiederholte ich erleichtert, aber immer noch benommen von meiner Angst und dem Schock der Ereignisse. »Nathan hat das gesagt. Gut.«

»Du vielleicht wirklich verrückt«, brummte Pan jetzt fast verdrossen.

Plötzlich spürte ich zum ersten Mal einen Anflug von Wut in meinem Bauch, trotz meiner kompletten Erschöpfung. »Jeder würde an meiner Stelle verrückt! Ihr verbindet mir die Augen, ihr fesselt mich. Ihr droht mir. Ich habe Angst! Ich bin allein, ihr seid viele.« Die Worte kamen heftiger heraus, als ich gewollt hatte. Sofort beugte Pan sich wieder so tief zu mir herunter, dass seine Nasenspitze beinahe gegen meine drückte. Er wirkte wie ein Wolf, den nur das Gitter von der Beute zurückhielt.

»Du auch Angst haben sollst. Wir dreizehn Mann mit Boss. Du hier viel Feinde, Prinsessa. Du uns gesehen! Das dumm war! Ganz dumm!« Sein Atem blies mir ins Gesicht, und ich drehte den Kopf weg, aber er fasste durch die Eisenstäbe und zwang mich dazu, ihn anzuschauen. Seine Augen loderten wie schwarze Flammen. Sein Griff tat weh, aber trotzdem sah ich gezwungenermaßen etwas in Pans braunen Augen aufflackern. Etwas, das ich zu kennen glaubte. Es erschien mir sogar fast familiär. »Du leben wie Prinsessa. Du nix wissen, was Elend. Was Hunger. Was Trauer.« Unerwartet ließ er mich los, und wir starrten uns an.

»Doch … doch ich weiß, was Trauer ist«, sagte ich dann gepresst. »Ich habe meine Mom verloren, als ich ein Kind war. Mein Dad musste sich zwischen ihr und mir entscheiden. Wir konnten beide nicht schwimmen, und er hat mich gewählt. Er hat mich gerettet und sie ist …« *Sie ist für mich gestorben, und vielleicht war ich das nicht wert.* Urplötzlich schossen mir Tränen in die Augen. Diese ganze Situation war ein emotionaler Albtraum, Hochleistungssport der Seele, kaum auszuhalten. Ich schüttelte den Kopf und verstand überhaupt nicht, warum ich Pan das überhaupt verraten hatte. Vielleicht, weil etwas in seinen Augen mich an mich selbst erinnert hatte. Vielleicht aber auch, damit er sah, dass ich trotz Reichtum auch nur ein menschliches Wesen mit Gefühlen war.

Für ein paar Sekunden blickte er mich sprachlos an. Schließlich presste er die Lippen zusammen, ließ aber gleich wieder locker. Ich wusste nicht, was in ihm vor sich ging, doch er wirkte urplötzlich wehrlos. »Sie ertrunken. Deine Mutter. Sie für dich gestorben.«

Ich nickte, auch wenn ich nicht wusste, ob es eine Frage gewesen war.

Sein Gesichtsdruck wurde weicher. »Wenn Mutter sterben, ist wie Amputation von Seele«, fügte er hinzu. »Welt in Einzelteile zerlegt wird und nicht mehr zusammensetzen man kann.«

Ich schluckte, denn seine Worte trafen mich mit ihrer simplen, aber tiefen Wahrheit mitten ins Herz.

»Meine Mutter sterben als ich klein.«

»Das tut mir leid«, sagte ich und ließ ihn nicht aus den Augen. Plötzlich wirkte er nicht mehr wie ein gefühlloser Berserker.

Er griff an das Lederband, das um seinen Hals lag, und zog einen Anhänger unter seinem Sweater hervor. Es war ein weißes Kreuz. »Sie krank. Meine Mutter. Gestorben, als ich in ihre Bett geschlafen. Sie uns gesagt, sie gehen muss. In Zauberland, wo keine Schmerzen mehr. Ich und meine Bruder mit ihr gehen wollen, aber das, sie sagen, das nicht möglich, wenn gesund …« Er schüttelte verwirrt den Kopf und ließ den Anhänger wieder baumeln. »Wieso ich dir das erzählen, Prinsessa?«

»Zauberland«, echote ich nur und schluckte nochmals gegen meine Tränen an, die durch seine Worte noch lockerer saßen. »Klingt schön.«

»Wieso ich dir sagen?« Er runzelte die Stirn. »Du vielleicht nix Prinsessa, du vielleicht Hexe. Du vielleicht auch gemacht mit Nathan, mit unschuldige Gesicht anschauen und sagen traurige Sachen. Du damit locken Gefühle aus uns.« Drohend hob er den Zeigefinger, der zweimal so breit war wie mein Daumen. »Du aufpassen musst. Ich mehr als zwei Auge auf dich! Ich dich beobachte, dass nix verdrehst Männer und machen sie weich wie

Butter.« Damit ging er, und ich sah ihm mit gemischten Gefühlen durch die Gitterstäbe nach.

Er hatte also auch seine Mom verloren. Das war es, was ich vorhin in ihm hatte aufflackern sehen. Eine ganz spezielle Trauer, die man vielleicht nur empfand, wenn man als Kind die Mutter verlor. Ob er tatsächlich nur gekommen war, um mich über Nathans Verhalten auszufragen? Mit einer seltsamen Leere im Inneren dachte ich über seine Worte nach. *Hampton korrupter Drecksack.* Hatte mein Dad irgendeine politische Entscheidung veranlasst, die ihnen geschadet hatte? Es hörte sich beinahe so an. Ich hatte das mal in einer Reportage über *Die Macht von Amerikas Milliardären* gesehen. Einmal hatte der Staat Massachusetts eine Interstate gebaut, um eine dörfliche Gegend zu urbanisieren, da dort eine gigantische Chemiefabrik gebaut werden sollte. Die Fabrik bedeutete Aufschwung und Arbeitsplätze. Damals hatten die Immobilienfirmen reicher Männer Dutzenden Landbesitzern ihre Grundstücke zu Spottpreisen abgekauft, ihnen aber den Bau der Interstate verschwiegen. Hinterher hatte man diese Grundstücke dann zu horrenden Preisen an andere Firmen weiterverkauft, an Freizeitparkbetreiber, Kasino- und Nachtclubbesitzer. Die ursprünglichen Besitzer hatten sich zu Recht betrogen gefühlt. Und solche Dinge passierten täglich. Bestimmt auch im Umkreis meines Dads, auch wenn er sich nie an solchen Machenschaften beteiligte. Doch das konnten diese Männer hier nicht wissen, und mir glaubten sie nicht. Womöglich waren sie Leidtragende und wollten nun das verlorene Geld wieder einfordern. Nur leider von dem falschen Mann.

Ich schloss die Augen. Ich wollte mich hinlegen und schlafen und nicht um mein Leben bangen müssen. Meine Beine waren so schwer. Mein Körper hing kraftlos in der Fessel, sodass die Kabelbinder in meine Haut schnitten, die sowieso schon seit Tagen brannte. Die Temperaturen fielen, und ich zitterte vor Kälte. Meine Zähne klapperten. Als Kind hätte ich gesagt, es wäre eine Geisternacht. Geister. Ich dachte an Mom. Ich dachte hier ständig an Mom; selbst wenn ich über etwas anderes nachgrübelte, schaukelte sie knapp unterhalb dieser Gedanken. Es musste das Meer sein. Es kam mir vor, als wollte es mit seinem massigen Gewicht die verschlossenen Erinnerungen in mir knacken wie eine Auster. Dr. Moore hatte gesagt, es wäre besser, nicht an diesen drei verbannten Tagen zu rütteln, und ich hatte dem immer zugestimmt. Seltsamerweise war ich mir jetzt nicht mehr so sicher. Mein kurzes Gespräch mit Pan hatte meine Mom erneut aus der Dunkelheit des Ozeans geholt, und es kam mir vor, als schwebte ihre Präsenz durch diesen Kutter. Beinahe wie ein Geist.

Manchmal fragte ich mich, was sie in ihren letzten Minuten und Sekunden gefühlt hatte. Hatte sie das Atlantikwasser eingeatmet oder einen Krampf in der Kehle bekommen? Hatte sie mitbekommen, wie sie unterging, wie sie sank und sank, immer tiefer, die Haare gleich einer Meerespflanze wie die von Penelope, oder war sie kurz unter der Wasseroberfläche erstickt? Hatte sie die Gewitterblitze gesehen? Wie sehr hatte sie gelitten? Dad sagte nie etwas dazu, auf Anraten von Dr. Moore.

Hatte ich als Kind ihren Todeskampf beobachten müssen und es einfach nicht ertragen? War Dad mit mir auf Abstand gegangen? Er hatte ein einziges Mal gesagt, wenn er zu nahe bei ihr geblieben wäre, hätte sie uns beide mit runtergezogen. Experten hatten das bestätigt. Sie sagten, er hätte angemessen reagiert. Dad reagierte immer angemessen, im Gegensatz zu mir.

Mein Zustand nach Moms Tod hatte Dad zutiefst erschreckt. Denn manchmal, wenn die Temperaturen stark absanken, egal ob sommers oder winters, hatte ich Mom an meinem Bett sitzen sehen. Zuerst erzählte ich es niemandem und hielt es für einen wunderbaren Traum. Bei den nächsten Malen stand sie auf und wandelte in ihrem weißen Fendi-Kleid durch unsere viktorianische Villa in Boston, eine helle Erscheinung, umhüllt von den Lichtern des Luxusviertels, die durch die mannshohen Fenster fielen. In meiner kindlichen Freude, sie wäre zurückgekommen und wollte mir etwas zeigen, lief ich ihr nach. Einmal landete ich dabei mitten auf den Straßen von Back Bay; ich, das herumgeisternde Kind in dem weißen Rüschennachthemd, fiel in der Nähe des Charles River einem Busfahrer auf, der mich zur nächsten Polizeistation brachte. Als Dad mich abholte, war er zutiefst bestürzt und er drückte mich so fest an seine Brust, als könnte mich eine unbekannte Macht von ihm fortreißen. Die Nanny, die auf mich hätte aufpassen sollen, wurde fristlos entlassen, ebenso der damalige Sicherheitsbeamte, der ihren Reizen in dieser Nacht nicht hatte widerstehen können. Ich glaube, beide bekamen sogar eine Gefängnisstrafe, aber ich erinnere mich nicht mehr genau. Dad suchte mir nach diesem Vorkommen die besten Therapeuten der Welt, unter anderem Dr. Moore; aber es ist schwer, Geister zu vertreiben, wenn man sie nicht fürchtet. Mom auf diese Weise zu sehen, war eine Möglichkeit, ihr nahe zu sein. Dr. Moore sagte, ich könnte sie nicht loslassen. Er sagte auch, Temperaturumschwünge von warm zu kalt würden das Phänomen begünstigen. Es hätte etwas mit dem Gehirn und den Hormonen zu tun. Unter Stress würde es schlimmer und es träfe vor allem Menschen mit viel Fantasie und einem hohen Level an Mitgefühl.

Dad tolerierte es lange. Als ich jedoch tagsüber ständig bei meinem Privatunterricht einschlief, weil ich nachts wartete, ob Mom auftauchte, nahm er mich ins Gebet.

»Das muss aufhören, Willa Rae. Es tut dir nicht gut. Du schläfst ja kaum noch.«

»Aber ich warte doch nur auf Mom.«

Dad hatte elend ausgesehen. »Du wartest auf Mom? Liebes, du weißt, sie ist ertrunken. Sie kommt nicht mehr zurück.«

Ich nickte mit großen Augen. »Trotzdem kann ich sie sehen!« Damals war ich sieben, knapp acht.

»Das, was du siehst, ist eine Wunschvorstellung, Willa-Maus. Weil du sie so sehr vermisst. Glaub mir, ich vermisse sie auch ganz schrecklich, doch wir müssen Mom gehen lassen.«

Ich wollte sie aber nicht gehen lassen. Dennoch bekam ich sofort ein schlechtes Gewissen, weil er so unglücklich aussah und ich doch alles tun musste, um ihn glücklich zu machen.

»Vielleicht liegt es an der Villa? Mom ist hier allgegenwärtig«, meinte Dad, aber ich verstand nicht, was das genau bedeutete. »Es wäre sicher das Beste, wenn wir umziehen würden.«

Wieder nickte ich ihm zuliebe. Ich wollte nicht umziehen. Ich wollte die Villa nicht verlassen, in der es immer noch ganz zart nach Mom roch, nach Veilchen und Lilien; in der Dad noch in dem Doppelbett schlief, in dem auch Mom geschlafen hatte und in dem ich mich jetzt Nacht für Nacht an ihn kuschelte. Die Villa, in deren Küche Mom mit mir Weihnachtskekse und Brownies gebacken hatte wie normale Leute, ohne Dienstboten; die Villa, die noch so voll war von ihren Gefühlen, ihrer Liebe und dem seltenen Lachen. Vielleicht meinte Dad das ja mit allgegenwärtig.

Nur zwei Monate später zogen wir in das Penthouse in Manhattan, und es erschien mir anfangs einfach nur seelenlos, steril und einsam. Mom war verschwunden. Dad füllte dagegen seine Luxuswohnung mit immer mehr Raritäten aus aller Welt, noch dazu mit Personal, und das Personal füllte sie mit Freundlichkeit, Hektik und Lachen, aber es dauerte lange, bis ich mich einlebte und glücklich war. Daher hatte ich auch die Sommer auf Rosewood Manor immer so sehr genossen. Dort stand Moms Gedenkstätte, dort konnte ich Mom noch spüren. In den Schattengärten, in den Rosen, in ihrem Ankleidezimmer und in jedem Widerhall meiner Stimme, wenn ich sie heimlich rief, in der Hoffnung, sie würde sich zeigen. *Mom! Mom! Mom!*

»Hey.«

Die Stimme klang sanft, aber riss mich aus der Erinnerung. Ich blickte auf zwei derbe schwarze Schnürstiefel, wie sie Männer in der Armee tragen, und hob den Kopf.

Nathan stand vor mir, ohne dass ich ihn kommen gehört hatte. Seine schwarze Kluft ließ mich unweigerlich an einen Todesengel denken, an den Überbringer schlechter Nachrichten. »Was … wie habt ihr entschieden?«, fragte ich sofort.

»Dir wird hier an Bord nichts passieren. Versprochen«, sagte er rau. Er sah müde aus, als hätte er einen langen Kampf ausgefochten. Vielleicht war es so anstrengend gewesen, um mein Leben zu verhandeln.

Ich konnte mir ein tiefes Aufatmen nicht verkneifen, unendlich froh, dass ich erst mal in Sicherheit war. Nein, es war sogar mehr. Er hatte es mir gerade *versprochen*. Ich dachte an das, was Troja mir über die Versprechen in seiner Familie erzählt hatte. Er versprach nur etwas, wenn er sicher war, es einhalten zu können. Durch die Gitterstäbe sah ich ihn an. »Danke«, sagte ich leise, obwohl ich ihm nicht dankbar sein musste. Sie waren hier die Übeltäter, nicht ich. Aber ein Versprechen war ein Versprechen, mehr als ich erwartet hatte.

Er nickte, den Blick immer noch auf mich gerichtet. »Du siehst furchtbar aus«, stellte er nach einer Weile fest.

»Auch dafür: danke!«

Er lächelte, und wie am Tor in Louisiana war es ein flüchtiges Lächeln; es flog über sein Gesicht, erhellte seine meergrauen Augen und wirkte auf erschreckende Weise schutzlos.

Für Sekunden schien es, als wären wir wieder in Baton Rouge an den Zaunstäben des Grundstücks, nur dass er diesmal auf der Seite der Gewinner stand und ich schmutzig und hungrig war.

»Was hast du mit Pan gemacht?«, fragte er dann und lehnte sich gegenüber an die Wand, die Füße über Kreuz, die Arme vor der Brust verschränkt. Seine Schutzlosigkeit war wie weggewischt.

»Nichts ... wieso?«

»Er wirkte so geistesabwesend.«

Ich blinzelte. »Hat er dir nichts erzählt?«

»Männer wie er reden nicht viel. Er sitzt vorn am Bug und starrt auf die See wie ein Fischreiher.«

Die Vorstellung fand ich sonderbar. »Pan hat mich gefragt, was ich mit dir gemacht habe. Jeder fragt mich, was ich mit irgendwelchen Leuten gemacht habe, dabei stehe ich nur hier und bin gefesselt. Ich kann gar nichts machen.«

»Ach so!« Nathan schnaubte. »Dann habe ich wohl auf Deck nur eine Fata Morgana gesehen.«

»Du weißt, was ich meine.«

Er wurde plötzlich sehr ernst, sein Gesicht war bar jedes Spotts, bar jedes Zorns, und mir wurde bewusst, wie gut es mir immer noch gefiel. Ich hatte keine Ahnung, ob man ihn allgemein als schön bezeichnen konnte, und ganz sicher würde sein Foto nie wie das von Lawrence auf die Titelseite der New York Times kommen. Und wenn, würde er Negativschlagzeilen machen. Er war kein Strahlemann, kein Modeltyp; seine Aura war düsterer Natur, so wie das Meer im Seenebel dunkel, finster und dennoch magisch sein konnte, vor allem im Mondlicht.

»Deine Lage ist kritisch«, sagte er jetzt. »Natürlich wollen dich die meisten nicht mehr gehen lassen. Aber niemand will deinen Tod, auch wenn du das vielleicht denkst oder es einigen zutraust. Das hier sind gute Männer. Ich habe sie selbst ausgewählt.«

Ich schwieg, obwohl mich sein *gute Männer* zu Widerspruch reizte. Dafür sagte ich: »Ausgewählt. Woher? Wovon?«

Er ignoriert das. »Du hast alle nur bei Dunkelheit gesehen, aber ein paar Gesichter kennst du jetzt auch aus der Nähe. Über das Stiertattoo von Taurus brauchen wir gar nicht erst zu diskutieren, denn dass du nicht dumm bist, hast du bewiesen. Du hast außerdem Troja gesehen und mich. Und Pan …«

»Pan war aber nicht meine Schuld.«

»Es geht nicht um Schuld, es geht um den Plan, Willa. Er darf nicht scheitern, niemals, das ist das oberste Gebot, der erste Platz auf der Liste.«

Er nannte mich wieder Willa, was vermutlich ein gutes Zeichen war und wirklich schön aus seinem Mund klang. Tief, mahnend und eindringlich. Trotzdem fragte ich: »Und mein Leben? Wo steht das auf deiner Liste?«

Er kam näher an das Gitter. »Ich habe diese Entscheidung nicht leichtfertig getroffen. Sie wird einiges von mir abverlangen – von dir übrigens auch.«

Ich schluckte. Es war schwer, diese Worte zu hören und keine Angst zu bekommen, vor allem, weil ich dabei wie gekreuzigt an einem Gitter hing, durchgefroren und hungrig war. »Was verlangt deine Entscheidung von mir?«

Er nahm den Blick nicht von meinem Gesicht. »Du musst es erst wissen, wenn es an der Zeit ist.«

»Das ist unfair.«

»Nein. Das ist eine Vorsichtsmaßnahme.«

»Du wirst mir aber nicht die Augen ausstechen, damit ich euch nicht zei… damit ich euch nicht der Polizei beschreiben kann?«, verbesserte ich mich rasch, und ein tiefer Schreck fuhr mir in die Glieder.

Er schnalzte ärgerlich mit der Zunge. »Ich mag dir kompromisslos erscheinen, aber ich bin nicht grausam.«

Ich erwiderte nichts und versuchte umständlich, eine bequeme Position zu finden.

»Beschwer dich nicht, das«, er nickte mit dem Kinn auf meine gefesselten Hände, »hast du dir selbst zuzuschreiben. Und erschrick nicht: Ich komme jetzt rein und suche nach der Stelle in der Wand, die du angeblich benutzt hast, um den Kabelbinder zu durchtrennen. Wenn du sie mir zeigst, geht es allerdings schneller.«

Ich wollte nicht, dass sie Moms Ring bekamen, also sagte ich nichts und sah ihm eine Weile beim Abtasten der Wand zu, zumindest soweit es mir möglich war.

Er war gründlich und ließ nicht einen Zentimeter aus. »Und, willst du mir verraten, was du mit Pan gemacht hast?« Er befand sich an der Wand hinter mir, ich hätte ein Uhu sein müssen, um ihn sehen zu können.

»Ich habe ihm nur von meiner Mom erzählt«, sagte ich.

»Pan meinte, du hättest absichtlich Dinge aus ihm hervorgelockt, die er noch keinem erzählt hat. Er sagte, du wärst eine Hexe.«

»Dann hat er ja doch mit dir über mich gesprochen.«

»Habe ich auch nicht abgestritten. Ich habe nur gesagt, Männer wie er reden nicht viel. Pan ist eine ehrliche Haut. Sagt immer, was er denkt.«

»Allerdings.«

»Und, hast du absichtlich was aus ihm hervorgelockt?«

»Nein, aber ich spüre manchmal, was andere fühlen.«

»Ach?« Nathan erschien in meinem Blickfeld und widmete seine Aufmerksamkeit der Wand neben mir, sodass ich ihn beobachten konnte, aber im Grunde beobachtete er mich. Immer wieder schaute er zu mir herüber. Etwas glomm in seinen Augen, aber ich konnte es nicht deuten, es war zu unterschwellig, vielleicht verbarg er es auch gut. »Und was fühle ich?«, fragte er schließlich.

Ich dachte an seine Wut, als ich ihn mit *Tucekilemeur* konfrontiert hatte. Gefährliches Terrain, also sagte ich: »Damals in Baton Rouge schienst du zornig zu sein, ohne dass ich wusste, wieso. Aber du warst auch großzügig. Du hast mir das Band geschenkt und wolltest mich trösten. Du warst traurig, wegen Lea.«

Er blickte mich unbeeindruckt an. »Das ist lange vorbei. Das überzeugt mich nicht.«

»Du hasst mich nicht«, sagte ich leise. »Ich bin dir nicht gleichgültig.« Das wusste ich natürlich von Pan, aber es lag auch in seinem Blick. Er wollte mich vielleicht verachten, doch er schaffte es nicht.

Er winkte beinahe zu lässig ab. »Weit gefehlt. Du könntest mir nicht gleichgültiger sein.« Er wandte sich wieder seiner Arbeit zu und strahlte Zorn ab wie ein Heizlüfter. Lag ich wirklich falsch oder fühlte er sich nur ertappt? Oder wünschte ich mir nur, dass ich ihm nicht egal war? Das war verrückt! Bei unserem ersten Aufeinandertreffen auf See hatte er sich wie ein Mistkerl verhalten. Er hatte mir Angst gemacht und es genossen. Er hatte mein Kleid zerrissen.

Hastig sah ich an mir hinab und fand die Stelle. Ein Volant war kaputt, Tüll und Seide klafften auseinander, da ein Stück fehlte. »Du nimmst dir vieles, ohne zu fragen.«

Er drehte sich nicht um. »Was hat das mit meinen Gefühlen zu tun? Außerdem: Ich habe dir damals verraten, dass ich mein Essen bei den Bauern stehle, oder nicht?«

»Du hast mich geküsst, ohne zu fragen. Ihr habt mich entführt, um an Dads Geld zu kommen.«

»Hätten wir dich höflich fragen sollen, Prinzessin? Außerdem: Du hattest eine Wahl.«

»Wie bitte?«

»Wie bitte?«, machte er mich gestelzt nach. »Hier an Bord heißt das: Was oder Hä … Wie bitte? Wer redet denn so?« Er lachte und schüttelte belustigt den Kopf. »Du hättest damals ja nicht näher kommen müssen …«, ging er jetzt auf das ein, was ich gesagt hatte.

Jetzt hatte er zum ersten Mal zugegeben, dass er wirklich der Junge aus Louisiana war. »Du hast gesagt, du hättest noch etwas für mich.«

»Ob Mädchen oder Hafenhure, ihr seid alle gleich – wollt immer Geschenke, seid immer neugierig. Deswegen bist du doch näher gekommen.« Mittlerweile kniete er auf dem Boden und befühlte die unteren Zentimeter der weißen Wand.

Ich spürte, wie ich errötete, weil er mich mit einer Prostituierten verglich, mit einer Hafenhure. Und ich wollte lieber nicht wissen, welche Erfahrungen er mit solchen Frauen gemacht hatte. »Hätte ich zulassen sollen, dass ihr meinen Vater erschießt?«, fragte ich und konnte meine Empörung nicht ganz verbergen, auch wenn ich vom Thema abwich.

Er kehrte mir immer noch den Rücken zu, die Hände flach auf der Wand. »Es gab eine Wahl. Die gibt es immer. Dein Leben oder das von deinem Vater. Sag mir nicht, dass dir das nicht bewusst war …«

»Ich liebe meinen Dad; ich hatte keine Wahl!«

Daraufhin sagte er nichts, aber ich sah an seinen stakkatohaften Bewegungen, dass er sich über meine Antwort ärgerte. Wahrscheinlich, weil er ihr nichts entgegnen konnte. Vermutlich liebte er niemanden mehr, trotzdem musste ich an Lea denken. *Er hing an ihr, wie ein Mensch nur an jemandem hängen kann.*

Als er sich nach einer Weile erhob, lehnte er sich lässig an die Wand und musterte mich. »Da wir gerade dabei waren: Was weißt du noch über mich?«

»Du bist gewalttätig, unzivilisiert und schroff. Alles andere als ein Gentleman.« Keine Ahnung, wieso ich ihn provozieren wollte, ich war dafür in einer denkbar ungünstigen Position.

Er zuckte nur mit den Schultern. »Von mir aus.« Er kam auf mich zu. »Noch was?«

»Nein!« Mein Herz klopfte plötzlich schneller.

»Ich erzähle dir jetzt etwas über dich«, sagte er und legte eine Hand an das Gitter. Er war viel zu nahe, stand an meiner Seite, sodass ich nach links schauen musste, um ihn anzusehen. »Du hast gelogen. Die Wände sind so aalglatt wie die Machenschaften deines Vaters; es gibt weder Nägel noch Reißzwecken. Es gibt überhaupt keine scharfkantige Stelle, keine einzige, zumindest keine, die du hättest erreichen können. Also … wie hast du es gemacht? Im Klo liegt nichts, was du hättest einstecken und benutzen können.«

Ich wollte es ihm nicht verraten. Der Ring war zu kostbar; er besaß für mich zwar keinen Geld-, dafür aber einen Herzenswert.

»Hat Troja dir etwas gegeben?«

»Nein, natürlich nicht. Wieso sollte er?«, fragte ich hastig und blinzelte mehrmals.

»Lass das!«

»Was lassen?«, fragte ich verständnislos.

Seine Nasenflügel blähten sich auf. »Hör auf damit, verdammt!«

»Womit denn?«

»Mit diesem Geblinzel! Du machst das andauernd.«

»Das ist ein Tic, das mache ich immer, wenn ich nervös bin«, sagte ich, obwohl ich mich nicht rechtfertigen musste.

»Ein Tic? Du machst mich wahnsinnig damit.« Er legte sich eine Hand auf die Stirn und schüttelte den Kopf, während er gleichzeitig etwas vor sich hinmurmelte, das wie ein Gebet oder Fluch klang, oder beides zusammen. »Gibt es sonst noch was Merkwürdiges an dir?«

Früher habe ich mal Geister gesehen.

»Kannst du dich vielleicht auch von Luft ernähren? Du hast seit Tagen das Essen verweigert.«

Ich habe eine Allergie gegen Nüsse und Hühnereiweiß.

Er sah mich eindringlich an, und plötzlich spürte ich wieder, wie elend ich mich fühlte. Wie müde ich war. Meine Schultergelenke stachen, meine Finger waren taub, und ich fror erbärmlich. Und ich hatte so großen Hunger.

»Herrgott, du bist sturer als eine Herde Maultiere, verdammt!« Nathan atmete ein paarmal tief durch, ohne den Blick von mir zu nehmen.

Ich biss mir auf die Lippen, und für einen Moment sah er auf meinen Mund. Etwas Seltsames geschah mit seinen Pupillen. Sie flossen auseinander, wurden zu weiten, dunklen Seen, zu Nebelseen in der Nacht. Ohne zu fragen, fasste er an meinen Zopf, den linken. »Ich hätte einen Eid darauf geschworen, dass du das Band weggeworfen hast.« Er stand immer noch seitlich und sah mich unverwandt an.

Stumm lehnte ich den Kopf an die Gitterstäbe und betete, er möge den Ring nicht entdecken. Er steckte weiter oben, seine Hand lag eher am Ende. »Du hast gesagt, es wäre ein Geschenk und Geschenke dürfte man nie ablegen.«

»Das stimmt.« So wie neulich auf Deck ließ er mich schlagartig los, als könnte ich plötzlich einen Stachel ausfahren und ein lähmendes Gift in ihn spritzen. Durch die Gittertür betrat er den Gang. »Sag mir, wie du dich befreit hast, und ich binde dich sofort los und du kannst essen, ohne gefesselt zu sein. Außerdem kannst du duschen. Das ist ein fairer Deal, finde ich.«

Ich fand, dass hier überhaupt nichts fair zuging, aber ich sagte nichts. Erst, als er fast am Ende des Gangs angekommen war, wo ich ihn nicht mehr sehen konnte, rief ich: »Und ich bin dir nicht gleichgültig. Selbst wenn du dir das einredest. Es stimmt nicht!«

Kapitel 9

In der Nacht brachte Nathan mir eine Wolldecke und wickelte sie so fest um mich, wie man Säuglinge puckt. Außerdem setzte er mir eine Mütze auf – von der ich betete, dass sie nicht voller Nissen und Läuse war. Die Wärme war trotzdem herrlich. Er sagte kein Wort, und er band mich auch nicht los. Dreimal stand er mir länger gegenüber, fixierte mich mit hochgezogenen Augenbrauen und wartete offenbar darauf, dass ich ihm verriet, wie ich freigekommen war. Da ich schwieg, marschierte er nach einer Weile jedes Mal wüst fluchend davon.

Als das Licht der Dämmerung die Stiege hinabfloss, war ich zum Sterben müde, zermürbt und bereit, ihm von dem Ring zu erzählen, außerdem lockte mich die Aussicht auf eine Dusche. Doch als Nathan diesmal zu mir kam, knipste er die beiden Kabelbinder an meinen Handgelenken mit einer Zange durch, bevor ich überhaupt ein Wort gesagt hatte.

»Wieso?«, fragte ich überrumpelt und betrachtete meine Hände. Sie waren blassblau wie die einer Leiche, und sie fühlten sich auch so an. Mehrmals öffnete und schloss ich die Finger, bevor ich die Arme senkte. Alles tat mir weh, aber am schlimmsten war das Ziehen in den Beinen, das vielleicht auch von meinem Rücken kam.

Nathan steckte die Zange ein. »Erfährst du noch. Nur so viel: Ich hatte keine Wahl.«

»Ich dachte, man hätte immer eine Wahl?«

Sein Blick war vernichtend wie Feuer und Eis. »Wir gehen in die Messe, verstanden?«

Er lief los, und ich kam kaum hinterher, weil ich so wacklig auf den Beinen war. Erschöpft hielt ich mich an einem der breiten Holme fest, die sich den kompletten Gang entlangzogen. »In die Messe?«, fragte ich konfus. »Ihr haltet hier einen Gottesdienst ab?«

Er drehte sich nicht um. »Die Messe ist das Esszimmer auf einem Schiff. Und du musst etwas essen.«

Ich dachte an meine Allergie. Hoffentlich gab es in dieser Messe auch Vorräte, auf denen die Inhaltsstoffe draufstanden. Oder Reis und Rohkost. »Wieso hattest du keine Wahl?«, hakte ich noch einmal nach, weil es laut Troja ja entschieden gegen Nathans Natur war, Vorsätze nicht einzuhalten. Er selbst hatte sich als kompromisslos bezeichnet. Kompromisslos, aber nicht grausam.

»Kannst du aufhören, mir Löcher in den Bauch zu fragen?« Er wartete am Stieg auf mich, wo er mich am Oberarm fasste und mir hinaufhalf. Durch Wind und Gischt dirigierte er mich über das Deck zu einer Treppe, die in den Brückenturm führte. Auf dem kleinen Kutter war dieser Turm nicht besonders hoch, zwei Stockwerke, mehr nicht. Im Dunst von Benzin, gebratenem Fett und Staub stiegen wir zwei schmale Innentreppen hinauf, und je höher wir kamen, desto mehr spürte ich das Schaukeln der Wellen.

»Wie groß ist dieser Kutter?« Mir wurde richtig schwindelig, aber das verdrängte ich. Das mit der Wahl ließ mich immer noch nicht los. Etwas stimmte nicht. Nathan wirkte angespannt, mehr noch als die Tage zuvor.

Jetzt warf er mir nur einen flüchtigen Seitenblick zu. »Groß genug. Es gibt für alle einen Schlafplatz; es gibt zu essen und eine Dusche. Ich hatte nie zuvor so einen Luxus.«

»Und wie alt ist er?«

»Sehr alt.«

Als ich durch ein Fenster nach draußen spähte, sah ich das Heck von oben. Das Deck war so groß, dass eine Gruppe von zwanzig Personen auf Bierkisten in einem Kreis zusammensitzen konnte, zusätzlich zu dem ganzen Fischereikram. Allerdings entdeckte ich auch die Korrosionsstellen – keine Frage, dieser Kutter war so rostig wie ein alter Eisennagel.

»Die Agamemnon ist ein Fischereiboot, nicht unbedingt geeignet für die Hochseefischerei, aber für die Küste«, erklärte mir Nathan knapp, der meinem Blick mit seinem gefolgt war.

Agamemnon. Daher also die ganzen Namen aus der griechischen Mythologie. »Ist es nicht gefährlich, mit ihr so weit rauszufahren?«

»Wer sagt, dass wir weit draußen sind?« Energisch stieß Nathan eine Tür vor uns auf. Dahinter lag ein winziges Zimmer im Stil der Siebziger, mit beige-gekachelten Wänden, einem ockerfarbenen, verschlissenen Teppich und einem wackeligen Tisch samt Stühlen und Eckbank. »Setz dich!« Er nickte vage in den Raum und gab meinen Oberarm frei, doch ich blieb wie angewurzelt stehen. Das Esszimmer war voller Männer in weinroten Hoodies.

»Das ist die erste Schicht. Von der zweiten hast du kaum jemanden deutlich gesehen, und so sollte es bleiben. Du schläfst, wenn sie Wache haben.«

»Okay.« Mein Magen schlug einen dreifachen Flickflack. Auf der Eckbank saßen Troja, Pan und Taurus. Der bunte Stierkopf auf Taurus' Stirn schien mich direkt aufspießen zu wollen, aber vielleicht lag das auch an Taurus' feindseligem Blick. Seine finsteren Augen bohrten sich in meinen Verstand, daher sah ich schnell zu dem Jesus-Typ mit dem Prediger-Gesicht – Delphi hieß er, wie das Orakel. Das hatte ich mir merken können. Neben Delphi saß der hagere Typ mit den ellenlangen Dreadlocks und neben diesem spielte ein Typ mit schmalem Windhundgesicht und schnurgeraden Haaren mit einem Teelöffel herum. Er, Delphi und Troja waren die Einzigen, die mich nicht so anstarrten, als wollten sie mich auf der Stelle mit Brandbeschleuniger übergießen und anzünden.

Von wegen keine Killer. Von wegen gute Männer!

Ich schluckte nervös und starrte auf die Fensterfront hinter ihren Köpfen. Der Ozean war grau und trüb, der Horizont eine verschwommene Linie. Es sah nach Regen aus. Plötzlich spürte ich die Beklemmung in meiner Brust wie zwei eiserne Hände, die meine Lungenflügel zusammendrückten, doch eine scharfe Stimme riss mich aus dem Gefühl der Unwirklichkeit.

»Hörst du schwer? Ich habe gesagt, du sollst dich setzen!« Nathans Blick duldete keinen Widerspruch, also ließ ich mich auf den äußersten Platz der Eckbank neben Troja nieder, bereit, jede Sekunde aufzuspringen, falls nötig. Mit harter Miene deutete Nathan auf die Teller, die auf dem Tisch gestapelt waren. »Es gibt hier keinen Beluga-Kaviar, Lachs oder was ihr Hochwohlgeborenen sonst noch so frühstückt.«

Natürlich hatte er so eine Bemerkung machen müssen.

»Du essen, was wir essen!«, sagte Pan und musterte mich misstrauisch, als könnte ich ihn gleich in ein Kaninchen verwandeln. Hinter ihm ließ der Windhundtyp gerade wie von Zauberhand den Löffel verschwinden, mit dem er die ganze Zeit herumgespielt hatte. Troja sah ihn mit offenem Mund an. »Wie hast du das gemacht?«

Nathan ignorierte die beiden, zog sich einen Stuhl heran und ließ sich neben mich fallen, blockierte dadurch den Weg zur Tür. »Iss!«

Ich zog erst einmal die Mütze ab, die ich immer noch trug, und legte sie neben mich auf die Sitzbank. »Ich habe keinen Appetit«, log ich und besah mit ungutem Gefühl die Platten auf dem Tisch. Es gab Frikadellen, einen Berg Rührei mit Speck, einen aufgerissenen Fertigkuchen und einen Korb mit Brot; aber selbst Brot konnte Spuren von Nüssen enthalten, und die Erdnussbutter war sowieso tabu.

Aus seinen schmalen grauen Augen schaute Nathan mich an und beugt sich vor. »Weißt du, Prinzessin, was ich hier an Bord gar nicht dulde?« Er machte eine kunstvolle Pause, in der es totenstill wurde, nur der Windhundtyp griff ungerührt hinter Pans Ohr und zog dort den Löffel hervor. Nathan warf ihm einen Todesblick zu. »Widerworte«, sagte er dann.

Ich entgegnete nichts, und so wie am Abend starrten mich alle an. Nervös nestelte ich an dem Saum meines Kleides herum. Mir fiel auf, dass die Männer unrasiert waren und Taurus nach saurem Schnaps roch. Der Dreadlockstyp hatte rotviolette Punkte im Gesicht, die eher nach Pocken als nach Akne aussahen, und seine Augen glühten fiebrig, als würde er sich nach meiner Demütigung sehnen. Pan deutete mit zwei Fingern auf mich, danach auf seine Augen, eine Geste, die jeder in der Welt auch ohne Worte verstand. *Ich beobachte dich.*

Nathan schob mir stoisch einen Teller zu und legte eine Gabel daneben. »Egal ob du Appetit hast oder nicht: Du wirst etwas essen, bevor du uns umkippst. Vorher gehst du hier nicht raus.«

Er selbst schaufelte sich indessen einen Berg Rührei mit Speck auf einen Teller und fing ungerührt an zu essen. Seine Kaumuskeln traten hervor, was irgendwie gefährlich aussah, daher schaute ich schnell weg, wusste aber nicht, wohin ich sehen sollte. Ich hatte keine Ahnung, wie ich mich verhalten sollte. Ich spürte nur, wie sich dieses Zimmer mit einer Spannung auflud, die die feinen Härchen meiner Arme senkrecht stellte. Nathan wollte, dass ich aß, ich konnte aber nicht, ohne mein Geheimnis zu verraten. Und alle anderen warteten darauf, wer diese Machtprobe gewann. Selbst im Türrahmen stand jetzt noch ein weiterer Typ, ein Kerl mit kahlrasiertem Schädel und blauem Overall. Sein schwammiges Gesicht glänzte fahl und erinnerte mich an die Unterseite eines Pilzes, doch niemand nahm Notiz von ihm.

»Lass sie doch gehen, wenn sie nichts essen will«, sagte Delphi irgendwann, und ich warf ihm dankbar einen scheuen Blick zu. Er lächelte nicht, aber in seinen Augen lag keine Feindseligkeit.

»Sie geht, wenn sie gegessen hat.« Nathan aß gespielt gelassen weiter, aber die angespannten Muskeln seines Unterarms verrieten ihn. Weiter hinten auf der Eckbank bekam der Dreadlocks-Typ einen fürchterlichen Hustenanfall, der sich anhörte, als würde er gleich seine Lungenflügel ausspeien.

Alle anderen blickten von Nathan zu mir und wieder zurück. Auch der Mann im Türrahmen.

»Habt ihr Zwieback?«, fragte ich schließlich vorsichtig, als mir klar wurde, dass Nathan es ernster meinte, als ich zunächst gedacht hatte.

»Zwieback?« Entgeistert blickte er auf. »Bist du seekrank?«

»Ja!«, log ich schnell.

»Du isst, was hier steht, Prinzessin. Du kriegst keine Sonderbehandlung, verstanden? Nochmal: Hier gibt es keine Privatköche, keine Angestellten und niemanden, der dir den Hintern abwischt.«

»Was wäre an Zwieback eine Sonderbehandlung?«, fragte ich zaghaft und spürte, wie Zorn in mir aufstieg.

Daraufhin konnte er mir nichts entgegnen. Für einen Augenblick kam es mir vor, als würde sein Gesicht weicher und er nachgeben, doch als er den Mund öffnete, sagte er: »Du strapazierst meine Geduld. Sei froh, dass du nicht mehr an dem Gitter hängst«, und an den Typen gewandt, der im Türrahmen lehnte, sagte er: »Hast du nichts zu tun, oder warum stehst du hier rum wie ein Klatschweib?«

Anstatt sich zu trollen, zischte der Mann mit der pilzartigen Haut etwas in einer fremden Sprache, die mich ein bisschen an Französisch erinnerte.

Ich wusste nicht, was er gesagt hatte, aber Nathan sprang mit geballten Fäusten auf. Zuerst fürchtete ich, er würde den anderen schlagen, doch er ließ nur einen Schwall fremdartiger Wörter auf ihn einprasseln. Sie klangen wie eine Verwarnung.

Der Typ mit der schwammigen Haut sagte wieder etwas, das ich nicht verstand, und machte dabei eine Halsabschneider-Geste in meine Richtung.

Nathan schubste ihn aus dem Zimmer. »Hau ab, Mykonos!«

»Was hat er gesagt?«, fragte ich beklommen. *Du viele Feinde! Du aufpassen musst!*

»Geht dich nichts an! Iss jetzt, ich habe nicht vor, ewig hier zu sitzen.«

»Ich … ich kann nicht.« Diesmal stieß ich die Worte heftig hervor und sah ihn beschwörend an. Er sollte verstehen, dass es etwas gab, das ich nicht vor versammelter Mannschaft aussprechen konnte.

»Okay. Du kannst also nicht.« Er fixierte mich eine Weile und schien zu überlegen, wie er meinen Blick interpretieren sollte. Dann nickte er den Männern zu, und ohne, dass er ein Wort sagen musste, erhoben sich alle. Selbst Taurus, der noch gegessen hatte, klemmte sich sein Brot zwischen die Zähne. Schweigend nahmen sie ihre Teller und das benutzte Besteck und verließen einer nach dem anderen den Raum. Kurz bevor Troja als Letzter aus dem Zimmer ging, sah er mich eindringlich an und schüttelte den Kopf, während er mit dem Kinn Richtung Nathan nickte. *Provozier ihn nicht!*, deutete ich seinen Blick.

Kaum merklich nickte ich zurück.

Nathan sah es zum Glück nicht, denn er kehrte mir den Rücken und schloss die Tür. Mit verschränkten Armen blieb er davor stehen. Im Grunde machte er nichts; nichts, das auf eine Gefahr für mich hinwies. Er sah mich nur unverwandt an, und vielleicht war es das, was mein Herz wie wild pochen ließ.

»Ich … ich kann das nicht essen«, stotterte ich unbeholfen.

Er sagte immer noch nichts.

Ich zwinkerte. »Du darfst es niemandem verraten.«

»Was verraten?«

»Was ich dir gleich sage. Versprich es mir.«

Seine Lippen wurden schmal, sein Blick kühl. »Das kann ich nicht.«

»Bitte. Es ist wichtig. Überlebenswichtig für mich. Denk an dein Versprechen, dass mir hier nichts passiert.« Es war hinterhältig, das Versprechen zu erwähnen, aber er wusste ja nicht, dass Troja mir von Lea und den Bayous erzählt hatte.

Stumm blickte er mich einige Sekunden lang an, die Augen zu Schlitzen verengt. »Okay«, gab er dann widerwillig nach. »Ich versprech's, wenn es den Plan nicht gefährdet.«

»Tut es nicht.«

»Dann schieß los.«

»Ich habe eine Allergie gegen alle Arten von Nüssen und gegen Hühnereiweiß.« So, jetzt hatte ich mein bestgehütetes Geheimnis dem Mann offenbart, der mein Leben in der Hand hatte.

Eine Weile stand Nathan so still da wie vor Tagen, als ich ihm gesagt hatte, dass ich auf die Toilette musste. »Du bist allergisch auf Hühnereiweiß und Nüsse?«, fragte er so langsam, als würde sich sein Verstand weigern, diesen Satz zu formulieren. Ja, beinahe so, als wüsste er nicht mal, was eine Allergie ist.

Ich nickte.

»Deswegen hast du nichts essen wollen. Nicht mal den Kuchen.«

Ich nickte wieder.

»Wie schlimm ist es denn?«

»Schlimm.«

Er schnaubte ungeduldig. »Wie schlimm, will ich wissen!«

»Weißt du, was ein anaphylaktischer Schock ist?«

»Natürlich weiß ich das. Nur weil ich keine Milliarden scheffle, heißt das nicht, dass ich beschränkt bin«, sagte er ärgerlich.

»Ich dachte ja nur …«

»Was, glaubst du, sind wir? Vollidioten?«

»Kriminelle. Schwerverbrecher.«

»Pass auf, ja!«

»Aber das seid ihr doch, oder?«, sagte ich sehr leise.

Wir sahen uns an, und ich dachte an gestern Nacht, als seine Pupillen so weit geworden waren, als würde er mich mögen. So was passierte immer nur, wenn man sein Gegenüber mochte, das hatte ich schon mehrfach gehört und gelesen. Aber es konnte doch nicht sein, dass er mich gernhatte. Aber was, wenn doch?

»Ich habe dir schon mal gesagt, du sollst das lassen.«

»Was lassen?«, fragte ich verwirrt.

»Deinen Charme, das Blinzeln und dein hübsches Gesicht einsetzen. Das wirkt bei mir nicht. Das wirkt hier bei niemandem. Und wenn doch, beschwörst du nur Unheil an Bord herauf.«

»Und ich habe dir schon gesagt, dass es ein Tic ist.«

»Gewöhn ihn dir ab!«

»Ich kann das nicht abschalten. Tics kann man nicht kontrollieren. Das ist ihre Natur.«

»Ihre Natur? Herrgott nochmal, mach was anderes! Scharre mit den Füßen, zieh Grimassen … mach was, das dich hässlich macht!«

Ich blinzelte wieder. Aus Versehen.

Er fluchte ungehalten, ging hinaus und kam mit einer Packung Zwieback und abgepacktem Brot zurück. Nachdem er die Inhaltsstoffe studiert hatte, warf er beides achtlos auf den Tisch. »Dein tägliches Brot. Kannst du völlig bedenkenlos essen, okay!« Er griff nach der Türklinke, aber ich hielt ihn zurück.

»Nathan.«

»Was?«

Danke, hatte ich sagen wollen, aber jetzt schwieg ich, weil ich ihm keinen Dank schuldete. Immerhin war ich vermutlich vor allem seinetwegen hier, und er hatte mich einsperren und fesseln lassen. »Nicht so wichtig.«

Er sah mich an, zeigte aber keine Regung. »Du bleibst hier, bis ich dich abhole, klar?«

»Ja.«

Er seufzte mit schmalen Lippen. Wahrscheinlich hatte ich wieder geblinzelt.

Erst als ich aß, merkte ich, wie hungrig ich tatsächlich gewesen war. Ich hatte gerade zwei Brote und fast die komplette Packung Zwieback verputzt, als Nathan mich abholte und zu dem winzigen Duschraum direkt neben dem noch winzigeren Klo brachte. Er postierte Pan als Wache davor, was aus zwei Gründen beunruhigend war. Zum ersten: Es war Pan. Zum zweiten: Nathan glaubte, ich müsste zu meinem Schutz bewacht werden, obwohl er gesagt hatte, die Männer seien keine Killer. Aber womöglich würde man mir hier auch etwas anderes antun. Zum Beispiel meinen Kopf bei einem improvisierten Waterboarding ins Klo stecken. Dieser Mykonos hatte so ausgesehen, als würde er nur auf eine passende Gelegenheit warten. Sparta und Taurus ebenfalls. Bei Pan war ich mir nicht mehr so sicher. Ich hatte seine Worte über seine Mom nicht vergessen. Sie hatten so wenig zu ihm gepasst.

Damit ich in Ruhe duschen konnte, beschloss ich, Nathan zu vertrauen, außerdem stand Pan vielleicht auch nur vor der Tür, damit ich keinen zweiten Fluchtversuch unternahm. Eilig schlüpfte ich aus meinem Kleid, das wie steifer Eischnee an mir geklebt hatte. Danach zog ich die Unterwäsche aus, drehte die altersschwache Brause auf und schäumte mich von den Zehen bis zum Scheitel mit dem herumliegenden Männerduschgel ein. Es roch nach Minze und prickelte zusammen mit dem warmen Wasser frisch und belebend auf meiner Haut. Für mehrere Minuten schloss ich die Augen und stellte mir vor, in meinem Badezimmertempel zu sein. Es tat so gut, all den Schmutz abzuwaschen, diesen ersten Schock meiner Geiselnahme.

Ich war so vertieft in mein Reinigungsritual, dass ich überrascht aufschrie, als ich gegen die Wand taumelte. Instinktiv duckte ich mich, erwartete einen Schlag, doch es war niemand da. Ich war allein.

»Prinsessa? Du okay?«, rief es von draußen.

»Ja«, rief ich eilig zurück, bevor Pan noch reinkam und mich splitterfasernackt sah.

Verwirrt schüttelte ich den Kopf. *Du bist sicher nur völlig erledigt,* sagte ich mir. Wahrscheinlich war ich deswegen ausgerutscht.

Ich spülte meine Haare aus und taumelte wieder, diesmal gegen die Armatur. Für einen Moment setzte ich mich auf den Boden und atmete tief durch. *Mach einfach langsam.*

Mit zitternden Händen trocknete ich mich auf dem nassen Boden sitzend ab und rubbelte über meine Haare. Danach hielt ich mich mit einer Hand an einem Holm fest und schlüpfte in die Klamotten, die Troja mir vorhin gebracht hatte. Eine Männerunterhose, ein uraltes geripptes Unterhemd, eine Jeans und ein weinroter Hoodie. Das Outfit der ersten Schicht. *Fantastisch!* Dazu weiße Socken und ein Paar derbe Boots, wie sie hier alle trugen – unnötig zu sagen, dass mir alles mehrere Nummern zu groß war, doch dafür war die Kluft ultrawarm. Zum ersten Mal war mir nicht mehr so kalt.

Noch nass flocht ich mein Haar und schlang das Band mitsamt dem Ring in eine Strähne. Als ich in den Spiegel schaute, um zu kontrollieren, ob man den Ring von außen sehen konnte, zuckte ich zurück. Die Schatten unter meinen Augen sahen aus wie mit einem kurzen Borstenpinsel daruntergemalt. Liturgienschwarz hieß diese Farbtube in meinem Malkasten. Meine Augen waren vom vielen Weinen rotgeädert und gläsern, mein Blick erschrocken.

Zum Glück sah Dad mich nicht in diesem Zustand.

Ich wollte gerade die Tür öffnen, als ich mit der Schulter gegen die Wand stieß. »Mist, verdammter!«

»Du fluchst?« Das war Nathan.

»Und?« *Du lauschst!* Genervt rieb ich mir die Schulter und versuchte, den Schreck zu verdauen, dass ich hier offenbar in eine Waschtrommel geraten war, die mich nach Belieben herumschleuderte. Denn diesmal war ich mir sicher, nicht gestolpert zu sein.

Nathan klopfte energisch. »Bist du fertig? Wenn nicht, beeil dich!«

Als ich auf den Gang trat, bemerkte ich als Erstes die allgemeine Geschäftigkeit der Mannschaft. Troja verschwand gerade mit einer Handvoll Kabelbinder in einem Zimmer, während oben auf Deck gerufen und gehämmert wurde.

»Was ist los?« Ich dachte an Isaac. Vielleicht kam er an Bord, und die Männer bereiteten alles für seine Ankunft vor – was auch immer es da zu tun gab. Doch dann durchdrang mich ein anderer Gedanke, er stieg direkt aus der Dunkelheit meiner Angst auf. Hastig kletterte ich den Stieg so weit hinauf, dass ich nach draußen schauen konnte. Mein Herz setzte einen Schlag aus. Salz lag in der Luft, Salz und das wilde Tosen des Ozeans. Sturmwind peitschte über das Meer und ließ die Wellen von allen Seiten gegen den Rumpf klatschen.

Nathan war mir gefolgt. »Windstärke fünf. Deswegen habe ich dich heute Morgen losgebunden. Niemand sollte bei Sturm gefesselt unter Deck sein.«

»Bei Sturm?« Ich spürte, wie ich erbleichte. Daher war ich die ganze Zeit getaumelt.

»Wir umfahren das Gebiet weiträumig, aber vermeiden können wir die Sturmausläufer nicht.«

»Aber …« Ich kletterte wieder hinunter und stützte mich an der Wand ab, während schwarze Pünktchen in meinem Sichtfeld flimmerten. »Ein Sturm«, flüsterte ich. *Wie damals.*

Aus meiner Erinnerung flog ein Geräusch auf mich zu wie ein wegschießender Sektkorken. Ein explosionsartiges Knallen gefolgt von einem dumpfen Brummen, das in meinen Ohren nachhallte. Ich blinzelte und war sekundenlang in diesem Lärm gefangen, obwohl alles um mich herum lautlos erschien. Als hätte jemand den Ton abgedreht.

»Was ist?«

Ich bekam mit, wie Nathan mich an der Schulter berührte, und zwang mich, hierzubleiben, im Jetzt, denn ich wollte nicht wieder in die Vergangenheit abdriften. Mit aufgepusteten Wangen atmete ich; auf zwei ein und auf vier aus, ein paar Mal hintereinander. »Ich hasse Gewitter. Ich hasse Stürme. Ich hasse den Atlantik«, presste ich irgendwann hervor.

»Ich weiß«, sagte er ruhig und zog die Hand zurück.

Er wusste es? »Woher?«

Beinahe sanft sah er mich an. »Wir alle wissen es. Oder wir dachten es uns. Deine Mom ist ertrunken. Es war in der Presse. Nicht, dass ich selbst drauf gekommen wäre, es ist lange her. Aber … einige von uns … sie haben akribisch alle Daten und Fakten über dich gesammelt.« Seine Haare fielen trotz Stirnband in sein Gesicht, und er strich sie automatisch zurück. »Ich wusste vorher nur, dass deine Mom tot ist. Das hast du mir selbst erzählt. Ich ahnte allerdings, dass der Atlantik nicht zu deinen Top Ten auf der Liste von *Unterkünften für Geiseln* gehört.«

Ich hörte den letzten Satz zwar, aber ich hing an einem Gedanken fest. Ich sah einen fensterlosen Raum, wie ihn die Kripo immer entdeckt, wenn sie einen Serienkiller gefasst hat. Bilder von mir und Dad hingen darin an den Wänden, ausgeschnittene Zeitungsartikel und Schnappschüsse. Isaacs Zimmer. Vielleicht war er besessen von mir und Dad. Aber Nathan hatte *einige* gesagt. Vielleicht gab es noch einen zweiten wie Isaac. Womöglich dieser Killer-Miller.

»Willa?«

Ich schluckte und sah Nathan an.

Seine grauen Augen waren auf einmal voller Wärme, was mich wieder einmal komplett durcheinanderbrachte. »Mach dir keine Sorgen wegen des Sturms. Wir schaffen das schon.«

Wir schaffen das schon, Willa-Maus.

Er lächelte mir aufmunternd zu und ich dachte, er würde mich noch mal so tröstend an der Schulter berühren, doch er drehte sich um und sagte nur, ich solle ihm folgen. Vor Kurzem hatte ich gedacht, ich würde den Anführer noch mehr verachten, wenn er Nathan war, weil Nathan für mich immer für Freiheit gestanden hatte. Für eine Zeit hatte ich mir sogar gewünscht, er wäre ein Fremder. Doch jetzt war ich unendlich froh, dass er doch Nathan war. Ich wusste nicht, warum, aber ich hatte den Eindruck, dass ein Teil von ihm immer noch der Junge war, der im Scherbenpalast mit mir getanzt hatte. Der mich geküsst hatte. Auch wenn Nathan sich vielleicht nicht mehr an diesen Jungen erinnern wollte.

Die nächste Stunde verbrachte ich in einer Trance, die sich anfühlte wie ein Horrortrip. Ich bekam kaum noch etwas mit. Nathan hatte mich Troja überantwortet, der mich überall hin mitschleppte. Diffuse Bilder blieben in meinem Kopf hängen. Pan, der auf Bug und Heck gleichzeitig zu sein schien. Die langen Wellen mit den Schaumkämmen. Der Hagere mit den Dreadlocks, der für alle Sparta war. Er kontrollierte die Stützbretter an den Schlafkojen.

»Bei hohem Seegang kann man sich mit den Beinen dort abstützen und mit dem Rücken an die Wand lehnen«, erklärte mir Troja, da Sparta so tat, als wäre ich nicht da. Delphi brachte später schachbrettartige Leisten am Esstisch an, »damit das Geschirr nicht hin und her rutscht«, wie er sagte.

»Wie lange dauert denn so ein Sturm?«, hörte ich mich bedrückt fragen, während ich hinter Troja die Stufen des Turms hinabstieg.

Troja zuckte mit den Schultern. »Keine Ahnung. Die Ausläufer mitunter ein paar Tage. Ich fahre nicht regelmäßig zur See. Die wenigsten von uns. Eigentlich nur Kastor und Sparta. Manchmal auch Delphi. Der große Rest hat mehr oder weniger einen Crashkurs bekommen. Aber wenn jemand eine Mannschaft durch einen Sturm bringen kann, ist es Nathan.«

»Und wieso hat er so viel Erfahrung mit Stürmen?«

Troja strich sich über die verstrubbelten Haare und grinste schief. »Ich verrate dir zu viel, Prinzessin.«

Ich sah ihn mit einer stumpfen Angst in den Gliedern an. Wir standen vor der Tür, die hinaus aufs Heck führte.

Er seufzte tief. »Pan und Nathan haben recht: Man kann dir nichts abschlagen, was?« Flüchtig blickte er Richtung Treppenhaus, bevor er weiterredete. »Nathan ist am und auf dem Wasser großgeworden. Er ist in Coldville am Buffalo Lake aufgewachsen. Fast die ganze Mannschaft stammt von dort. Die Menschen in Coldville leben von der Fischerei, sogar im Winter bei minus achtundzwanzig Grad legen sie ihre Netze unters Eis. Zumindest früher.« Ich versuchte, alles zu behalten. Coldville am Buffalo Lake, Kälte, Fischerei, doch Troja redete schon weiter: »Später ist Nathan dann mit seinem Bruder und seiner Schwester den Mississippi runter, den ganzen Fluss, meist als blinder Passagier, und noch später, als sein Bruder im Knast war, hat er auf Trawlern angeheuert, um zu überleben. Aber das hast du alles nicht von mir, klar?«

Das mit den Trawlern hatte ich bereits gewusst, aber wieder vergessen. Bei allen anderen Infos fragte ich mich, warum Troja sie mir so bereitwillig gab. Waren diese Fakten nicht wichtig? Könnte ich später der Polizei nicht verraten, dass sie hauptsächlich aus Coldville stammten, wo auch immer das lag?

Für einen Augenblick musterte ich Troja durch den Dunst meiner Angst, wie er lässig am Türrahmen lehnte. Er war schlank und wie erwartet höchstens zehn Zentimeter größer als ich, vielleicht ein Meter fünfundsiebzig. Ich fragte mich, wie ein vernünftig wirkender junger Mann mit Zukunft an diese Gruppe Schwerkrimineller geraten war. Ob er auch aus Coldville stammte?

»Was schaust du mich so an?«, wollte er wissen und zog die Augenbrauen zusammen.

»Du siehst gar nicht so aus, als würdest du zu dieser Truppe gehören.«

»Pf!«, machte er, als wäre er beleidigt, und knuffte mich sacht auf den Arm. »Du siehst auch nicht aus wie eine Prinzessin.«

Trotz meiner Furcht musste ich lächeln. »Wie sehe ich denn aus?«

Troja beugte sich zu mir nach vorn. »Wie eine Elfe, etwas ätherisch.«

»Hat mein Dad auch schon gesagt.«

Für den Bruchteil einer Sekunde glommen Trojas braune Augen auf, als lohte ein Flächenbrand dahinter. Das Reizwort *Dad* war gefallen. »Und wie sehe ich aus?«, fragte er dann aber doch.

»Hast du doch selbst gesagt: wie Orlando Bloom. Nur deine Haare fallen ganz anders. Borstiger.«

»Borstiger? Ich geb dir gleich mal *borstiger!*« Troja grinste, und mit einem Mal fühlte ich mich nicht mehr ganz so allein. Troja schien okay, wenn man davon absah, dass er zu meinen Geiselnehmern gehörte.

»Wieso erzählst du mir eigentlich so viel?«, hakte ich jetzt nach.

»Keine Ahnung. Du hast diese Wirkung.«

»Welche Wirkung?«

»Man vertraut dir. Ich wette, du verrätst uns sowieso nicht, wenn du erst die ganze Wahrheit kennst.«

»Natürlich nicht, hab ich ja gesagt«, sagte ich vielleicht zu schnell. Für einen Moment schwankte die Agamemnon, und ich musste mich an einem Holm abstützen, die es zum Glück überall gab. Dann sah ich Troja an. »Welche Wahrheit?«

Er musterte mich. »Die Wahrheit, die du erfährst, wenn du wieder zu Hause bist.«

Damit drehte er sich um und führte mich weiter aufs Hauptdeck am Bug, wo Pan und Taurus armdicke Taue spannten und Netze festzurrten. »Die Strecktaue sind zum Festhalten während des Sturms. Manchmal muss man draußen etwas reparieren oder neu justieren; aber wenn dann so ein Brecher über dir zusammenschlägt, spült er dich durch die Reling von Bord.«

»Ein Brecher?« Dieses Wort ließ mich all die Fragen über die Wahrheit, die ich zuhause erfuhr, vergessen. Mit einem mulmigen Gefühl sah ich erneut auf die See, da tauchte Nathan auf.

»Wir sind so weit. Die Luken sind geschlossen, Netze und Kräne gesichert, Strecktaue angebracht.« Er sagte noch vieles mehr, aber ich verstand die Fachsprache nicht. Nur eines bekam ich mit, bevor Nathan wieder ging: Es herrschte bereits Windstärke sechs, Tendenz steigend.

Eine Viertelstunde später lag das Deck menschenleer in Wind und Regen. Die Hälfte der Männer verschanzte sich gerade in ihren Kammern, der Rest befand sich auf der Brücke. Niemand durfte sich mehr im Freien aufhalten. Troja kontrollierte nochmals die

Schränke, deren Griffe er mit Kabelbindern zusammengebunden hatte, und nahm mich danach mit in die Kommandozentrale.

Als wir die Brücke betraten, wurde ich von zwei Seiten feindselig gemustert.

»Was macht *sie* hier?«, fragte Sparta, der Hagere mit den Dreadlocks, und hustete, als wäre er Kettenraucher. »Wieso ist sie nicht in einer Kammer?«

»Oder in ihrer Zelle?«, fügte Taurus an, und der Stier auf seiner Stirn schien mich anzuspringen.

Nathan warf beiden einen kurzen Blick zu. »Auf der Brücke kann sie nichts anstellen«, kommentierte er, und zu mir sagte er barsch: »Setz dich da hinten hin und verhalte dich ruhig!« Je mehr Männer um uns herum waren, desto frostiger war sein Tonfall mir gegenüber, das hatte ich mittlerweile kapiert.

Ich tat, was er sagte, und quetschte mich in die hinterste Ecke, in der keine Pulte, Maschinen oder sonstige Geräte blinkten. Mit weit aufgerissenen Augen blickte ich hinaus.

Die Welt dort hinter den großen Scheiben war eine Mischung aus Grau und Schwarz. Der Sturmwind jagte die Wolken über den Himmel, dunkelgrau, schwer und tief.

Auf dem schmalen Notsitz zog ich die Beine an den Körper, umschlang mich mit einem Arm, mit dem anderen hielt ich mich an einem Holm an der Wand fest. Immer wieder schaute ich von draußen nach drinnen und zurück.

Vor dem Steuer redete Nathan mit Troja und Sparta. Ihre Stimmen klangen besorgt, was mich noch nervöser machte. Ich fror, schloss die Augen, und als ich sie wieder öffnete, hielt Sparta das Steuer. Pan, Troja und Taurus standen an Pulten oder den Rudern, keine Ahnung, welche Apparatur hier für was zuständig war. Alle trugen auf einmal Schwimmwesten, auch Nathan, der mir mit einem Nicken einen Eimer entgegenhielt.

Ich sagte nichts, schob seinen Arm weg.

Nathan stellte ihn neben meine Sitzecke. »Glaub mir, du wirst ihn brauchen.«

»Mir ist aber nicht schlecht.«

»Noch nicht.« Er ging zu einer Kiste und kam mit einer orangeroten Weste zurück. »Zieh die an!«

Ich tat, was er sagte, und er erklärte mir, was ich im Notfall tun musste. Allerdings fürchtete ich, dass uns bei einem schweren Sturm auch die Schwimmweste nicht helfen würde. So ein Kutter konnte einen einfach mit in die Tiefe reißen.

Aber ich muss heil nach Hause kommen, schon allein wegen Dad. In meiner Anspannung hauchte ich gegen die Scheibe und malte in aller Furcht ein Bild auf das beschlagene Fenster, was Pan argwöhnisch zu mir rüberschauen ließ.

»Was du malst? Hexenformel?« Ein wenig Spaß lag in seinen Worten, aber auch Misstrauen.

Ich schüttelte bloß den Kopf. Meine Finger zitterten. Ich malte Wellen. Dad hatte oft gesagt, meine Gemälde würden in ihm ein Fragezeichen hinterlassen, dabei müssten Bilder doch Gefühle wecken. Aber ich hatte neben dem Sumpf auch oft den Ozean gemalt, und der Ozean war eine einzige Frage. *Was ist damals passiert und wieso habe ich es vergessen?*

Krampfhaft versuchte ich, nicht an Mom zu denken, nicht an die Albträume, die mich immer wieder heimsuchten, in denen ich hinab zum Meeresgrund gezogen wurde und ertrank. Ich durfte jetzt nicht komplett durchdrehen, doch das Schicksal meinte es nicht gut mit mir.

Der Wind nahm zu. Er heulte über den Bug, zerrte an der Brücke und peitschte den Regen gegen die Scheiben. Der klapprige Scheibenwischer sah so aus, als würde er gleich abreißen und davonfliegen.

Kurze Zeit später brach Hektik aus. Die Männer riefen sich gegenseitig Werte oder Kurse zu, Befehle für die Ruder, aber ich verstand sowieso nichts davon. Sie hätten ebenso gut auch Urdu sprechen können.

Ich fror immer stärker. Meine Ohren gingen zu, alles war weit weg von mir. Wieder blickte ich nach draußen auf die wilde See. Schaumkronen wehten über die Wellenkämme. Wenn ich die Augen etwas zukniff, sahen sie aus wie die flatternden Stoffbahnen eines weißen Kleids, vergessen im Wind.

»Liebling?«

Wer hatte das gesagt?

»Liebling!«

Ich starrte vor mich hin. Meer, Wolken und Gischt verschwammen immer mehr zu einer undefinierbaren Fläche. Eine Fläche wie eine Leinwand, vollgesogen mit Erinnerungen. Mom blickte mich von draußen an.

Sie sieht direkt in mich hinein. Als wollte sie mir etwas sagen.

Ich zwinkerte.

Ihre Augen sind plötzlich wie Scheunentore des Schreckens, und auf einmal sehe ich viel mehr als nur ihre Augen. Ich sehe die Voyageur II, Dads kleinste Yacht. Unseren letzten Ausflug zu dritt.

Mom und ich sind auf dem Sonnendeck, und jetzt springt Mom vom Liegestuhl auf und schreit: »Oh mein Gott, es brennt!« Ich drehe mich in die Richtung, in die sie schaut. Dunkler Qualm drängt sich wie ein böser Nebelmann aus der Tür zum großen Wohnbereich der Yacht.

»Nicholas!«, ruft sie.

Ich fange an zu schreien. »Dad! Daddy!« Ich will zu ihm laufen, aber Mom hält mich zurück. Hitze legt sich auf meine Haut, da kommt Dad aus der Tür, einen nassen Ärmel vor Mund und Nase gepresst.

»Nach oben!« Panisch reißt er mich die Stufen zum höchsten Deck hinauf. Mom kommt hinterher. »Wo sind die Schwimmwesten? Wo ist der Feuerlöscher?« Das schreit sie. Immer wieder. Danach ist da nur noch ein dunkles Loch, das aus schwarzem, stickigem Rauch und dem beißenden Gestank von brennendem Plastik besteht. Mom rennt auf dem Deck hin und her, rennt wieder nach unten, um den Feuerlöscher und die Schwimmwesten zu suchen, kommt aber zurück, weil bereits alles in Flammen steht.

»Wir müssen springen!«, höre ich Dad rufen.

»Ich kann nicht schwimmen! Und Willa auch nicht!« Mom fängt an zu weinen und entreißt mich Dads Armen. Jetzt weine ich auch. Plötzlich habe ich fürchterliche Angst. Ich will nicht ins Wasser springen, ich werde untergehen wie ein Stein!

Ich weine und weine und höre Dad brüllen: »Gib sie mir! Gib sie mir!«

»Dad!«, schreie ich und strecke meine Arme nach ihm aus. »Daddy, Daddy, Daddy!«

Mir ist plötzlich so kalt. Mom ist weg. »Mom?«, rufe ich. Wie in einem Traum stehe ich auf, schlüpfe aus der Tür und renne viele Stufen hinab, dorthin, wo eigentlich Qualm sein müsste, aber jetzt keiner mehr ist. Ich reiße eine Tür auf, und augenblicklich tobt mir der Wind entgegen wie ein wütender Riese, der mich anbrüllt. »Mom, wo bist du?« Regen sprüht über mich hinweg und alles kippt von rechts nach links. Ich kann kaum laufen und umrunde vorsichtig einen Poller. Ich muss runter zur Reling, ans Wasser. Mom will immer, dass ich ans Wasser komme, auch damals in Boston, als ich fast in den Charles River gefallen wäre, wenn mich der Busfahrer nicht entdeckt hätte. Vielleicht will sie ja, dass ich ins Wasser komme!

»Willa!« *Mein Name zischt durch Zeit und Raum, ein Peitschenhieb, der mich in der anderen Welt trifft, mir aber egal ist.*

»Bleib stehen! Sofort!« *Derjenige ist weit weg.*

»Mom?« Ich rutsche auf den Stufen zur Reling im Nassen aus, stürze, rappele mich aber wieder auf. Es ist schwer, aufrecht zu stehen, da alles schwankt. Ganz fest klammere ich mich an das Treppengeländer, und auf einmal sehe ich sie.

Sie steht mittschiffs an der Reling und sieht ins Wasser.

»Mom«, flüstere ich, und mein Herz füllt sich mit Kummer und Freude. Ich möchte lachen und weinen, weil ich sie nach Jahren endlich wiedergefunden habe. So lange hat sie sich mir nicht gezeigt, doch nun ist sie hier! Jetzt schreie ich, so laut ich kann: »Mom!«

Doch Mom reagiert nicht. Sie streckt die Arme zur Seite. »Ich bin das Vögelchen!«, ruft sie zusammenhanglos, und dann springt sie in den sturmbrüllenden Ozean und wird sofort von einer grauen Monsterwelle verschluckt. Entgeistert starre ich auf das Wasser.

»Willa, verdammt! Zieh sofort die Schwimmweste wieder an!«

Etwas an dem Ruf lässt mich innehalten. Es tropft langsam, aber stetig in meinen Verstand.

Wie ein begossener Pudel stehe ich da, eine Hand an der Brüstung und vom Regen bis auf die Knochen durchnässt. *Mom!* Mein sehnsuchtsvoller Ruf echot nur noch in einem Teil meiner Seele.

Und in mir selbst begreife ich gleichzeitig eine schmerzhafte Wahrheit.

Mom war nie hier. Ich habe mal wieder fantasiert.

Benommen zwinkerte ich. Einmal, zweimal. Ich stand allein an der Reling, aber jetzt fing ich aus einem mir unerklärlichen Grund an zu rennen, an dem Geländer entlang, als nähme ich Anlauf für einen Zeitsprung, als könnte ich zurück in die Vergangenheit springen.

»Willa!« Durch Wind und Regen erkannte ich Nathans Stimme. »Bei allen sieben Stürmen und meinem Leben, ich schwöre dir, wenn du nicht sofort deine ...« Seine Worte verschwanden in der Flut aus Gischt, die mich völlig unvorbereitet traf. Ein Schwall Wasser flutete über den Gang. Es ging zu schnell. Meine Beine wurden durch den Sog unter mir weggerissen. Ich fiel, und die eisige Wassermasse spülte mich mit den Füßen voran durch das Geländer der Reling. Ich hörte mich schreien, doch der Wind riss meine Worte in Fetzen. Im Schockzustand wollte ich die unterste Sprosse der Brüstung fassen, mich festklammern, erwischte sie aber nicht. In dem Augenblick packten mich zwei Hände an den Unterarmen. Fest. Sehr, sehr fest. Für mehrere Atemzüge hing ich mit den Beinen über Bord und die Welt stand still. Ich spürte nur noch die Kälte des Wassers, das über meinen Körper zurück ins Meer schwappte und Nathans Griff, der mich hielt. Kurz sah ich den Ausdruck in seinem kalkweißen Gesicht. Seine grauen Augen waren weit aufgerissen und starr. Mein Herz raste, und drei Sekunden später zog er mich zurück auf die Beine. Zog mich von der Reling weg, die Stufen hinauf und in das geschützte Treppenhaus, das im Inneren zur Brücke führte.

Dort stemmte er seine Hände gegen meine Schultern und presste mich hart an die Wand. Grimmig sah er mich an, das Gesicht im Schatten, so dunkel, dass seine Augen leuchteten wie zwei hellgraue Flammen.

Und dann küsste er mich. Aber nicht sanft und zart, sondern wild und zornig. Fast wie das tosende, tobende Meer, wie ein Brüllen. Im ersten Moment war ich wie gelähmt. Er schmeckte nach

Salz und Ozean, seine Lippen waren regennass. Instinktiv hob ich die Hand, um ihn wegzustoßen, aber ich tat es nicht.

Ich ließ es zu, spürte seine Zunge kühl und bestimmend in meinem Mund, als wäre das die Zurechtweisung, die er noch nicht ausgesprochen hatte. All sein Schreck und seine Wut. Ich war vom Scheitel bis zur Sohle paralysiert, und obwohl mich seine Hände immer fester gegen die Wand pressten, wollte ich nicht, dass er aufhörte, auch wenn ich eben fast über Bord gegangen wäre. Auch wenn meine Beine und alles andere an mir so haltlos zitterte, dass ich vermutlich gar nicht ohne Hilfe stehen konnte. Das Gefühl war zu süß, trotz Nathans Zorn, und es schleuderte mich acht Jahre zurück. In den Sommer von Louisiana. In Hitze und Aufregung. In kindliche Unschuld und das Bedürfnis, zusammen mit Nathan die Welt zu entdecken.

Als er zurückwich, lag etwas Unerbittliches in seinem Blick, das nicht zu meinem Gefühl passte, und auch jetzt lockerte er den Griff an meinen Schultern nicht. »Mach das nicht nochmal, verflucht! Lauf nie wieder bei diesem Wetter direkt an der Reling entlang, hast du verstanden?« Mein Herz klopfte, ich schaffte es nicht, zu nicken. »Das Wasser fesselt dich wie eine Schlinge und zieht dich hinein! Was hast du dir dabei gedacht?«

Ich musste zeitgleich mit meiner Erinnerung die Treppe hinuntergerannt und ins Freie gelaufen sein, anders konnte ich es mir nicht erklären.

»Ich … es war keine Absicht …« Der Schock steckte zu tief in meinen Knochen. Sicher auch der Schock, so plötzlich und wutentbrannt von ihm geküsst zu werden. Ich war komplett durcheinander.

Unvermittelt trat er einen Schritt zurück und ließ mich los. »Es war keine Absicht? Wieso machst du das dann?«

Meine Schultern schmerzten, aber viel schlimmer war das Chaos in meinem Geist. Keine Frage, Nathan war extrem zornig auf mich, doch wieso küsste er mich dann? Und wieso wollte ich das?

Über mich selbst schockiert zwinkerte ich. »Ich war … ich war wie in Trance oder so.«

»Und deine Schwimmweste hast du auch wie in Trance ausgezogen?«, fragte er fassungslos.

Als wäre das das Einzige hier, das einen fassungslos machen könnte! Er hatte mich einfach geküsst!

»Ich habe Mom gesehen«, entgegnete ich heftig, weil ich den Drang hatte, mich zu erklären, und weil ich irgendwie wütend war, weil mir sein Kuss so gut gefallen hatte. »Und sie wollte, dass ich zu ihr ins Wasser komme.«

»Sie wollte …« Für ein paar Sekunden schien er sprachlos, ganz sicher hielt er mich jetzt für verrückt, aber dann passierte etwas Seltsames mit seinen Augen. Sie verloren den Zorn. Er schluckte. »Du siehst Tote?«

»Nur Mom«, sagte ich trotzig, doch seine plötzliche Sanftheit schob meine aufkeimende Wut einfach beiseite. »Und eigentlich nur früher … und nur wenn die Temperaturen gefallen sind.«

»Nur wenn die Temperaturen gefallen sind?« Er machte wieder einen Schritt auf mich zu, sodass er ganz dicht vor mir stand.

Ich spürte seinen Atem, der in kleinen Stößen auf meinem Gesicht zerplatzte, herb und frisch, unendlich verwirrend. Er schickte einen heißkalten Schauerregen durch jede Zelle meines Körpers.

»Wirklich … das ist wissenschaftlich erwiesen … also, dass man Geister vor allem dann sieht, wenn es kalt wird«, stammelte ich, aber da fasste er mich schon an den nassen Zöpfen, wickelte sie um seine Handkanten und zog mich daran zu sich.

»Ich dachte, es gibt keine Geister?«, fragte er flüsternd.

»Gibt es ja auch nicht«, wisperte ich, »nur, wenn die Temperaturen fallen …«

»Nur wenn die Temperaturen fallen … bist du dir sicher, Geistermädchen?«

Seine Lippen waren ganz dicht vor meinen. Mein Bauch kribbelte, und ich fühlte mich von meinem Körper verraten. Nathan küsste mich noch einmal. Dieses Mal sanfter, aber ohne meine Zöpfe loszulassen. Ich schmeckte Pfefferminz und Meer, das Herz pochte in meiner Kehle, und ein brennendes süßes Zittern flatterte tief in meinem Bauch. Eine ungeduldige, flirrende Sehnsucht nach etwas, das ich mir nicht erklären konnte. Vielleicht nach Ferne. Vielleicht nach Weite. Vielleicht nach Mut. Vielleicht nach der Freiheit, die ich früher immer mit ihm verbunden hatte.

Das ist komplett verrückt!

Wieder drängte er mich an die Wand, hielt mich dort mit seinem Körper, damit ich nicht im Seegang umkippte. Reflexhaft, und auch um mich festzuhalten, schloss ich die Arme um seine Taille. Ganz fest ballte ich den Stoff seines Hoodies in meinen Fingern zusammen, und in dem Moment kam es mir fast so vor, als könnte dieser Kuss ebenso Länder, Grenzen und Zeit überwinden wie all die vielen vergessenen Erinnerungen in meinem Kopf. Als könnte er acht Jahre überbrücken und mich in die Zeit des Scherbenpalastes zurückbringen. Als könnte er mir etwas zurückgeben, das ich vor langer Zeit verloren hatte.

Kapitel 10

Nathan ging noch mal hinaus, um meine Schwimmweste zu holen, doch das Wasser hatte sie von Bord gespült. Er gab mir seine und zurrte und knotete sie so fest, dass ich sie nicht mehr alleine aufbekam. »Auch nicht in Trance«, neckte er mich und schüttelte noch einmal völlig entgeistert den Kopf. »Über diese Sache reden wir später noch.«

Ich wusste nicht, wie ich ihm alles vernünftig erklären konnte, da ich es selbst kaum verstand. Wieso hatte ich Mom überhaupt gesehen? Das letzte Mal lag Jahre zurück. War es meine Furcht gewesen?

Als wir die Treppe zur Brücke hinaufstiegen, lief Nathan hinter mir, damit ich nicht stürzte. Im Kontrollraum setzte ich mich schließlich komplett durchnässt auf meinen Notsitz, zog die Beine an und stellte die Füße auf die Sitzfläche. Alle sahen mich seltsam an, sagten aber nichts.

Ich stand komplett neben mir. Wegen Mom und wegen Nathan. Immer noch spürte ich seinen Kuss auf den Lippen, meinen ersten wirklichen Kuss. Ich hatte ihn mir anders vorgestellt. Und auch wenn meine Gedanken nur selten um dieses Thema gekreist waren, hatte ich mir diesen Moment in Pastellfarben ausgemalt. Jetzt war da ein Bild voller Chaos und Dunkelheit, voller Zorn und Wildheit. Voller Sturm. Und doch liebte ich dieses Bild.

Immer wieder sah ich zu Nathan, und hin und wieder fing er meinen Blick auf. Dann lächelte er so leicht, dass ich mir einbildete, keiner der anderen könnte es sehen, nur ich.

Allerdings wurden meine Gefühle schnell von der Angst zu Kentern verdrängt. Der Wind drehte. Das Unwetter änderte den Kurs, und aus den heftigen Böen und der hohen See entfesselte sich in der nächsten Stunde ein gewaltiger Sturm. Niemand sprach mehr von Sturmausläufern, wir waren mitten im Hexenkessel.

Ich brauchte den Eimer, übergab mich, bis ich nichts mehr im Magen hatte, und sah anschließend, zusammengekauert in meiner Ecke, hinaus.

Die Wellen wuchsen zu Bergen empor, und der Wind heulte über das Hauptdeck, als würde Gott auf einer riesigen Panflöte spielen. Der Regen prasselte vom Himmel wie ein Wasserfall. Dazu klapperten die Schranktüren in dem wenigen Spielraum, den sie durch Trojas Kabelbinder hatten; Geschirr, Werkzeuge und tausend andere Dinge schepperten von einer Seite zur anderen. Es war gespenstisch. Die Agamemnon kam mir auf einmal vor wie eine winzige Nussschale, willkürlich hin und her geworfen von der Wut des Meers.

Ich schaute zu Nathan, doch in seinem Blick lag nur noch Konzentration. Seit Minuten waren die Wellen durch die sprühende Gischt kaum noch zu sehen. Alles war weiß wie ein blindes Auge.

Ich schüttelte gerade meine Hand von dem krampfhaften Festklammern aus, als ein heftiger Schlag durch den Kutter lief. Hart fiel ich von meinem Sitz auf die Knie und brauchte eine Weile, um zu begreifen, dass uns eine Welle von der Seite getroffen hatte.

Es gab ein Durcheinander auf der Brücke; Sparta war ebenfalls gestürzt, die anderen klammerten sich an Pulte und Holme.

»Wasser über Deck und Luken!«, hörte ich Nathan schreien.

Ich zog mich am Notsitz auf die Beine und starrte hinaus. Meine Furcht wuchs sich zu einer Panik aus, die auf reines Überleben ausgerichtet war. Durch die Gischt sah ich sie: Das waren keine Wellen, das waren Brecher. Hoch wie Häuser kamen sie mir vor, viel höher als der Kutter. Ich klammerte mich an einen Holm. Der Agamemnon kippte seitlich, stieg schräg empor, und für Sekunden sah ich nur eine dunkelgraue Wand aus Wasser. Nur Wasser. Nur Wasser. Eine aufsteigende Monsterwelle. Der rostige Stahl ächzte, und plötzlich schwebten wir auf dem Kamm, schwerelos im Himmel, bevor der Kutter wie bei einer Achterbahnfahrt hinabstürzte und mit der Breitseite in das Wellental klatschte. Ich wurde von den Beinen gerissen und gegen Pan geschleudert, der mir am nächsten stand.

»Setz dich hin!«, brüllte er mich an, aber diesmal klang es nicht böse, sondern nur angsterfüllt.

Aus einer gefährlichen Lage schien eine lebensbedrohliche geworden zu sein. Diese Wellen waren zu hoch für den kleinen Kutter, kamen von allen Seiten. Mit rasendem Herzen krabbelte ich an die Wand zurück und hielt mich mit beiden Händen an dem Holm fest. Mein Blick fiel auf Nathan. Ich sah ihn schräg von der Seite. Er sah aus, als kämpfte er mit der See. Eigentlich sah er immer so aus, als kämpfte er mit irgendetwas.

»Dreh dich!«, hörte ich ihn fast beschwörend vor sich hin sprechen. Ich nahm an, er meinte den Kutter. Von Dad wusste ich, dass ein Boot von seitlichen Wellen umgeworfen werden konnte, daher musste der Bug senkrecht zu den Wellen stehen. Wellen abreiten nannte man es.

Ich kam nicht dazu, mir weiter darüber Gedanken zu machen, denn ein neuer Schlag erschütterte den Rumpf. Ich ging auf die Knie und sah durch die Frontscheibe, da knallte der Bug abermals schräg auf die See. Gischt und Wasser spülten über das Glas, und sekundenlang waren wir wie meeresblind.

»Scheiße!«, schrie der Typ mit dem Windhundgesicht von irgendwo her. »Dreh dich, verdammt!« Alle riefen plötzlich durcheinander. Sparta übergab sich in den Eimer, der mir davongerollt war, und Pan bekreuzigte sich mit furchtvoller Miene. Es war, als wäre plötzlich der Tod mit im Raum. Der Bug sank tiefer, als ich es für möglich gehalten hatte. Wasser flutete über Deck, Bojen, Kräne und Netze. Ich hielt den Atem an und blickte wie betäubt auf die weiße Wand vor uns. Eine tosende Mischung aus Wasser, Gischt und Wind. Doch etwas war anders als zuvor. Etwas quietschte, knarzte, als würde der Kutter auseinanderbersten und uns die

Nägel wie Geschosse um die Ohren fliegen. Ein dunkles Gefühl zitterte wie eine Vorahnung in meinem Bauch. Ich zwinkerte, dann sah ich es. Etwas Fliegendes, Gelbes.

»Vorsicht, runter!«, rief ich, duckte mich, und im nächsten Augenblick krachte das fliegende Teil mit voller Wucht gegen die Scheibe der Brücke. Glas splitterte, ein kollektiver Schrei fluktuierte über Pulte und Apparaturen. Als ich aufsah, ragte der Kopf eines Fischerei-Krans durch die Frontscheibe, genau dort, wo Nathan eben noch gestanden hatte. Er kniete auf dem Boden und starrte mir in die Augen, wirkte vor Schock wie benommen.

Auch alle anderen blickten stumm in meine Richtung. Taurus war auf allen vieren und zog sich einen Glassplitter aus der Hand, gerade bevor die nächsten Schläge wie Bolzen auf den Schiffsrumpf hämmerten.

Ich wusste nicht mehr, wo oben und unten war. Ich rutschte herum, schlug irgendwo gegen und spürte schlagartig ein Gewicht auf mir, schwer und regennass. »Bleib liegen!«, rief Nathan, während sich ein Schwall Wasser durch die gesprungene Scheibe ergoss und über uns hinwegspülte. Er drückte meinen Kopf auf den Boden, presste seinen daneben, bevor die nächste Riesenwelle über die Agamemnon hereinbrach.

»Liegen bleiben. Alle«, herrschte Nathan in den Raum und sprang selbst auf. »Pan, bleib bei ihr!«

Keine Ahnung, was er tat, da gab es einen weiteren Schlag, und plötzlich war Pan halb über mir, drückte mich mit seinem massigen Körper auf den Boden.

Mir war so schwindelig vor Angst, dass es mich nicht einmal störte. Eimer und Werkzeuge rutschten über den Boden, als hätten wir Schlagseite. Niemand sprach. Niemand schrie. Ich versuchte, mich irgendwo festzuklammern, aber ich fand nichts, allein Pan hielt mich am Boden.

Beim nächsten Krachen hörte der Motor auf zu röhren. Das Licht erlosch.

Die plötzliche Dunkelheit machte mich noch panischer; und obwohl das Meer immer noch tobte und der Regen prasselte, kam es mir vor, als wäre es unwirklich still.

»Die Maschinen sind ausgefallen!«, hörte ich Delphi von irgendwoher rufen, und es klang furchtbar laut in meinen Ohren.

Zitternd hob ich den Kopf, um nach Nathan zu schauen, entdeckte ihn aber nicht. Dafür sah ich Sparta am Steuer, direkt bei dem Kranteil, das die Scheibe zerschmettert hatte. »Dieser elende Narr!«, rief er aufgebracht. »Muss unbedingt den Helden spielen.«

Pan ging über mir auf die Knie, doch er schwankte bedrohlich. »Nathan an Strecktauen hangeln über Bug! Ohne Weste!«

»Was?« Mein Herz machte einen erschreckten Satz.

Taurus, der neben uns kniete, spuckte Blut in das Wasser, das über den Boden spülte. »Der bringt sich noch um. Und dann sind wir alle am Arsch, meine Fresse!«

Hastig stützte ich mich auf die Arme, wollte ebenfalls hochkommen, doch Pan drückte mich runter. »Du unten bleiben. Ich aufpassen muss!«

»Was ist mit Nathan?«, schrie ich. Der Bug sank, und eine Ladung Gischt zischte durch die Scheibe, gefolgt von einem ohrenbetäubenden Krachen. Holz splitterte irgendwo, und Pan warf sich über mich. Sein Gewicht presste mir die Luft aus den Lungen, und für Sekunden erschien mir die Dunkelheit wie der Bauch eines Wals, der uns verschluckt hatte.

Bitte, lass Nathan nichts passieren!, dachte ich, und als wäre mein Gebet erhört worden, flog die Tür auf und Nathan wurde auf die Brücke katapultiert, als hätte ihn der Ozean ausgespuckt.

Wasser floss aus seinem rabenschwarzen Haar und aus seiner klatschnassen Kleidung. Er musste sich ebenfalls verletzt haben, denn ein Schwall Blut rann ihm vom Haaransatz über die Schläfe. »Das Rettungsboot ist durch einen Kran komplett demoliert worden«, sagte er finster, trotzdem wäre ich ihm am liebsten um den Hals gefallen, einfach, weil er wieder da war.

»Du solltest eine Schwimmweste anziehen, wenn du noch mal da draußen herumturnst«, hörte ich Sparta jetzt verärgert sagen. Pan richtete sich halb über mir auf, sodass ich zumindest wieder etwas sehen konnte. Nathan wankte zum Steuer, das Sparta hielt. »Wir haben keine mehr«, sagte er knapp.

Sparta übergab ihm das Ruder. »Wo ist deine?«

»Hat Willa an. Ihre ist über Bord gegangen.«

Sparta sah mich vernichtend an, ersparte mir aber jeglichen Kommentar und zog seine Schwimmweste aus. »Nimm meine.«

»Nein.« Nathan kontrollierte etwas auf einem Pult.

»Komm schon! Du weißt …«

»Nein!« Jetzt sah Nathan auf und musterte Sparta dunkel. »Du weißt, ich will nichts davon hören. Zieh sie wieder an! Zieh dieses gottverdammte Ding einfach wieder an, verstanden?«

»Aber …«

»Kein Aber. Wir haben jetzt eine zu wenig, doch ich habe das Kommando. Und ich sage, du ziehst sie wieder an!«

Sparta war aschfahl geworden, seine Dreadlocks hingen wie mit Wasser vollgesogene Wolle um seinen Kopf, aber er streifte sich fluchend die Weste wieder über.

Ich rieb mir fröstelnd über die Arme. Die neue Erinnerung schwirrte durch meinen Kopf.

Wo sind die Schwimmwesten? Wo ist der Feuerlöscher?

Ich kann nicht schwimmen. Und Willa auch nicht.

Der Wind pfiff jetzt so laut wie ein Teekessel durch die kaputte Frontscheibe. Ich klammerte mich wieder an dem Holm fest, zu dem ich gerobbt war. Mom hatte geweint. Ich musste die Bilder zurückdrängen, ich hatte jetzt keine Zeit dafür, nur eines war mir klar geworden. Ich hatte nicht ohne Grund alles vergessen. Es hörte sich heldenhaft an, wenn Dad erzählte, Mom hätte sich für mich geopfert und sie hätte es auch so gewollt. Doch war es tatsächlich so gewesen oder sagte er es nur, um mich zu beruhigen? Vielleicht hätte Mom nur so entschieden, wenn sie wirklich in Ruhe darüber hätte nachdenken können. Wenn man sie morgens gefragt hätte. So war sie voller Furcht gewesen. Panisch und verzweifelt. Sie hatte gewusst, sie würde sterben.

Und ich – ich hatte nach Dad geschrien!

Dad! Mit klopfendem Herzen sah ich hinaus. Das Meer schien auf einmal ruhiger, so als wäre es seinen größten Zorn losgeworden. Wir standen auch wieder senkrecht zu den Wellenkämmen. Vielleicht war das Schlimmste ja bereits überstanden.

Ich betrachtete die Männer, doch sie wirkten immer noch unruhig. Sparta hatte allen den Rücken gekehrt und sah hinaus. Nathan stand an einem Kasten mit schwarzen Hebeln neben dem Steuer; der Typ mit dem Windhundgesicht und Troja versuchten, eine herausgerissene Verschalung wieder anzubringen; Taurus, Delphi und Pan hantierten an dem verkeilten Kopf des Krans herum, während der Rest der Mannschaft auf die Brücke kam. Entweder hatten sie nicht gewusst, dass ich hier war, oder es war ihnen egal. Es waren eine Handvoll Männer in blauen Overalls, und alle trugen eine orangerote Schwimmweste.

»Die meisten Fenster im Unterdeck sind eingedrückt«, meldete einer von ihnen, der mich an einen Hobbit erinnerte. »Wasser in allen Gängen und Kammern.«

»Fuck!« Nathan drehte sich zu dem Sprecher um. »Wie hoch?«

»Knietief.«

»Knietief?« Taurus sah auf den Scheitel des Kleineren. »Bei dir vielleicht.«

Jemand schnaubte. Von irgendwoher funkten Blitze aus einer abgerissenen Leitung.

Nathan ging darauf zu und betrachtete das Kabel. »Wir müssen die Elektrizität abstellen, bis wir die Leitungen repariert haben. Und zwar komplett.«

»Wenn wir das machen, können wir die Pumpen nicht anschalten«, warf der mit dem Windhundgesicht und den Zaubertricks ein. »Und die Pumpen brauchen wir für das Wasser.«

»Wenn wir die Elektrizität nicht abstellen, haben wir vielleicht gleich ein nettes kleines Feuer auf der Agamemnon. Dann kannst du ja mal deine Flügel aufspannen, Ikarus.«

Ich wollte mir den Namen Ikarus für den Windhundtyp merken, aber ich hörte nur Feuer. Der schwarze Nebelmann zwängte sich in meine Gedanken, doch zum Glück riss mich jemand aus dem beginnenden Kopfkino.

»Boss«, rief ein winziger Kerl mit dunklem Topfschnitt, der eben atemlos zur Tür hereinkam und so wie der Hobbit fast in seiner Schwimmweste ertrank. »Ilias ist verletzt.« Das Ilias sprach er aus wie das berühmte Epos von Homer.

Pan sprang bestürzt auf.

Nathan sah von ihm zu dem Kleineren. »Was ist passiert?«

»Sein Rücken … ein Schrank ist aus der Verankerung gerissen und auf ihn gekippt, er kann sich kaum noch rühren.«

»Okay.« Eine grimmige Entschlossenheit zeichnete sich auf Nathans Gesicht ab. »Wir haben nicht viel Zeit. Ihr«, er nickte zu den Hobbits, »kümmert euch um Ilias. Ihr anderen: Schöpft das Wasser mit Eimern raus! Troja, du stellst den Strom auf dem gesamten Kutter ab.«

Er erteilte weitere Befehle, unterdessen schnappte ich mir wie selbstverständlich den Eimer, der mittlerweile nach vorne gerollt war. Er stank bestialisch, und ich ließ einfach nur Wasser hineinlaufen, um ihn auszuspülen.

»Was machst du jetzt schon wieder?«, fragte Nathan irritiert.

»Helfen. Du hast gesagt, wir sollen Wasser schöpfen.«

Er starrte mich befremdlich an, doch dann nickte er matt. Offenbar hatte er kein Problem damit, dass ich als Crewmitglied agierte, also stiefelte ich Pan hinterher.

»Ich bei Ilias sein sollte, keine andere«, knurrte er vor sich hin. Dann drehte er sich zu mir um. »Wir in Auge des Sturms. Du beten, dass nicht noch mal von vorn alles geht los.«

Mein Magen schien sich von innen nach außen zu stülpen. »Ich dachte, das Schlimmste wäre vorbei«, sagte ich konfus, was mir nur ein Kopfschütteln von Pan einbrachte.

In dem Gang, in dem auch meine Zelle lag, suchte ich mir einen Platz zwischen den Männern, die von drinnen nach draußen eine Arbeitskette bildeten. Eimer für Eimer gab ich weiter. Ich war aufgepeitscht von dem vielen Adrenalin und hatte keinen klaren Gedanken im Kopf. Alles tat mir weh, aber ich beklagte mich nicht; nicht über meine schmerzenden eisigen Finger, nicht über meine tauben Füße, nicht über meine Erschöpfung. Ich dachte nicht einmal mehr an zuhause. Etwas später erlosch auch in diesem Gang das Licht, kurz darauf erschien Troja mit einer Taschenlampe zwischen den Zähnen und half uns beim Abschöpfen. Es war unheimlich und dunkel, die Schatten der Männer tanzten im Schein des schwachen Lichtkegels über die Wände. Es war viel zu still. Niemand sprach, nur hin und wieder erteilte Troja einen knappen

Befehl. Offenbar hatte er das Sagen, wenn Nathan nicht anwesend war. Das wunderte mich, aber es blieb keine Zeit, darüber nachzudenken. Ich hatte etwas zu tun, und die Beschäftigung hielt die Angst in Schach.

Irgendwann trugen die Hobbits eine halbwegs trockene Matratze an uns vorbei. Danach holten sie Pan und Taurus, damit sie Ilias nach oben halfen. Genau wie Pan war Ilias riesig, und als Troja ihn mit der Taschenlampe anstrahlte, um zu schauen, wie es ihm ging, schrak ich regelrecht zurück. Es war, als würde ich Pan, der neben mir stand, im Spiegel sehen. Sie sahen absolut identisch aus, von den Medusa-Locken über das Grübchen im markanten Kinn bis hin zu dem Leberfleck auf ihrer linken Wange. Innerlich stöhnte ich auf. Wieso musste ausgerechnet dieser Koloss von Pan einen Zwillingsbruder haben? Warum nicht Troja, Ikarus oder Delphi? Die waren wenigstens von Anfang an nett zu mir gewesen.

Ilias gequältes Stöhnen riss mich aus den Gedanken, und Sparta angelte einen Flachmann aus seiner Regenjacke.

»Cognac … hilft gegen Schmerzen«, sagte er nur, und Pan flößte Ilias den Alkohol schlückchenweise ein.

Ich stand stumm dabei, das Wasser mittlerweile nur noch bis zu den Knöcheln. Niemand blickte mich heute hasserfüllt an, aber es sprach auch keiner mit mir. Dennoch war es ein Fortschritt, falls wir je heil aus diesem Sturm herauskämen. Es ging mir nicht darum, mich mit meinen Geiselnehmern zu verbrüdern, trotzdem wäre es ein Vorteil, wenn mich diese Männer mochten – oder zumindest nicht länger hassten. Vor allem, da Isaac irgendwann an Bord kommen wollte und ich nicht wusste, was er vorhatte. Es wäre gut, Fürsprecher zu haben.

Wir schöpften weiter, bis das Schaukeln zu stark wurde, und ich taumelte, gefolgt von Pan und Troja, zurück auf die Brücke.

Der Sturm nahm wieder zu, doch die Agamemnon war angeschlagen, voller Wasser und hatte immer noch Schräglage. Obwohl der Motor durch das Notstromaggregat wieder lief, kam der Kutter kaum gegen die Berge von Monsterwellen an. Immer wieder schlugen Brecher auf den Rumpf und drückten die Agamemnon tiefer in die See. Immer tiefer.

Pan sah mit schreckgeweiteten Augen hinaus, während er bei Ilias auf der Matratze saß und ihn festhielt. Ich hockte zusammengekauert auf meinem Platz und dachte nur noch daran, dass ich das hier überleben wollte. Mehr nicht. Dann würde ich nie wieder in meinem ganzen Leben um etwas bitten!

Es war dunkel, das Schiff wurde in der Finsternis hin und her geschüttelt, und alles, was ich noch hörte, war das Schreien des Windes. Das dunkle Brüllen des Meeres und das Knallen der Brecher gegen den Rumpf, die mit uns russisches Roulette spielten. Bei jeder Welle fürchtete ich, der Kutter würde einfach entzweibrechen, doch irgendwann, irgendwann nach Stunden und einem schwach schimmernden Dämmerungsgrau am Himmel, ließ der Wind nach.

Ich war so erleichtert, dass mir die Tränen über das Gesicht liefen, doch niemand spottete über mich. Nathan ging an mir vorbei, und seine Lippen formten ein lautloses »Danke«, Troja rubbelte sich mit beiden Händen über die nassen strähnigen Haare, grinste mich an, und Pan schlug mir auf den Hinterkopf, knurrte etwas und nickte mir zu. In seiner Heimat bedeutete das vielleicht: *Nicht schlecht, Prinsessa.* Keine Ahnung.

Nathan kündigte für die nächsten eineinhalb Tage Reparaturarbeiten an; so lange würden wir ankern. Der Himmel war wie ausgewechselt, azurblau, und die Sonne knallte mit sicher über dreißig Grad auf das Hauptdeck, während die Männer teils mit freiem Oberkörper Wasser schöpften, abgeklemmte Kabel isolierten und flickten, Schränke und Kommoden neu verankerten und Plexiglasplatten provisorisch mit Tape ausbesserten. Delphi nähte behelfsmäßig Platzwunden und gab durchnässtes Verbandsmaterial aus. Nachmittags, als alle Leitungen und elektronischen Anlagen repariert und überprüft waren, liefen die Maschinen wieder rund. Nathan schaltete die Pumpen ein, und die Agamemnon verlor ihre Schlagseite. Ich sammelte zerbrochenes Geschirr auf, das trotz aller Vorsichtsmaßnahmen aus einem unteren Schrank gepurzelt war, half beim Wassertragen und assistierte Troja bei kleineren Reparaturen und später beim Kochen.

Immer wieder begegneten mir tagsüber die Männer auf den Fluren, einzeln oder in Gruppen, aber sie ließen mich in Ruhe, einer der Hobbits lächelte mir sogar zu, ebenso Kastor. Womöglich hatte ihnen jemand von dem Kran erzählt, der Nathan beinahe erwischt hätte, oder sie waren einfach nur zu erschöpft, um mich zu piesacken.

Nur Sparta, Taurus und Ilias sahen mich nach wie vor so an, als hätte ich die Pest an Bord gebracht.

Okay, Taurus wirkte weniger grimmig als die Tage zuvor, dafür schlug mir Ilias das Wasserglas aus der Hand, das ich ihm zusammen mit Pan einflößen wollte. Und Sparta und Mykonos, der Typ mit dem Militärkurzhaarschnitt und der schwammigen Haut, schubsten mich zweimal wie aus Versehen gegen die Wand, als ich an ihnen vorbeilief. Danach hütete ich mich davor, ihnen alleine zu begegnen, was bei Sparta einfacher war als bei Mykonos, da ich seinen Kampfergeruch auf zehn Meter Entfernung roch.

Ich verzog mich vorsichtshalber in den Vorratsraum neben der Küche. Hier hatte der Sturm zwei Regale aus den Angeln gehoben, doch niemand hatte Zeit, sie anzuschrauben, andere Dinge waren wichtiger. Also zwängte ich die verbeulten Dosen in die unbeschädigten Regale, wobei ich gleich mehrere Büchsen Dosenpfirsiche aß. Mit den Fingern. Ein Unding, da Dad immer so viel Wert auf gutes Benehmen gelegt hatte. Heute war mir das egal. Ich hatte einen Orkan auf dem Atlantik überlebt, meine lackierten Nägel waren abgebrochen und schwarz verkrustet, ich hatte Blasen an den Fingern, überall blaue Flecke und einen Höllen-Muskelkater in den Armen – es spielte keine Rolle.

Anschließend aß ich noch sechs Scheiben Toastbrot aus der Tüte und war nach langer Zeit wieder einmal richtig satt, da der Zwieback vom letzten Morgen nicht allzu lang in meinem Magen geblieben war.

Als es Abend wurde, fiel mir die Stille auf. Den ganzen Tag hatte mein Kopf von all dem Hämmern und Klopfen auf der Agamemnon gepocht, doch nun waren die Geräusche verstummt.

Mit einer Dose eingelegtem Kürbis in der Hand blickte ich aus dem Fenster aufs Hauptdeck am Bug.

Alle waren fort.

Etwas daran machte mich schlagartig nervös. Die Ruhe kam mir vor wie das Auge des Sturms, in dem wir uns noch vor wenigen Stunden befunden hatten; als könnte gleich etwas Schreckliches passieren. Ich quetschte die Kürbis-Dose ins Regal und betrat den Gang, aber auch hier war keine Menschenseele. Ich lauschte. Nichts. Ich hörte nicht einmal ein unterdrücktes Gemurmel.

Im Inneren des Brückenturms stieg ich ein Stockwerk höher, doch die Brücke war abgeschlossen, und auch auf mein Anklopfen und mein gedämpftes »Hallo?« reagierte niemand.

Ich wusste, was das bedeuten konnte. Sicher besprachen sie etwas, und ich hoffte inständig, dass es nichts mit mir, sondern mit dem Kutter zu tun hatte. Langsam stiefelte ich die Treppe wieder hinunter. Als ich die letzte Stufe nahm, ging die Tür zum Heck auf und Troja kam herein. Seine Lider waren geschwollen, er sah übermüdet aus, so wie wir alle, aber im Gegensatz zu sonst lag Unbehagen auf seinen stets gut gelaunten Zügen. »Ich soll dich zu Nathan bringen«, sagte er knapp.

Sofort wurde mir flau. »Wieso?«

»Frag nicht, komm einfach mit.« Er fasste mich am Arm. Das war komisch. Hatten sich die Spielregeln an Bord wieder um hundertachtzig Grad gedreht?

»Du musst mich nicht festhalten, als gäbe es hier eine echte Fluchtmöglichkeit«, sagte ich, als er die Tür öffnete und mich ins Freie zog.

Er antwortete nicht, ließ mich jedoch los. Für einen Moment blickte ich auf die Sonne, die tief und golden über einem schmalen Streifen Land hing, als wäre sie dem Himmel zu schwer geworden. Ich blinzelte. War das dort tatsächlich Festland oder war es Eis? Wo waren wir? Ich sah mich um. Möwen kreischten in der orangeroten Abenddämmerung.

Wie aus weiter Entfernung hörte ich Dad sagen: *»Sieh mal, dort hinten, Willa. Wo die Vögel sind, sind auch die Fische. Und wo die Fische* *sind, sind vielleicht Delphine. Vielleicht sehen wir ein paar Delphinbabys.«*

Es konnte kein Eis sein. Delphine mochten lieber tropische Gewässer und nicht das Polarmeer. Außerdem hatte Nathan neulich selbst angedeutet, dass wir nicht weit vom Land entfernt waren.

Troja dirigierte mich weiter, bis ich um den Vorbau trat und die Mannschaft sah. Es war grotesk. Die Männer bildeten, vielleicht unbewusst, eine Art Spalier, an dessen Ende Nathan stand.

Als er mich entdeckte, kam er durch diese Gasse auf mich zu. Seine Miene war undeutbar und seine Schritte mechanisch. In seinen dunklen Klamotten wirkte er unnahbar und kühl, gar nicht wie der Nathan, der mich vor einem Tag geküsst hatte. Oder war das schon länger her?

Mein Nacken kribbelte vor aufsteigender Panik. Ich versuchte, die Stimmung der Männer zu erfassen, aber meine Sinne spielten verrückt. »Was ist …« Der Rest meiner Frage blieb mir im Hals stecken, denn ich entdeckte das Handy in Nathans Hand.

»Isaac«, sagte er und drückte mir das Telefon in die Hand. »Er will dich sprechen.« Er sagte es neutral, fast unpersönlich, als ginge ihn das nichts an, doch in seinen Augen erhaschte ich etwas, das mich zittern ließ: Angst.

Wieso hat er Angst? Wovor?

Mein Herz raste. In den Tagen des Sturms hatte ich Isaac vollkommen ausgeblendet, jetzt warf mich die Erinnerung an ihn fast um. Mit bebenden Händen fasste ich das Telefon und presste es ans Ohr.

»Guten Abend, kleine Lady.«

Kapitel 11

Die verstörende Vertrautheit sickerte aus Isaacs Stimme direkt in meine Adern. Für Sekunden brachte ich keinen Ton hervor.

»Willst du mich nicht auch begrüßen, Willa Nevaeh Rae?«

Ich blickte zu Nathan, der ihn aber nicht hören konnte.

Aus dem Augenwinkel sah ich die Männer näher kommen. Was hatte Isaac ihnen befohlen? Mich zu töten, weil ich ihre Gesichter gesehen hatte? Hatte Nathan ihm das überhaupt verraten?

Ich schaute von einem zum anderen, und mein Blick blieb an Nathan hängen, während Isaac weiterredete. »Du kannst dich glücklich schätzen, dass ihr den Sturm heil überstanden habt. Ehrlich gesagt hat er uns alle kalt erwischt. Die Prognosen hatten keinen so heftigen Orkan vorausgesagt. Aber dir ist ja nichts geschehen, du bist ein richtiges Glückskind, was? Hast mit allem in deinem Leben Glück; mit deinem Dad, mit seinen Milliarden, deinem Püppchengesicht. Als hätte Fortuna ihr Füllhorn nur über dir ausgeschüttet. Bloß das mit deiner Mom ist ein bisschen schiefgelaufen.« Meine Finger krampften sich um den Apparat, so wie auf Staten Island, als ich allein am Straßenrand gestanden hatte. Sagen konnte ich nichts, aber das brauchte ich auch nicht, da Isaac erneut weitersprach. »Ich habe heute eine gute und eine schlechte Nachricht für dich. Welche willst du zuerst hören?«

Obwohl ich Nathan ansah und er dicht bei mir stand, war sein

Gesicht nicht mehr als eine verschwommene Fläche. »Keine«, sagte ich und versuchte ablehnend zu klingen.

Isaac lachte erheitert. »Ich beginne mit der schlechten. Das ist psychologisch betrachtet sinnvoller, und wir wollen ja, dass du noch ein wenig durchhältst.« Es gab eine Kunstpause, als wollte er meine Furcht bis ins Unermessliche steigern. »Hörst du mir noch zu, kleine Lady?«

»Ja.« In meinem Geist erschien er mir wie ein Psychopath, stark, kalt und mit den mitleidlosen Zügen eines Colonels, der mit krankhafter Leidenschaft Kriegsgefangene folterte. »Ich fürchte, du wirst länger unser Gast sein als gedacht«, sagte er dann.

»Was?« Nur mit Mühe unterdrückte ich den Würgereflex, damit mir nicht die Dosenpfirsiche und das Toastbrot hochkamen.

»Neun Tage sind um, und dein über alles geliebter Daddy ist nicht bereit, auf unsere Forderungen einzugehen.«

Ich spürte, wie ich erbleichte. »Das … das kann nicht sein«, stammelte ich. Mein Kopf war plötzlich komplett leer.

»Er bat um … warte … wie hat er sich ausgedrückt … Bedenkzeit.«

Es fühlte sich an, als hätte mir Isaac mit beiden Fäusten in den Magen geboxt. Mein Sichtfeld zog sich zusammen wie eine Kameralinse, rings herum flackerten rote Sterne. Dad hatte um Bedenkzeit gebeten? Er war nicht sofort auf alle Forderungen eingegangen? »Das ist nicht wahr«, flüsterte ich erstickt. »Mein Dad würde alles tun, um mich freizukaufen. *Alles.*« Er hatte Mom für mich geopfert. Ich war sein … Ein und Alles. Sein Tag und seine Nacht. Keine Ahnung, wieso ich gerade auf diese Formulierung kam.

»Ich denke, du schätzt deinen Wert für ihn womöglich höher ein, als er ist.« Isaac klang, als würde ihm jedes Wort auf der Zunge zergehen. »Und du scheinst dich wie dein geliebter Daddy auch nicht an Regeln zu halten. Wie ich gehört habe, hast du dich den Anweisungen widersetzt.« *Oh nein!* Er wusste es. »Einer der Männer hat es mir aus dem Hintergrund zugerufen, als ich mit Nathan telefoniert habe.« Mir wurde heiß und kalt, aber er redete schon weiter, sodass ich keinen klaren Gedanken fassen konnte.

»Und jetzt kommt die gute Nachricht, kleine Lady. Auf diesen Schrecken muss doch etwas Positives folgen, nicht wahr?« Ich schluckte so hart, dass es wehtat. »Da sich dein Aufenthalt in unseren Kreisen verlängert und Nathan die Situation offenbar nicht richtig im Griff hat, werde ich mich deiner persönlich annehmen und früher als geplant an Bord kommen.« Ich stand da wie schockgefrostet. »So lernen wir uns kennen, und ich kann mir in Ruhe ein Bild der Lage machen. Und von dir. Also wenn das keine gute Nachricht ist …«

Es war die grauenvollste Nachricht überhaupt, und das wusste er. Einem niederen Trieb von ihm bereitete es offenbar eine diebische Freude, mich zu tyrannisieren, und ich wollte mir lieber nicht ausmalen, was er mit mir anstellte, wenn er erst hier war.

Vor meinem inneren Auge sah ich das Zimmer, in dem er Zeitungsartikel von mir und Dad an die Wände gepinnt hatte wie ein Serienkiller; wie er akribisch alle Fakten über mich gesammelt hatte … Dann fiel mir ein, dass dieses Zimmer nur in meiner Fantasie existierte, auch wenn Isaac auf eine kranke Art von mir besessen zu sein schien.

»Bist du noch dran, Willa Nevaeh Rae? Und diesmal möchte ich eine Antwort.«

»Ja«, versuchte ich fester zu sagen, als ich mich fühlte, aber es misslang. »Ich bin noch dran.«

»Gut. Denn du wirst Nathan und den anderen jetzt mitteilen, dass sich dein Vater unseren Forderungen verweigert.«

»Was?«

»Ich will es aus deinem Mund hören. Denk daran, dass deinem Vater immer noch jederzeit etwas zustoßen könnte.«

Seltsamerweise dachte ich an John F. Kennedy, den man auf offener Straße erschossen hatte. Ganz klar: Sicherheitspersonal und Kameras kamen nicht gegen die Obsession eines Wahnsinnigen an. Es gab für niemanden einen Schutz vor Männern wie Isaac, das wurde mir nun klar. Und es waren nicht nur Isaacs Worte, die mir Angst machten, sondern vor allem die Schwingung darin. Die Kälte. Der Hass bei all dieser Vertraulichkeit.

Ich sah Nathan an. Sein Blick ruhte auf mir und war voller

Sorge. Ich war so froh, dass nicht er Isaac das mit der Augenbinde verraten hatte. »Was ist los?«, fragte er leise.

»Ich habe eine Nachricht von Isaac für euch.« Ich blinzelte. »Mein Vater … er geht nicht auf eure Forderungen ein. Isaac hat keine Zusage von ihm.«

Nathans Miene versteinerte, er wirkte für Sekunden wie eine Figur aus Madame Tussauds Wachsfigurenkabinett, dann nahm er mir den Hörer ab, deutete auf mich und sagte eindringlich: »Du bleibst genau hier stehen.«

Mein Verstand konnte die Wahrheit immer noch nicht zusammensetzen, und für mehrere Herzschläge befand ich mich in einem Zeitraum des Stillstandes. Dad weigerte sich, die Forderungen zu erfüllen. Wieso? Er hatte Milliarden. Ich hätte mein Leben für seins gegeben. Selbst wenn er glaubte, die Dinge besser durch den Geheimdienst oder eine private Initiative lösen zu können, wusste er nicht, ob er mit seiner Weigerung nicht mein Leben aufs Spiel setzte. Und er wusste ja nicht mal, wie sie mich behandelten. Er konnte nicht wissen, ob sie mich folterten, schlugen oder missbrauchten. Er hatte doch auch die Fotos bekommen, auf denen ich mit Augenbinde und gefesselten Händen zu sehen gewesen war, oder nicht?

Oder konnte Dad die Forderungen einfach nicht erfüllen? Aber nein, Isaac hatte ganz klar gesagt, er wäre nicht bereit …

Für Sekunden starrte ich in den Himmel und hoffte irrsinnigerweise, ein Einsatzkommando der Spezialeinheit dort zu sehen, aber ich sah nur einen lachsfarbenen Schleier über der fast versunkenen Sonne. Nathan war ein paar Meter weitergegangen und sprach offenbar mit Isaac, während die anderen mich in ihre Mitte genommen hatten. So wie vor Tagen, als ich die Augenbinde abgenommen hatte. Spartas Augen glühten wie die eines Panthers bei Nacht. Erst jetzt sah ich, wie hager, fast ausgezehrt er tatsächlich war, so als hätte er lange gehungert und wollte mich nun zum Abendessen verschlingen.

Taurus hatte die Arme abweisend vor der Brust verschränkt. Ilias, der noch etwas krumm neben Pan stand, ebenfalls. Und Troja konnte mich nicht anschauen.

Ich begriff. Mein Wert hier an Bord war schlagartig gesunken, und ich spürte noch ein anderes Gefühl in mir. Scham. Weil ich Dad nicht genug wert war. Und sie alle wussten das nun auch. *Ich bin Dad nicht genug wert!*

Mit Tränen in den Augen blickte ich zu Boden. Isaac würde an Bord kommen, ich hatte selbst gesehen, wie nahe wir am Festland waren. Womöglich würde er mich erneut fesseln und mir die Augen verbinden lassen, damit ich ihn nicht zu Gesicht bekam. Und vielleicht würde er noch viele andere schreckliche Dinge mit mir anstellen.

»Willa.« Mein Name aus Nathans Mund ließ mich wieder aufsehen. »Was hat Isaac zu dir gesagt?« Er hatte sich in den Kreis zwischen Pan und Troja gestellt.

»Das weißt du doch.« Ich konnte ihm schlecht erzählen, welche dunkle Vorahnung mich überfiel, wenn ich an diesen Drahtzieher an Land dachte. Außerdem kannte er Isaac ja besser als ich und musste wissen, wie er tickte. »Mein Dad will nicht zahlen.« Ich klang bitter. »Wie viel fordert ihr?«

Nathan schwieg, als wüsste er nicht, ob er es mir verraten sollte.

Urplötzlich fiel mir etwas ein. Etwas, das mir noch nie in den Sinn gekommen war, wobei es doch das Naheliegendste überhaupt war. Wieso hatte ich noch nie daran gedacht?

Fahrig nestelte ich an meinem Zopf herum und fand das Armband mit dem festgeknoteten Hochkaräter. Gewaltsam zerrte ich es heraus und präsentierte den Ring auf meiner Handfläche.

»Ihr … ihr könnt ihn haben«, sagte ich stockend. »Es ist der Ehering meiner Mom. Er ist sicher eine halbe Million wert. Vielleicht sogar mehr.« Mehrere Männer holten scharf Luft. Ein ungläubiges Raunen ging durch die Runde. »Okay, ihr wolltet bestimmt viel mehr Geld, aber mit dem hier kann jeder von euch ein gutes Leben führen.« Bittend blickte ich Nathan an, der bestürzt zurücksah, einen dunklen, unruhigen Ausdruck in dem bleichen Gesicht. »Ihr seid dreizehn Mann, mit Isaac vierzehn. Das sind … das sind über siebzigtausend für jeden. Das ist besser, als wenn ihr am Ende nichts bekommt oder verhaftet werdet. Denn je länger ihr mich hierbehaltet, desto riskanter wird es. Mein Vater hat bestimmt schon lange ein geheimes Sonderkommando auf euch angesetzt, eines, das ohne Wissen der Polizei ermittelt. Deshalb bezahlt er wahrscheinlich nicht. Er denkt, sie finden mich jede Sekunde, und ganz sicher haben sie bereits eine Spur. Womöglich sind es nicht mal Amerikaner, sondern Russen. Und er hat auch mehrere Privatarmeen an der syrischen Grenze. Söldner, die für Geld kämpfen und töten … aber das wisst ihr ja.« In Wahrheit glaubte ich nicht, dass Dad seine Armeen einfach abziehen konnte, aber das brauchten sie nicht zu wissen. »Vielleicht werden sie euch niemals ausliefern, sondern euch irgendwo einsperren und foltern. Weil ihr sein … sein Heiligtum angerührt habt. Ihr könnt mich heute an Land absetzen. Ich sage niemandem etwas. Ich verspreche es. Ihr könnt den Ring im Dark Net nach Europa verkaufen oder sonst wohin. Ich sage meinem Vater, ich hätte ihn verloren.«

»Eine Million«, murmelte Pan, dem ich gerade meine Hand hinhielt. »Für diese kleine Ding?«

Ilias neben ihm knurrte etwas, das ich nicht verstand, und Pan knurrte in der fremden Sprache zurück. Jetzt, wo sie nebeneinanderstanden, konnte ich sie nur durch Ilias' Schonhaltung auseinanderhalten. Und Ilias trug ein dunkelgrünes Bandana, im Gegensatz zu Pan.

»Er könnte euch gehören«, versuchte ich es noch einmal.

Nathan trat einen Schritt vor. »Das geht nicht. Behalte ihn.« Er schloss meine Finger, sodass der Ring mit dem Armband darin verborgen war. »Und ihr anderen lasst die Finger von ihm. Er ist genauso tabu für euch wie das Mädchen, verstanden? Denkt nicht mal dran!«

»Wieso?« Verwirrt blickte ich ihn an, und abermals lief ein Flüstern durch die Runde.

»Wir wollen kein Geld.«

Die Worte versetzten mir einen solchen Schock, dass ich einen Schritt zurücktaumelte. »Wie bitte?«, flüsterte ich entgeistert. »Was wollt ihr denn? Niemand entführt die Tochter eines Milliardärs und fordert kein Geld. Das gibt's nicht.«

»Das viele Geld deines Vaters bedeutet uns überhaupt nichts. Geld legt Menschen nur in Ketten«, behauptete Nathan jetzt frostig.

Ich verstand gar nichts mehr. Nathan am wenigsten. »Was wollt ihr denn sonst?« Ich sah von einem zum anderen, aber auf Nathan blieb mein Blick schließlich hängen.

Er verschränkte die Arme, als müsste er mich wieder auf Abstand halten, und in seinen schmalen Augen blitzte bitterer Stolz. »Wir wollen Gerechtigkeit.«

»Gerechtig...« Die Silben zerflossen auf meiner Zunge und waren fort. Das konnte nicht wahr sein. »Das stimmt nicht, du lügst!«

»Pass auf, was du sagst!«

»Lügner!«, schrie ich ihn an, aber im Grunde war ich nicht wütend auf ihn, sondern auf Dad.

Für einen Moment dachte ich, er würde mich ohrfeigen, doch er ballte stattdessen die Fäuste. Seine Nasenflügel bebten. »Dein Vater hat das Leben eines jeden hier zerstört. Aber wir wollen sein schmutziges Geld nicht. Wir wollen die Wahrheit. Wir wollen Wiedergutmachung.«

»Meint ihr mit Wiedergutmachung nicht etwas anderes?«, fragte ich heftig. »So etwas wie Rache?« Meine Finger zitterten, nein, ich zitterte! Vor Wut und Unverständnis, vor etwas, das ich nicht begriff.

»Nenn es, wie du willst«, sagte Nathan kühl wie am ersten Tag. »Aber hoffe nicht darauf, gerettet zu werden, Prinzessin. Hier findet dich niemand. Auch kein Sondereinsatzkommando und keine Privatarmee.« Sein Tonfall ließ keinen Zweifel zu.

Aus einem Impuls heraus stieß ich ihn weg und bahnte mir mit den Armen gewaltsam einen Weg aus der Menge, kletterte den Stieg hinab und hörte Troja »Soll ich sie zurückholen?« fragen.

Ich wartete Nathans Antwort nicht ab und lief den Gang entlang bis zu meiner alten Zelle. Der Schlüssel steckte wieder, also zog ich ihn heraus und schloss mich im Inneren ein. So konnte wenigstens niemand hereinkommen.

Für einen Augenblick stand ich da und betrachtete die weißen kahlen Wände und die Gitterstäbe, die mich einschlossen. Kälte umgab mich wie Packeis. Ich fühlte mich, als hätte Dad mir ein

Messer in den Rücken gerammt, auch wenn sicher eine kalkulierte Absicht hinter allem steckte.

Wir wollen die Wahrheit. Wir wollen Wiedergutmachung.

Wofür? Hatte Dad tatsächlich etwas getan, das ihnen geschadet hatte? Wenn es stimmte, musste es etwas Erhebliches sein, etwas richtig Schlimmes, sonst hätten sie mich nie entführt. Aber vielleicht irrten sie sich auch. Vielleicht logen sie. Dummerweise kamen mir Nathans Worte aber nicht wie eine Lüge vor. Und wenn, dann war es eine Lüge, die er selbst glaubte.

Müde ließ ich mich an der hintersten Wand zum Sitzen hinabrutschen. Mir war eiskalt; besser, ich hätte mir noch eine Decke mitgenommen. Fröstelnd zog ich den dicken Sweater über meine Oberschenkel und betrachtete den Ring in meiner Hand, den Rubin und die zu Brillanten geschliffenen Diamanten, die ihn großzügig einrahmten. Mein Herz wurde schwer, als ich an Mom dachte.

»Ich kann nicht schwimmen! Und Willa auch nicht!«

»Gib sie mir! Gib sie mir!«

»Daddy! Daddy! Daddy!«

Ich hielt den Rubin ins Licht, und ein Farbtupfer malte sich auf meine Finger wie damals im Scherbenpalast. Wer wies so viel Geld zurück, wenn er nichts hatte? Oder diskutierten sie gerade darüber, doch auf mein Angebot einzugehen? Nathan hatte schließlich selbst gesagt, dass das hier, die Agamemnon, der größte Luxus war, den er je gehabt hatte.

Ich lauschte, ob ich sie reden hörte, doch es war still. Wir ankerten noch, die Maschinen waren ausgeschaltet. Ich schloss die Finger um Band und Ring und presste die Faust an meine Stirn. *Lass sie den Ring nehmen!*

Womöglich stimmte alles, was Nathan sagte, aber Dad traf keine Schuld. Immer wieder wickelten seine Anwälte Verträge ab, ohne dass er den genauen Wortlaut kannte, dafür hatte er ja seine Angestellten. Und wieso machte Isaac so eine persönliche Sache daraus? Weil er sich irgendwie von Dad verraten fühlte?

So wie du jetzt?

Ich dachte an all die Male, als Dad nicht nur umjubelt, sondern auch angefeindet worden war. Er hatte mir ja selbst gesagt, Männer in seiner Position hätten Feinde, weil sie Einfluss auf Gesetze und die Presse hatten. Hatten Dads Geld, seine Macht und seine privaten Kontakte zum Weißen Haus dazu geführt, dass Gesetze verabschiedet worden waren, die diesen Männern geschadet hatten? Was meinte Nathan mit, *mein Dad hätte ihre Leben zerstört?* Das konnte nicht sein, Dad würde so etwas niemals absichtlich tun. Und ich ärgerte mich, dass ich überhaupt an Dad zweifelte, selbst wenn er nicht auf alle Forderungen einging. Ich meine, es war Dad, der mich immer getröstet und zum Lachen gebrachte hatte, wenn ich traurig gewesen war. Dad, der Mom für mich geopfert hatte.

Eine Erinnerung aus dem Penthouse kam mir in den Sinn, ein Moment, nachdem bei mir die schweren Allergien festgestellt worden waren und alle Ärzte selbst von einer Desensibilisierung abrieten. Unsere Köchin Ruth sortierte mit ihrem Personal vorsorglich alle Lebensmittel aus, die ich von nun an nicht mehr essen durfte. Ich weinte, weil der Berg an Leckereien, die mir ab jetzt verboten waren, immer größer wurde. Dad nahm mich in den Arm und drückte mich so fest, als wollte er mich nie wieder loslassen. »Wir müssen dankbar sein, dass du noch lebst, Willa-Maus. Du hättest sterben können! Und Ruth kann dir auch ohne Eier und Nüsse tolle Süßigkeiten zaubern, nicht wahr?« Unter Tränen hatte ich genickt, und Dad hatte gesagt: »Wir müssen ab jetzt gut aufpassen. Sieh es mal so: Das ist wie an Ostern. Man weiß nie, wo die Eier und Nüsse versteckt sind.« Und dann hatte er ein Spiel daraus gemacht: Wer die meisten Produkte mit Hühnereiweiß oder Nüssen fand, hatte gewonnen – und ich konnte wieder lachen. Mein Leben hatte sich trotzdem massiv verändert. Das Penthouse wurde meine Schutzburg, ich durfte nicht mehr zu meinen Freundinnen nach Hause, sondern alle mussten zu mir kommen. Im Grunde fing damit alles an. Meine Angst, jemand könnte mir heimlich Nüsse oder Hühnereiweiß unterjubeln, um Dad zu treffen. Meine Abgeschiedenheit von der Welt. Der Verlust meiner Kontakte – außer zu Penelope …

Ich knotete den Ring von dem Armband und streifte ihn mir über den Finger. Es war Dad, über den sie hier ihr Gift versprühten. Mein Dad, der sich oft zwischen dem Wohl vieler und dem Wohl einzelner entscheiden musste. Sie hatten mich entführt, um ihn zu erpressen. Sie waren die Bösen. Nicht Dad. Sie hatten mich in Angst und Schrecken versetzt, mich gefesselt und verspottet, als ich völlig hilflos gewesen war. Ich musste aufpassen, dass ich mich nicht auf das Gift einließ, das sie verbreiteten.

Ich lehnte mich an die kalte Wand und versuchte zu schlafen, als ich hörte, wie jemand die Luken oberhalb der beiden Treppen schloss. Nach dem letzten dumpfen Laut näherten sich schwere Schritte. Schnell stand ich auf und ging bis ganz nach vorne zum Gitter, aus Angst, es wäre vielleicht Isaac.

Aber es war Nathan. Diesmal konnte er nicht zu mir herein. Vor den Stäben blieb er stehen und musterte mich stumm. Irgendwann sagte er: »Du hast dich mit dem Ring befreit, nicht wahr?«

Ich nickte. Wenn Isaac erst mal an Bord kam, war sowieso alles zu spät für mich. Wenn schon die Mannschaft hier den Diamantring ablehnte, würde Isaac erst recht nicht darauf eingehen. Oder er würde ihn mir abnehmen und trotzdem seinen Plan weiterverfolgen. Nathan schien mir zu stolz dazu. Geld interessierte ihn wahrhaftig nicht.

»Du musst dich nicht in der Zelle einschließen«, sagte er schließlich und deutete auf den Schlüssel, den ich in der hintersten Ecke auf den Boden gelegt hatte. »Du könntest in einem Bett schlafen.«

»Ach ja? In welchem denn? In deinem?« Ich war wütend auf ihn, wütend, weil er falsche Dinge über meinen Vater behauptete. Wütend, weil er mich geküsst hatte und jetzt so tat, als wäre es nie geschehen. Wütend, weil er mir nicht gleichgültig war. Weil ich den Jungen nicht von seinem heutigen Ich trennen konnte.

Er erwiderte nichts, dafür öffnete er die Tür gegenüber, die in eine Kammer führte, und kam mit einer Decke und einem Kissen zurück. Beides legte er vor das Gitter. »Es wird kalt heute Nacht. Ich hoffe, du siehst keine Gespenster, Geistermädchen. Vielleicht sollte ich vorsichtshalber vor dem Gitter schlafen.«

Ich starrte ihn an, und ein tiefes Glitzern lag in seinen Augen. Eisgrau wirkten sie jetzt. Falls er glaubte, ich würde mich zu meiner

Trance äußern, irrte er sich. Ich trat einen Schritt zurück, damit er mich nicht erreichen konnte. Mein Kopf war ein Chaos, viel zu voll, um jetzt an Geister zu denken. Es gab so vieles, das ich wissen wollte. Ich wollte wissen, warum er Dad hasste. Ich wollte wissen, wie gut er Isaac kannte. Ich wollte wissen, ob seine Autorität reichte, um mich notfalls vor ihm zu beschützen. »Was hat mein Dad dir angetan? Dir ganz persönlich, meine ich«, fragte ich nach kurzem Überlegen. Im Flackern der Neonröhre huschten Wellentäler aus Licht und Schatten über Nathans ovales Gesicht. Über die gerade Nase, die nicht zu kräftig, aber auch nicht zu klein war, über die grimmigen Lippen, die schmalen Augen mit den rabenschwarzen Wimpern. »Ich habe ein Recht, es zu erfahren«, behauptete ich, als er nicht antwortete und mich nur ansah, als wäre er weit weg. »Ich bin seine Tochter.«

Er wandte sich ab und kehrte mir den Rücken, als könnte er mich nicht ansehen. »Er hat mir alles genommen. Jeden Menschen, den ich geliebt habe. Meine Heimat. Alles.« Seine Stimme hörte sich monoton an, und vielleicht wurde mir gerade deshalb so kalt.

»Das kann nicht sein. Mein Dad ist ein guter Mensch«, flüsterte ich.

Nathan drehte sich um, der Blick aus seinen meergrauen Augen war ein schreckliches Leuchten hinter dem Gitter. »Wer sagt das?«

»Ich.« Mein Herz klopfte, ich wollte ihm nicht glauben, aber ich wollte auch nicht, dass er ging. In seiner Nähe fühlte ich mich seltsam. Ängstlich, und verwirrt, weil allein sein Blick ausreichte, um mich nervös zu machen. Er weckte in mir das unbändige Sehnen nach Ferne und Mut. Ich machte einen Schritt nach vorne. »Wieso küsst du mich, wenn du ihn so sehr hasst?« Ich hoffte, herausfordernd zu klingen, aber Nathan verzog nicht einmal die Lippen. Kein Muskel regte sich in seinem Gesicht.

»Sieh es als Bezahlung dafür, dass ich zuvor dein Leben gerettet habe.« Er klang hart und stolz. »Du hast gesagt, ich nehme mir, was ich will, ohne zu fragen. Du gefällst mir eben … also, rein körperlich gesehen.«

Seine zurückweisende Beleidigung war, als hätte er mich

diesmal wirklich geohrfeigt. »Machst du das mit allen Frauen so, ja? Nimmst du dir immer, was man dir nicht freiwillig gibt?«

»Oh, es kam mir nicht unfreiwillig vor, Prinzessin. Habe ich recht?« Meine Wangen wurden heiß. »Trotzdem kann ich dich beruhigen. Ich habe noch nie eine Frau angefasst, ohne sie zu bezahlen. Alles andere ist für mich indiskutabel.«

»Indiskutabel?« Für einen Moment starrte ich ihn an. »Du zahlst … du gehst in gewisse … Etablissements?« Er könnte die meisten Frauen sicher auch so haben, solange er sie nicht zufällig als Geisel hielt.

Jetzt lachte er verächtlich. »Du kannst es mit schönen Wörtern umschreiben, aber es ist, was es ist. Ich schlafe nur mit Huren. Sex gegen Bares. Mehr brauche ich nicht.«

Im ersten Augenblick war ich tatsächlich sprachlos. Ich konnte nicht glauben, welche Art von Unterhaltung ich da mit ihm führte. Ganz offensichtlich wollte er mich provozieren. »Das machst du gut«, sagte ich irgendwann nur.

»Was?«

»Du bist gut darin, deine Gefühle hinter Demütigungen und Verachtung zu verbergen. Keine Ahnung, wer dich das gelehrt hat, aber er war ein Meister.«

Er stand reglos da. »Hör auf damit!«

»Womit?« Diesmal hatte ich nicht geblinzelt.

»Dir einzureden, ich hätte auf irgendeine Weise Gefühle für dich. Es war nur ein Kuss. Du und ich, wir kennen uns nicht. Im Grunde sind wir sogar Feinde. Wir haben uns einen Sommer lang beobachtet, einmal miteinander getanzt und unsere Trauer geteilt, aber wir waren Kinder.« Er sah mir fest in die Augen. »Uns verbindet nichts, verstehst du das? Weder die Welt, aus der wir kommen, noch unser Charakter oder unsere Erfahrungen. Wir könnten nicht unterschiedlicher sein. Dir gehört nahezu halb Amerika; alles, was ich besitze, trage ich am Körper. Du bekommst dein Essen auf einem Silbertablett, ich musste mir meines lange Zeit stehlen. Du lebst und stirbst für deinen Dad, ich lebe und sterbe für niemanden, höchstens für das Vergessen.«

Ich konnte ihn nur mit brennenden Augen anstarren. Er stand

nun ganz nah vor dem Gitter, so nah, dass die Stäbe sein Gesicht berührten. Alles in mir war verdreht. Seine Worte passten nicht zu seinen Gefühlen. Er hatte mit Zorn gesprochen, aber mit einer Trauer im Blick, die viel tiefer lag als seine Wut. Und zum ersten Mal glaubte ich zu verstehen, woher seine Bitterkeit rührte.

»Du trauerst immer noch. Was willst du vergessen? Deine Heimat, die dir mein Dad angeblich genommen hat?«, fragte ich vorsichtig. »Coldville am Buffalo Lake?«

Er schnaubte ungehalten. »Ich bringe Troja um! Eines Tages bringe ich ihn wirklich noch um!«

»Wo liegt dieser Ort?«

Er umfasste das Gitter. »Wenn du denkst, ich verrate dir das …«

»Was hat mein Dad dir angetan?«, fragte ich ungeduldig.

»Das erfährst du früh genug.«

»Von wem, von Isaac?«, rief ich lauter als gewollt.

Er schwieg.

Mein Herz fing erneut an zu pochen. »Was weißt du über ihn?«

Nathan seufzte. »Zu viel.«

»Was heißt das?«

»Ich kenne ihn eben.« Er kehrte mir wieder den Rücken.

»Rede mit mir«, flüsterte ich. »Bitte. Bitte geh nicht wieder weg und lass mich allein.« Ich wusste nicht, warum ich ihn darum bat. Ganz offensichtlich zählte das Vergangene für ihn nicht, und er hatte beschlossen, mich weiterhin für das zu verachten, was mein Dad angeblich getan hatte. Ich dachte schon, er würde gehen, doch er blieb stehen, drehte sich aber nicht um.

»Damals«, sagte er nach einer Weile, »in Baton Rouge … du kamst mir verloren vor, wie du da auf deinem Spielfeld herumgehüpft bist. Ohne eine Mom, ohne Freunde, nur mit Erwachsenen, die dich aus der Ferne beobachtet haben. Erwachsene und Kameras. Das war so steril … so krank. Du kamst mir vor wie ein kleines Tier in einem riesigen Käfig. Du hast geglaubt, du wärst frei, aber du warst darin gefangen. Du durftest offenbar nicht raus. Jeder deiner Schritte wurde überwacht; nur in dieser Gedenkstätte haben sie dich alleine gelassen. Du warst … randvoll mit Tränen irgendwie. Dir ging es wie mir, vielleicht hat mich das angezogen. Vielleicht waren es aber auch deine Zöpfe oder dein Kleid. Ich hatte noch nie ein Mädchen wie dich gesehen, so schick und vornehm. So schön.« Jetzt drehte er sich zu mir um, ragte über mir auf und blickte durch die Gitterstäbe auf mich herab. »Zwei Jahre zuvor hatte ich meine Schwester begraben. Zwei Jahre hatte ich nichts Schönes mehr gesehen. Bis zu diesem Tag konnte mich nichts glücklich machen. Das Armband, das ich dir geschenkt habe … Lea hatte es für mich gemacht. Für die Zeit nach ihrem Tod. Es sollte mich trösten. Sie hat behauptet, es hätte Zauberkräfte; und dann wollte ich dich damit trösten.«

Ich umklammerte das Band wie einen Schatz, und er sah es. Ich bekam dieses kurze Lächeln, das sein Gesicht mehr streifte, als dass es sich ausbreitete. In diesem Augenblick erschien er mir viel jünger, als er aussah.

Wir schwiegen eine Weile. Standen uns gegenüber und sahen uns an, beinahe wie vor acht Jahren. »Warum wart ihr überhaupt in Baton Rouge? Wolltet ihr mich damals schon entführen?«, fragte ich dann das, was mir schon länger durch den Kopf gegangen war.

Er lachte dunkel, es klang spöttisch. »Ich war knapp dreizehn. Ich wusste nicht einmal, wie man Entführung buchstabiert oder wer du bist.«

»Dein Begleiter war älter.«

»Neunzehn.«

»Und er wusste, wer ich bin?«

»Ja.«

Plötzlich begriff ich es. Es war so offensichtlich, dass ich nur den Kopf über mich schütteln konnte. Er hatte am Telefon gesagt, er sei siebenundzwanzig, das bedeutete, er musste damals neunzehn gewesen sein, acht Jahre jünger. Und ich war heute neunzehn und damals, in Baton Rouge, elf gewesen. Und mir fiel noch etwas ein. Troja hatte gesagt, Nathan wäre mit seinem Bruder und seiner Schwester als blinde Passagiere den Mississippi runtergefahren. Es gab zwei Anführer, einen an Land und einen auf See.

Ich setzte einen Schritt zurück. »Isaac – er ist dein Bruder, nicht wahr?«, flüsterte ich. »Der Mann, der Drahtzieher an Land. Er ist dein älterer Bruder.«

Kapitel 12

NATHAN ATMETE TIEF DURCH. »FRÜHER WAR ER GANZ ANDERS ALS heute«, sagte er und wirkte sekundenlang abwesend, als sähe er in die Vergangenheit. »Auch wenn er immer schon anders war als ich, haben wir uns doch gemeinsam auf einer gewissen moralischen Ebene bewegt. Es gab Dinge, die wir niemals getan hätten. Zum Beispiel jemanden körperlich verletzen, wenn wir gestohlen haben oder so. Das war stets tabu. Wir mussten das nicht absprechen, es war in uns festgeschrieben. Ein moralischer Anker sozusagen.«

»Was ist passiert?« Ich flüsterte immer noch, selbst wenn die Luken zu den Niedergängen geschlossen waren und uns niemand hören konnte.

»Ich will verhindern, dass er an Bord kommt.« Das fahle Licht der Glühbirne glomm in seinen Augen, die jetzt kohlrabenschwarz wirkten. Er hob den Arm, hielt inne, und einen Wimpernschlag lang dachte ich, er wollte mich durch das Gitter berühren, aber offenbar überlegte er es sich anders und strich sich nur eine Haarsträhne aus dem Gesicht. »Im Grunde sollte Isaac erst am Ende dazustoßen. Wenn alles abgewickelt ist. Das war der Plan, meine Bedingung. Ich habe mich auf diese ganze Sache nur eingelassen, weil ich wusste, er wäre die meiste Zeit über an Land. Ich dachte, wenn alles abgeklärt ist, würde ihn das vielleicht … besänftigen.«

»Besänftigen?« Ich fühlte mich wie vor den Kopf gestoßen. »Wieso muss er denn überhaupt besänftigt werden?«

»Das kann ich dir nicht sagen.«

Wieder diese Leier! Bald würde ich verrückt werden! »Und warum ist er heute anders als früher?«, hakte ich nach, um wenigstens etwas zu erfahren.

»Der Knast hat ihn verändert, einmal komplett umgedreht.«

Ich erinnerte mich daran, dass Troja gesagt hatte, Nathan hätte auf Trawlern angeheuert, als sein Bruder im Knast war. Damals hatte ich jedoch nicht gewusst, wer Isaac in Wahrheit war. Nathan sah mich durchdringend an. »Er saß in Rikers Island. Angeblich wegen Drogenbesitz.«

»Rikers Island? Das zweite Alcatraz«, sagte ich beklommen. »Eine der schlimmsten Haftanstalten der USA. Sie soll geschlossen werden, weil es so viele Übergriffe von Wärtern auf Häftlinge gab und so viel Tätlichkeiten zwischen den Häftlingen untereinander.«

Nathan wirkte erstaunt. »Du bist nicht so weltfremd, wie es scheint, was?«

Ich schüttelte den Kopf. »Rikers Island liegt in New York. Jeder kennt es. Außerdem habe ich mit Dad mal einen Dokumentarfilm über Kalief Browder gesehen.«

»Den Jungen, der nach seinem Aufenthalt dort Selbstmord begangen hat.«

Ich nickte. Rikers Island war ein Horrortrip für jeden Insassen. Ich wollte mir lieber nicht ausmalen, was Isaac dort erlebt hatte, und es erschreckte mich zutiefst, dass er überhaupt dort gewesen war. Es hieß, Männer gingen hinein und Monster kämen heraus. Mir war plötzlich eiskalt. Ich zog die Decke, die Nathan vor das Gitter gelegt hatte, ins Innere der Zelle und wickelte mich darin ein. »Du hast gesagt, du willst verhindern, dass er überhaupt an Bord kommt. Wie willst du das anstellen?«

Nathans Wangenmuskel zuckte. »Lass das mal meine Sorge sein.«

»Und welche Entscheidung ist es, die viel von mir abverlangt? Kannst du mir das nicht wenigstens sagen?«

Nathan seufzte tief. »Durch das Abnehmen der Augenbinde

hast du alles verändert, das weißt du ja.« Er machte eine kurze Pause. »Ursprünglich wollten wir dich nach den drei Wochen einfach auf dem Festland absetzen, aber jetzt geht das natürlich nicht mehr. Die Männer brauchen Zeit, sich optisch ein wenig zu verändern und unterzutauchen. Ich wollte dich in dieser Zeit zu den Bayous bringen und mit dir dortbleiben, bis jeder seine Angelegenheiten geregelt hat. Aber das war, bevor dein Vater sich unseren Forderungen verweigert hat. Das macht alles komplizierter, und ich weiß nicht, was Isaac jetzt tatsächlich vorhat.«

Ich starrte ihn im Flackern der Neonröhre an und musste seine Worte erstmal in meinem Kopf sortieren. Zwei Dinge wurden mir bewusst. Ich wäre längere Zeit mit ihm allein gewesen und: Er wusste, wie gefährlich sein Bruder war. »Du hast Angst vor ihm«, stellte ich fest.

Nathan lachte hart auf. »Nein. Ich habe keine Angst vor ihm!«

Ich fühlte etwas, das noch entsetzlicher war. »Du hast Angst um mich?«

Sekunden verstrichen, in denen er nicht antwortete.

»Sag es!«

»Ja.« Er blickte mir direkt in die Augen. »Ich habe Angst um dich.«

Ich schluckte trocken. »Wieso? Was hat er vor?«

»Er hat so wie ich seine Mannschaft gewählt. Männer, die ihm helfen, alles an Land zu organisieren. Skrupellose Männer zum Teil.«

»Aus Coldville?«

»Hauptsächlich. Nur einer ist aus New York, ein IT-Spezialist, der Handysignale verschlüsseln kann, solche Dinge eben. Isaac hat ihn in Rikers Island kennengelernt. Aber mehr Sorge macht mir ein anderer.«

Biller-Miller-The-Killer.

»Es wäre eine Verniedlichung, wenn man ihn gewissenlos nennen würde. Leider ist er der beste Scharfschütze, den ich kenne.«

»Aus Coldville?«

»Ein Jäger, ja.«

Ich presste mir die Hand auf den Magen. Isaac hatte ebenfalls Männer. Das war etwas, worüber ich nie ernsthaft nachgedacht hatte.

Nathan sah mich durch die Gitterstäbe an, seine Augen flimmerten sorgenvoll. »Wenn du denkst, diese Mannschaft hier hasst dich, dann bete, dass du nie der von Isaac begegnest.«

Er ging, ohne mir das Versprechen zu geben, mich vor Isaac zu beschützen. Das bedeutete vermutlich, er hatte es zwar vor, aber er wusste nicht, ob er ihm gelang.

Nathan wachte in der Nacht wirklich vor meiner Zelle, wahrscheinlich weil er Angst hatte, ich würde nochmal Geister sehen. Unruhig wälzte ich mich hin und her, konnte aber nicht schlafen. Erst am frühen Morgen, als Nathan mir Brot, Käse und Tee brachte und mir sagte, Isaac bräuchte mindestens drei Tage, um zur Agamemnon zu kommen, schlief ich ein. Als ich gegen Mittag aufwachte, war ich trotz der Decke und des Kissens völlig ausgekühlt, mein Hals schmerzte beim Schlucken, und ich fühlte mich fiebrig.

Es war sinnlos, mich einzuschließen und zu verstecken. Ich hatte noch drei Tage, die ich nutzen musste. Womöglich konnte ich doch entkommen, ich hatte ja sogar die Küste gesehen. Vielleicht könnte ich auf der Brücke nach einem Funkgerät suchen oder mit Nathans Handy telefonieren. Soweit ich wusste, war es das einzige Handy an Bord, das hatte zumindest Troja mal gesagt. Ich könnte die 911 wählen, dafür müsste ich nicht einmal irgendeinen Code eingeben. Außerdem gab es immer noch den Rettungsring.

Ich ging unter die Dusche und zog die Klamotten an, die Nathan mir mit dem Essen gebracht hatte. Danach streifte ich wie ein herrenloser Hund über die Decks und durch die Gänge, immer auf der Hut vor Mykonos und Sparta, doch ich fand überhaupt nichts, das ich gebrauchen konnte. Selbst der Rettungsring war verschwunden. Da wurde mir klar, dass sie mit einem Fluchtversuch von mir rechneten und sich vorbereitet hatten. Zornig schlug ich mit der Faust auf das demolierte Rettungsboot.

Nathan war gestern vielleicht nett zu mir gewesen, aber er traute mir nicht, und er würde um jeden Preis verhindern, dass ich floh. Der Plan war wichtiger als das, was er für mich empfand, denn das war, laut ihm, ja auch gar nicht der Rede wert. Logisch. Nur, weil er mich vielleicht irgendwie mochte und ich ihm rein körperlich gesehen gefiel, ließ er mich nicht frei. Sein Versprechen, dass mir an Bord nichts geschehen würde, war nur diesem Sommer in Louisiana geschuldet. Wir hatten eine Verbindung durch Lea und Mom, mehr nicht.

Ich stieg hoch zur Brücke, doch Ikarus, der Typ mit dem Windhundgesicht, blockierte die Tür. »Prinzessin, hier drin befinden sich alle wichtigen Messinstrumente und Apparaturen. Deine Anwesenheit während des Sturms war eine absolute Ausnahme! Nathan würde mich killen, wenn ich dich hier hereinlasse.« Mit diesen Worten ließ er den Kompass, mit dem er herumgespielt hatte, verschwinden und zog ihn aus der Kangaroo-Tasche meines Hoodies hervor.

»Kannst du nicht mich verschwinden lassen und auf dem Festland wieder hervorzaubern?«, fragte ich harscher als gewollt und stiefelte frustriert wieder nach unten.

In dem Gang mit meiner Zelle öffnete ich vorsichtig ein paar Türen, doch es waren nur Kammern, in denen die Männer schliefen, die keinen Dienst hatten. In einer schnarchte Mykonos vor sich hin und ein anderer, Kastor, brummte etwas und warf ein Kissen nach mir.

In der nächsten halben Stunde suchte ich weiter nach Fluchtmöglichkeiten. Mittlerweile fuhren wir auch wieder. Vielleicht konnte ich den Motor lahmlegen, dann müssten wir ja an Land. Aber das Rettungsboot war nicht einsatzbereit, auch wenn Nathan versucht hatte, es wieder seeklar zu machen. Diese Idee schied also aus.

Zögernd öffnete ich eine Tür, die in den Bauch des Schiffes führte. Ich wusste, dass sich dort unten der Maschinenraum befand, da die Männer auch hier Wasser abgeschöpft hatten. Vorsichtig stieg ich die Metalltreppe hinab, ohne zu wissen, was ich eigentlich suchte. Ein Notfallversteck vielleicht – einen Raum mit

Stahltür, den ich von innen verschließen konnte, falls Isaac an Bord kam.

Je weiter ich hinabstieg, desto stärker wummerte mir der Bass des Motors in der Brust. Er dröhnte in jedem meiner Herzschläge.

Wo sind die Schwimmwesten? Wo ist der Feuerlöscher?

Ich kann nicht schwimmen. Und Willa auch nicht.

Wieder drängten sich die Bilder meiner Erinnerung in den Vordergrund, als stiegen sie nach oben, je tiefer ich hinabging. Ich konnte nicht vergessen, wie panisch ich nach Dad geschrien hatte. Was war danach passiert? Was hatte ich gesehen?

Für einen Moment blieb ich stehen und presste die Hände auf meine Lider. Ich wollte diese Erinnerungen nicht, egal wie sehr ich sie mir mal gewünscht hatte. Es kam mir vor, als hätte ich Mom im Stich gelassen. Ich hätte nach ihr rufen müssen, nicht nach Dad.

Ich ließ die Arme sinken, verscheuchte die Erinnerung, indem ich mich bewusst auf den kurzen Gang konzentrierte. Es gab drei Türen: Auf der einen stand *Kontrollraum,* auf der anderen *Maschinenraum,* auf der letzten stand nichts. Schweiß sammelte sich in meinem Nacken, weil es hier unten so brütend heiß war. Immer noch klopfte das Motorbrummen in meinem Brustkorb, als würde ich mit dunkler Stimme Mantras rezitieren. Ich lief zur dritten Tür und drückte die Klinke hinunter.

Dunkelheit gähnte mich an. Ich tastete nach dem Lichtschalter und fand ihn neben der Tür. Eine nackte Glühbirne flammte auf und warf ihr karges Licht in einen großflächigen Raum, in dem etliche Fischernetze herumhingen, teils an Konstrukten aus Stangen mittig im Raum und teils an den Wänden. Die meisten sahen aus wie mehrere Meter lange Windsäcke, besaßen ein spitzes Ende und eine breitere Öffnung, andere bestanden aus mehreren runden Säcken, die man aneinandergenäht hatte. Ich lief an den aufgestellten Stangen und Vorrichtungen vorbei und entdeckte Ölzeug, Bojen und Taue, sogar ein Floß, das an der Wand lehnte.

Wieso hatten sie ein Floß an Bord? Es war gerade mal so groß, dass ein oder zwei Personen darauf Platz hatten. Niemals könnte es die gesamte Mannschaft retten. Ich befühlte die straffen Seile, mit denen die Rundhölzer aneinandergebunden waren. Es war in

Handarbeit hergestellt worden und offenbar noch nicht fertig, denn es lagen noch weitere Hölzer auf dem Boden. Gerade überlegte ich, ob es stabil genug war und mir als Ersatz für das Rettungsboot dienen könnte, als ich den scharfen Geruch von Kampfer wahrnahm.

»Nimm sofort die Finger da weg!«

Erschrocken ließ ich das Holz los und fuhr herum. »Sparta! W-was machst du denn hier?«

»Das sollte ich dich fragen.« Er kam herein und schloss die Tür hinter sich, sodass ich mit ihm in dem weitläufigen Raum gefangen war.

»Ich bin für den Maschinen- und Kontrollraum verantwortlich. Ich arbeite hier unten«, sagte er, nicht unfreundlich, eher seltsam ruhig. »Ich habe ein Geräusch gehört.« Die rötlich-violetten Pusteln in seinem Gesicht leuchteten heute noch stärker als sonst.

Schritt für Schritt kam er auf mich zu.

Automatisch wich ich zurück und verhedderte mich prompt in einem Netz, das von einer Konstruktion aus Stangen herabbaumelte.

»Weißt du, was das Heimtückischste an diesen Netzen ist? An jeder Art Fischernetz?«

»Nein!« Ich versuchte, den Stiefel aus dem Wirrwarr zu ziehen, schaffte es aber nicht. Sparta hatte mich schon fast erreicht. »Ein Netz besteht aus vielen einzelnen Knoten und Fäden und durch jeden Zug und durch jedes Zappeln schließen sich die Knoten fester. Eine tödliche Falle für alles, was sich darin verfängt.«

»Du bist ein Fischer aus Coldville«, hörte ich mich sagen. Troja hatte mir gesagt, Sparta wäre schon öfter zur See gefahren.

»Man muss kein Fischer sein, um mit einem Netz zu töten. Und es ist unklug, dein Wissen über uns so locker auszuplaudern.« Wieder glühten seine Augen wie die eines Raubtiers, das seine Beute anvisierte.

Hastig machte ich einen Satz zurück, wobei ich das gesamte Netz von der Vorrichtung riss. Mit einem erschrockenen Aufschrei stolperte ich rückwärts und landete auf dem Hintern. *Verdammt!* Schnell beugte ich mich vor, um das Netz aus den Ösen meines

Schnürstiefels zu lösen, aber es hing bombenfest. Also riss ich wie eine Gestörte an den Fädchen, aber alles, was ich erreichte, war, dass mir das feine, drahtige Gewebe in die Handflächen schnitt.

»Brauchst du Hilfe?«

Gequält sah ich auf.

Sparta lächelte dünn.

»Ich hänge fest«, gab ich mit klopfendem Herzen zu und wischte das Blut von meinen Händen an der Jeans ab.

Sparta umrundete ein Netz, das zwischen zwei Stangen aufgespannt war. Er war groß. So groß wie Nathan sicherlich. Das überraschte mich, weil es mir nie aufgefallen war, vermutlich, da er so hager wirkte.

Neben mir ging er in die Hocke und war plötzlich auf meiner Augenhöhe. Der Kampfergeruch stach in meiner Nase wie Essigsäure. Vielleicht würde er gleich ein Messer ziehen, mich hier in aller Seelenruhe abstechen und durch eine untere Luke in die See befördern. Falls es eine untere Luke gab.

Mit aufgerissenen Augen sah ich ihm zu, wie er mit seinen spinnenartigen Händen an dem Netz herumfummelte. Zu meinem Erstaunen löste er die Fäden innerhalb von Sekunden. Danach stand er auf und sein Blick von oben war eine einzige Drohung. »Du kommst nie wieder hier runter, hast du kapiert?«

Ich nickte stumm.

»Wenn ich dich noch einmal dabei erwische, wie du das Floß anfasst, werfe ich dich höchstpersönlich an Händen und Füßen gefesselt in den Atlantik.«

Ich nickte noch einmal. Für ein paar Sekunden fiel sein hungriger Blick auf meinen Ring, und ein eigenartiger Ausdruck trat auf seine Züge. Er schluckte geräuschvoll. »Geh jetzt!«, sagte er dann.

Hastig erhob ich mich, machte einen weiten Bogen um ihn und rannte zur Tür. Beim Verlassen des Raumes sah ich noch, dass es kein Schlüsselloch gab, also würde ich mich auch in diesem Raum nicht vor Isaac verstecken können.

Dafür kam mir etwas anderes in den Sinn, als ich die Treppe hinaufstieg. Dads Worte. Spartas Blick hatte mich darauf gebracht.

»Jeder hat seinen Preis.« Es war dumm gewesen, die Männer

gemeinsam zu fragen. Wenn ich nur einen der Männer bestechen könnte, wenn er allein die halbe Million, oder mehr, bekäme, würde er mir vielleicht bei der Flucht helfen. Ich wusste ja jetzt sogar, dass es ein Floß gab, das man benutzen konnte, wenn die Küste in der Nähe war. Die Frage war nur: Bei wem sollte ich es versuchen? Meine erste Wahl müsste die richtige sein, denn eine zweite Chance würde ich nicht bekommen.

Als die Mannschaft sich später versammelte und auf dem Deck Bier und irgendetwas Gebranntes trank, blieb ich wegen meines Vorhabens in der Nähe. Bis auf Nathan, der auf der Brücke navigierte, waren die Männer vollzählig.

Der Wind hatte aufgefrischt, aber Nathan hatte mir vorhin noch einen schwarzen Rollkragenpullover, ein Langarmshirt, zwei Paar Riesensocken und eine lange Unterhose gegeben. Jetzt trug ich alles übereinander und mir war richtig warm.

Ich stand nahe dem Stieg, der ins Unterdeck führte, und fühlte mich beim Anblick ihrer Gemeinschaft plötzlich einsam. Wie gerne hätte ich jetzt mit Penelope oder Delilah gesprochen, auch über Dad. Und ich vermisste New York. Ich vermisste sogar den Smog. Auf dem Atlantik gab es keine Grenzen, nur den Horizont, der in der Dunkelheit mit dem Atlantik verschmolz. Alles war zu weit, zu groß, zu fern. Ich vermisste das undurchdringbare Gemisch aus Abgasen und Fabrikemissionen, das alles zusammenhielt. In New York waren Großstadtlärm und Menschen unter einer Glocke eingeschlossen, die alles speicherte. Auf See hallte alles über das Wasser, verlor sich, als wäre es für immer fort. Selbst das gleichmäßige Rauschen der Bugwelle erschien mir surreal.

Vielleicht träume ich das alles nur, dachte ich, während mein Blick über Troja, Pan und die anderen schweifte. Doch das eigenartige Gefühl rührte sicher von meiner Einsamkeit.

Selbst wenn Troja es mir nicht verraten hätte, wäre ich irgendwann zu dem Schluss gekommen, dass sich die Männer schon lange kennen mussten. Es waren die Zwischentöne in ihren Worten, ihre Lacher über Dinge, die ich nicht mal ansatzweise verstand, selbst ihr einträchtiges Schweigen zu mancher Zeit. Sie waren wie eine Familie. Zusammengeflickt durch Lebensgeschichten und durch ihre Heimat, vielleicht durch den Hass auf meinen Vater und diesen Plan.

Wen sollte ich wegen des Rings ansprechen? Wer würde mich nicht verraten?

Ich ging ein Stück näher heran, blieb aber im Schatten des Mondlichts. Sie wussten, dass ich hier war, ich versteckte mich nicht. Nacheinander betrachtete ich jeden Einzelnen.

Die erste Schicht war mir natürlich vertrauter. Troja, der nette Skater-Boy von nebenan. Taurus, der stierköpfige Riese. Pan, der etwas gutmütigere Koloss, der seine Mom verloren hatte. Ikarus, der Zauberer mit dem schmalen Gesicht. Delphi, der Heilige, der immer anständig zu mir gewesen war, und Sparta, der mich hasste und dessen rötliche Pusteln mich an das Kaposi-Sarkom denken ließen.

Aus der zweiten Schicht kannte ich alle nur flüchtig. Zum einen war da Ilias, Pans Zwilling. Die beiden Hobbits, die, wie ich zwischenzeitig herausgefunden hatte, ein Liebespaar waren. Mykonos mit der schwammigen Haut, der mich ebenso verabscheute wie Sparta. Kastor, ein Typ, der immer etwas vor sich hin brummte, der mich jedoch nie feindselig anstarrte, und zu guter Letzt Apollon, ein braver Bankangestelltentyp mit Seitenscheitel.

Die Männer der zweiten Schicht kannte ich nicht gut genug, um sie wegen meines Vorhabens einschätzen zu können. Die Hobbits erschienen mir freundlich, mehr konnte ich über sie nicht sagen. Pans Bruder Ilias mochte mich nicht, so wie Pan mich zu Beginn nicht gemocht hatte.

Im Grunde blieben mir nur die Männer der ersten Schicht, aber von ihnen schloss ich sofort Delphi und Ikarus aus, weil ich sie ebenfalls nicht gut genug einschätzen konnte. Von dem Rest erschien mir Troja als die beste Wahl. Er war sympathisch, am wenigsten feindselig und passte sowieso nicht zu der restlichen Männergesellschaft.

Sollte ich Troja fragen? Andererseits hatte ich auch nicht vergessen, wie ungläubig Pan den Ring betrachtet hatte. Auch Sparta schloss ich nicht aus. Sein unruhiger Blick hatte mich ja überhaupt erst auf die Idee gebracht. Bedeutete ihm Geld mehr als Wiedergutmachung? Wiedergutmachung für was überhaupt? Und stand Troja vielleicht am loyalsten zu Nathan? Ich dachte an den Moment, als er mich am Arm gepackt hatte, obwohl es im Nachhinein keinen Grund dafür gegeben hatte. Außerdem überließ Nathan ihm ja auch mal das Kommando.

Unentschlossen kaute ich auf meiner Unterlippe herum. Nathan hatte den anderen befohlen, den Ring nicht anzurühren. Das hieß, er zweifelte an dem einen oder anderen, sonst hätte er es gar nicht erst erwähnen müssen. Vielleicht brauchte ich nur zu warten, bis einer von ihnen auf mich zukam. Aber hatte ich die Zeit dazu?

»Hey«, hörte ich genau da jemanden sagen. »Komm zu uns!« Troja stand vor mir, eine Bierflasche in der Hand. *Jetzt bist du wieder nett,* dachte ich misstrauisch. »Ich gehöre nicht dazu«, sagte ich nur. Und die Frage war auch, ob ich bei meinen Geiselnehmern sitzen wollte.

»Du hast Nathans Leben gerettet und damit auch unseres. Niemand außer ihm hätte uns heil durch diesen Sturm gebracht. Alle hier wissen das. Du hast dir für einen Abend einen Platz in unserem erlauchten Kreis verdient.« Er grinste frech.

Ich musterte ihn. *UCLA* stand auf seinem Sweater, der ebenfalls weinrot war wie der zuvor. War er Student? Spontan entschied ich, dass es meinem Vorhaben nicht schaden könnte, eine Weile bei ihnen zu sitzen. Schließlich wollte ich mehr über sie erfahren. »Okay«, gab ich daher nach.

Troja bedeutete mir mit einer Geste, ihm zu folgen, und rückte mir dann zwischen Pan und sich eine Kiste zurecht.

Zaghaft setzte ich mich.

Die Männer waren verstummt und maßen mich mit Blicken. Am liebsten wäre ich sofort wieder unter Deck geflüchtet, doch Troja brach das Eis. »Willst du was trinken?«

Ich schüttelte den Kopf. »Besser nicht.«

»Doch, Prinsessa. Du hier sitzen, du trinken!«, sagte Pan neben mir. Entschlossen drückte er mir eine Flasche Schnaps in die Hand, die er gerade aufgeschraubt hatte. Ich griff sie zögernd, weil ich nicht unhöflich oder herablassend erscheinen wollte, nicht wie die Prinzessin, die sie so hassenswert fanden. Vorsichtig schnupperte ich am Flaschenhals. Ein ätzendes Stechen drang in meine Nase.

»Guter Schnaps«, bekräftigte Pan. »Hilft dir schlafen. Hilft dir vergessen.«

Vergessen. Da war es wieder dieses kleine Wort, das bei Nathan so schwer gewogen hatte wie eine Ankerkette.

Ich lebe und sterbe für niemanden. Höchstens für das Vergessen.

Misstrauisch sah ich Pan an. Er trug wieder das ochsenblutrote Bandana, Ilias neben ihm fielen die Haare heute wie einem Wildling ins Gesicht. Auch er hatte mich ins Auge gefasst. »Drekka«, forderte er mich auf. Es war das erste Wort, das er gezielt an mich richtete.

Etliche Augenpaare lasteten auf mir. Wie schon vor Kurzem kam mir in den Sinn, dass ich Fürsprecher bitter nötig hatte, sollte Isaac an Bord kommen, bevor ich fliehen konnte. Ich musste es schaffen, dass sie mich akzeptierten. Jeder Einzelne von ihnen musste mir wohlgesonnen sein, nur falls mein Plan mit dem Ring scheiterte.

»Drekka? Was heißt das?«, hakte ich daher nach und schaute Ilias an. Wie Pan wirkte er übermenschlich stark, fast unbezwingbar. Es wäre gut, ihn auf meiner Seite zu haben.

»Trink«, übersetzte Pan.

Ich hatte keine Wahl, vor allem, wenn ich mehr über sie erfahren wollte. Also setzte ich mir die Flasche an die Lippen und nahm einen großen Schluck. Glutrotes Magma rann mir die Kehle hinunter, und für Sekunden konnte ich kaum atmen.

Die Männer lachten, aber Ilias verzog keine Miene. »Drekka!« Sein ungerührter Blick forderte mich heraus. *Wenn du eine von uns sein willst, musst du trinken,* deutete ich ihn.

Die anderen wurden still und blickten erwartungsvoll in meine Richtung. Fakt war: Ich brauchte sie, auch wenn ich keine von ihnen sein wollte. Vielleicht war das hier so eine Art Taufe. Ich trank nochmals, woraufhin Pan mir anerkennend auf den Rücken klopfte, allerdings so fest, dass ich zusammenzuckte und mich verschluckte. Unter Gelächter hustete ich sekundenlang, und als ich mich beruhigt hatte, saß Ilias auf seiner Kiste vor mir, so nah, dass seine Oberschenkel meine umschlossen. Aus der Tasche seines Overalls zog er ein Päckchen Zigaretten hervor und steckte sich eine davon zwischen die Lippen.

»Meira, Prinsessa!« Er klang sowohl stoisch als auch grimmig, als wäre das eine Aufgabe, die unbedingt erledigt werden müsste, also trank ich abermals, auch wenn mich der ätzende Geschmack anwiderte. In meinem ganzen Leben hatte ich noch nie so billigen Fusel getrunken. Ich war sowieso erst neunzehn und mein Dad hatte mir nur zu besonderen Ereignissen ein oder zwei Gläser Champagner erlaubt.

Als ich den Schnaps absetzte, schüttelte Ilias den Kopf und legte seine riesenhafte Hand unter die Flasche, wie um sie für mich abzustützen. »Meira!«

»Mehr«, übersetzte Pan wieder und dann sagte er noch etwas in dieser kühlen fremden Sprache.

Ich betete, dass sie mich nicht die ganze Flasche austrinken ließen, sonst würde ich vielleicht nicht durch Isaacs Hand, sondern an einer Alkoholvergiftung sterben. Irgendjemand, ich glaube einer der Hobbits, schlug einen Trommelwirbel auf seine Kiste, ein anderer pfiff. »Weiter, weiter, weiter!«, riefen ein paar Männer durcheinander.

Nach zwei Schlucken musste ich würgen und drehte den Kopf zur Seite. »Was heißt *genug* in eurer Sprache?«, brachte ich mit brennender Kehle hervor.

»Nog!« Pan tätschelte meinen Scheitel, eine unbeholfene, doch wohlgesonnene Geste, bei der ich trotzdem den Kopf einzog.

»Nog!«, sagte ich zu Ilias.

Er zog fragend die Augenbrauen hoch, nahm aber wenigstens die Hand von der Flasche.

Ich fühlte mich jetzt schon, als hätte sich die Erdanziehungskraft verdreifacht. »Ich habe noch nie Schnaps getrunken«, erklärte ich kläglich. Mein Magen krampfte sich zusammen. *Bitte, lass mich Ilias nicht vor die Füße kotzen!*

Die meisten lachten, aber Ilias machte keine Anstalten aufzustehen und mich in Ruhe zu lassen. Ich sah ihn wie durch Seenebel, doch das war vielleicht nicht mein Alkoholpegel, sondern nur der bläuliche Rauch seiner Zigarette.

»Drekka upp!«, sagte er.

»Das heißt austrinken«, fügte Troja hinzu. Er sagte es bedauernd, aber er grinste dabei mit diebischer Freude.

Oh ja! Das erheitert euch natürlich!

Ich trank nochmal, hörte ein anerkennendes Applaudieren, trotzdem schossen mir von der Schärfe des Schnapses die Tränen in die Augen.

»Nog!«, sagte ich wieder und gab Ilias die Flasche. Beim nächsten Schluck würde ich mich ganz sicher auf seinen Schoß übergeben, und der Gedanke gefiel mir gar nicht.

Ilias musterte erst mich und dann die Flasche. »Drekka upp!« Drängend hielt er sie vor mein Gesicht und ließ die klare Flüssigkeit darin rotieren. Sie drehte sich wie in einer Zentrifuge, und ich hatte das Bild immer noch vor Augen, als er mir den Flaschenhals auf die Lippen presste, als wollte er notfalls nachhelfen.

Ich schluckte, prustete und spuckte einen Teil davon aus, bis er lachte. »Nog!«, nickte er.

Gottlob, er war zufrieden mit mir! Ich konnte mein Glück nicht fassen. Grinsend zog er die Flasche zurück und stellte sie beiseite – sie war noch ziemlich voll, es war nicht so viel gewesen, wie ich befürchtet hatte. Doch Ilias war noch nicht fertig. Er legte mir seine schwere Hand auf die Schulter und sah mich durchdringend an. »Nachher wir trinken Rest, Prinsessa!«

Ich wusste nicht, ob es eine Drohung oder ein Versprechen war, aber immerhin nahm er die Kiste und setzte sich zurück an seinen Platz.

Ich starrte in die Runde und spürte die Wirkung des Alkohols. Wärme füllte meinen Bauch, und in meinen Schultern löste sich die Verkrampfung. Gleichzeitig fühlte ich mich wie in einen wohligen Nebel gehüllt. Ein paar von ihnen unterhielten sich wieder, aber Pan beobachtete jede meiner Bewegungen. Etwas Seltsames lag in seinen Augen, vielleicht waren sie aber auch nur glasig, weil er schon zu viel getrunken hatte.

Ich nahm all meinen Mut zusammen, was durch den Schnaps

leichter war, als ich erwartet hatte. »Welche Sprache sprecht ihr, du und Ilias? Ist das Finnisch?«

»Isländisch«, brummte er.

Aufmerksam sah ich ihn an. »Coldville liegt aber nicht auf Island, oder?«

Pan schob seine struppigen Brauen zusammen. »Du nicht zu viel fragen. Das nix gut für dich.« Er angelte sich einen Flachmann vom Boden, der neben seiner Holzkiste gestanden hatte, und schaute hinauf Richtung Brücke. »Das Whiskey. Das besser. Aber mich nix verraten an Boss, Prinsessa. Nix trinken, er sagen, nix trinken für klare Kopf.«

Ich nickte und drehte einen imaginären Schlüssel vor meinen Lippen.

Pan trank, hielt mir den Flachmann hin, aber ich schüttelte den Kopf. »Drekka, und ich sage dir, wo Coldville.«

Obwohl ich den Alkohol immer mehr spürte, nahm ich sein Angebot an und trank einen winzigen Schluck aus seiner Flasche, auch wenn der Geruch von Zwiebeln an ihr haftete. Es schüttelte mich – wegen der Zwiebeln und wegen des Whiskeys. »Schmeckt wie Asphalt. Wie Teer.« Ich verzog das Gesicht.

Er lachte belustigt und schob sein Bandana zurecht. »Coldville in Kanada. Aber ich nix mehr sagen, egal wie viel du noch trinken.«

»Ihr stammt alle aus Kanada?«, hakte ich trotzdem nach. Ich dachte an die Worte von Mykonos, als er in der Tür zur Messe gestanden hatte. Sie hatten sich entfernt nach Französisch angehört, was mich nun an die französischsprachigen Kanadier denken ließ. Hatten diese Männer alle französische Wurzeln? Waren sie deshalb ausnahmslos dunkelhaarig? Nachdenklich musterte ich Pan und dieser schaute ruhig zurück. »Warum sprichst du isländisch?«, erkundigte ich mich.

»Mutter. Mutter aus Reykjavík. Vater weg, als sehr klein. Mutter nur sprechen isländisch. Als Mutter tot, Tante uns geholt nach Coldville. Da wir schon zehn. Nur sprechen französisch mit Tante. Aber Tante dann tot, so wie Cousins.«

»Das tut mir leid«, sagte ich leise. Wie furchtbar musste das für die beiden gewesen sein.

Pan sah auf den Boden. »Ich erst glauben, du wie Hampton … aber du nix wie Hampton. Du ganz anders, Prinsessa.« Er hob den Kopf und in seinen Augen lag wieder dieses seltsame Leuchten, das mich bestürzte. Wärme. Gefallen. Selbst das Prinsessa hatte er nahezu sanft ausgesprochen, zumindest für seine Verhältnisse. »Mein Bruder und ich, wir früher einfache Fischer gewesen, einfache Männer. Wir glücklich mit Wald, See und Himmel über unsere Kopf. Wir normal nix entführen junge Frauen. Aber dann … zu viel passieren … Wir sehr wütend.«

»Okay«, sagte ich. Pans Worte hörten sich beinahe wie eine Entschuldigung an.

»Wir nix schlechte Männer, aber wir tun für gute Sache.« Eindringlich blickte er mich an, viel zu lange, ohne wegzuschauen. Es machte mich nervös, daher drehte ich an dem Ring, der an meinem Finger steckte. Vielleicht wäre Pan doch der Richtige. »Wie lange kennst du Nathan und Isaac?«

»Oh … nicht lange. Sie lange weg. Aber ich Menschen schnell schaue durch.«

»Du durchschaust Menschen schnell?«, korrigierte ich vorsichtig.

Er nickte. »Ich aufpassen auf dich. Isaac viel sagen böse Sachen, das machen mit dir. Aber du gutes Mädchen. Mir klar geworden. Du dich opfern für Hampton, du dein Leben gegeben. Du retten Boss, du mithelfen bei Schiff wie Kerl … du nix böse auf mich, weil ich sagen gemeine Dinge zu dir. Du Gott hjarta. Wie Boss. Gott hjarta.«

Ich musste schlucken, weil er so fürsorglich und liebevoll zu mir sprach, auch wenn mich das über Isaac mal wieder zutiefst erschreckte. »Gott hjarta … Was heißt das?«

Er klopfte sich mit der Hand auf die Brust. »Gute Herz. Du gute Herz und hübsche Lächeln. Boss auch gute Herz unter sein Zorn.« Danach trank er mehrere Schlucke Whiskey, bevor er mir erneut den Flachmann reichte. Ich nahm ebenfalls einen winzigen Schluck, weil ich mich irgendwie verpflichtet fühlte. Er war nett zu mir, das hatte ich nicht erwartet. Irgendwie kam es mir sogar hinterhältig vor, ihn für meine Zwecke zu benutzen. Aber mein erstes Ziel hieß überleben. Es hieß nicht: warten bis Isaac böse Sachen mit mir machte.

»Wenn das hier vorbei ist, was machst du dann?«, wollte ich wissen und drehte den Ring wiederholt um sich selbst.

»Ich nix große Träume, Prinsessa. Ich nur leben in Frieden mit Fischen, See und meine Bruder. Ich nix brauche Geld.«

Das war schlecht. »Und wenn du welches hättest? Was würdest du machen? Wovon träumst du?«

Pan sah mich so intensiv aus seinen schwarzen Augen an, dass sich ein ganz flaues Gefühl in mir ausbreitete. »Ich nix Träume, Prinsessa.«

Ich lächelte ihn an und zwinkerte ein bisschen. »Jeder träumt doch von irgendetwas, Pan. Du auch.«

Er wurde ein wenig rot, das sah ich selbst in dem feinen Sternenlicht, das auf das Hauptdeck körnte wie Sand. »Ich vielleicht finde irgendwann hübsche Frau mit gute Herz. Mit hübsche Lächeln wie du. Und Kinder. Viele Kinder.« Er starrte auf seine Finger, die voller Schwielen und Narben waren. »Wenn ich Geld, ich baue Haus für große Familie.«

So ein einfacher bescheidener Wunsch und so eine starke Sehnsucht dahinter. Nie hatte ich mir ernsthaft Gedanken um Menschen gemacht, die nichts besaßen außer ihren Händen zum Arbeiten und vielleicht einer Matte aus Stroh in irgendeiner Hütte. Ich hatte immer nur mit dem Kopf in meiner eigenen kleinen Welt gelebt, in einer Welt, in der alles Böse von mir ferngehalten wurde und in der es nur Dad, meine Farben und bunte Blumen gab.

»Hey, du!« Eine Stimme riss mich aus den Gedanken. Es war Ikarus, der sich mit seiner Kiste zu mir und Pan setzte. »Erzähl mal so … wie ist es, wenn man das reichste Mädchen Amerikas ist? Ilias schwört, du hättest einen Butler, der dir den Hintern abputzt.«

»Du still, Ikarus!«, zischte Pan und sah böse zu Ilias. Dieser grinste zurück und fixierte mich, während er sich eine neue Zigarette in den Mund steckte.

»Ich habe keinen Butler für solche Dinge, da muss ich euch enttäuschen.« Diesmal würde mich ihr Spott nicht kleinkriegen.

»Und wie viele Butler habt ihr?« Ikarus lehnte sich mit einer voyeuristischen Neugier nach vorne und rieb sich die Hände.

»Wir haben vor allem Haushälterinnen, Köchinnen, Türsteher, Liftboys, Chauffeure … so was.«

»So was!« Ikarus lachte, nun klang es amüsiert und nicht gehässig.

Zwei weitere Männer setzten sich mit ihren Kisten zu Ikarus.

»Stimmt es, dass du für fünftausend Dollar Beluga frühstückst – jeden Morgen?«, fragte Kastor aus dem Hintergrund.

Ich war über die Ernsthaftigkeit in seiner Stimme erleichtert. »Das hat ein Boulevardblatt erfunden. Dad hat es …« *Verklagt* hatte ich sagen wollen, doch ich ließ es. Es gab ein kurzes unangenehmes Schweigen, dann fragte Ikarus:

»Und was frühstückst du, wenn man fragen darf?«

»Zimtwaffeln«, *ohne Eier und mit glutenfreiem Mehl gebacken,* »mit Kirschen.« Ich biss mir auf die Lippen und verschwieg den sündhaft teuren Kaffee aus Ecuador. »Und du? Was frühstückst du normalerweise, wenn du auf keinem Schiff bist?« Durch den Alkohol fiel es mir leicht, mit ihnen zu reden, ich war nicht so nervös, wie ich es normal gewesen wäre.

»Oh, ich suche mir immer was anderes aus dem Diner meiner Eltern aus. Pancakes, Beaver Tails, Makkaroni mit Käse … Wir haben einen Schnellimbiss, integriert in unseren Lebensmittelladen.« Sein schmales Windhundgesicht war einprägsam. Alles an ihm war irgendwie schmal. Seine Nase, seine Lippen, seine Augen, seine Augenbrauen. Nur sein Lächeln, das war breit.

»Und du unterhältst dort die Gäste mit deinen Zaubertricks?«

»Manchmal.« Er zuckte die Schultern. »Wenn genug Leute da sind.« Wie durch Zauberhand hielt er auf einmal das Armband von Nathan in seinen Händen und präsentierte es mir auf der Handfläche, so wie ich neulich den Ring dargeboten hatte.

Ob das eine Anspielung war?

»Wie machst du das?« Ich schüttelte fasziniert den Kopf und griff das Band, bevor er es wieder verschwinden ließ.

»Ablenkung«, sagte er nur. »Ablenkung und Geschick, das sind die Künste jedes Magiers.«

Während ich mir das Band wieder ins Haar flocht, fragten sie mich weiter aus. Ob unsere Wasserhähne aus Gold waren und ob das Wasser in meiner Toilette mit Duftölen durchsetzt war. Wie viele Speisezimmer das Penthouse hatte, was ich den ganzen Tag machte, ob man noch Träume hätte, wenn man von Geburt an alles besaß, und ob ich mir tatsächlich alles kaufen konnte. Mittlerweile hatten sie einen Kreis um mich gebildet.

Ich antwortete ihnen, dass unser Wasser in den Toiletten nicht nur glitzerte, sondern auch von den besten Parfümeuren der Welt beduftet wurde. Ich erzählte ihnen von den Top-Designern New Yorks, die mir meine Garderobe auf den Leib schneiderten, und beinahe hätte ich ihnen verraten, dass ich von einer eigenen Vernissage träumte, doch ich stoppte im letzten Moment. Stattdessen erfand ich den Traum, eine berühmte Ballerina sein zu wollen.

Danach fragte ich nach ihren Träumen, aber es fiel ihnen nichts ein. Nicht einer erwähnte einen Lamborghini oder ein Landhaus am Meer. Nicht einer schien sich etwas Luxuriöses zu wünschen. Es war zum Verzweifeln. Die meisten wünschten sich nur genug Bier, eine warme Hütte und einen intakten Ofen. Vielleicht noch ein Mädchen, ein ehrliches Mädchen, keine Hafenhure und keine Stripperin wie aus dem *Jay's Friends* – was immer das in Coldville war.

Kurze Zeit später zerschlug sich die Runde, da ein paar Männer wieder Schicht hatten. Unruhig tigerte ich an der Reling entlang, lief von Heck zu Bug und wieder zurück. Einerseits wünschte ich mir, Nathan zu sehen, andererseits wäre es für mein Vorhaben denkbar schlecht, wenn er jetzt aufkreuzte.

Ich wurde immer nervöser, obwohl ich den Alkohol noch spürte. Mir lief die Zeit davon. Ich hatte keine Ahnung, wen ich fragen sollte. Dad sagte oft: *Wenn du etwas über jemanden wissen willst, frage einen anderen,* aber hier wusste ich nicht, ob ich den anderen vertrauen konnte. Ich hatte Angst, meinen Deal mit dem Falschen zu machen, also wartete ich, ob jemand auf mich zukam. Sparta hatte vorhin ein paarmal zu mir rübergesehen und sich danach auf das vordere Deck zurückgezogen. Jetzt saß er abseits auf einem Poller neben der Ankerwinde.

Ich blieb auf Distanz, aber ich stand so, dass er mich sehen konnte. Drei Nächte und zwei Tage blieben mir noch, bevor Isaac an Bord kam. Ich ging besser davon aus, dass Nathan es nicht verhindern konnte. Und meine Galgenfrist war kurz, abgesehen davon brauchte ein guter Plan eine gewisse Vorlaufzeit.

Verstohlen sah ich zu Sparta hinüber und drehte den Ring um meinen Finger. Einmal rechts herum, einmal links herum. Immer im Wechsel. Zum Glück machte der Alkohol mich mutiger.

»Na Prinzessin, mal wieder ganz allein?«, fragte er irgendwann gedämpft und starrte mich durch die Nacht hinweg an. Er war sicher zehn Schritte entfernt. Seine Augen waren glasig, seine Dreadlocks fielen tief in sein Gesicht und verbargen seine hageren Züge.

Sparta war derjenige, den ich am wenigsten fragen wollte, aber wahrscheinlich wäre er am ehesten bereit, auf mein Angebot einzugehen. Es war nur ein Gefühl, aber ich vertraute der Eingebung. Er wollte etwas von mir, sonst wäre ich heute in dem Raum mit den Netzen nicht so glimpflich davongekommen. Andererseits wartete er womöglich nur auf eine günstige Gelegenheit, mir etwas anzutun, ohne dass es jemand herausfand.

Ich zog mich wieder ein Stück zurück, stand nun an der überdachten Reling, sodass man mich von der Brücke aus nicht sehen konnte.

»Hey, warte mal!« Sparta sprang von dem Poller und kam mir hinterher. »Was machst du hier? Solltest du nicht bei deinem neuen Schoßhündchen Pan sitzen?«

Ich sah von ihm auf den Ring und hoffte, er würde den Hinweis verstehen und mich darauf ansprechen.

Offenbar kapierte er es, denn er kam näher und flüsterte: »So ist das also! Du willst mir ein Angebot machen. Hast du Pan auch schon gefragt?«

Ich blieb vorsichtig. »Ich weiß nicht, was du meinst.«

»Oh bitte!« Er verzog spöttisch den Mund, und mir fiel auf, dass seine Mundwinkel eingerissen waren. Gruslig. Als hätte er Eisenmangel. Ich konnte nicht schätzen, wie alt er war. Vielleicht dreißig, vielleicht auch jünger, jedenfalls sah er krank aus, und da spürte ich plötzlich auch wieder meine Halsschmerzen und das fiebrige Gefühl von heute Morgen.

Sparta lehnte sich ein wenig über die Reling und starrte aufs nachtdunkle Meer. »Du bist hier an die falsche Truppe geraten, Prinzessin«, sagte er und spuckte ins Wasser. »Diese Männer haben keine Träume, die du ihnen mit Geld erfüllen kannst. Sie trauern um ihre Liebsten und um ihre Heimat. Sie haben beides verloren. Beides können sie sich nicht mit Geld zurückkaufen.«

Es klang, als hätte mein Vater eine Brandbombe über Coldville gezündet, aber das war natürlich Unsinn, davon hätte die Welt ja erfahren. Doch was meinte Nathan mit Wiedergutmachung? Eine politische Entscheidung?

»Ich könnte dich bei Nathan anschwärzen«, sagte er jetzt.

Ich starrte ihn an. Wind zupfte an seinen Dreadlocks, und für ein paar Sekunden war es ganz still. »Ich habe dir kein Angebot gemacht«, sagte ich dann.

»Überleg es dir gut.« Spartas Blick blieb auf meinem Ringfinger hängen. »Womöglich bin ich deine einzige Option. Ich könnte die Steinchen lösen und einzeln verticken. So käme niemand auf die Idee, dass diese Brillanten aus dem Schmuck der Hamptons stammen.«

War es ein positives Zeichen, dass er sich darüber bereits Gedanken gemacht hatte? Nur: Warum sollte gerade er auf das Angebot eingehen? Es war glasklar, dass er mich verabscheute. Vor allem ging mir das alles zu leicht. Vielleicht wollte er mich reinlegen, mir etwas entlocken und mich dann wirklich an Nathan verraten.

Ich sah von ihm auf den Ring und zog die Hand zurück. Mir erschien mein Vorhaben plötzlich als zu riskant. Außerdem gefiel mir Spartas Einstellung nicht: Er war ein Verräter, der sich mit Geld bestechen ließ. Verrückt! Dabei brauchte ich genau so jemanden. Ich hätte mich freuen sollen.

Trotzdem musste ich auf einmal an Nathan denken. Wenn ich fliehen könnte, würde ich ihn wahrscheinlich nie wiedersehen. Ich würde vielleicht niemals erfahren, ob in allem, was er sagte, nicht auch Wahrheit steckte. Ich würde nie erfahren, wieso er seine Heimat verloren hatte.

Für einen Moment dachte ich an seine meergrauen Augen und unseren Kuss, an das zittrige Gefühl in meinem Bauch und die Sehnsucht, die ich nicht einmal richtig benennen konnte. Die den Wunsch in mir weckte, mutig zu sein, tapfer, und für mich selbst einzustehen.

»Wenn du es dir überlegt hast, gib mir Bescheid; dann sage ich dir, wie und wann du von hier wegkommst.« Spartas Worte rissen mich aus den Gedanken. Er ging an mir vorbei. »Und überleg nicht zu lange, sonst ist es unmöglich.«

Kapitel 13

Sonst ist es unmöglich, hallten seine Worte in mir nach, während ich seiner hageren spinnenartigen Gestalt hinterherblickte. Er verschwand durch die Bullaugentür, die ins Unterdeck führte. Ich fragte mich, ob er mich begleiten würde. Als Verräter würden die anderen bestimmt kurzen Prozess mit ihm machen. Isaac auf jeden Fall, und Sparta konnte den Ring schlecht unsichtbar machen. Das konnte, wenn überhaupt, nur Ikarus.

Nein, ganz sicher käme er mit mir. Ich umklammerte die Reling und hielt mein Gesicht in den Nachtwind, der heute sanft über das Meer strich. Er war lau, nicht kalt.

War das alles zu riskant? Würde er mir den Ring abnehmen und mich anschließend umbringen? Ich beschloss, ein Messer aus der Kombüse einzustecken, nur falls ich mich verteidigen musste, obwohl ich mir nicht einmal sicher war, ob ich ja sagen würde.

Als ich zum Heck zurückgehen wollte, entdeckte ich Troja keine fünf Meter weit entfernt. »Hey, Prinzessin.« Er stand reglos an der Brüstung, ein Schatten in der Dunkelheit.

»Hey!« Unbehaglich sah ich mich um, aber außer Troja war niemand zu sehen. Was hatte er mitbekommen? »Bist du schon länger da?« Ich rieb mir mit den Händen über die Oberarme und fühlte die weiche Wolle des Rollkragenpullovers unter meinen Fingern. Auf einmal fröstelte es mich doch.

Troja kam auf mich zu. »Nicht lange. Was machst du bei Sparta? Er mag dich nicht. Er hält dich für ein verwöhntes Gör.«

»Ich wollte ihn vom Gegenteil überzeugen«, schwindelte ich. »Ich möchte nicht gehasst werden.« Troja blieb zwei Meter vor mir stehen und studierte mein Gesicht, suchte nach Anzeichen von Verrat.

Gespielt entwaffnend hob ich die Hände. »Gut, ich bekenne mich schuldig. Ich wollte ihn mit meinem Ring bestechen, damit er mich von hier fortbringt, bevor Isaac auftaucht.« Manchmal ist die Wahrheit so unglaublich, dass sie niemand ernst nimmt.

Trojas schokoladenbraune Augen weiteten sich auch prompt, und er schien sprachlos.

»Das war ein Scherz«, sagte ich augenzwinkernd und hoffte, er würde es mir abnehmen. Mit angehaltenem Atem wartete ich auf seine Reaktion und holte tief Luft, als er losprustete.

Mit dem Finger deutete er auf mich: »Du bist gut, Prinzessin. Richtig gut. Beinahe hätte ich es dir abgekauft.«

Ich lachte mit ihm, um meine Erleichterung zu verbergen, doch plötzlich wurde Troja ernst.

»Darf ich dich etwas fragen? Etwas Persönliches?«

Überrascht nickte ich.

Troja betrachtete den Ring, und für einen Moment dachte ich, er wollte mir ein Angebot machen, doch er sagte: »Es ist hier kein Geheimnis, dass deine Mom im Atlantik ertrunken ist, aber …«, er stockte kurz, »warum hatte sie den Ring nicht an, also … du weißt schon … sie waren verheiratet und so …«

Ich fuhr zart über den Rubin. »Sie hat ihn die meiste Zeit an einer Kette getragen, weil er sie beim Malen gestört hat. Und sie hat viel gemalt, jeden Tag eigentlich. Und an dem Tag, als … sie hatte die Kette nicht an, keine Ahnung, warum.«

»Oh … das tut mir leid. Du hängst sicher an diesem Ring.« Troja sah mich an, und ich nickte nur.

Ihn vielleicht Sparta zu überlassen, würde mir schwerfallen.

Hinter Troja ging ich die wenigen Stufen aufs Heck hinauf, doch das war ein Fehler. Troja hatte mich offenbar nur suchen sollen, denn kaum stand ich auf der Plattform, packten mich Taurus und

Ikarus unter den Armen. Sie setzten mich auf eine Kiste mitten auf dem Deck und ließen nicht los. Ich brachte gerade noch ein »Was soll das?« heraus, als Ilias sich vor mir aufbaute.

»So!«, feixte er unheilvoll, aber grinsend. Schlagartig war ich umringt von Männern, die sich dicht um uns drängten. Vor meinem Gesicht erschien eine behaarte Pranke, die eine Schnapsflasche umklammerte. »Jetzt wir trinken Rest, Prinsessa!«

Ich habe heute nicht mehr so viele Erinnerungen an die nächsten Stunden. Sie meinten es auf eine seltsame Weise gut mit mir, obwohl sie mich abfüllten wie ein Brauereifass und sich dabei halbtot lachten. Sie tätschelten gutmütig meinen Kopf, während sie mich ziemlich rabiat zum Trinken zwangen; ich glaube, Ilias hielt mir einmal sogar die Nase zu. Vielleicht war es aber auch Pan.

Danach grölten sie, schlugen mir kameradschaftlich auf den Rücken, als wäre ich fortan ihr Saufkumpan. Einer warf mich sogar über die Schulter und drehte sich im Kreis. Ich glaube, es war Ikarus oder Kastor; und das gab mir letztendlich den Rest.

Nachdem mich derjenige abgesetzt hatte, übergab ich mich über die Brüstung und hörte jemanden sagen: »Ich habe es euch ja gesagt, Männer: Alles, was nicht im Stehen über die Reling pinkeln kann, hat auf einem Schiff nichts verloren.«

Als wäre ich freiwillig hier und keine Geisel.

Tock-tock-tock. In meinem Mund pappte der widerliche Geschmack von Magensäure und altem Alkohol, und mein Schädel pochte, als würde ein Antriebshammer penetrant dagegenklopfen. Stöhnend richtete ich mich auf, was fatal war, denn so hämmerte es nur noch heftiger. »Verdammter Scheiß-Mist!«, fluchte ich ungehalten.

Super, nicht mehr lange, und du klingst wie Pan oder Taurus.

Mit schweren Augenlidern blinzelte ich. Ich war klatschnass geschwitzt und lag bis auf die Boots voll bekleidet auf einem Bett in einer winzigen Kammer.

Eine Hand gegen meine Stirn gepresst, schaute ich mich genauer um. Ich war allein. Der Raum war nicht größer als eine

Sardinenbüchse, es passten gerade mal das Bett und eine Kommode hinein.

Wer hatte mich hierhergebracht und was war in der Nacht noch alles passiert? Ein Schreck durchzuckte mich wie ein Blitz, und ich blickte auf meine Hand. *Gott sei Dank!* Der Ring war noch da! Mein schneller Herzschlag schlug ein paar Sekunden in meinem Kopf weiter, bevor er sich wieder normalisierte. Niemand hatte mir den Schmuck abgenommen! Daran hatte ich gestern an Deck überhaupt nicht mehr gedacht. Wer immer ihn mir hätte stehlen wollen, es wäre für denjenigen ein Kinderspiel gewesen, so betrunken, wie ich gewesen war. Allerdings hätte derjenige natürlich auch ein riesiges Publikum gehabt.

In den verschwitzten Klamotten schlich ich ins Bad. Ich erleichterte mich und putzte meine Zähne mit der Zahnbürste, die Nathan mir zugeteilt hatte, anschließend schüttete ich mir mehrere Hände voll Wasser ins Gesicht. Eher zufällig blickte ich in den Spiegel. »Oh Gott!«

Die junge Frau darin war mir fremd. All der Glanz, der mich immer umstrahlt hatte, schien erloschen. Ich sah aus wie ein gewöhnliches junges Mädchen nach einer durchzechten Nacht. Blass und leicht ungesund. Vielleicht so wie Penelope, wenn sie aus dem Seven Stories kam.

Was Dad ihr wohl über mein Verschwinden erzählt hat? Und was wusste Delilah überhaupt von all dem? Wie hatte Dad mein Abtauchen unseren Angestellten und den Partygästen erklärt? Vielleicht mit der üblichen Ausflucht: *Willa ging es nicht gut … ja, sie ist sehr zerbrechlich … schnell angegriffen, ein Lufthauch weht sie um.* Womöglich hatte er gesagt, ich wäre aus gesundheitlichen Gründen von der Party verschwunden und jetzt in Kur. Aber wie wimmelte er Penelope ab? Sie war hartnäckig und wollte mich sicher anrufen.

Seufzend kämmte ich meine Haare mit den Fingern, danach machte ich mir meine Zöpfe und flocht auch wieder das Armband hinein. Ich überlegte, ob das Mädchen im Spiegel Dads Ansprüchen an Schönheit und Gloria noch genügen würde.

Hatte ich ihm überhaupt je genügt?

Was er wohl gerade machte?

Saß er geruhsam zuhause in seinem Ledersessel, trank seinen sündhaft teuren Tee und verfolgte die Ölpreise über seinen Megafernseher? Oder wartete er voller Unruhe auf eine Nachricht von seinem Sondereinsatzkommando? Hatte er überhaupt eines beauftragt? Was, wenn er einfach abwartete, wie ernst es den Entführern tatsächlich war?

Über mich selbst bestürzt schüttelte ich den Kopf. Ich musste aufhören, ständig an ihm zu zweifeln. Dad hatte natürlich Männer beauftragt, die mich suchten. Er war sicher krank vor Sorge.

Und wieso erfüllt er dann nicht einfach die Forderungen?, flüsterte eine winzige zornige Stimme in mir, die ich so gar nicht kannte. *Wieso tritt er dein Leben mit Füßen, wo du freiwillig deins für ihn gegeben hättest? Du bist seine einzige Tochter. Er hängt an dir – wie ein Mensch nur an jemandem hängen kann. Warum hilft er dir nicht?*

Für Sekunden kam mir der schreckliche Gedanke, dass er womöglich froh war, mich auf diese Art loszuwerden. Ich war ganz sicher, dass er nur meinetwegen nie wieder geheiratet hatte. Er hatte es nie gesagt, aber er hätte mir nie eine Stiefmutter vor die Nase gesetzt. War ich ihm mit meiner Unselbstständigkeit die ganze Zeit im Weg gewesen?

Wie betäubt stand ich da und versuchte, das Gedankenrad zu stoppen. Da tauchte ein neuer Geistesblitz auf: Womöglich log Isaac, um die Männer an Bord zu verunsichern. Wieso hatte ich noch nicht daran gedacht? Vielleicht hatte Dad alle Forderungen erfüllt und Isaacs Behauptung war nur ein Vorwand, damit Nathan ihn vorzeitig an Bord kommen ließ. Und zwar, um mich persönlich zu töten und nicht, um die Dinge selbst in die Hand zu nehmen. Oder wollte er jetzt doch noch Geld von Dad erpressen?

Für einen Augenblick legte ich meine Hände auf die Wangen und blickte im Spiegel in mein blasses Gesicht. Ich musste hier weg, egal wie Spartas Plan aussah. Selbst der schlechteste Plan war besser, als hier auf Isaac zu warten. Sparta war meine einzige Chance, von hier wegzukommen, auch wenn ich mich gerade so fühlte, als hätte ich in der Nacht nur mit Mühe einen Faustkampf überlebt.

Kurze Zeit später steckte ich ein stumpfes Gemüsemesser in den

Schaft meines Stiefels, ein scharfes hatte ich nicht gefunden – warum, konnte ich mir natürlich denken.

Ich kam gerade aus der winzigen Kombüse, als ich Nathan über den Weg lief. Er sah ungewohnt aus, da er kein Stirnband trug. Seine Haare hatte er zu einem Zopf zusammengebunden, und nur ein paar zu kurze Strähnen steckten hinter seinen Ohren. Er wirkte dadurch jünger, die schmalen Augen erschienen größer und weniger finster.

Als er mich entdeckte, blieb er sofort stehen, und ich fühlte mich ertappt. Hoffentlich hatte ich das Messer tief genug in den Schaft geschoben.

»Wie geht es dir?« Er musterte mich von oben bis unten, und ich spürte, wie ich errötete.

»Du meinst wegen gestern Nacht?«

Er zog einen Mundwinkel herab. »Nein, ich meine wegen allem, auch wenn ich es nicht gutheiße, dass du dich mit der Mannschaft besäufst wie ein abgebrühter Seemann. Es könnte sie auf dumme Gedanken bringen.«

»Das war unfreiwillig«, protestierte ich.

Er ging nicht darauf ein. »Ein hübsches Mädchen, so weit draußen auf See. Viele von ihnen haben keine Frau, die auf sie wartet. Fordere es nicht heraus.«

Ein Hohn, wo er doch der Einzige war, der mich geküsst hatte. »Du vertraust ihnen nicht?«

»Ich vertraue mir, das genügt.«

»Sonst niemandem?«

»Fast niemandem.«

»Klingt einsam.«

»Einsamkeit muss nicht schlecht sein. Ich bin Realist. Was anderes kann ich mir nicht leisten, Prinzessin. Keine Träume, kein Vertrauen, keine Gefühle. So lebt es sich am besten.«

Ich dachte an meine enge Beziehung zu Dad, egal was gerade war. »Klingt noch einsamer.« Für einen Moment schwiegen wir beide, aber keiner ging an dem anderen vorbei. Irgendwann klaubte ich meinen ganzen Mut zusammen. »Könnte Isaac wegen der Forderungen gelogen haben?«

Nathan sah mich überrascht an. »Wieso sollte er?«

»Ich … ich habe keine Ahnung. Um den Zorn der Männer zu schüren? Oder vielleicht, damit du ihn an Bord kommen lässt, um die neue Ausgangslage zu diskutieren?«

Nathan schüttelte sehr bestimmt den Kopf. »Ich weiß, dass es stimmt.«

»Wir sind auf See. Wie kannst du dir sicher sein? Du hast doch nur Isaacs Wort.«

»Ich weiß es eben.«

»Aber …«

»Wach endlich auf, Willa. Dein Vater ist nicht der Heilige, für den du ihn hältst.«

»Ich habe nie gesagt, dass er ein Heiliger ist!« Ich hätte ihn schütteln können, gleichzeitig wurmte es mich, dass er in seinem Rollkragenpullover so verdammt gut aussah. Mein Magen schlug Purzelbäume. Ich fühlte mich jedes Mal so seltsam, wenn ich ihm gegenüberstand. Voller Gefühle, die nicht in mich hineinpassten, weil sie so groß waren. Sie machten es mir fast unmöglich, ihn zu hintergehen. Besser wäre es, er wäre wieder wütend auf mich, dann würde es mir leichter fallen.

Vielleicht verschränkte ich deshalb die Arme vor der Brust. Womöglich aber auch deswegen, weil ich diesen Kutter nicht verlassen wollte, ohne sein Geheimnis zu kennen. »Tucekilemeur«, platzte es aus mir heraus. »Warum kann ich es nicht aussprechen, ohne dass du ausflippst? Was bedeutet es?«

Seine Miene verschloss sich wie auf Knopfdruck. »Das weißt du doch längst.«

»Was weiß ich?«

»Es ist französisch«, sagte er, und ich spürte förmlich, wie er sich innerlich abriegelte, sich gegen jegliches Gefühl sperrte und es hinter Zorn verbarg. »Tous ceux qu'il aime meurent. Alle, die er liebt, sterben.«

Ich schluckte, sah ihn an.

Seine Augen sprühten Funken. »Bist du jetzt zufrieden, Prinzessin? Kannst du dir davon was Nettes kaufen?« Mit diesen Worten marschierte er an mir vorbei und ließ mich völlig perplex stehen.

Alle, die er liebt, sterben.

Die Worte sanken in mir herab, als müssten sie sich setzen. Es klang grausam, und unendlich traurig. Seelenschwer. Trug er daher immer schwarz? Weil er trauerte? Und was bedeutete *alle*? Er hatte ja mal gesagt, mein Vater hätte ihm jeden Menschen genommen, den er geliebt hat, aber das hatte ich ihm nicht geglaubt, zumindest hatte ich es Dad nicht zugetraut. Aber mal abgesehen davon, ob Dad nun darin verwickelt war oder nicht: Es würde bedeuten, er hätte ebenfalls seine Mom und seinen Dad verloren. Und Lea, seine Schwester.

Etwas Dunkles hüllte mich ein wie ein Grabtuch.

Wie überlebte man das? Wie lebte man mit solchen Verlusten weiter? Mich hatte Moms Tod schon seelisch zerschmettert. Er hatte mir wochenlang die Worte genommen und mich in eine Art Zombie verwandelt. Ich hatte mich gefühlt wie eine lebende Tote. Leer. Sinnlos. Wie ein Mensch, den man alleine auf einem fremden Planeten ausgesetzt hatte.

Wie mochte er sich fühlen?

Sekundenlang stand ich stocksteif da und begriff, mit welcher Wucht er diese Trauer durch Zorn unterdrückte. Als liefe seine Trauer wie ein Brecher gegen eine Steinwand, ohne sie je niederzureißen. Sie musste ihn innerlich komplett zerfressen. Und ich kapierte gleichzeitig noch etwas ganz anderes.

Sein Bruder war der Einzige, den er noch hatte. Der ihm geblieben war.

Genau deswegen würde Nathan sich auch niemals gegen Isaac stellen. Und ich war ihm ja sowieso gleichgültig, wie er behauptete. Doch selbst wenn das gelogen war: Isaac kannte er sein Leben lang, mich nur wenige Wochen. So bitter das war, ich verstand, dass er sich für seinen Bruder entscheiden würde, sollte er je wählen müssen. Doch es war ein weiterer Grund, die Agamemnon zu verlassen. So schnell wie möglich.

Am Nachmittag hatte ich es immer noch nicht geschafft, alleine mit Sparta zu sprechen, also lungerte ich am Bug herum, wo ich ihn auch das letzte Mal getroffen hatte. Die See war unruhig, und ich stützte mich mit einer Hand an der mannshohen Ankerwinde ab. Ein dunkles Rauschen erfüllte die Luft, und der Wind blies Schaumkronen von den Wellen.

Das Wetter war schlecht für mein Vorhaben. Egal ob mit oder ohne Floß, ich konnte mir gerade beim besten Willen nicht vorstellen, wie es überhaupt möglich sein sollte, von hier wegzukommen.

Mit einem Gefühl von Bedrohung starrte ich auf die aufgewühlte Fläche des Ozeans, als ich Schritte vernahm. Ich drehte mich um.

»Du hast es dir überlegt.« Sparta stand vor einem der gelben Fischereikräne, die den Bug flankierten. Er sah weder reisefertig noch sonst irgendwie vorbereitet aus, trotzdem nickte ich, allerdings so schwach, dass ich es notfalls hätte abstreiten können.

»Morgen früh«, sagte er und beobachtete mich, wie ich näher kam, »kommen wir relativ nah an den Outer Banks vorbei.«

»Wir sind bei North Carolina?«, fragte ich viel zu laut vor Erstaunen.

»Still!«, zischte Sparta und sah sich um, doch es war keiner da, und das Brausen von Wind und Wellen dämpfte jedes Wort wie ein Kissen. Er nickte zur Reling, und wir stellten uns unter das Dach, unsichtbar für alle Männer auf der Brücke. »Wir sind diese Route vorher mit angeschaltetem Transponder abgefahren, um den Schiffsverkehr einschätzen zu können. Bei den Outer Banks gibt es massenweise Ausflugsboote. Angeltouren für Touristen, auch und gerade in den frühen Morgenstunden.«

»Und wie stellst du dir das Ganze vor? Soll ich auf gut Glück über Bord springen? Was, wenn mich keins der Touristenboote entdeckt?« Ich dachte an mein waghalsiges Unternehmen mit dem Trawler, das mir im Nachhinein wie ein Himmelfahrtskommando erschien.

Sparta sah mich an, als wäre ich minderbemittelt. »Ich werde unsere Position vorher an die Seenotrettung von Buxton durchgeben, ohne dass es jemand merkt. Und ich setze ein SOS ab.«

»Und wie willst du das machen? Nathan ist doch ständig auf der Brücke.«

»Ich werde schon dafür sorgen, dass er es nicht ist, außerdem schläft er auch hin und wieder.«

»Und wenn du ihn ausgerechnet morgen früh nicht vertreiben kannst?«

Sparta reagierte nicht mehr darauf und redete weiter. »Um kurz vor fünf schalte ich unseren Transponder auf Empfang, kontaktiere Buxton und sende ein SOS. Danach stelle ich ihn sofort wieder aus. Das merkt niemand; selbst wenn von den anderen jemand da ist, haben sie zu wenig Ahnung davon, und die Küstenwache wird höchstens denken, der Kutter wäre gesunken.«

»Und was passiert dann? Die Küstenwache wird doch ewig brauchen, um so weit rauszufahren.«

»Die Schiffe der Küstenwache sind auf ständiger Patrouille, aber auch sonst ist jeder Seefahrer dazu verpflichtet, bei einem Notfall Hilfe zu leisten. Jeder Kapitän muss permanent die Seenotfunkfrequenzen überwachen. In unserem Fall sind die Touristenboote sicherlich die, die uns am schnellsten erreichen. Es sollte nicht lange dauern, aber für diese Zeit nutzen wir das Floß.«

Es lag mir auf der Zunge, ihn an sein eigenes Verbot bezüglich des Floßes zu erinnern, doch sein Plan klang zu vernünftig, als dass ich ihn jetzt verärgern wollte. Außerdem hatte er *wir* gesagt. Er würde mich begleiten, und das würde er nur, wenn er wegen seines Vorhabens keinerlei Bedenken hatte. Nur konnte ich nicht ausschließen, dass er mich vielleicht vom Floß stieß und ertränkte.

»Und wie willst du das Floß unbemerkt ins Wasser lassen? Selbst wenn du es heute Nacht machst, bekommt es doch irgendwer mit!«, hakte ich nach.

Sparta grinste freudlos. »Das Floß schippert schon an einer Leine festgebunden im Wasser und wird von der Agamemnon mitgezogen. Ich habe es heute Nachmittag fertiggestellt und zu Nathan gesagt, ich wolle es testen.«

»Und er hat keinen Verdacht geschöpft?«

»Nein.«

Warum hatte er überhaupt ein Floß gebaut?

Sparta sah an mir vorbei. Er verschwieg mir etwas, das bedeutete, ich musste mich auf etwas einlassen, das ich nicht komplett verstand. Andererseits war Sparta laut Troja schon oft zur See gefahren. Er war Fischer und kannte sich mit Nautik, Seegang und sicher auch mit der Seenotfunkfrequenz aus. Alles sprach dafür, dass sein Plan gut durchdacht war. Selbst das Floß sprach dafür, denn ich hatte keine Lust, inmitten von Haien auf ein Ausflugsboot zu warten. Ich würde keine bessere Chance bekommen … Wenn ich mir nur sicher sein könnte, dass er mir nichts antat.

»Warum hilfst du mir?«, fragte ich ihn geradeheraus. »Du hasst mich.«

Mit seinen hungrigen Augen sah er mich an und warf seine Dreadlocks zurück. »Ich glaube nicht mehr an den Plan. Ich habe immer gesagt, dass die Männer deinen Vater unterschätzen, dass er Mittel und Wege findet … ich denke, diese Männer scheitern, und dann bekommen wir und unsere Angehörigen keine Ersatzzahlung, kein Schmerzensgeld. Dieser Ring an deiner Hand wird meine Frau und meinen Sohn absichern.«

»Du hast Familie?«, fragte ich perplex und wusste nicht, warum es mich so verwirrte.

»Stell dir vor, ja. Aber ohne Arbeit kann ich ihnen nicht das bieten, was sie verdienen.«

Womöglich war Sparta doch nicht so ein übler Kerl, wenn er sich so um seine Frau und seinen Sohn sorgte. Mir fiel auch der Moment ein, als er Nathan unbedingt seine Schwimmweste überlassen wollte und wie Nathan darauf reagiert hatte.

Nachdenklich kaute ich auf meiner Lippe herum. »Du bekommst den Ring aber erst, wenn ich lebendig in einem Touristenboot sitze«, sagte ich schließlich mutiger, als ich mich fühlte. »Davor werde ich ihn in der Hand halten und sobald du mich angreifst, lasse ich ihn fallen. Dann sinkt er auf Nimmerwiedersehen auf den Meeresgrund. Ist das klar?«

Sparta zog einen Mundwinkel herab. »Kristallklar, Prinzessin.«

»Und wann geht es los?«

»Morgen früh Punkt fünf Uhr an der Reling, mittschiffs, Steuerbord.« Er grinste breit, und ich sah zum ersten Mal, dass ihm weiter hinten zwei Zähne fehlten, etwas, das dort, wo ich herkam, undenkbar war. Jetzt nickte er zum Wasser. »Der Frühnebel ist auf unserer Seite, außerdem werden wir nur eine schwache Dünung haben.«

Ich schluckte, weil der Plan nun eingetütet war und mir so endgültig erschien. »Was ist Steuerbord?«

Sparta raufte sich wie fassungslos die Haare. »Die rechte Seite eines Schiffs, Prinzessin. Himmel Herrgott, ich sollte ohne dich gehen! Hast du überhaupt eine Uhr?«

»In der Kammer ist eine.«

»Sei pünktlich!«

Als er ging, blickte ich ihm hinterher, und das Gefühl der Bedrohung in mir wuchs. Es konnten hundert Sachen schiefgehen, einzig das Floß gab mir Sicherheit.

Weil ich mich ablenken wollte, half ich Pan und Ikarus, die Reling auf der Backbord-Seite zu streichen, da die Sturmwellen hier die Farbe abgeschlagen hatten. Als sie sich irgendwann mit den Pinseln wie mit Lichtschwertern bekriegten, musste ich trotz meiner Aufregung sogar lächeln.

Anschließend beobachtete ich Troja und Taurus, wie sie erneut versuchten, den Kran zu reparieren, und sich zur allgemeinen Belustigung in den Fischernetzen verhedderten. Sparta half ihnen schließlich dabei, die beiden Schleppnetze zu entwirren.

Gegen Abend bereitete ich mit Troja einen Gulaschtopf zu, was den Vorteil hatte, dass ich ebenfalls mitessen und mich stärken konnte. Beim Kochen hatte er mir zwar ein paar schräge Seitenblicke zugeworfen, da ich bei allen Gewürzmischungen die Zutatenliste studiert hatte, aber selbst wenn er vermutete, ich könnte auf irgendetwas allergisch sein, war es egal. Ich wäre bald fort.

Sparta fehlte beim Essen.

»Er hat keinen Appetit«, erklärte Nathan und schöpfte sich eine Drei-Mann-Portion auf den Teller.

Die anderen nickten, als wäre das normal, doch Nathan sah seltsamerweise nur mich an.

• • •

In der Nacht konnte ich nicht schlafen und tigerte unruhig durch die winzige Kammer, die bisher Nathans gewesen war, die er mir aber fortan zur Verfügung gestellt hatte. Natürlich konnte er nicht wissen, dass es kein fortan mehr geben würde, aber ich war trotzdem froh, da so niemand meine Nervosität mitbekam. Gegen vier Uhr machte ich einen Rundgang an der Reling entlang und begegnete dem brummigen Kastor, den ich optisch zum ersten Mal richtig wahrnahm. Vor allem seine smaragdgrünen Augen, die ich nicht so leuchtend in Erinnerung gehabt hatte. Auch nicht den Ziegenbart, an dem er jetzt zupfte.

»Kannst nicht schlafen, Prinzessin?«

»Nein. Und du?« Ich glaube, er hatte noch nie einen ganzen Satz zu mir gesagt, und Troja frotzelte stets, er könnte gar nicht richtig sprechen, nur brummen.

»Wird ein nebliger Morgen«, sagte er nur und warf einen Blick auf die dunkle See, bevor er an seiner Zigarette zog.

Ich beobachtete ihn eine Weile. »Wer ist auf der Brücke?«

»Keine Ahnung. Nathan? Ikarus? Jemand aus der anderen Schicht auf jeden Fall.«

»Und Sparta? Weißt du, wo er ist?«

»Vorhin war er noch im Kontrollraum, wieso?«

Mist! Warum war er nicht auf der Brücke? »Ich will ihm nicht über den Weg laufen.«

»Verständlich.«

Ich murmelte ein »Ich gehe wieder rein« und lief zurück ins Unterdeck. Vielleicht brauchte Sparta bei irgendetwas meine Hilfe. Vielleicht konnte ich jemanden für ihn ablenken oder etwas anderes tun. Schnell nahm ich die Stufen in den Bauch des Kutters. Es durfte jetzt nichts mehr schiefgehen. Vor der Tür des Kontrollraums blieb ich stehen und klopfte zaghaft.

Doch es war nicht Sparta, der mir öffnete, sondern Nathan.

»Himmel, Willa, was machst du denn hier? Warum schläfst du nicht?« Er lehnte in der halboffenen Tür und wirkte ungeduldig, fast genervt.

Verwirrt sah ich ihn an. »Tut mir leid, ich wollte dich nicht stören«, stammelte ich, und seine meergrauen Augen flackerten ungewöhnlich unruhig.

»Du störst nicht, aber Apollon und ich müssen hier etwas reparieren. Was ist los? Macht dir jemand Schwierigkeiten?«

»Nein.« Ich schüttelte automatisch den Kopf. »Ich wollte nur schauen, wo du bist«, schwindelte ich hastig.

»Es macht dir doch jemand Ärger. Wen muss ich zurechtweisen? Mykonos? Ilias?«

»Ich wollte dich sehen«, behauptete ich gedämpft und war in dem Augenblick tatsächlich froh, ihm noch mal zu begegnen.

Nathan zog die Brauen hoch. »Ich habe dir gefehlt?«, fragte er nicht ohne Spott.

Zum Teufel mit ihm! Ich entgegnete nichts und versuchte mir stattdessen jedes Detail seines Gesichts einzuprägen, damit ich es aus der Erinnerung würde zeichnen können. An seinen Rabenfederwimpern blieb mein Blick hängen.

»Was siehst du mich so an?« Er klang misstrauisch.

Ich blinzelte. Plötzlich konnte ich nur noch daran denken, dass er alle, die er liebte, verlor. Dass er allein war und immer allein bleiben würde, wenn er Gefühle weiterhin unter seinem Zorn verbarg.

»Willa … Will …« Er machte einen Schritt in den Gang und zog die Tür hinter sich zu. Für Sekunden starrte er mich an, dann fiel sein Blick auf meine Lippen und wanderte wieder zu meinen Augen. Seine Pupillen waren riesig. Wie unter Hypnose schaute ich zurück und sah, wie er schluckte, als kämpfte er gegen den inneren Drang, mich an den Zöpfen zu packen, zu küssen und mit seinem Körper gegen die Wand zu drängen, bis ich ihn ganz und gar spürte.

Ein Teil von mir wünschte sich das. Und dieser Teil bekam schreckliches Herzklopfen.

Tu's einfach!, dachte ich, doch da schüttelte er den Kopf, als würde er es sich selbst verbieten.

»Du solltest gehen«, sagte er knapp. »Diese Räume sind dir verboten.«

Ich konnte nicht aufhören, ihn anzuschauen, und wünschte mir gleichzeitig, ich wäre nie hergekommen. Was war mit mir los?

»Hey, hast du vergessen, wie man spricht, oder bist du wieder in Trance?« Er fasste an meinen Zopf, wo ich normalerweise sein Band trug, doch da war es nicht mehr. Für einen Moment schien es ihn stutzig zu machen, dann ließ er die Hand sinken. »Will ...« Wieder schüttelte er den Kopf. »Sieh mich nicht so an! Selbst wenn ich wollte, es wäre nicht möglich. Es gibt immer noch diesen Plan und die Männer, die sich auf mich verlassen. Abgesehen davon würdest du nicht lange überleben. Auf mir liegt ein Fluch, vergiss das nie!«

Damit zog er sich in den Kontrollraum zurück und ließ mich mit klopfendem Herzen stehen.

Tous ceux qu'il aime meurent.

Das war sein Fluch!

Er hatte Angst.

Alle, die er liebt ...

Warum brannten meine Augen so sehr?

Ich rannte die Stufen hinauf und verschwand in der Kammer, in der ich heute Nacht geschlafen hatte. Dort ließ ich mich aufs Bett fallen und versuchte, mich wieder zur Vernunft zu bringen, aber ich bekam Nathans Stimme nicht aus meinen Gedanken. *Selbst, wenn ich wollte ... auf mir liegt ein Fluch.*

Am liebsten hätte ich meinen Kopf gegen die Wand gehämmert. *Es war nur dieser eine Kuss im Sturm, und da warst du verwirrt und verängstigt. Außerdem bist du dabei, abzuhauen, schon vergessen?*

Ach verdammt! Ich konnte es mir nicht leisten, an ihn zu denken. Und schon gar nicht auf diese Art!

Sieh mich nicht so an!

Und wieso musste er mich Will nennen?

Ich schüttelte den Kopf, saß einfach nur da. Für viele, viele Minuten.

• • •

Irgendwann besann ich mich wieder auf mein Vorhaben und verließ die Kammer, doch Sparta war wie vom Erdboden verschluckt. Als Ikarus mir nach meinem Rundgang im Unterdeck entgegen kam, fragte ich ihn direkt nach Sparta, natürlich wieder unter der Begründung, dass ich ihm nicht begegnen wollte.

»Da musst du dir keine Sorgen machen. Sparta ist mit Delphi auf der Brücke. Hat Nathans Schicht übernommen, weil ein paar Messinstrumente im Kontrollraum verrücktspielen.«

»Gut!« Meine Erleichterung war echt. Vielleicht war Sparta vorhin tatsächlich im Kontrollraum gewesen und hatte absichtlich ein paar Geräte verstellt, sodass Nathan sie neu justieren oder reparieren musste.

Ich ging zurück in die Kammer und schlich um kurz vor fünf nach draußen. Zum Glück stand kein Raucher an der Reling. Es war still, und wer immer auf der Brücke war, konnte mich mittschiffs an der Brüstung nicht sehen.

Nervös schaute ich mich um. An Heck und Bug ragten die Fischereikräne in den Himmel wie gigantische Finger, aber von Sparta fehlte jede Spur. Vielleicht war er ja noch auf der Brücke und wartete auf einen günstigen Moment, um das SOS abzusetzen. Ob Nathan noch im Kontrollraum war?

Ich atmete tief durch. Ich sollte nicht an ihn denken, das hatte ich in der letzten Stunde genug getan.

Unruhig lief ich an der Brüstung hin und her, wartete und wartete und wartete, viele Minuten lang, zu viele. *Oh Mann!* Es war sicher schon nach fünf. Wenn Sparta sich weiter verspätete, wären wir schon bald an den Outer Banks vorbei und müssten länger auf Hilfe warten. Und je länger wir warten mussten, desto größer war das Risiko, dass jemand unser Fehlen auf der Agamemnon bemerkte.

Fahrig tastete ich nach dem Ring. Ich trug ihn entgegen meinem Vorsatz aufgefädelt an Nathans Armband, das ich fest um mein Handgelenk geknotet und unter den Pullover geschoben hatte. Ich würde später nur so tun, als hielte ich ihn in der Hand; nicht, dass er mir am Ende tatsächlich entglitt und auf den Meeresgrund sank.

Angespannt blickte ich auf die See. Die Dünung war zwar nicht schwach, wie Sparta vorausgesagt hatte, aber wenigstens hing der Seenebel wie ein Gespensterkleid über dem Meer, weiß und orangerot, als würde das Wasser brennen. Irgendwo über uns schrien Möwen, wir waren also wirklich in Küstennähe. Das beruhigte mich etwas. Ich lehnte mich über die Reling und schaute nach dem Floß. Es schaukelte nur wenige Meter unter mir.

»Wo bleibst du?«, flüsterte ich vor mich hin. Hatten sie Sparta vielleicht erwischt?

Ich wollte mich gerade umdrehen, als mir der Geruch von Kampfer in die Nase stieg.

»Endl...« Weiter kam ich nicht. Eine Hand schoss auf meinen Mund, gleichzeitig wurde ich so fest gepackt, dass ich dachte, mir würden die Rippen brechen. Für Sekunden war ich wie gelähmt, wusste nicht, wie mir geschah. Etwas passierte mit meinem Körper, er wurde herumgedreht, und plötzlich war die Stange der Reling vor meiner Nase.

Adrenalin überschwemmte mich.

Sparta wollte mich einfach in den Atlantik werfen!

Nein! Nicht!, wollte ich schreien, aber ich konnte nicht einmal keuchen. Momentaufnahmen blitzten vor mir auf. Morgennebel, Arme in schwarzer Regenkleidung, Handschuhe, die rostige Stange der Reling. Unter mir klatschten die Wellen gegen den Rumpf. Dunkel und bedrohlich.

Ich werde ertrinken wie Mom!

Der Gedanke löste meine Schockstarre. Wie wild strampelte ich mit den Beinen, schlug um mich und knallte mit der Hand gegen das Geländer. Geistesgegenwärtig krallte ich mich daran fest.

Im nächsten Moment wurde mein Mund freigegeben.

»Hilfe!« Ich zappelte herum, und plötzlich sah ich ihn.

Panik zog meine Kehle zu wie eine Drahtschlinge. Er trug schwarz, und sein Kopf steckte unter einer spitzen Haube, als wäre er vom Ku-Klux-Klan. Ein Mann wie ein Scharfrichter, riesengroß und wie aus einem Horrorfilm, doch das Schlimmste waren die engmaschigen Netze, durch die er mich ansah. Es war, als hätte er tausend Augen.

»Sparta«, flüsterte ich entsetzt. Mit roher Gewalt bog er meine

Finger auf, die ich immer noch um die Brüstung krallte. Es ging zu schnell. Viel zu schnell, und er war zu stark.

Ich wusste nicht, ob ich noch einmal schrie. Ich wusste gar nichts mehr. Angst presste mir die Luft aus den Lungen, ich hörte mein »HhH« und spürte, dass ich fiel. Das Letzte, das ich sah, war er.

Ganz ruhig stand er an der Reling und blickte mit seinen Facettenaugen auf mich herab.

Kapitel 14

Ich begriff zwei Dinge. Erstens: Sparta hatte mich verraten. Zweitens: Wenn es niemand bemerkt hatte, würde ich allein im Ozean ertrinken. Hart klatschte ich ins Wasser, spürte noch, wie die Wellen über meinem Kopf zusammenschlugen, dann war da nichts mehr außer Panik.

Panik und der Schock der Kälte.

Sekundenlang war ich benommen, sank mit den schweren Boots hinab wie ein Stein und sah das rote Sonnenlicht über der Wasseroberfläche schimmern wie einen Glutteppich. Ich wusste nicht, ob ich schrie oder still blieb, zappelte oder reglos unterging. Für einen winzigen Moment dachte ich sogar, ich würde unter Wasser verbrennen und meine Lungenbläschen würden platzen, bis ich irgendwann begriff, dass ich leblos wie eine Puppe in der Schwärze trieb. Fast schwerelos. Die Angst hatte mich bewegungsunfähig gemacht, und ich war gesunken.

Mom kam mir in den Sinn. Mom, wie ich sie immer gezeichnet hatte. Als weißen Geist, der dem Meeresgrund entgegensank.

Mom!

Es war pures Adrenalin, das mich jetzt handeln ließ. Ich blickte hinauf zu den schwimmenden Reflexionen aus Rot und Gold. Instinktiv trat ich mit den Beinen und schlug die Arme wie Flügel, aber die schweren Boots zogen mich hinab, ebenso die vielen

Schichten an Klamotten, der vollgesogene Rollkragenpullover, die Jeans und die lange Unterhose. Angst umfasste meine Kehle. Wieder trat ich Wasser, bewegte die Arme, doch ich kam kaum vom Fleck.

Ich blinzelte. Etwas Helles schwebte auf Augenhöhe an mir vorbei, ganz nah, fast wie ein Schwarm von Millionen winziger Fische. Es bauschte sich auf und zog sich zusammen, als atmete es ein und aus. Erst da ahnte ich, dass etwas um mich war, das mich blockierte und am Aufsteigen hinderte. Es lag nicht an meinen Kleidern. Ich griff nach dem hellen Ding, weil ich es vor Panik und der Trübe des Wassers nicht erkennen konnte. Es war rau, fest und feinmaschig.

Mein Herz setzte einen Schlag aus. Es war ein Netz. Ein Fischernetz. Panikartige Bilder von meinem qualvollen Ertrinken fluteten meinen Kopf, während ich hektisch um mich fasste. Das Netz war überall. Selbst unter meinen Füßen war etwas, das nicht nachgab.

Oh Gott! Oh Gott! Oh Gott!

Wie ein Fisch auf dem Trockenen zappelte ich herum, als es plötzlich einen harten Ruck gab. Ich glitt vorwärts, ohne zu schwimmen. Da verstand ich das Entsetzliche: Ich war ins Wasser gestürzt und unter der Oberfläche in ein gespanntes Schleppnetz geraten. Es hatte mich mit seiner runden Öffnung verschluckt wie das Maul eines Seeungeheuers, und ich befand mich jetzt am schmalen Ende und wurde deswegen unter Wasser mitgezogen.

In Todesangst versuchte ich zu schwimmen, um an die breite Öffnung zu kommen, aber das Netz war zu eng, lag zu fest um mir, und selbst wenn es lockerer gewesen wäre, war der Sog, gegen den ich hätte anschwimmen müssen, zu stark. Der Kutter hatte zu viel Fahrt. Und damit hielt er auch das Netz unter Wasser.

Aus purer Verzweiflung schlug ich wieder die Arme auf und ab, boxte gegen das Netz. Der Druck in meinem Kopf stieg. Nicht nur vor Angst. Ich musste Luft holen. Bläschen meines Kampfes sprudelten durch die Maschen nach oben. *Ich komme nicht raus! Ich komme nicht raus!*

Weißt du, was das Heimtückische an diesen Netzen ist?, hörte ich Sparta fragen.

Mit aller Kraft versuchte ich, das Netz mit bloßen Händen zu zerreißen, aber es war wie in dem großen Raum, es war zu fest und jetzt auch zu straff gespannt. Ich spürte nur ein scharfes Brennen an den Fingern. Für einen Moment blieb ich reglos, weil ich nicht wusste, was ich noch tun konnte. Da fiel es mir ein.

Ich zerrte den Ärmel des Pullovers nach oben, um das Netz mit der rauen Stelle des Rings zu durchtrennen.

Doch ich war zu panisch. Der Ring verhakte sich in den feinen Fasern der Maschen. Jetzt hing ich richtig fest. Wie ein Fisch am Haken. Ich schrie, und nutzlose Blasen sprudelten um mich herum. Wie lange war ich jetzt schon unter Wasser? Eine Minute? Eineinhalb? Es kam mir ewig vor.

Ich musste atmen. Mein Kopf dröhnte. Mit zittrigen Fingern probierte ich, das Armband aufzuknoten, doch Furcht und Wasser machten mich ungeschickt, und der Knoten saß zu fest.

Ich ertrinke! Wie Mom!

Mit einem Schlag blieb ich reglos. Ich sah meine Zöpfe im Wasser treiben wie in Zeitlupe. Ebenso den Saum meines Pullovers. Meine Arme und Beine schienen mir zu schwer, um sie zu bewegen. Alles verlangsamte sich. Und es war still. Ohrenbetäubend still.

War es immer so, wenn man den Kampf verlor?

In meinen Schläfen, in Brust und Bauch hämmerte mein Puls hart gegen den Sauerstoffmangel an. Als bestünde ich nur noch aus einem einzigen durchdringenden Herzschlag. Da-dam. Da-dam. Da-dam. Meine Augäpfel stachen. Ich musste atmen. Ich wollte Luftholen, auch wenn es Wasser wäre, aber es ging nicht. Etwas blockierte mich, als hätte ich einen Krampf in der Kehle. Meine Gedanken liefen ins Leere, während ich bunte Strudel im Wasser sah. Pinselstriche ohne Sinn. Auf einmal kam ich mir körperlos vor, als würde mein Gedächtnis durch Spiralen in Rot und Grün gleiten.

Für die wenigen Sekunden, in denen mein Geist noch auf irgendeiner Ebene bei Bewusstsein war, sah ich Mom.

Und es war wieder, als geschähe das alles zeitlos, sowohl in der Vergangenheit als auch jetzt und in der Zukunft.

Ich sehe sie, wie sie vor einem winzigen Koffer steht, der auf ihrem Bett liegt. Sie verstaut ein paar Hosen und Shirts und packt sogar Kleider von mir hinein. Ich entdecke meine gelbe Entchenunterhose und meinen Lieblingspullover mit dem Gänseblümchen.

»Mom, was machst du da?«, höre ich mich fragen.

Erschrocken fährt sie herum, und ihre langen zimtfarbenen Zöpfe pendeln hin und her. »Will, ich dachte, du bist unten bei deiner Grandma?«

»Verreisen wir, Mom? Hast du auch Mr. Sparkles dabei?«

»Ich hole ihn noch. Will, Darling, erinnerst du dich an die Geschichte, die ich dir neulich erzählt habe?«

»Die von dem Vögelchen, das von seinem Besitzer zu sehr geliebt wurde, sodass er ihm ständig Goldperlen ins Futter gestreut hat? Damit es nicht mehr fliegen konnte?« Ich erinnere mich gut an diese Erzählung, denn sie hat mich ein wenig gegruselt.

Mom kniet sich vor mich, streicht meine Haare aus dem Gesicht und gibt mir einen Kuss auf die Stirn. »Genau die. Ich muss dir etwas sagen, Nevaeh.«

Nevaeh. So nennt sie mich nur, wenn es um etwas Ernstes geht, meist habe ich dann etwas angestellt, das meinem Dad missfällt. »Was ist, Mom? Habe ich vergessen, Banana und Balou zu füttern?«

»Nein, nein. Das ist es nicht.« Sie beugt sich zu mir und flüstert: »Ich bin das Vögelchen, Nevaeh. Dein Dad liebt mich zu sehr.«

Zu sehr. Zu sehr. Zu sehr.

Die Worte waren wie ein alles durchdringendes Echo, das vom Meeresgrund nach oben hallte. Sie füllten mich aus, während es in mir immer dunkler wurde. Immer finsterer. Es war, als würde ein in mir scheinendes Licht still und langsam gedimmt. Und dann war da noch mal dieser letzte Augenblick des Aufbäumens, in dem ich begriff, dass ich ertrank, dass ich starb. Mein Körper zappelte sinnlos herum, mein Geist malte rote Bilder. Doch darin sah ich etwas.

Die grauen Augen des Meeres.

Sie waren weit und voller Schrecken. Dann packten mich zwei starke Arme.

• • •

»Willa? Will?«

Mein Oberkörper zog sich reflexhaft zusammen, und ich hustete, spuckte Wasser und rang gleichzeitig nach Atem. Es klang gequält, wie das Keuchen eines malträtierten Blasebalgs, und das Herz hämmerte wie ein Amboss in meinem Kopf. Jemand fasste meine Hand, und ich drückte die Finger, so fest ich nur konnte.

Ich lag auf einer ebenen Fläche und starrte wie blind in ein aschfahles Gesicht.

Nathan.

Ich wollte ihn anlächeln, aber es misslang. Ich wollte seinen Namen sagen, aber ich konnte nicht. Ich konnte überhaupt keinen Ton hervorbringen, sondern nur mit offenen Augen daliegen und keuchen. Kalt spürte ich den Wind, der über mich hinwegstrich. Es kam mir vor, als hätte er hundert Stimmen, die auf mich einflüsterten. Stimmen, die von dem Grauen unter Wasser, dem Netz und der vermummten Gestalt erzählten. Stimmen der Vergangenheit, von Mom. *Ich bin das Vögelchen.* Ich hörte es in der Luft, immer wieder diesen einen Satz, er flatterte wie der aufgeregte Flügelschlag eines Kolibris. *Ich bin das Vögelchen. Ich bin das Vögelchen. Ich bin das Vögelchen.*

Für mehrere Atemzüge dachte ich an Banana und Balou, meine schneeweißen Wellensittiche von früher.

Verstört richtete ich mich auf und hustete abermals einen Schwall Wasser aus meinen aufgeblähten Lungen. Ich war nicht ertrunken. Nathan hatte mich gerettet, auch wenn ich nicht wusste, wie er es geschafft hatte, doch ich hatte seine Augen gesehen und seine Arme gespürt, kurz bevor ich bewusstlos geworden war.

»Will – was ist passiert?« Er kniete neben mir. Er war komplett durchnässt, seine Hand, die ich zusammenpresste, war ebenso kalt wie meine, und sie zitterte. Hinter ihm standen ein paar Männer, doch in meinem betäubten Zustand konnte ich nur Pan und Troja klar erkennen.

»Bist du reingefallen?«, wollte Nathan wissen.

Ich schüttelte den Kopf.

»Schlafgewandelt? In Trance gesprungen?«

»Gestoßen worden«, würgte ich hervor.

Nathans Gesicht wurde lichtlos wie die Nacht. »Was?«

»Da … da war ein Mann.« Das Sprechen tat mir in der Kehle weh. Ganz fest klammerte ich mich an seine Hand, und er drückte meine Finger.

»Wer war es?«, flüsterte er fürchterlich dunkel.

»Sag wer, und ich erwürge mit nackter Hand«, knurrte Pan hinter ihm.

Aus geweiteten Augen sah ich Nathan an, dem unermüdlich das Wasser aus den Haaren floss. Ich war noch nicht wirklich da. Es kam mir vor, als wäre ich immer noch dort unten im Wasser, bei Mom in der Geisterwelt.

Sie hat ihre zimtbraunen Haare zu zwei Zöpfen geflochten. So wie ich! Und sie hat nach No. 1 von Clive Christian geduftet. So wie ich! Dad liebte diesen Duft.

»Ich habe mich in einem Netz verfangen«, stammelte ich zusammenhanglos. »Da … da war ein Fischernetz.« Mir war so schwindelig.

»Ich weiß. Jemand wird es zu Wasser gelassen haben, damit du dich darin verfängst«, hörte ich Nathan sagen.

Die Realität schien gedämpft, verschleiert hinter einer Wand aus weißem Nebel.

»Wer ist es gewesen?«, wollte er wissen.

Die vermummte Gestalt tauchte vor mir auf; die tausend Augen hinter den fein gewebten Fädchen. Ich spürte die harte Hand auf meinem Mund, roch den stechenden Geruch von Kampfer.

Ich musste hier weg. Schwankend kam ich auf die Beine, doch sie gaben einfach nach. Nathan reagierte sofort. Er griff mich um die Taille, stützte mich, indem er meinen Arm um seinen Nacken schlang und festhielt, damit ich aufrecht stehen konnte. Alles an mir zitterte.

»Es ist gut, Will, du bist in Sicherheit«, sagte er, doch sein Zorn machte es ihm schwer, sanft mit mir zu sprechen. »Dir kann nichts mehr geschehen. Aber du musst uns sagen, wer es gewesen ist, sonst können wir dich nicht beschützen.«

Ich schluckte. Mein Blick flog über die verschwommenen, betretenen Gesichter der Mannschaft. Nur eines davon sah ich in diesem

Augenblick ganz klar. Spartas. Als wäre er unschuldig, sah er mich an, die hageren Züge von Schock gezeichnet. Ich zwinkerte, und seine Dreadlocks verwandelten sich vor meinem inneren Auge in die spitze Scharfrichterhaube.

Mein Herz begann zu rasen, und ich fühlte mich plötzlich so hilflos wie in dem Moment, als er mich gepackt hatte.

»Sparta«, flüsterte ich voller Grauen. »Es war Sparta.«

Nathan brachte mich in seine Kammer und half mir wortlos aus den nassen Klamotten, bis ich nur noch in Männerunterwäsche vor ihm stand.

»Schaffst du den Rest allein?«, fragte er und musterte mich sorgenvoll.

Ich nickte nur. Mir war entsetzlich kalt, auch wenn sie mich zuvor in zwei Decken gepackt hatten. Meine Zähne klapperten aufeinander, aber ich war unfassbar erleichtert, dass Nathan mich nicht anschrie. Oder irgendwo festband. Natürlich hatte ich ihnen die Wahrheit beichten müssen, um sie von Spartas Schuld zu überzeugen. Somit wusste die gesamte Mannschaft jetzt aber auch von meinem gescheiterten Fluchtversuch.

Nathan schüttelte den Kopf, als könnte er das alles immer noch nicht fassen, dann steckte er das stumpfe Messer ein, das zutage gekommen war, als er mir die Boots ausgezogen hatte. »Und damit wolltest du dich gegen Sparta zur Wehr setzen?«, fragte er entgeistert.

Ich nickte. Unter Wasser hatte ich gar nicht mehr an dieses Messer gedacht, aber es hätte vermutlich sowieso nicht ein einziges Fädchen durchtrennen können. »Ich habe kein anderes gefunden«, antwortete ich jetzt kleinlaut und trat von einem Bein aufs andere.

»Ich sollte dir eine Standpauke halten …« Nathan sah mich strafend an. »Ganz ehrlich: Bewaffne dich nächstes Mal anständig, wenn du schon so was Waghalsiges planst.«

»O-Okay.«

Nathan seufzte. »Pan bringt dir Tee. Du solltest nicht lange allein sein wegen des trockenen Ertrinkens ... das kommt manchmal später ... falls noch etwas Wasser in der Lunge ist.«

»Ich weiß.«

»Ich würde selbst bei dir bleiben, aber ich muss mich erst mal um Sparta kümmern.«

Ich konnte mir entfernt vorstellen, wie dieses Kümmern aussah, aber ich wollte nicht nachfragen. Sparta saß fürs Erste in meiner alten Zelle. Pan und Nathan hatten ihn abgeführt wie einen Verbrecher. Er hatte getobt und gebrüllt, in meine Richtung gespuckt und seine Unschuld beschrien, aber sie hatten ihn trotzdem eingeschlossen.

Bevor Nathan verschwand, deutete er noch auf die Kommode. »Bedien dich an meinen Klamotten, aber erwarte keine Haute Couture. Das ist alles, was ich besitze.« Er wollte die Tür hinter sich zuziehen, doch ich hielt ihn zurück.

»Nathan?« Meine Stimme klang immer noch rau von dem vielen Husten.

Er sah mich an, die Türklinke in der Hand.

»Danke«, sagte ich leise. »Danke, dass du mich da rausgeholt hast!«

Seine Miene verriet kein Gefühl, aber er nickte knapp. »Du hast mir eine Heidenangst eingejagt, weißt du das überhaupt?« Er klang so ernst, und genau das brachte mich fast zum Weinen. Seine Worte füllten etwas in mir aus, das sich im Augenblick leer und hohl anfühlte. Ich schüttelte nur den Kopf und war froh, dass ich nicht in Tränen ausbrach.

Als er gegangen war, stand ich noch eine Weile da und versuchte, mich zu beruhigen, doch über den Flur hörte ich Sparta brüllen.

»Du begehst den größten Fehler deines Lebens, Nathan!« Es klang, als rüttelte er mit aller Macht an dem Gitter. »Ich war's nicht! Herrgott, verdammte Scheiße! Willa! Sag ihm die Wahrheit! Ich schwöre dir, wenn ich hier rauskomme, dann ...« Ich hielt mir die Ohren zu, damit ich seine Stimme nicht mehr hören musste. Natürlich beteuerte er seine Unschuld, dieser Scheißkerl! Wer hätte das auch freiwillig zugegeben?

Aber ich war mir ganz sicher, auch wenn Nathan selbst Zweifel hatte.

»Dein Angreifer war doch vermummt, hast du gesagt«, hatte er dreimal wiederholt.

»Ja, aber ich bin mir trotzdem sicher, dass es Sparta gewesen ist. Tausendprozentig. Wirklich.«

Sparta hatte sich diesen Plan mit den Outer Banks ausgedacht und somit als Einziger gewusst, wo er mich um fünf Uhr morgens finden würde. Außerdem hatte er nach Kampfer gerochen. Bestimmt hatte er diesen Plan nur gesponnen, um mich auf diese Weise loszuwerden, da er es an Bord niemals unbemerkt geschafft hätte.

Keine Ahnung, wie lange ich vor der Kommode stand und mir die Ohren zuhielt, doch ich ließ die Hände erst sinken, als Sparta still war. Dafür hörte ich jetzt Nathan sprechen, aber ich verstand durch die Tür nicht, was er sagte.

Immer noch benommen ging ich in die Hocke und zog mit bebenden Händen die unterste von drei Schubladen auf. Ich fand Shorts und Socken, allerdings so wenige, dass ich sie an zwei Händen abzählen konnte.

Hatte er vorhin gesagt, das wäre alles, was er besitzen würde? Zuhause hatte ich einen eigenen Schrank mit über dreißig Fächern allein für meine Unterwäsche. Wäre ich nicht so erschöpft und verängstigt, hätte ich mich dafür geschämt, vor allem, als ich die magere Ausbeute seiner Pullover in der nächsten Schublade entdeckte. Insgesamt waren es vier, und alle waren schwarz.

Etwas ungeschickt wegen meiner steifgefrorenen Glieder schlupfte ich in eine Boxershorts, in Socken und einen Hoodie, bevor ich mir eine der wenigen Hosen überstreifte, die er besaß. Sie war dick gefüttert. Ganz bestimmt war es eine Thermohose, die man im Winter in Coldville brauchte. Schnell krempelte ich die Säume um, setzte mich aufs Bett und rutschte an die Wand zurück. Dort winkelte ich die Beine an und warf die Decke über mich.

Erst jetzt, wo ich mich umgezogen hatte und zur Ruhe kam, merkte ich, wie schlecht es mir ging. Mein Kopf stach. Meine Handflächen brannten. Mein Hals schmerzte beim Schlucken, und ich bekam das Zittern meiner Glieder kaum unter Kontrolle. Sparta hatte mich tatsächlich umbringen wollen. Der Schock steckte so tief in meinen Knochen, dass sie sich anfühlten, als wäre mein Mark zu Eis gefroren. Das Schlimmste aber war, dass sich an meiner Lage nichts verändert hatte. Ich saß immer noch hier fest, während Isaac sicher schon auf dem Weg war.

Als Pan kurze Zeit später mit einer Tasse Pfefferminztee in die Kammer kam, lehnte ich immer noch wie betäubt an der Wand.

»Bitte, Prinsessa«, sagte er leise. »Ich stellen auf Kommode. Du dir holen, wenn wollen.«

»Danke.« Ich zwang ein Lächeln auf mein Gesicht.

Pan blieb einen Moment vor meinem Bett stehen, ein gigantischer Fremdkörper in dieser winzigen Kammer. Er sah mich prüfend an, als würde er etwas sagen wollen und deswegen mit sich ringen.

»Was ist denn?« Unsicher sah ich zu ihm auf.

»Du Boss zu Tode erschreckt.« Er klang vorwurfsvoll. »Du nix mehr machen sollst Plan mit Leute, die dich hassen.«

Ich war zu kaputt, um ihn zu fragen, mit wem ich denn sonst Pläne schmieden sollte, daher sagte ich nur: »Es kommt nie wieder vor.« *Wie auch,* dachte ich bitter. Sie würden mich keine Sekunde mehr unbeaufsichtigt lassen.

Pan trat einen Schritt näher. »Boss um dich in diese Netz gekämpft wie Löwe. Er sich verheddern in Netz, da er nicht wissen, dass dort gespannt. Er nur denken, du von Kutter gefallen, aber er dann zerreißen Netz mit nackten Händen. Er unmenschliche Kraft und überall bluten.« Er verschränkte die Arme vor der Brust. »Ich Boss noch nie so gesehen. Er nicht halten aus, wenn noch mal verlieren jemand, der ihm bedeuten die Welt. Du das verstehen?«

»Ja.« Ich sah ihn an, wie er da so zornig über mir stand, und fühlte ein Brennen in meinen Augen. »Ich habe Angst, Pan«, flüsterte ich.

Sein Blick wurde weicher. »Ich aufpassen vor Tür, Prinsessa. Ich niemanden reinlassen außer Boss.«

Damit ging er, doch ein Teil seiner Worte schwebte immer noch in dieser winzigen Kammer. *Er nicht halten aus, wenn noch mal verlieren jemand, der ihm bedeuten die Welt.*

In all der Furcht stahl sich ein kurzes Lächeln auf mein Gesicht, ich konnte es nicht unterdrücken, und für einen klitzekleinen Moment verlor die Kälte ihre Schärfe.

Ich träumte. Und in dem Traum war es dunkel, kalt und still. Ich sank als weißer Geist auf den Meeresgrund, hinab zu Mom, hinab zu noch mehr Erinnerungen, die durch die Dunkelheit blitzten. Und so wie zuvor löste sich die Zeit in diesen Erinnerungen auf, als läge ein Stück Unvergänglichkeit in ihnen, als wären sie ewig und jetzt.

»Will«, höre ich Mom durch das blinde Schwarz des Meeres rufen, bevor ich sie sehen kann. »Will, Darling, da bist du ja!« Sie schenkt mir eines ihrer raren Lächeln, die ich aus tiefster Seele liebe. »Ich habe Mr. Sparkles vergessen. Schnell, hol ihn geschwind aus deinem Zimmer, damit Grandma ihn schon mal einpacken kann.«

Ein Sonnenstrahl fällt wie ein Lichtfinger ins Wasser, und das Schwarz färbt sich in ein sattes, intensives Blau. Und je weiter ich sinke, desto tiefer wird es, als wäre es ebenfalls unendlich, als würde es niemals aufhören zu sein.

Ich nicke in Moms Richtung, auch wenn ich nicht möchte, dass Mr. Sparkles in einen winzigen dunklen Koffer gezwängt wird. »Bin gleich wieder da«, sage ich und sause die Stufen zu meinem Zimmer hinauf. Mein Häschen muss mit, das ist ganz klar. Koffer hin oder her. Doch ich finde Mr. Sparkles nicht. Ich suche unter den fliederfarbenen Samtkissen, unter einem Berg Barbiepuppen, ich suche sogar in meinem begehbaren Kleiderschrank. Plötzlich fällt mir ein, dass ich Mr. Sparkles zuletzt bei Banana und Balou im Arm hatte. Ich flitze die Stufen hinunter, laufe im Garten zu dem kameraüberwachten Hintereingang mit Doorman Peter. Die Vogelvoliere mit den Wellensittichen und Kanarienvögeln ist neben dem großen goldenen Tor, und die schneeweißen Sittiche Banana und Balou veranstalten ein Wettkreischen auf ihrem Birkenzweig.

Wenn wir erst weg sind, werde ich sie nicht wiedersehen. Mein Herz wird schwer wie ein Bleiklumpen. Mom hat mir erklärt, dass wir sie nicht mitnehmen können, denn es wäre Tierquälerei, sie in einem kleinen engen Karton zu transportieren. Sie hat mir auch erklärt, dass wir Dad nicht verraten dürfen, was wir vorhaben, auch wenn ich es nicht verstehe. Mit einem Kloß in der Kehle schaue ich Banana und Balou zu, wie sie sich gegenseitig füttern und miteinander spielen. Mom meint, Vögel sollten eigentlich nicht eingesperrt werden, auch wenn das Vogelhaus noch so groß und so schön ist. Sie meint, Vögel gehören in den Himmel, so wie Mond, Wind und Sterne.

Aber Banana und Balou wirken glücklich. Und sie haben doch alles, was sie brauchen. Ich zögere. Vielleicht sollte ich den Käfig öffnen, dann würde ich ja sehen, ob sie wegfliegen, wenn sie es könnten. Ich schaue mich um, ob unser Gärtner in der Nähe ist, da entdecke ich mein Plüschhäschen auf einer Marmorsäule.

»Mr. Sparkles«, sage ich tadelnd. »Da sitzt du rum und sagst kein Wort!« Ich klemme ihn mir unter den Arm, als ich ein Geräusch höre.

Von einer Sekunde auf die andere bekomme ich keine Luft mehr, als würde ich erst jetzt realisieren, dass ich unter Wasser bin.

Hilfe!, will ich schreien, aber ich bekomme keinen Ton heraus. Ich kralle die Finger in Mr. Sparkles und bohre dabei meinen Daumen in seinen Bauch, in das winzige Loch, das Mom immer wieder nähen muss.

Blaue Perlen kullern auf meine Füße wie Hasenköttel. In diesem Moment ist es, als würde ich ein zweites Mal ertrinken.

Schweißgebadet schreckte ich in den Sitz und rang krampfhaft nach Atem. Für ein paar Herzschläge sah ich wieder das maskierte Gesicht vor mir, spürte die Hand, die sich so fest auf meinen Mund gepresst hatte, dass ich nicht einmal fähig gewesen war, zu keuchen. Gleichzeitig tanzten die blauen Perlen in meinem Kopf Polka.

Was hatten Moms Vitaminpillen in dem Bauch meines Hasen zu suchen? Welches Geräusch hatte mich im Traum so erschreckt, dass ich davon aufgewacht war? Oder hatte ich gar nicht geschlafen?

Völlig k. o. wischte ich mir über die Stirn und ließ mich zurück in die Kissen fallen. Mir war immer noch eiskalt, auch wenn ich komplett nassgeschwitzt war. Als ich schluckte, brannte mein Hals wie Feuer. Das war alles zu viel. Und die wirren Bilder in meinem Kopf machten mich komplett verrückt. Wieder sah ich die blauen Perlen aus dem Bauch von Mr. Sparkles kullern. Moms Vitaminpillen von unserem Hausarzt.

Mom!

Erneut schreckte ich auf. Sah mich um. Etwas war verkehrt. Etwas … fehlte … ja. Ich hatte es die ganze Zeit über unbewusst wahrgenommen, aber es war nicht bis in mein Bewusstsein vorgedrungen. Hektisch zerrte ich den Ärmel des Sweaters nach oben und betrachtete mein Handgelenk.

Tränen stiegen mir in die Augen.

Ich hatte es beim Umziehen bemerkt, es aber im Schock nicht begriffen.

Nathans Armband war fort, und mit ihm der Ehering meiner Mom.

Ich hatte mich mit dem Ring in den Fäden des Netzes verhakt, und Nathan hatte ganz sicher das Armband durchreißen müssen, um mich freizubekommen. Es war ihm bestimmt keine Zeit geblieben, das Band oder den Ring aus dem Wasser zu fischen. Und wenn, hätte er mir wenigstens den Ring sofort zurückgegeben, da war ich mir sicher.

Vermutlich lag nun beides auf dem Meeresgrund, in Moms ewigem, dunklen Grab.

Der Ring ist jetzt bei Mom, dachte ich. Bei dem Vögelchen auf dem Meeresgrund, dort, wo er immer schon hätte sein sollen. Mein letztes Andenken an sie, das ich ursprünglich hatte zurückweisen wollen, war für alle Zeit verloren. So wie sie.

Ich schluckte mehrmals und wischte mir die Tränen aus den Augen, doch es war sinnlos. Es waren zu viele. Sie liefen einfach über meine Wangen.

In den nächsten Stunden driftete ich in einen Zustand zwischen Schlafen und Wachen. Immer wieder schreckte ich auf, sah halb wach blaue Perlen, die auf den Meeresgrund sanken, strampelte mit den Beinen gegen ein unsichtbares Fischernetz an und schlug wie wild um mich. Einmal fand ich Moms Ring in den weichen Fängen einer goldenen Koralle, die mich an Penelopes Haare erinnerte, doch als ich ihn greifen wollte, verwandelte er sich in Isaac, der aussah wie Sparta.

Als ich irgendwann ein weiteres Mal aufwachte, erinnerte ich mich nicht an einen Traum, aber dafür war Nathan wieder da. Für einen Moment blieb ich mit offenen Augen liegen und spähte über die dicke Daunendecke.

Mit dem Rücken zu mir stand er vor der Kommode, holte einen kohlrabenschwarzen Sweater aus der Schublade und legte ihn auf die Ablagefläche. Danach streifte er sich seinen nassen Pullover über den Kopf.

Jetzt trug er nur noch eine dunkle Hose, die er allem Anschein nach schon gewechselt hatte. Ich zwinkerte mehrmals, während ich wie gebannt auf seinen Rücken starrte. Es lag nicht an seinen breiten Schultern oder den sehnigen Muskeln, die bei jeder Bewegung im Licht der nackten Glühbirne hervortraten. Auch nicht an seinen schwarzen wilden Haaren, die immer noch feucht waren.

Nein. Sein ganzer Rücken war voller Worte. Voller dunkler kunstvoller Schriftzüge, Tattoos, immer paarig, zumindest sah es so aus. Konzentriert blinzelte ich nochmals und versuchte, meine Augen schärfer zu stellen, um etwas davon lesen zu können. Das Zimmer war winzig, und er stand ganz nahe. Mein Blick blieb schließlich an zwei Wörtern hängen, die etwas größer geschrieben waren als der Rest. Sie standen knapp oberhalb seines linken Schulterblatts.

Lea McCormack.

McCormack. Ein schöner Nachname. Darunter stand eine Nummer.

292119.2N 911638.2W

. . .

Für einen Sekundenbruchteil überlegte ich, ob die Ziffern ihren Geburtstag und den Todestag darstellten, aber wenn, waren sie seltsam verschlüsselt. 292119.2N 911638.2W. Die Zahlenfolge prägte sich in mein Gedächtnis wie ein Siegel. In Bezug auf Zahlen hatte ich trotz meiner Leidenschaft für die Malerei ein nahezu fotografisches Gedächtnis, und Mathematik war für mich so natürlich und einfach wie das Atmen. Dad dagegen konnte sich überhaupt keine Zahlen merken und scherzte stets, er hätte sogar den Code für seinen Tresor auf dem PC abgespeichert. Obwohl er so erfolgreich war und jedes Jahr millionenschwere Umsätze generierte, lag seine Begabung mehr im Bereich der Rhetorik. Reden konnte er gut.

Ich versuchte gerade, einen weiteren Namen zu entziffern, als Nathan sich ruckartig umdrehte, als hätte er gespürt, dass ich ihn beobachtete.

Er sagte nichts, aber er fixierte mich mit diesem dunklen Blick, der alles in mir lahmlegte. Dann zog er sich wortlos das Sweatshirt über, das er auf die Kommode gelegt hatte.

Ich setzte mich auf. »Was hat das zu bedeuten?«, fragte ich und strich mir eine verschwitzte Haarsträhne aus dem Gesicht, die sich aus einem der Zöpfe gelöst hatte. Er wusste, dass ich seinen Rücken gesehen hatte, also konnte ich auch nachhaken.

Er antwortete mit Schweigen, und die Stille dehnte sich in der kleinen Kammer aus, bis sie mir wie eine Last erschien.

Tous ceux qu'il aime meurent, flüsterte eine winzige Stimme in mir drin. »Nathan, was sind das für Namen?« Ich versuchte, nicht allzu neugierig zu klingen.

Er zog nur die Brauen hoch. »Hast du nicht gerade ganz andere Probleme? Sparta wollte dich umbringen! Du wärst fast ertrunken!«

Für einen Augenblick schloss ich die Augen. »Ich will nicht daran denken.«

Er kehrte mir erneut den Rücken und starrte durch das winzige Bullaugenfenster aufs Meer. »Das sind die Namen von Toten«, sagte er schließlich rau und dunkel.

»Die Namen von Toten?« Frost kroch über meine Wirbelsäule bis in den Nacken. »So viele?«

»Ja, du Papagei«, seufzte er leicht resigniert.

Sein Rücken war ein Friedhof. Mein Herz zog sich zusammen, und ich kletterte aus dem Bett, auch wenn sich meine Beine noch wie Wackelpudding anfühlten. Warum um Himmels willen ließ sich jemand die Namen von Toten auf den Rücken tätowieren?

Wie bei einer Todesanzeige!

Das war völlig unnormal, fast irrsinnig irgendwie.

»Darf ich … darf ich sie lesen?«, fragte ich trotzdem.

Er wendete den Kopf zu mir um, verschränkte die Arme, wie immer, wenn er mich seelisch auf Abstand halten wollte. »Was würde das bringen? Du hast diese Menschen nicht gekannt, sie bedeuten dir nichts.«

»Aber dir … dir bedeuten sie etwas«, sagte ich leise und hoffte, dass ich damit nicht wieder einen Wutausbruch provozierte.

»Würde ich sie sonst auf der Haut tragen?« Leichter Spott lag in seiner Stimme.

Ich machte ein, zwei Schritte in seine Richtung, und als er weiterhin reglos stehen blieb, riskierte ich es und stellte mich ganz dicht hinter ihn. Selbst ohne ihn zu berühren, spürte ich die Hitze seines Körpers, einen Teil seines Zorns, aber auch einen Teil seiner Zärtlichkeit, die ich in ihm erahnen konnte, vielleicht den Teil, den Pan mit *Gott hjarta* bezeichnete. Immer schien er mit beidem zu ringen, vor allem, was mich anging.

»Was hat mein Dad dir angetan?«, fragte ich. »Was *genau* hat er getan, und sag jetzt nicht wieder, je weniger ich wüsste, desto besser wäre es für mich. Immerhin hat Sparta versucht, mich deshalb zu ertränken! Ich finde, spätestens jetzt habe ich ein Recht darauf, alles zu erfahren.«

Nathan drehte sich nicht zu mir um. »Du hältst ihn wirklich für einen guten Menschen, nicht wahr?« Er bemühte sich um einen neutralen Ton, aber seine Muskeln waren angespannt.

»Ja«, antwortete ich leise. »Er hat das Leben meiner Mom für mich geopfert. Er hat meinetwegen nie wieder geheiratet. Er war immer für mich da.«

Nathan erwiderte länger nichts, doch dann sagte er: »Er muss dich wirklich sehr lieben, Will. Sehr, sehr lieben.« Kein Neid oder Zorn schwang in den Worten mit, er klang sachlich, aber dennoch löste etwas ein unbehagliches Gefühl in mir aus. Eine Enge, die meine Brust zusammenschnürte, sodass mir das Atmen schwerfiel.

Ich schluckte. »Ja, das tut er.« Die Enge kam von dem Vermissen. Ich vermisste Dad so schrecklich, dass mein Herz wehtat. Ich vermisste sein Lachen, sein liebevolles Necken und unsere Spieleabende in seiner Weinbar.

Warum erfüllst du die Forderungen nicht, Dad? Warum tust du nicht einfach, was sie verlangen? Wieso hält dich jeder hier für ein Monster?

Zaghaft berührte ich Nathan am Arm, ganz leicht, nur mit den Fingerspitzen. »Die Namen auf deinem Rücken ... das waren alles Menschen aus deinem Dorf, oder?«

Er versteifte sich, und ich wusste nicht, ob es an der Berührung oder der Frage lag.

»Sie haben alle ihre Geschichte«, sagte er dann leise. »Ich will nicht, dass man sie vergisst. Ihre Namen stehen für so viele verlorene Träume, verstehst du das?«

»Ja.« Ich dachte an Mom. »Lea McCormack ... das ist der Name deiner Schwester, oder?«

»Ja. Lea, Jacob, Coralie und John, also Ma und Dad ... Das sind die wichtigsten Namen von allen ... Das ist ... das war meine Familie.« Seine Stimme war voller Trauer, sie wog tausend Gräber tief.

»Wer ist Jacob?«, fragte ich zögernd. Den Namen hatte er noch nie erwähnt.

»Mein anderer Bruder. Er starb, da war er noch kein Jahr alt. Lungenentzündung. Wir hatten nicht mal die Chance, ihn richtig kennenzulernen.«

»Das tut mir leid.« Meine Kehle war wie zugeschnürt. So viele Tote, so viele Verluste in einem einzigen Leben.

»Manchmal male ich mir aus, wie es wäre, wenn sie noch leben würden. Welcher Mensch ich heute wäre ...«

Ich schluckte und hätte gerne etwas gesagt, das ihn tröstete, aber ich wusste selbst, dass es keine Worte gab, die einem tatsächlich halfen, und dass man in seiner Trauer immer allein war. »Du denkst noch viel an sie«, sagte ich nach einer Weile.

»Ja und Nein.«

»Ja und Nein?«

»Ich würde viel an sie denken, aber ich erlaube es mir nur selten. Keine Gefühle.« Er drehte sich ruckartig zu mir um. »Wie geht es dir, Will?«

Natürlich lenkte er von sich ab. »Gut«, schwindelte ich.

Er zog die Brauen hoch, es war klar, dass er mir das nicht abnahm. »Wir müssen noch mal reden. Über Sparta und den Angriff.«

Meine Schultern verkrampften sich. »Okay.«

»Es ist nicht okay für dich, das kann ich sehen, aber es muss trotzdem sein.«

»Ich habe dir doch schon alles gesagt.« Ich wandte mich ab und starrte auf die Tür.

»Sparta hat das mit den Outer Banks und den Touristenbooten zugegeben, doch alles andere bestreitet er … Du hast gesagt, er hätte nach Kampfer gerochen.«

Ich drehte mich wieder zu ihm um. »So wie immer eben.«

»Sparta sagte, ihm wäre die Kampfersalbe, die er immer benutzt, schon am Nachmittag gestohlen worden. Angeblich hat er sie stets am gleichen Ort aufbewahrt, im obersten Fach seiner Kommode. Zuerst hat er gedacht, er selbst hätte sie verlegt, aber rückblickend meint er, jemand hätte sie ihm sicher gestohlen, um dich zu täuschen.«

»Wieso sollte mich jemand täuschen wollen?«

»Falls der Plan, dich umzubringen, misslingt. Was ja passiert ist!«

Ich konnte ihn nur ansehen.

»Selbstverständlich haben wir nach der Salbe gesucht, ohne dass es jemand von den anderen mitbekommen hat. Pan und ich haben die komplette Agamemnon durchkämmt, aber die Salbe ist wie vom Erdboden verschluckt.«

»Wahrscheinlich hat er sie einfach über Bord geworfen«, sagte ich und setzte mich aufs Bett.

»Das kann sein, ja. Allerdings könnte sie jeder auf diese Weise entsorgt haben.« Für einen Augenblick betrachtete er mich. »Mir geht es nur um deine Sicherheit, Willa. Ich möchte dem Schuldigen keine zweite Chance geben, dir etwas anzutun.«

»Ach, und was ist mit Isaac? Er will mir auch etwas antun«, sagte ich bitter. »Nur seinetwegen wollte ich …« Ich verstummte.

Nathan starrte von oben auf mich herab. »Du hast dich wegen Isaac mit Sparta verbündet?«

»Hätte ich etwa darauf warten sollen, dass er an Bord kommt?« *Und mich tötet?*

»Ich habe dir doch gesagt, dass ich das verhindern will.«

»Darauf wollte ich mich lieber nicht verlassen.« Ich sah ihn nicht an, als ich das sagte.

Er seufzte. »Wir müssen ein Problem nach dem anderen lösen. Aktuell haben wir einen Killer an Bord.«

»Und den hast du eingesperrt. Es kann kein anderer gewesen sein. Nur Sparta kannte den Plan.« Mir war plötzlich wieder so kalt. Und ich war so müde. Ich wollte nur noch schlafen und meine Angst vergessen. Wenigstens für ein paar Stunden.

Doch Nathan ließ nicht locker. »Die Agamemnon ist klein, die Wände sind hellhörig. Vielleicht hat es doch ein anderer mitbekommen.«

Ich schüttelte den Kopf. »Er war ziemlich groß, so groß wie du ungefähr, somit fallen alle Männer, die kleiner sind, raus.«

»Du willst, dass Sparta es war, oder?«

»Und du willst, dass er es nicht war.«

Er schwieg.

»Aber er war es«, sagte ich störrisch.

»Und wenn nicht?«

»Es gibt kein *wenn nicht*«, entgegnete ich trotzig.

Streng blickte er auf mich herab. »Es ist mir egal, was du denkst, ich lasse dich jetzt jedenfalls von Pan bewachen«, sagte er bestimmt.

»Und wenn es Pan war?«, fragte ich provokant, war aber für Sekundenbruchteile doch verunsichert.

Nathan schüttelte den Kopf. »Pan kann es nicht gewesen sein.

Er hat dich als Einziger um Hilfe rufen hören. Er und Troja sollten auf meine Anweisung hin immer in deiner Nähe bleiben. Sie haben sich meist abgewechselt … und Pan kam zu mir und hat geschworen, er hätte dich schreien hören. Er war sich zu hundert Prozent sicher, also haben wir den ganzen Kutter nach dir abgesucht … aber du warst wie vom Erdboden verschluckt. Du musstest also über Bord gegangen sein. Dann hat jemand das ausgelassene Netz entdeckt.«

»Pan …«, murmelte ich. Er hatte kein Wort darüber verloren, dass er mich hatte schreien hören.

»Ohne ihn würdest du nicht hier sitzen.«

Ich schluckte. Ich hatte mich nicht einmal bei ihm bedankt. »Pan hat gesagt, du hättest nichts von dem Netz gewusst und dir deshalb die Hände aufgeschnitten, weil du kein Messer mitgenommen hattest.«

»Das hat er sicher falsch verstanden, weil er nicht dabei war, als wir das Netz entdeckt haben. Ich hatte keine Zeit mehr, ein Messer zu holen. Es ging um Sekunden.«

Ich sah ihn an, stellte mir vor, wie er mit bloßen Händen das feste Netz aufgerissen hatte, um mich zu retten. Ich dachte an Mom und an die vielen Erinnerungen, die ich gefunden hatte. In meinem Kopf pochten so viele Fragen. Wieso hatte Mom geglaubt, dass Dad sie zu sehr liebte? Aus welchem Grund hatte sie die blauen Pillen vor ihm versteckt? Hatte sie sie überhaupt dort versteckt oder war ich das gewesen und erinnerte mich nur nicht mehr?

War Dad ein böser Mensch?

»Willst du darüber reden?«, hörte ich Nathan plötzlich fragen.

Irritiert sah ich auf. »Über was denn?«

»Über das, was da unten im Wasser passiert ist. Über dich und deine Mom.«

Plötzlich hatte ich einen Kloß in der Kehle und spürte, wie meine Augen feucht wurden. »Woher …«

»Du hast im Schlaf geredet, Willa.«

Ich blickte auf meine Hände. Ich wollte diese Dinge nicht aussprechen und wollte trotzdem, dass er alles wusste. »Ich …

meine Erinnerungen kommen zurück«, zwang ich mich schließlich zu sagen.

»Von deinen verlorenen drei Tagen?«, fragte er sanft.

Die Worte pressten meinen Brustkorb zusammen wie eine eiserne Faust. Er hatte es nicht vergessen! Er erinnerte sich noch an meine Worte im Scherbenpalast. *Oh verdammt!* Er machte es mir unmöglich, nicht zu weinen. Eine Träne kullerte über mein Gesicht, und ich wischte sie ungeduldig weg.

»Ich bin das Vögelchen, hast du gesagt. Immer wieder. Ist das ein Teil deiner Erinnerung?« Vor dem Bett ging er in die Hocke, sodass wir auf einer Augenhöhe waren.

»Das hat Mom gesagt«, flüsterte ich.

»Und wer ist Mr. Sparkles?«

Kurz presste ich die Lippen zusammen. »Mein … mein Plüschhäschen … von früher.«

»Ich nehme an, der Name war Programm.« Er zwinkerte mir zu und wischte eine neue Träne von meiner Wange, und diese behutsame Geste ließ weitere fließen. Immer mehr.

Ich war so verwirrt. »Es ist … es ist der Atlantik«, stammelte ich. »Je näher ich ihm komme, desto mehr Erinnerungen finde ich. Als wollte er mir etwas sagen.«

»Oder deine Mom«, stellte Nathan fest. »So wie neulich in deiner Trance?«

Ich nickte. »Ich glaube, meine Mom wollte meinen Dad verlassen.« Es machte mich tieftraurig. Hatte ich deswegen alles in den hintersten Winkel meiner Seele verdrängt? Aber es konnte nicht nur das gewesen sein. Ich sah Nathan an, und er blickte zurück. Mein Herz klopfte plötzlich schneller. Ich fühlte mich auf einmal unendlich verwundbar. Ich war durcheinander, ich hatte Angst vor Isaac und Angst vor Sparta. Angst vor den Namen auf Nathans Rücken, weil ein Teil von mir ahnte, dass sie mit Dad zusammenhingen. Ich dachte an all die Bilder in meinen Erinnerungen und wusste nicht, warum ich bei Mr. Sparkles hängen blieb und mich der Gedanke an mein Häschen noch mehr weinen ließ. Er war nur ein Plüschhase! Und nachdem Mom ertrunken war, hatte ich ihn in mein Regal gesetzt und mit Nichtachtung gestraft, als wäre Moms Tod seine

Schuld. Jetzt hätte ich ihn gerne bei mir gehabt und an mich gedrückt.

»Willa … Will, schau mich an.«

Automatisch presste ich die Finger vor meine Augen und schüttelte den Kopf. Er sollte mich nicht weinen sehen.

»Hey, komm schon. Bitte.«

Er hörte sich drängend und so liebevoll an, also nahm ich die Hände doch herunter, blinzelte und sah seine verschwommene Gestalt vor mir.

Er war aufgestanden. »Ich hab was für dich«, sagte er jetzt rau und hielt etwas vor mein Gesicht. Ich zwinkerte nochmal, und meine Sicht wurde klarer. Er räusperte sich. »Es ist nur wenig. Und es glitzert auch nicht wie dein Mr. Sparkles … aber vielleicht hilft es dir trotzdem …« Ein Lächeln lag in seiner Stimme.

Mein Herz flatterte plötzlich wie in Rosewood Manor. Das Armband war nicht in der See verloren gegangen. Er hatte es noch.

»Möchtest du es, Will?«, fragte er leise. »Möchtest du es zurück?«

Ich musste schlucken, aber ich nickte.

Zögernd setzte er sich neben mich aufs Bett. »Den Ring konnte ich leider nicht retten. Er ist mir einfach aus den Fingern gerutscht.«

»Das macht nichts«, flüsterte ich, und in diesen Sekunden stimmte es wirklich.

Nathan sah mich an. »Du hast neulich mal gesagt, es gäbe außer deinem Tic nichts Merkwürdiges an dir, aber das war glatt gelogen.« Er schüttelte den Kopf. »An dir ist alles seltsam, Geistermädchen.«

»Ich weiß.« Wer weinte schon wegen eines Plüschhasen, wenn er als Geisel auf einem Kutter festsaß.

»Du machst mir Angst«, sagte er flüsternd.

Ich zwinkerte. »Wieso?«

»Ich möchte dir näher sein, als gut für mich ist. Näher sein, als gut für den Plan ist. Ich möchte dir Dinge erzählen, die ich noch niemandem verraten habe.« Seine Augen wurden dunkler.

Ein heißkalter Schauer rieselte über meinen Rücken. »Wovon?«

»Von meiner Ma und meinem Dad. Von meiner Familie und

Coldville. Von meiner Reise entlang des Mississippi. Von so vielen Dingen.«

Ich sah in sein eigenwilliges Gesicht, das jetzt von Sanftheit überstrahlt wurde. Er roch nach Minze und Meer. Ein wenig nach Salz. Nach großer Trauer und einem schweren guten Herzen.

Bedächtig schob er den Ärmel meines Sweaters ein Stückchen höher. »Das Band ist etwas kürzer als vorher, weil ich es aufreißen und flicken musste, aber es wird dir bestimmt noch passen.« Vorsichtig schlang er es um mein Handgelenk und knotete es zu. Ich spürte seine Finger wie damals. Sie zitterten ein wenig, und sie waren immer noch rau und schwielig, aufgerissen und blutverkrustet … aber die Berührung … sie war unendlich behutsam. Ein weiterer Schauer flog leicht wie ein Schatten über meine Haut. Heiß-kalt-heiß.

Als er fertig war, ließ er mich nicht los. Seine Hände umfassten mein Handgelenk, und er sah mich an, als wäre ich ein Geschenk, das er bekommen hatte, ohne es sich zu wünschen. »Wie machst du das nur?«, fragte er und hörte sich komplett verwirrt an.

»Was mache ich?«

»Ich schwöre dir, wenn es eine Medizin dagegen gäbe, würde ich sie schlucken.« Er schüttelte den Kopf. »Obwohl du die Geisel bist, fühle ich mich, als wäre ich dein Gefangener. Ich kann nichts dagegen tun, es ist wie verhext.«

Kapitel 15

DIESIGES MORGENLICHT FIEL DURCH DAS WINZIGE BULLAUGENFENSTER und tauchte die Kammer in ein unwirkliches Licht. Nathan war nicht mehr hier, und der Raum fühlte sich ohne ihn erschreckend leer und sinnlos an.

Für ein paar Sekunden blieb ich einfach sitzen, umfasste Nathans Armband und versuchte, mich zu beruhigen.

In mir steckte immer noch eine tiefe, eisige Furcht, die jederzeit über mich hereinbrechen könnte wie eine Welle.

Es lag nicht nur an meiner Angst vor Isaac oder daran, dass ich fast ertrunken war, sondern an etwas in mir drin, an einer Erinnerung, die ich nicht fand, nicht sehen wollte, von der ich aber wusste, dass sie tief in mir verborgen war.

Für einen Moment bedeckte ich die Augen mit den Händen und spürte dem Gefühl meiner kalten Finger auf den pochenden Lidern nach. Danach sah ich zur Kommode.

Jemand hatte mir ein Tablett mit einem dampfenden Getränk und einem Sandwich dagelassen.

Vorsichtig holte ich es zu mir aufs Bett und las den Zettel, der dabei lag.

Für Will.
Alles ohne Nüsse und Ei. Versprochen.
Ach ja, wenn du frische Klamotten brauchst, bedien dich ruhig noch mal an meinen Sachen.
N.

Ein Hauch von Wärme kehrte in meine kalten Glieder zurück.

Vorsichtig schlürfte ich den Pfefferminztee und zupfte ein paar Bissen von dem Sandwich ab. So vieles ging mir durch den Kopf. Ich fragte mich, wie Nathan Isaacs Eintreffen verhindern wollte. Immerhin standen ein paar von seinen Leuten auf Isaacs Seite. Sie alle verfolgten einen gemeinsamen Plan, den Nathan sicher nicht einfach sabotieren konnte. Oder doch? Und wenn ja, wer hielt dann zu ihm? Oder würde es eine Meuterei geben? Und nur für den Fall, dass alles glattlief: Wie wollte Nathan meinen Vater dazu bringen, die Forderungen zu erfüllen? Wie lange würde er mich notfalls gefangen halten?

Ich strich über die rauen Fasern des Armbands.

Und es glitzert auch nicht wie dein Mr. Sparkles …

Uns verband noch etwas, das spürte ich. Aber es reichte nicht aus. Es reichte nicht dafür aus, dass Nathan den Plan aufgab und mich freiließ.

Es gab nur eine Sache, die ich daraus ableiten konnte: Mein Vater musste in seinen Augen ein echtes Monster sein, wenn er meine Sicherheit für diese eine Sache aufs Spiel setzte.

Matt rieb ich mir über die Stirn und schälte mich aus dem Bett, bevor ich Wechselklamotten aus der Kommode holte. Ich musste mich duschen und umziehen, außerdem musste ich dringend auf die Toilette. Was aber noch wichtiger war: Ich musste und wollte mich endlich bei Pan bedanken.

Für einen Augenblick hielt ich vor der geschlossenen Tür inne und lauschte. Auf dem Flur war es still. Es konnte bedeuten, dass Sparta schlief, aber genauso gut könnte er auch wach in seiner Zelle sitzen und nur darauf lauern, dass ich wie die Maus aus dem Loch kam. Aber es nutzte alles nichts. Ich musste aufs Klo, und ich konnte mich auch nicht ewig vor ihm verstecken.

Zaghaft öffnete ich die Tür und starrte auf den riesenhaften Körper vor mir.

»Pan?«, fragte ich vorsichtig, da er nicht wie sonst das ochsenblutrote Bandana trug. Meine Güte, er und sein Bruder waren die wahren Klone.

»Prinsessa! Du wieder auf Bein!« Er drehte sich ruckartig um und drückte mich so fest an sich, dass ich meine Rippen ächzen hörte und aus Versehen meine Wechselklamotten fallen ließ. Ich kam mir vor wie in einer Fruchtpresse, dennoch ließ ich es über mich ergehen.

»Danke!«, sagte ich, als er mich losließ. Von unten sah ich zu ihm auf. »Wenn du nicht so aufmerksam gewesen wärst, wäre ich …«

»Aufmerksam!« Er lachte dröhnend und hob meine Kleider auf. »Gutes Wort. Prinsessa-Sprache. Ich Auge und Ohr überall. Ich auf dich aufpassen.« Plötzlich konnte ich mir gar nicht mehr vorstellen, dass er mir anfangs so furchteinflößend erschienen war. Er kam mir nun eher vor wie ein gutmütiger Grizzly. »Du wollen duschen«, fragte er und drückte mir die Klamotten wieder in die Hand. »Ich muss wissen.«

»Toilette und duschen«, bestätigte ich und wies den Gang runter. Dabei blickte ich auf die Zelle gegenüber. Sparta lag reglos auf einer Matratze, mit einer Daunendecke zugedeckt. Ich sah nicht mehr von ihm als seine Dreadlocks, aber es versetzte mir einen Stich, dass sie ihm nach allem, was er getan hatte, einen Luxus gewährten, der mir nicht zuteilgeworden war. Zumindest nicht ganz am Anfang. Mir hatten sie weder eine Decke noch eine Matratze bewilligt.

»Schläft er?«, fragte ich flüsternd.

Pans Miene wurde unheilvoll. »Wenn nach mir ginge, ich ihm blasen Lichter aus. Dann ewig schlafen!«

Ich glaubte, dass das nur eine leere Drohung war und Pan nicht mal eine Fliege töten konnte, aber ich nickte, klammerte mich an meine Wechselklamotten und war dankbar für den Aufschub dieser Begegnung.

Ich ging aufs Klo und schäumte mich danach im Schnelldurchlauf unter der Dusche ein, weil ich zurückwollte, solange Sparta noch schlief. Noch halb nass schlüpfte ich in die frischen Klamotten. Schwarze Männerunterwäsche, schwarze Jeans und einen schwarzen Hoodie, was sonst. Trotz des wahrscheinlich ernsten Hintergrunds musste ich lächeln, weil es etwas Typisches von Nathan war. So wie sein kurzes Lächeln und seine ständig verschränkten Arme.

Mit einem Handtuch rubbelte ich mir eilig über die Haare und flocht mir zwei Zöpfe.

Ob ich im Spiegel sah, dass mich der Tod fast auf die Lippen geküsst hatte? Zögernd wischte ich mit dem Unterarm über die beschlagene Scheibe.

Ein beklemmendes Gefühl breitete sich in mir aus. Den Tod konnte ich nicht sehen, aber ich sah Mom. Ihr Gesicht war mein Gesicht. Jeder behauptete, meine Mom sei eine Schönheit gewesen, und doch löste diese Ähnlichkeit jetzt eine seltsame Enge in mir aus. Mom hatte Dad verlassen wollen, und irgendwie war ich deswegen wütend. Womöglich hatte erst dieses Vorhaben die gesamte Tragödie ausgelöst. Ich hatte ja komplette drei Tage vergessen! Was war geschehen? Wieso waren wir nicht gegangen, wie sie es geplant hatte, sondern stattdessen mit Dad auf der Yacht rausgefahren?

Wie auf Autopilot friemelte ich die Haargummis aus meinen Zöpfen und kämmte mit den Fingern die feuchten Strähnen auseinander, bis meine Haare dick und wellig über die Schultern fielen. Danach atmete ich tief durch.

Besser! Definitiv besser! Nicht mehr ganz so wie Mom in meiner Erinnerung.

War ich wütend, weil Mom vielleicht schuld war, dass Dad sich überhaupt zwischen uns hatte entscheiden müssen? War ich überhaupt wütend oder war das Gefühl in mir etwas ganz anderes?

War ich eifersüchtig auf Mom, weil ich sie Dad niemals würde ersetzen können, ganz gleich wie sehr ich mich anstrengte?

Als ich zurücklief, fiel mir auf, wie still es auf der Agamemnon war. Das Brummen des Motors fehlte, ebenso das feine Vibrieren unter meinen Füßen.

»Ankern wir?«, fragte ich Pan und sah dabei in Spartas Zelle. Ich hörte Pans »Für Besprechung« nur am Rande. Mein Puls stieg in die Höhe. Sparta war wach. Zusammengekauert saß er hinter dem Gitter, und als sich unsere Blicke trafen, zog er sich an den Stäben in den Stand. Kurz wankte er, und ein Schatten von Schmerz huschte über seine hageren Züge.

»Du!« Er presste sein Gesicht an die Gitterstäbe. »Du hast gelogen!« Seine Augen brannten wie im Fieberwahn. »Du bist doch nur wütend auf mich, weil du denkst, dass ich dich hängen gelassen habe. Bist du reingesprungen, um mir einen Mord anzuhängen? Ist das deine Art von Rache, Prinzessin?«

»Still, du Scheißkerl!«, hörte ich Pan hinter mir drohen, ich selbst schüttelte nur den Kopf. Ich konnte nicht aufhören, ihn anzuschauen, und ich fragte mich, ob sie ihn geschlagen hatten.

»Das Schlimme ist, dass ich es tatsächlich getan hätte. Mit dir und dem Ring abhauen. Ich hätte sie alle verraten!« Sparta hustete und verzog das Gesicht, als würde ihm jemand eine Eisenstange durch den Brustkorb rammen. Für einen schrecklichen Moment dachte ich, er würde sich übergeben, doch der Anfall hörte auf. »Ich hätte sie alle verraten«, flüsterte er nochmal, als könnte er es selbst nicht glauben.

»Du still!«, zischte Pan wieder, aber ich ging wie hypnotisiert auf die Gitterstäbe zu, an die Sparta sich jetzt so fest klammerte, dass seine Knöchel kreideweiß leuchteten.

Schweiß glitzerte auf seiner Stirn. »Willst du wissen, wieso ich nicht zum Treffpunkt gekommen bin?«

»Ja.« Ich war immer noch wie umnebelt, doch ich spürte auch die diffuse Angst, die mir wie Kälte aus den Knochen stieg.

Sparta fixierte mich, und die roten Äderchen in seinen Augen glühten wie heiße Drähte. »Nathan hat den Kurs geändert, ohne es jemandem aus der Mannschaft zu sagen. Wir waren nicht bei den Outer Banks. Keine Banks, keine Boote – so einfach ist das.«

»Was? Wieso?«

»Weil Nathan um jeden Preis verhindern will, dass Isaac an Bord kommt. Weil er das Ding jetzt alleine durchziehen will. Deinetwegen.«

»Nathan hat den Kurs geändert?« Fassungslos starrte ich Sparta an.

»Irgendwann in der Nacht. Niemand wusste davon. Aber ich habe es gesehen, als ich auf der Brücke war, um das SOS-Signal abzusetzen. Was meinst du, warum wir ankern? Nathan muss das seinen Leuten erst mal verklickern … du hast ihm den Kopf verdreht … du hast sie alle verhext. Pan, Troja, jetzt auch noch Ilias und Ikarus.« Er hing wie ein Affe an den Stäben. Er sah krank aus. Fiebrig oder wahnsinnig, womöglich beides.

»Du hättest mir Bescheid geben müssen«, sagte ich nur.

»Ich war verhindert, schon mal daran gedacht?« Sparta kratzte sich an einer Pustel, griff danach aber sofort wieder das Gitter. »Du hast keinen blassen Schimmer von allem, was hier passiert. Und niemand sagt dir die Wahrheit. Aber ich …«

»Du jetzt still sein!« Pan schob sich an mir vorbei, und Sparta wich augenblicklich zurück an die hintere Wand.

»Du kommst hier nicht rein«, sagte er mit einem irren Laut, der ein Lachen gewesen sein könnte. Im Vergleich zu Pan wirkte er trotz seiner Größe beinahe kümmerlich. »Nathan ist der Einzige, der einen Schlüssel hat. Du nicht … *Pan!*« Mit seinen Spinnenfingern strich er sich die Dreadlocks aus dem Gesicht. »Schau mich an, Prinzessin! Schau mich genau an! Was siehst du?«

»Still«, knurrte Pan. Sein gewaltiger Körper war bis in die letzte Faser angespannt, er sah aus, als wollte er die Gitterstäbe notfalls einzeln herausreißen. Ich sah von ihm zu Sparta und war mir schlagartig nicht mehr so sicher, ob Pan tatsächlich so harmlos war.

»Ich sehe einen Feigling«, sagte ich jetzt, mutiger geworden durch Pans unmittelbare Nähe. »Du wolltest …«

»Ich sterbe!«, schrie er plötzlich so laut, dass ich zusammenzuckte. »Ich. Bin. Ein. Todgeweihter.« Für ein paar Sekunden atmete er tief ein und aus, als hätten ihn seine Worte selbst schockiert.

»Du stirbst?« Ich war völlig perplex, aber in meinem Kopf

sammelten sich bereits alle Indizien dafür, dass er ernsthaft krank war. Seine fiebrigen Augen, das ausgezehrte Gesicht, sein ständiger Husten, diese seltsamen Pusteln. Die Kampfersalbe.

Mit zusammengepressten Lippen schüttelte Sparta jetzt den Kopf, ansonsten verharrte er vollkommen reglos, sprach mit leiser, aber gefährlicher Stimme. »Dein Vater ist schuld. Seine scheiß Ölsandfabrik und seine Habgier. Diese gesamte Hexenküche hat all unsere Flüsse und Seen verpestet. Er hat Studien fälschen lassen, damit er immer mehr Gifte und Chemikalien in unsere Gewässer pumpen kann. Und nur Gott weiß, wohin noch.«

Für Sekunden stand ich jetzt ebenfalls wie versteinert da. »Niemals«, sagte ich, als ich mich von dem ersten Entsetzen erholt hatte. »Niemals würde mein Vater so etwas tun.«

»Es ist wahr.« Das war Nathan. Ich drehte mich um und entdeckte eine Handvoll Männer in dem Gang, die von Spartas Geschrei angelockt worden waren. Troja, Ikarus, Ilias, einer der Hobbits und Taurus mit seinem Stiertattoo auf der Stirn und den Schlangen und Echsen auf dem kahlrasierten Schädel.

»Es ist wahr?«, wiederholte ich mal wieder wie ein Papagei, dann lachte ich reflexhaft auf. »Auf gar keinen Fall.«

»Der Ölkonzern deines Vaters liegt nahe bei den Athabasca-Ölsanden in Alberta. Dort lagern ein Drittel der weltweiten Ölreserven, aber kaum jemand weiß das.«

»Ich weiß es«, sagte ich und blickte von Nathan zu Sparta und wieder zurück. *Ich sterbe!* Die Worte echoten in meinem Kopf, doch das alles musste ein Missverständnis sein. »Aber mein Vater ist ja selbst kaum noch vor Ort«, widersprach ich heftig. »Früher mal, ja.« Für mehrere Herzschläge dachte ich an seinen kleinen Sohn Nicholas und seine erste Frau Florentine, die im Feuer gestorben waren. Damals war er öfter in McMurray gewesen, aber seit dem Brand im Forb-Hotel mied er den Konzern dort im Norden. Ich zwinkerte nervös. »Er weiß überhaupt nicht, was da passiert …«

»Glaub mir, er weiß es sehr gut. Und dass er nicht vor Ort ist, spricht ihn nicht von seiner Schuld frei. Im Gegenteil.« Nathan sah mich herausfordernd an und verschränkte die Arme vor der Brust. Jetzt sah er wieder zornig aus, aber ich wusste, es war nur diese ungeheuerliche Lüge, die zwischen uns stand. Dad mochte vieles getan haben. Vielleicht hatte er Mom zu sehr geliebt und sie an sich gebunden, aber er würde niemals absichtlich ganze Landstriche vergiften, sodass Menschen an den Umweltfolgen starben.

»Medikamente«, hörte ich Sparta hinter mir sagen und drehte mich zu ihm um. »Ich wollte das Geld von deinem Ring für Sam und Grace und Medikamente. Morphium. Tilidin. Eine gute Behandlung in einem Krankenhaus. Weniger Schmerzen, wenn ich schon draufgehe …« Er saß wieder auf dem Boden, nach vorne gebeugt und schwer atmend. Für einen Augenblick hatte ich Mitleid mit ihm, aber dann musste ich an die vermummte Gestalt mit den Facettenaugen denken.

»Vielleicht wolltest du den Ring ja gar nicht. Vielleicht wolltest du mich nur in dem Netz ertrinken lassen, weil du selbst auch stirbst«, sagte ich bitter. »Du wolltest dich rächen. Weil du glaubst, mein Vater wäre an deinem Zustand schuld. Aber mein Vater besitzt dort nicht die einzige Öl-Industrie.«

»Die Hampton Oil Company ist die, die Coldville am nächsten liegt.« Nathans Stimme ließ keinen Zweifel zu, dass er mit Sparta einer Meinung war. »Dein Vater baute das Erbe seines Vaters aus, als seine Firma bei genehmigten Bohrungen durch Zufall auf eine gigantische Menge Ölsand in einer noch völlig unberührten Gegend stieß. Sein Öl-Imperium florierte und wurde zu einem der größten weltweit.«

»Das weiß ich, aber das heißt gar nichts.«

Nathan sah mich ungläubig an. »Du hast noch nie gehört, dass die Ölsandindustrie unsere Umwelt verpestet?«

»Doch, aber mein Vater achtet darauf, alle Vorschriften einzuhalten.«

Ein paar aus der Mannschaft lachten spöttisch auf, und Nathan schnaubte. »Das wage ich zu bezweifeln. Unsere Flüsse und Seen werden bereits seit zwanzig Jahren vergiftet, und daran hat sich bis heute nichts geändert. Es wird sogar schlimmer.« Nathan blickte die Männer nacheinander an, und viele nickten zustimmend. »Es war ein schleichender Prozess. Die Leute aus unserer Heimat merkten erst gar nicht, dass die Gewässer zu immer größeren Giftschleudern wurden. Arsen, Boratsalze, Quecksilber, Kohlenwasserstoffe, Isopropanol ... Als wir klein waren, stieg die Sterberate auf einmal explosionsartig an, auch bei den Kindern und Jugendlichen. Und Coldville war nicht das einzige Dorf, das betroffen war. Viele von uns verloren mindestens einen Elternteil, manche beide. Krebs in seiner aggressivsten Form. Schleichendes Versagen des Immunsystems, für das die wenigen Mediziner in der Umgebung weder Namen noch Erklärungen hatten. Und erst recht keine Heilmittel. Unerklärliches Fieber, das nicht mehr sank. Zerfressene Körper. Soll ich weitermachen?«

Ich starrte ihn an. Ohne es zu wollen, hatte ich die Fäuste geballt, und ich zitterte am ganzen Körper. »Das ist nicht wahr. Wenn es so wäre, wäre jemand eingeschritten. Es gibt Gesetze und es gibt Behörden.«

»Oh ja.« Nathan sah mich ernst an. »Es kamen tatsächlich immer mal wieder Leute von den verschiedenen Institutionen nach Coldville. Sie trugen Schutzanzüge, bevor sie in das Wasser stiegen, um Proben zu entnehmen. Aus dem See, in dem wir fischten. Man untersuchte das Grundwasser. Angeblich sei immer alles okay gewesen, erhöht, aber nicht so bedenklich, als dass es diese Auswirkung auf die Gesundheit hätte haben können. Außerdem machte man die Umwelt, die Natur selbst, für diese Erhöhung verantwortlich. Der Fluss fließe eben durch Gestein und Ölsande, er wäre ohnehin belastet. Wissenschaftler untersuchen seit über fünfzehn Jahren angeblich in Studien die Einflüsse der Ölsandindustrie auf die Gesundheit von Mensch und Tier, aber sie haben immer noch keine konkreten Ergebnisse. Warum wohl?«

»Weil großangelegte Studien manchmal über Jahrzehnte laufen?«, formulierte ich es als Frage.

»Blödsinn«, sagte Nathan harsch. »Sie werden bestochen, damit sie zu keinem Ende kommen. Denn so lange muss niemand reagieren. Dabei müssten sie sich nur mal unsere Fische anschauen. Ich habe niemals, egal in welchem Gewässer, derart verformte und verkrüppelte Fische gesehen wie damals, als ich nach langer Zeit nach Coldville zurückkam. Fische mit riesigen Schädeln und hervorquellenden Augen. Fische mit verbogenem Rückgrat. Fische mit verwachsenen Flossen, kaum lebensfähig.«

»Mein Vater hat aber nichts damit zu tun.« Immer wieder schüttelte ich den Kopf. »Niemals. Nie.« Umweltskandale waren nichts Neues, und ich hatte auch gewusst, dass es Proteste gegen die gesamten Ölsandfabriken in Kanada gab, aber Dad hatte es stets als völlig haltlos und übertrieben abgetan. Er hatte gesagt, die Ölsande in Kanada seien für Amerika eine Goldgrube. Fast zwei Drittel davon würde in die amerikanische Wirtschaft fließen und so die USA unabhängiger von dem Erdöl aus dem Nahen Osten machen. Im nordamerikanischen Freihandelsabkommen wurde sogar festgelegt, dass der Export von zwei Dritteln nie verringert werden dürfte. Aber Dad würde niemals irgendwelche Berichte oder Gutachten fälschen lassen nur wegen des Profits.

Oder doch?

Hatte er nicht selbst gesagt, jeder hätte seinen Preis?

Für einen Moment wurde mir schwindelig, und ich hielt mich an einem der Gitterstäbe fest. Nein! Es konnte nicht sein, dass er für all das Unglück dieser Männer verantwortlich war. Dad war ein guter Mensch, der alles für mich tat, alles für mich war. »Ihr müsst euch irren … ich meine, vielleicht vergiftet die Hampton Oil Company tatsächlich Flüsse und Seen, aber wenn, dann weiß mein Vater nichts davon. Mein Dad baut Kinderheime und Hospize in ganz Kanada. Er veranstaltet Charities …« Ich unterbrach mich, ließ die Stange los, weil meine Worte sich selbst in meinen Ohren plötzlich seltsam anhörten. Für ein paar Sekunden stand ich in dem Gang und nahm nichts anderes wahr als die flackernde Neonröhre, die das Licht stroboskopartig auf Wände, Böden und Männergesichter warf.

Sie standen da wie eine Front. Die meisten dunkelhaarig und groß, und ihre nicht geäußerte Frage brannte sich in meinen Verstand. Warum baute mein Vater ausgerechnet in Kanada Kinderheime und Hospize? Warum nicht in New York?

Ich spürte, wie sich meine Augen mit Tränen füllten, weil ich mich ihrer Wahrheit gegenüber so machtlos fühlte. »Das ist nicht wahr«, flüsterte ich. »Niemals.«

Nathan kam auf mich zu, aber ich wich einen Schritt zurück, als wäre er schuld an dem, was sie meinem Vater vorwarfen. »Will, sei vernünftig! Wir haben das jahrelang verfolgt.«

»Es ist nicht wahr!«, schrie ich und hätte am liebsten auf irgendetwas eingeschlagen. Zum ersten Mal in meinem Leben wollte ich selbst etwas kaputtmachen. Ich spürte, wie die riesige Kluft der Anschuldigungen zwischen mir und der Mannschaft hing, selbst zwischen mir und Nathan. Ich wollte das alles nicht glauben und war doch zum Teil davon überzeugt, dass sie die Wahrheit sagten. Warum sollte Dad sonst so viel für Waisenkinder und Sterbende in der Gegend tun, wenn er nicht zumindest ein schlechtes Gewissen hatte? Weshalb sollten so viele junge Männer das Wagnis eingehen, die Tochter eines der reichsten Ölmagnaten Amerikas zu entführen, wenn sie nicht absolut sicher wären, dass es stimmte. Ich blickte zu Sparta und wunderte mich, wieso mir nie zuvor in den Sinn gekommen war, dass er krank sein könnte? Also, ernsthaft krank. Plötzlich kam mir ein furchtbarer Gedanke, der mich mitten ins Mark traf. Der alles zerschnitt, Wahrheit und Lüge, Recht und Unrecht.

»Ihr seid alle krank, oder nicht? Ihr werdet alle sterben?«, flüsterte ich und konnte plötzlich kaum mehr atmen. Mein Herz krampfte sich mit einem dumpfen Druck zusammen. Nathan. Pan. Troja. Ikarus. Delphi, Kastor, Taurus … Sie alle würden sterben. Früher oder später. Ich stand da und sah sie nacheinander an, bis auf Nathan. Das brachte ich nicht über mich. Doch genau dieser war es, der mir antwortete.

»Nein«, sagte er fast sanft. »Sparta und Mykonos sind krank, ja. Sie leiden an dieser Immunschwäche. Und es gibt noch einige dort oben am Buffalo Lake, die bereits zu krank sind, um den Ort zu verlassen. Und deren Angehörige können deshalb ebenfalls nicht gehen. Die Zufahrtsstraßen sind nicht asphaltiert, im Winter erreichst du Coldville nur per Motorflugzeug. Einige Weggezogene versorgen sie mit Lebensmitteln, aber das reicht nicht, weil ihre Hauptnahrungsquelle versiegt ist. Du kannst dir die Armut dort nicht einmal vorstellen.«

Ich musste mich wieder an dem Gitter abstützen, so schwindelig war mir. »Und was genau wollt ihr von meinem Vater?«, fragte ich konfus. Was wäre besser als Geld, um allen eine medizinische Grundversorgung zu ermöglichen? Ein Hilfskonvoi, der die Kranken in die umliegenden Krankenhäuser transportierte?

Nathan sah mich geradeheraus an. »Er soll sich selbst anzeigen. Für eines der größten Umweltverbrechen seit Menschengedenken. Er soll alles offenlegen und Schadensersatz leisten. So kommen wir auch an das Geld, das wir brauchen. Ehrliches Geld, kein Lösegeld. Ich vermute, es wird deinem Vater einige Jahre Gefängnis einbringen, aber das ist mir gleichgültig, nein, es erfüllt mich sogar mit Genugtuung. Ich sagte es dir ja schon: Wir fordern Gerechtigkeit.«

Er wollte, dass Dad ins Gefängnis kam? Mein Dad? Blinzelnd sah ich meinen Vater vor mir, wie er in einem orangefarbenen Häftlingsoverall in einer Vier-Mann-Zelle mit Blechklo saß. Wie er von den anderen Insassen wegen seines ehemaligen Status traktiert und gequält wurde. Wie er mit Hunderten von Kriminellen auf billigen Bänken zu Mittag aß und stupide Runden im Hof drehte, wenn man ihm nicht vorher alle Knochen gebrochen hatte. Ich dachte an Rikers Island, wo Isaac inhaftiert gewesen war. Nathan selbst hatte gesagt, der Aufenthalt hätte seinen Bruder komplett gedreht.

Jetzt wusste ich, warum Dad nicht bereit war, die Forderungen zu erfüllen. So wenig, wie ich an seine Schuld glauben wollte, so wenig würde er freiwillig diese Schuld eingestehen. Niemals würde er riskieren, Ruhm, Macht und Freiheit zu verlieren.

Auch nicht für mich.

Der letzte Gedanke füllte mich mit Leere und Heimatlosigkeit. Ich stand da und wusste nicht mehr, wohin ich gehörte und wer ich war. Dad liebte mich nicht so sehr, wie ich ihn liebte. Ich hatte mein Leben für ihn aufs Spiel gesetzt, als seines in Gefahr gewesen war, doch er unternahm jetzt nichts, um mir zu helfen; zumindest nicht das, was man von ihm verlangte.

Hatte er mit Isaac gesprochen? Und wenn ja, was hatte Isaac ihm über mich erzählt? Interessierte es ihn überhaupt nicht, wie es mir erging? Er hatte doch die Fotos gesehen!

Plötzlich packte mich das Gefühl, in dem engen Gang zu ersticken. Kopflos lief ich ans Ende und verbarrikadierte mich mit einem Besen notdürftig auf der Toilette. Ich wollte nichts mehr hören von der angeblichen Wahrheit dieser Männer. Ich wollte das alles vergessen, und doch war genau das unmöglich. Es war, als hätte ich zuvor in einer schillernden Seifenblase existiert, die nun geplatzt war und nur eine Karikatur meines alten Lebens zurückließ. Das Penthouse mit den absurden Raritäten aus aller Welt, meine lächerlichen Kleider, meine lächerlichen Blumen, meine lächerlichen Gemälde – das war alles ein einziger Dornröschenschlaf gewesen, der mich sediert und ruhig gehalten hatte, damit ich all das Hässliche in der Welt nicht sehen musste. Auch das Hässliche, das Dad womöglich tat. Ich fühlte mich nackt, ohne den Schutz all dieser Dinge. Nackt und verwundbar.

Ich blieb eine Ewigkeit in dem winzigen, stinkenden Klo, auch als Nathan mich mehrmals bat, herauszukommen. Ich weinte ein bisschen, bemitleidete mich selbst, bis ich einsah, dass das nichts besser machte.

Gegen Abend lehnte ich mich an einer einsamen Stelle an die Reling und zwang mich, den Ozean zu betrachten. Er war glatt und ruhig, spannte sich vor mir auf wie ein Segeltuch.

Seltsamerweise erschreckte er mich nicht mehr. Er schimmerte unendlich blau, tiefblau, wie in meinem Traum. Als würde die Ewigkeit darin schlafen, bis das Ende der Welt sie aufweckte. Wo war meine Angst? Nach meinem Erlebnis müsste ich eigentlich noch mehr Panik vor dem Wasser haben, aber ich fühlte sie kaum. Irritiert atmete ich ein und aus, doch womöglich war mein Kopf einfach zu voll mit anderen Dingen. Es war mir nahezu egal, wo ich mich befand. In der Ferne blinkten Lichter im goldschwarzen Dunst der hereinbrechenden Nacht. Ganz sicher eine Küste, da die Lichtpunkte sich aufzogen wie eine endlose Lichterkette. Vielleicht war es South Carolina. Ich wusste es nicht – es hätte auch Delaware oder Rhode Island sein können, wenn Nathan den Kurs geändert hatte. Ich hatte keinen blassen Schimmer, wie schnell dieser Kutter fuhr und wie lange man brauchte, um auf Wasserwegen von einem Bundesstaat zum nächsten zu schippern. Es war auch egal. Ich konnte hier sowieso nichts tun. Ich konnte nur darauf warten, bis Dad endlich das tat, was sie verlangten, aber:

Das würde er nie. Das war mir nun klar. Nur, was passierte dann mit mir?

»Willa?«

Erschrocken drehte ich mich um. »Nathan?« Er sah so schön aus, wie er da stand, das Gesicht im Schatten, das dunkelgoldene Licht der Dämmerung wie eine Flut auf seinen Haaren. Falls er recht hatte und ihre Behauptungen stimmten, musste ihn jedes Wort, das er an mich richtete, unendliche Überwindung kosten. Wie hatte er mich küssen können, wenn mein Vater seinen Lebenslauf auf so elende Weise beeinflusst hatte? Wie konnte ich ihm etwas bedeuten? Das war nicht möglich.

»Du und der Ozean – ihr werdet nicht etwa Freunde?«, fragte er jetzt augenzwinkernd.

»Du musst nicht mit mir reden«, sagte ich gepresst. »Ich verstehe es, wenn du es nicht tust.«

»Oh, komm schon, Will! Wir haben dich mit einer List weggelockt, eingesperrt und gefesselt. Du müsstest auch nicht mit uns reden.«

»Das ist was anderes.«

»Stimmt, es ist schlimmer, da du eine Unschuldige bist.« Er kam einen Schritt näher. »Wir kennen die Wahrheit alle schon sehr lange. Sie ist nur für dich neu.«

Ich war mir sicher, er wollte mir damit sagen, dass diese Kluft, die ich spürte, nur für mich bestand. Ihre Welt hatte sich nicht um hundertachtzig Grad gedreht, nur meine. Trotzdem wandte ich mich ab. Ich wollte nicht darüber reden; ich wollte nicht, dass sich Dad in meiner Vorstellung veränderte und ein anderer wurde. Ich wollte ihn fragen, was er zu den Vorwürfen zu sagen hatte, bevor er mir fremd wurde. Womöglich gab es ein Missverständnis. Vielleicht hatte nicht er, sondern ein anderer die Ergebnisse gefälscht. Einer seiner Gutachter oder Notare. Das wäre doch möglich.

»Was, wenn mein Vater nicht …«, fing ich an, aber Nathan legte den Finger auf die Lippen und schüttelte den Kopf.

»Dein Vater ist ganz bestimmt ein intelligenter Mann, nicht wahr?«

Ich nickte.

»Und sicher ist er auch nicht allein dafür verantwortlich. Um so etwas zu vertuschen, braucht man einige Leute an den richtigen Positionen. Gutachter. Richter. Ärzte. Wir wollen von ihm auch die Namen derjenigen, die daran beteiligt waren und sind. Ausnahmslos alle.«

»Vielleicht hat er die echten Ergebnisse der Proben nie zu Gesicht bekommen?«

Nathan seufzte. »Selbst wenn er gefälschte Gutachten vorgelegt bekommen hätte … meinst du nicht, ihm wäre etwas aufgefallen? So viele Tote, aber keine starke Belastung durch Arsen, Quecksilber oder PAK?«

»Was ist PAK?«

»Polyzyklische aromatische Kohlenwasserstoffe.« Nathan musterte mich aufmerksam. »Dein Vater ist nicht nur intelligent, sondern auch einflussreich, Willa. Wenn er nur den Hauch eines Verdachts gehabt hätte – und den Willen zur Aufklärung –, hätte er alles aufdecken können. Und die Proben aus den Gewässern sind ja nur ein Teil des Ganzen. Er weiß ja, welche Chemikalien zur Gewinnung des Öls benötigt werden.«

Ich musste ihm leider recht geben. Einen Moment lang presste ich die Finger auf die Lider. »Ich verstehe es trotzdem nicht. Wie kann so etwas passieren, ohne dass die Welt davon erfährt? Gibt es keine Proteste oder Umweltschützer, die das publik machen?«

Nathan zuckte mit den Schultern. »Du findest vieles dazu in den Medien. Hauptsächlich über die Ölsande in Alberta, da diese Industrie im Fokus steht. Viele große Konzerne fördern dort Öl, es gibt Proteste, Aktionen, aber sie verlaufen sich irgendwann buchstäblich im Sande. Reporter werden bestochen oder eingeschüchtert.« Er lachte hart auf, wurde aber gleich wieder ernst. »Es geht hier um die Weltwirtschaft, um Milliarden. Um die Unabhängigkeit Amerikas vom Nahen Osten. Niemand interessiert sich für ein paar ehemalige französische Siedler an einem See, die sich noch dazu mit den Natives vermischt haben. Wir sind nichts. Wir sind unwichtig. Unser Leid ist der Welt egal. Programmdirektoren bekommen Bonuszahlungen, wenn sie gewisse Reportagen nicht senden. Die Chefetagen der großen Zeitungen werden korrumpiert. Das ist Politik.«

Ich musste daran denken, wie Dad sich mal über die *Lackaffen der Upper Class* amüsiert hatte, die immer dachten, sie wären so einflussreich. Dabei bewirkten sie nichts im Vergleich zu Männern wie Dad. »*Wir machen Politik*«, hatte er damals gesagt. »*Sie setzen nur Trends.*«

Für einige Zeit sah ich auf den Ozean, und Spartas hageres Gesicht flackerte vor mir auf, seine fiebrigen Augen. *Ich sterbe.* Er tat mir leid, trotz allem, was er getan hatte. Und ich wusste, wenn das alles tatsächlich wahr wäre, würde mir Dad damit das Herz brechen. Und Nathan – er musste mich wirklich hassen, abgrundtief hassen, tief im Innersten.

»Hey, schau mich an, Will.«

Ich presste die Lippen aufeinander. *Ich kann nicht.*

»Bitte.« Vorsichtig drehte er meinen Kopf in seine Richtung.

Ich blinzelte. Sein Blick war vollkommen offen, auch wenn das Stirnband ihn immer noch wie den kriegerischen Anführer einer gefährlichen Truppe aussehen ließ. »Du kannst nichts für die Dinge, die dein Vater getan hat. Du hast keine Gutachten gefälscht oder unsere Flüsse vergiftet. Ich weiß, dass ich dich all den Zorn in mir habe spüren lassen, und das war falsch. Du bist nicht wie er. Es tut mir leid.« Er nahm meine Hand und drückte meine Finger, aber ich erwiderte es nicht.

Ich musste an Pans Worte denken, dass Nathan ein gutes Herz hatte. Es traf zu tausend Prozent zu. Wie konnte er sonst sagen, es würde ihm leidtun, wenn er so einen großen Verlust erlitten hatte? Mit einem Brennen in der Brust dachte ich an seinen Rücken, den Friedhof, den er auf der Haut trug, wohin auch immer er ging. Ich konnte mir nicht mal ansatzweise vorstellen, wie schrecklich seine Kindheit und Jugend gewesen sein musste, ich wusste ja kaum etwas über sein Leben. Aber ich verstand jetzt wenigstens seinen Zorn.

Ganz still stand ich da, während mir neue Tränen über das Gesicht liefen. Ich hatte jedes Recht an ihm und an seinem Wohlwollen verloren.

»Sieh nicht schon wieder weg.« Behutsam wischte Nathan mir mit den Fingern die Tränen von den Wangen, strich mit dem Handrücken über mein langes offenes Haar.

»Ich kann nicht«, flüsterte ich. »Ich kann dich gar nicht mehr ansehen, ohne zu weinen … was, wenn du eines Tages auch krank wirst?« Der Gedanke zog mein Herz zusammen, brannte in meiner Brust.

Doch Nathan lächelte. »Das wird nicht passieren.« Er klang überzeugt.

»Wieso nicht? Du kannst es nicht wissen.«

»Das stimmt. Aber ich teile etwas mit dir. Ich habe auch eine Allergie.«

Wie bitte? »Gegen was?«

»Parvalbumin.«

»Was ist das?«

»Ein Protein. Es kommt in dem weißen Muskelfleisch fast aller Fische vor.«

»Du hast in Coldville nie Fisch gegessen?«, fragte ich fassungslos.

Er nickte. »Außerdem bin ich dort als knapp Elfjähriger weg und erst spät wieder zurückgekehrt.«

Für einen Augenblick war ich unendlich erleichtert. Nathan würde nicht krank werden! Doch das war egoistisch. Was war mit all den anderen? Mit Ikarus, Pan und Troja? Noch dazu gab es ein weiteres Problem, eins, dessen Konsequenz ich mir überhaupt nicht ausmalen wollte. Hart schluckte ich und sah auf den Boden. »Mein Vater wird eure Forderungen niemals erfüllen.« Ich spürte die Schwere meiner Worte in mir hinabsacken. »Selbst wenn er schuldig ist, wird er sich niemals selbst anzeigen …«

Nathan schwieg. Er schwieg so lange, dass ich irgendwann doch den Kopf hob. Seine Lippen waren zusammengepresst, ein einziger dünner Strich. Nicht mehr weich.

Mein Herz fing an zu pochen. »Was wird dann aus mir?«

Kapitel 16

Er antwortete nicht, sondern starrte Richtung Küste und deutete auf einen schimmernden Punkt, der auf dem Wasser auf- und abhüpfte. »Das sieht aus wie ein Speedboot, und es hält auf uns zu, als wüssten diejenigen, wer wir sind.« Er sah mich an, das Gesicht plötzlich so grimmig, dass mir der Atem stockte.

»Isaac?«

»Vielleicht! Ich weiß es nicht.« Nathan ballte die Fäuste. »Die Polizei ist es jedenfalls nicht. Die Küstenwache auch nicht, die haben an der Ostküste eigentlich größere Boote.«

Ich klammerte mich an die Reling, weil meine Beine auf einmal gefühllos wurden. »Sparta muss vergessen haben, den Transponder auszuschalten.«

»Nein … nein, er ist aus! Aber vielleicht hat er ihn kurz eingeschaltet, nachdem er die Kursänderung bemerkt hat. Womöglich hat er Isaac die Koordinaten gefunkt, als ihm klar wurde, dass sein Plan mit den Outer Banks gescheitert war, keine Ahnung.«

Dann hätte er ja doch den Ring für Geld und Medikamente gewollt; und nicht meinen Tod. »Er hat Isaac Bescheid gegeben, damit er es zu Ende bringt«, flüsterte ich entsetzt. »Sparta hat zu mir gesagt, er würde nicht mehr an den Plan glauben.« Doch vielleicht glaubte er daran, dass Isaac ihn mit aller Härte und Konsequenz durchsetzte. Panisch sah ich mich um, als würde es hier irgendwo einen Fluchtweg geben. »Und jetzt?«

»Vor dem hier können wir nicht davonlaufen. Sie sind da, ehe wir den Anker gelichtet haben. Außerdem ist der Kutter zu langsam und das Rettungsboot ist nicht seetüchtig.«

»Aber Isaac ...«

Nathan fasste meine Oberarme, als müsste er mich im Hier und Jetzt festhalten. »Wir haben keine Chance. Wir kommen nicht schnell genug von hier weg, verstehst du das?«

Ich nickte mechanisch. Wieder blickte Nathan zu dem offenen Boot, und ich meinte, bereits das dunkle Brummen des Motors zu hören.

»Okay! Los.« Er griff meine Hand. »Ich schließe dich in der Zelle ein, dann kann er dich wenigstens nicht anrühren.«

Er zog mich hinter sich her, während er gleichzeitig mit der anderen Hand gegen jedes Fenster schlug, an dem wir vorbeikamen. »Alle Mann an Deck. Wir kriegen Besuch!«, brüllte er.

Ich hörte, wie Stimmen aufwallten, den Befehl weitergaben, und das Poltern schwerer Schritte. Nathan ließ mich los, war mit einem Satz den Stieg zum Gang hinunter und fing mich auf, als ich hinterhersprang. »Beeil dich!« An seiner Hand rannte ich bis zu seiner Kammer, doch dort ließ er mich mit einem »Warte hier!« stehen und verschwand darin. Ich hörte ihn fluchen, während ich krampfhaft Spartas Blick mied. Er käme frei, und ich wäre wieder eingesperrt. Außerdem hatte er mich an Isaac verraten. Wahrscheinlich unmittelbar, als Nathan von Bord gesprungen war, um mich zu retten. Ich sollte zornig auf ihn sein, aber im Moment hatte ich nur abgrundtiefe Angst.

»Willa!« Erschrocken wirbelte ich herum. Nathan stand wieder vor mir. Schweiß glänzte auf seinem Gesicht. »Er ist weg.«

»Was?« Ich verstand überhaupt nichts.

»Der Schlüssel zu der Zelle. Ich hatte ihn hier in der Kammer, aber jemand muss ihn an sich genommen haben.«

»Troja hat ihn!« Sparta kam nahe an das Gitter. »Er meinte etwas von: Er wäre sicherer bei ihm, solange du mit Willa auf Deck bist. Wegen Pan und ...«

Ohne weiter zuzuhören, stürzte Nathan los und ich hinterher. Doch als Nathan mich den Stieg zum Bug hinaufzog, knatterte der Motor des fremden Bootes so laut, es musste sich schon in unmittelbarer Nähe befinden. Ich hörte aufgebrachte Männerstimmen. Pan, Ilias und ein paar andere standen an der Reling, Taurus hielt einen überlangen Stab in der Hand und rief nach Nathan. »Isaac! Er und seine Leute!«

Wie ein Lemming wollte ich zur Brüstung laufen, als könnte ich die Gefahr verhindern, wenn ich sie sah, aber Nathan hielt mich zurück. »Du bleibst hinter mir, egal was passiert, verstanden?«

»Okay.« Er hatte mich losgelassen, rief nach Troja, während er gleichzeitig zum Geländer stürmte. Ich ging ihm nach. Mittlerweile war das Wasser in der Dunkelheit tintenschwarz, und die Scheinwerfer des offenen Speedboots ließen finstere Schemen erkennen.

Meine Nervenfasern summten, als hätte ich an einen Elektrozaun gefasst. Sie waren mindestens zu fünft. Und so, wie es aussah, trugen sie Waffen. Einer hatte ein Gewehr im Anschlag, vielleicht ein Scharfschützengewehr, auf jeden Fall konnte man damit sicher ein Gehirn in Grießpudding verwandeln. Ich dachte an die Piratengeschichten meines Dads. Wie leicht es für eine Gruppe Männer war, ein Schiff durch Waffengewalt zu entern.

Es war ein einziger Albtraum. Sie würden die Agamemnon unter ihre Kontrolle bringen wie schwerbewaffnete Piraten die Containerschiffe vor Somalia. Wenn die Mannschaft sich unter Deck in Sicherheit brachte, kämen sie ungehindert an Bord, blieb sie, setzten sie sich der Gefahr aus, verletzt zu werden; oder schlimmer.

Aber, was war Isaac für diese Männer hier wirklich: Bedrohung oder Hoffnung?

Angstvoll spähte ich zu Nathan, der mich kurz über seine Schulter ansah. Sein Gesicht war aschfahl. Beim Anblick der Waffen hatte er sicher dasselbe gedacht wie ich. Falls sein Bruder gekommen war, um mich zu töten, würde mir die Zelle sowieso keinen Schutz bieten.

»Geh mit ihr zurück und bleib bei ihr!«, rief er Pan zu, dann nahm er Taurus den Holzstock ab und lief zu der offenen Stelle der Reling, wo man die Gangway anlegte, um an Land zu kommen.

Pan zog mich vor die Wand des Turms und legte mir eine Hand auf die Schulter. Er sah mich an, aber er sagte kein Wort. Mittlerweile standen alle Mann auf dem langgestreckten Bug, zwischen Turm und den hüfthohen Ankerwinden, Pollern, Netzen und Tauen.

»Entweder du lässt uns freiwillig an Bord oder wir verschaffen uns gewaltsam Zutritt«, hörte ich jemanden durch das Röhren des Motorbootes rufen. Ein Angstschauder stellte meine Nackenhaare senkrecht. Es war unverkennbar Isaacs stoischer kalter Bariton – ich hätte ihn überall auf der Welt erkannt. Ich spähte um die Ecke des Turms.

Nathan stieß den Stab hinab, wahrscheinlich wollte er das Boot damit auf Abstand halten. »Du lässt sie in Ruhe. Sie hat mit den Angelegenheiten ihres Vaters nichts zu tun!«, rief er nach unten.

Dieselgase stiegen herauf und krochen über das Deck. Aus den Augenwinkeln sah ich Ilias, Delphi und Ikarus ein Netz ausbreiten, das sie gemeinsam zur Reling schleppten.

Männer schrien durcheinander, aber ich verstand nichts, doch mit einem Mal zerfetzten Schüsse die Nacht. Die Laute raubten mir den Atem. Automatisch duckte ich mich, schneller als Pan mich hinunterdrücken konnte, die Männer nahe der Reling machten mehrere Sätze zurück.

»Werft das Netz auf uns, und wir erschießen euch durch die Maschen.« Für Sekunden roch ich nur noch Schwefel und Rauch und blickte mit um den Kopf gewickelten Armen zu Nathan.

Er war zurückgetaumelt, Furcht und Schock standen in seinem Gesicht. Er hatte keinen Waffenangriff erwartet, das sah ich deutlich.

»Sie haben Glocks!«, rief er Pan und den anderen zu, flüchtig um sich blickend, ob jemand verletzt war. »Halbautomatik, fünfzehn Schuss im Magazin.«

Für jeden von uns einen Schuss und zwei Blindgänger.

Nathan sah aufs Wasser. »Dreh ab, Isaac! Meine Bedingung

hierfür war, dass ich mir die Männer selbst aussuche und du erst am letzten Tag an Bord kommst. Wenn alles vorbei ist.«

»Die Umstände haben sich geändert! Zwing mich nicht, wegen dieses Mädchens einen unserer Freunde zu erschießen«, rief Isaac nach oben. Es gab Geräusche am Rumpf, ein dumpfes Poltern, wie wenn jemand eine Leiter einhakte oder sich mit den Füßen am Schiffsbauch abstieß. Ilias, Ikarus und Nathan stürzten wieder vorwärts, doch ein weiterer Schuss stoppte sie mitten in der Bewegung. Die Kugel schlug einen Krater in den gekalkten Turm, die Brösel flogen durch die Luft, und ich hörte das Echo des Knalls immer noch, als die ersten beiden Männer an Bord sprangen. Einer zielte mit dem Lauf seiner mattschwarzen Pistole auf Nathan, der ihm am nächsten stand.

Der Puls zuckte dumpf in meiner Kehle. Weitere Männer erklommen die Agamemnon. Insgesamt waren es sechs, alle trugen dunkelgrüne Overalls, alle hatten dunkle Haare, was sicher von dem Einschlag der französischen Siedler und Natives herrührte, den Nathan erwähnt hatte. Einer von ihnen war Isaac.

Mit ihren Waffen trieben sie Nathans Mannschaft mit harschen Befehlen auf eine Seite der Reling, auch mich und Pan, und ich dankte Gott, dass Nathan und kein anderer den Helden spielte. Ich wusste, sie hatten keine Waffen an Bord. Nicht eine. Irgendjemand hatte es vor Kurzem in Zusammenhang mit Sparta erwähnt. Nathan hatte es nicht gewollt, zum Schutz der Männer untereinander und zu meinem Schutz. Jetzt fand mich sein Blick, und ein flüchtiger Ausdruck der Erleichterung flog über sein Gesicht. Er kam zu mir und stellte sich vor mich, als wollte er mich notfalls mit seinem Leben beschützen. Ich sah nur noch seinen Rücken, atmete seinen Geruch nach Salz, Fremde und Ferne und spürte dennoch die eiskalte Angst, die meine Glieder steif machte. Ich konnte Isaacs Präsenz spüren, als hätte er mir einen persönlichen Gruß ins Ohr geflüstert.

Wer von ihnen war er?

Vorsichtig spähte ich auf Zehenspitzen über Nathans Schulter. Wir standen links außen, immer noch in der Nähe des Turms bei der Reling. Zwei Schützen mit gezogenen Glocks hatten sich erhöht auf Pollern positioniert, sodass sie alle überragten. Zwei Hünen mit Revolvern flankierten rechts und links die Mannschaft. Ein weiterer Mann mit dem Gesicht eines knallharten Söldners hielt ebenfalls eine Glock in der lässig herabbaumelnden Hand, über seiner Schulter hing an einem Gurt ein braun-schwarzes Gewehr. Mit wachsamem Blick verharrte er bei einem Unbewaffneten.

Mein Magen drehte sich um. Der Unbewaffnete konnte nur Isaac sein.

Er sah nicht so aus, wie ich ihn mir vorgestellt hatte, nicht wie ein Colonel, der mit Vorliebe Kriegsgefangene folterte. Er wirkte eher wie jemand, der in meine Gesellschaftsschicht passte, jemand wie Lawrence, wenn man von dem Overall absah. Er war groß, so groß wie Nathan, und ebenso trainiert, aber auch wie Nathan kein Koloss. Das kurze dunkle Haar war von der Fahrt wild und durcheinander, sodass es fast bis über die Augen fiel, aber seine fein geschnittenen Züge hatten etwas schockierend Vertrautes. Als hätte ich ihn schon einmal irgendwo gesehen. Nicht in Baton Rouge, wo er weit entfernt gewesen war, sondern ein anderes Mal. Vielleicht auf einer Spendengala oder in der Oper? Fieberhaft überlegte ich wo, doch es fiel mir nicht ein.

Abschätzig musterte er jetzt Nathans Männer, die wie Kriegsbeute an der Reling standen, aber an mir blieb sein Blick hängen, auch wenn er kaum etwas von mir sehen konnte.

»Guten Abend, kleine Lady«, sagte er und deutete mit zwei Fingern auf mich. »Ich sehe dich!« Ein verschlagener Ausdruck erschien auf seinem adligen Gesicht. Hinter Nathan machte ich mich noch winziger, trotzdem hatte ich das Gefühl, sein Blick würde wie eine Schlange in mich hineingleiten. Es fühlte sich intim an, als stünde ich splitterfasernackt vor ihm.

Nathan veränderte auch prompt seine Position, sodass er mich komplett verdeckte. »Lass sie in Ruhe!«, hörte ich ihn knurren. Ich schaute an seinem Oberarm vorbei.

Isaac musterte ihn scharf. »Vielleicht wirst du mir jetzt endlich erklären, was dieses Kasperletheater hier soll. Du änderst heimlich den Kurs, als wären wir keine geschlossene Einheit. Kein Team! Was bist du geworden? Willa Nevaeh Raes Marionette?«

»Ich habe …«, fing Nathan an, doch Isaac unterbrach ihn sofort.

»Dachte irgendjemand von euch ernsthaft, dass Nicholas Garrett Hampton sich selbst ausliefern würde wie ein Verurteilter, der den Kopf freiwillig unter das Beil des Schafotts legt?« Er blickte in die Runde. »Wo, dachtet ihr, führt das Ganze hier hin? Wir spielen nicht Räuber und Gendarm!«

»Wir alle waren mit diesem Plan einverstanden«, erwiderte Nathan jetzt mit fester Stimme. »Du auch.«

Isaac ging nicht darauf ein. »Ihr habt allen Ernstes gedacht, ihr könntet einem der mächtigsten Männer Amerikas eure Regeln aufzwingen, indem ihr seine Tochter entführt, auf einem Kutter mit ihr die Küste runterschippert und ihm ab und zu mal ein nettes Foto sendet?«

Er klang nicht so, als wollte er ein friedliches Ende dieser Begegnung, und das ließ mich schaudern. Und was meinte er mit *nettes Foto?* Ich war in einem armseligen Zustand gewesen.

Nathan vor mir verschränkte die Arme, aber er bebte vor Zorn. »Wieso nicht?«

»Oh ja, gute Frage. Wieso eigentlich nicht? Vielleicht weil er ein selbstgerechtes Arschloch ist? Glaubst du, jemand, der sich *Gott und Gönner* nennen lässt, ginge für irgendjemanden in den Knast? Fragen wir doch mal sein Töchterchen?«

»Sie hat dir nichts getan, verdammt noch mal!«

»Hört. Hört!« Isaac lachte. »Und das sagst ausgerechnet du? Hast du nicht noch vor einigen Wochen behauptet, du wolltest Hamptons Töchterchen das Fürchten lehren? *Du* wolltest sie doch wie eine Geisel halten, oder nicht? Wasser, Brot und Fesseln, damit sie lernt, was Entbehrung bedeutet?«

Nathan schwieg, aber streckte mir seine Hand hin, und ich griff seine Finger, auch wenn mich Isaacs Worte mehr verstörten, als ich mir eingestehen wollte.

Eindringlich sah Isaac von einem zum anderen. »Dieser Plan war von vorneherein zum Scheitern verurteilt. Aber hätte ich dir das vorher gesagt, hättest du nicht mitgemacht. So einfach ist das. Schaut euch doch an!« Er ging an Nathans Männern vorbei, Männern, die mir vor Wochen noch Todesangst eingejagt hatten, die aber nun harmlos wie Schuljungen wirkten, wenn ich sie mit Isaacs Schergen verglich. »Ihr gebt euch Namen aus der griechischen Mythologie. Troja, Pan, Apollon, Taurus … Ich war von Anfang an gegen diese Farce.« Er deutete auf Troja, dessen Augen sich vor Schreck weiteten, dann blickte er in meine Richtung. »Willa Nevaeh Rae, das hier ist Noah Van Veenstra, und das«, er zeigte erst auf Pan und danach auf Ilias, »sind Kjertan Johannsson und sein Zwillingsbruder Rayk.«

»Hör auf!«, brüllte Nathan ihn an, ließ mich los und machte einen Schritt nach vorn, woraufhin der Hüne neben uns sofort den Lauf seiner Waffe auf ihn richtete.

Isaac beachtete ihn nicht einmal und schritt die Reihe entlang. »Thomas Tremblay alias Taurus. Ich wiederhole: Thomas Tremblay, merk es dir für deinen Polizeibericht, kleine Lady.«

»Hör auf, verdammt noch mal! Bist du wahnsinnig geworden?«, schrie Nathan ihn an. Ich spürte seinen Drang, auf Isaac loszugehen und ihm seine Fäuste ins Gesicht zu hämmern, fast körperlich. Doch das verhinderte nicht nur der Hüne neben uns, sondern auch der dunkelhaarige Mann auf dem Poller, der ebenfalls mit seiner Glock auf ihn zielte.

Isaac blieb vor Ikarus stehen. »Ich soll aufhören? Ich habe nicht den Kurs geändert, um meinen Bruder und die eigenen Freunde zu hintergehen. Ich bin auch nicht schuld, dass die kleine Lady jetzt alle Gesichter in- und auswendig kennt. Warum denn dann keine Namen, Nathaniel McCormack?«

Er zeigte auf Ikarus, und der Mann mit dem eisenharten Söldnergesicht, der an seiner Seite stand, richtete seine Waffe auf diesen, als wollte er jeden weiteren Protest unterbinden. »Unser Trickster Ikarus alias Ian Lee … und das hier, unser Kastor, ist Jack Wilson.« Kastor war der brummige Typ mit dem Ziegenbart und den smaragdgrünen Augen, den ich immer nur kurz gesehen hatte, ebenso Apollon, der unscheinbare Bankiertyp, an dem Isaac nun vorbeiging: »Der brave Alvin White; daneben haben wir Mykonos, der im realen Leben Owen Williams heißt, ein Mann, der dich abgrundtief hassen sollte, Willa Nevaeh Rae, da er in wenigen Wochen elendig verrecken wird.«

Owen mit dem raspelkurzen Armeehaarschnitt und der pilzartigen Haut sah mich an, und in seinen Augen lag dasselbe Glühen wie in denen von Sparta. Eiswasser rann meinen Rücken hinunter. Ganz sicher würde er sich nicht auf meine Seite schlagen.

Isaac lief weiter und nickte den Hobbits zu. »Ben Baker und Jerry Millman. Daneben unser Orakel Delphi: Raphael Gauthier.«

Ich konnte nur erahnen, warum er das tat. Er wollte den Männern einen Grund dafür geben, dass ich verschwinden musste. Und das für immer.

Instinktiv grub ich meine Nägel in die Handflächen. Mittlerweile kam ich mir vor, als wäre ich mit einem Haufen Psychopathen in einen Container gesperrt worden. Alles konnte passieren. Über Nathans Schulter sah ich, wie Isaac zur Mitte schritt und sich mit einem sarkastischen Lächeln verbeugte.

»Gestatten, kleine Lady: Isaac McCormack.« Als er sich aufrichtete, traf mich wieder dieser besitzgierige Blick, ein Flackern, das jede Faser in mir erzittern ließ.

Ich will dich, sagten seine Augen, auch wenn ich sie kaum sah. Aber nicht nur das. Es lag auch das Versprechen darin, mir das größtmögliche Leid anzutun, das er kannte. Ein Leid, das etwas mit diesem persönlichen Hass auf mich zu tun hatte. *Ich will dich mit Haut und Haaren: besitzen, zerstören und töten.* Er strahlte es mit jeder Pore aus.

»Warum tust du das?«, fragte Nathan jetzt herausfordernd, und ich war mir sicher, dass er Isaacs Blick ebenso interpretierte wie ich.

»Warum?« Isaac kam näher, fuhr sich durch die Haare und lachte. »Ich biete euch einen Plan B. Keine Spielchen mehr, keine falschen Namen, nur noch brutale Realität.« Der Mond war aufgegangen und warf sein silbernes Licht auf Isaacs Gesicht, auf seine hohen Wangenknochen und die selbstbewussten, schmalen Lippen. Es machte mir noch mehr Angst, dass er hochintelligent aussah. Wie beiläufig schnipste er mit den Fingern, und sein Söldner reichte ihm ein Stück Papier, das er quälend langsam auseinanderfaltete. Es sah aus wie das herausgerissene Blatt einer Zeitung.

Er blickte zu mir. »Glaubst du, kleine Lady, dein Vater würde sich selbst anzeigen und das Räderwerk von Presse, Umweltschützern und Neidern gegen sich aufbringen? Und selbst wenn: Vielleicht würde er sich herausreden, sobald du wieder frei wärst? Er könnte behaupten, von Fremden zu einer Falschaussage gezwungen worden zu sein, weil sie dich sonst getötet hätten. Die Welt und die Wirtschaft würden ihm bestimmt liebend gerne glauben, immerhin würde ihnen doch sonst das ganze Öl flöten gehen.«

Mein Mund wurde staubtrocken. Natürlich hatte er recht.

Er hielt das Papier hoch. »Wieso liest du uns die Antwort, die ihr alle haben wollt, nicht selbst vor? Los, komm her zu mir, kleine Lady!«

»Den Teufel wird sie!«, spie Nathan ihn an.

Der Mann neben ihm trat näher heran, und die Mündung des Revolvers küsste beinahe Nathans Schläfe.

Blut pochte in meinen Ohren. Plötzlich war es so still wie auf einem Geisterschiff. Hatte vorher noch hier und da jemand gehustet, sich gekratzt oder sein Gewicht verlagert, schien es jetzt, als hätte ein unsichtbares Tier alle Geräusche gefressen. In dieser Stille spannte und lud jemand seine Waffe durch, das hörte ich, aber ich wusste nicht, auf wen gezielt wurde. Die Angst verschlang all meine Sinne. Ich sah nur, dass Nathan nach vorne stürzte, aber von einem Hünen und dem Söldnergesicht gestoppt wurde. Es gab einen Schrei, die Laute von Schlägen, dann lag Nathan auf dem Boden, den Lauf des Gewehres im Nacken.

Ich wollte zu ihm laufen, doch sein bohrender Blick hielt mich zurück. *Nicht!*

Niemand rührte sich. Niemand schien zu atmen. Alle Männer der Mannschaft standen da wie zur Salzsäule erstarrt, während der Söldner mit dem Gewehr Nathan das Stirnband vom Kopf riss und es Isaac reichte.

Für einen Moment dachte ich, er würde es sich anlegen wie eine Kapitänsbinde, aber er winkte mich damit zu sich.

Es war sinnlos, Widerstand zu leisten, es wäre geradezu lächerlich gewesen. Mein Herz galoppierte mit mir davon. Keine Ahnung, wie ich den Weg zu ihm schaffte, ob ich zitterte oder wie viele Schritte ich brauchte. Ich spürte auch kaum, wie er von hinten den Arm um mich legte, knapp unterhalb des Halses, sodass seine

Hand auf meinem Schlüsselbein lag. Die Umarmung fühlte sich fürsorglich an, beschützend, aber sie ließ das Blut in meinen Adern gefrieren.

»Lies!«, befahl er mir, und sein Atem strich wie Feuer über meinen Scheitel. Mit seiner freien Hand hielt er mir das Blatt vor die Nase, aber ich brauchte ein paar Sekunden, bis ich den Anfang fand.

»Nicholas Garrett Hampton erstattet Strafanzeige gegen unbekannt.« Stockend hielt ich inne und nahm das ungläubige Murmeln wahr.

Isaac strich mit den Fingern über mein Schlüsselbein, und ich wurde stocksteif. »Worauf wartest du, kleine Lady? Lies vor, was dein Vater getan hat.«

Ich musste die Zeile neu suchen, weil die Buchstaben hin und her tanzten. »Die Welt ist erschüttert«, las ich und versuchte trotz meiner Furcht, klar und deutlich zu sprechen. »Und mit ihr Nicholas Garrett Hampton, prominenter Ölmagnat und Multimilliardär aus New York. Wie er gestern bekannt gab … wie er gestern bekannt gab, hat sich eine seiner rentabelsten Firmen, die Hampton Oil Company aus dem kanadischen Alberta, eines der schwersten Umweltverbrechen seit Menschengedenken schuldig gemacht.« Für einen Moment wurde mir schwindelig. Dad hatte reagiert! *Endlich!* Tränen schossen mir in die Augen. Vielleicht war er doch nicht schuldig und das alles ein riesiges Missverständnis. Möglicherweise hatte man ihn ja auch von oberer Stelle gezwungen?

Ich las weiter, aber meine Stimme zitterte hörbar. »Laut seinen Angaben haben hochrangige Mitarbeiter der Hampton Oil Company seit Jahrzehnten bewusst die Zahlen von Umweltgutachten manipuliert, sodass hochtoxische Stoffe in die umliegenden Seen und Flüsse gelangen konnten. Weiterhin erfolgte eine illegale Ableitung giftiger Abfallprodukte ins Grundwasser. Um welche Stoffe es sich im Einzelnen handelt, und welche Auswirkung das für die Anwohner der angrenzenden Dörfer und Gemeinden hat, wurde noch nicht bekannt gegeben. Gesichert ist zu diesem Zeitpunkt nur, dass betriebsintern nach den Schuldigen ermittelt wird. ›*Das ist ein abscheuliches Verbrechen an Mensch und Natur, das wir mit allen Konsequenzen und bis zum letzten Mann aufklären werden‹*, versprach Hampton gestern in einer Pressekonferenz.«

»Genug!« Isaac stieß mich von sich, und ich stolperte zwei Schritte vorwärts, die allgemeine Bedrohung auf der Haut wie ein heißes Flüstern. »Das«, sagte Isaac jetzt und hielt das Zeitungspapier über seinen Kopf, »ist schlimmer als ein Schlag ins Gesicht. Hampton sucht sich seine Sündenböcke, die für ihn in den Knast wandern, und dann lässt er sich die Schadensersatzleistungen von seiner oder deren Versicherung bezahlen. Ihm selbst passiert natürlich nichts ...« Etwas Brachiales erschien in seinen Augen, bevor er in einen Jargon verfiel, den man hier sicher besser verstand. »Er fickt uns. Jeden Einzelnen von uns und all die, die schon lange tot sind. Unsere Eltern, unsere Geschwister, unsere Söhne, Töchter, Cousinen und Neffen ...« Er sah in die Runde, als wollte er damit die mentale Gesinnung dieser Männer erfassen, und ein paar nickten zustimmend. Isaac nickte zurück. »Wie viele Gräber habt ihr ausgehoben? Im Sommer bereits für den Winter, weil das Eis sonst zu dick war? Wie viele Menschen habt ihr verloren? Wenn man nach Coldville kommt, ist das Erste, das man sieht, eine lange elende Reihe weißer Kreuze. Weiße Kreuze vor schwarzen Tannen! Hunderte!« Für einen Augenblick war es totenstill. Dann lief er zu Nathan, der mittlerweile auf dem Boden kniete, den Lauf des Gewehrs immer noch in seinem Nacken. »Und du, Nathaniel? Was machst du? Reichen dir Arsch, Titten und ein Lächeln, um dir das Gehirn zu frittieren?«

Nathan spuckte Blut auf den Boden. »Sie hat mit den Machenschaften ihres Vaters nichts zu tun. Sie ist unschuldig, so wie die Toten aus Coldville es waren.«

»Glaubst du, es geht hier darum, ob sie schuldig ist oder nicht? Es geht um Hampton, verdammt! Und sie ist seine einzige Schwachstelle. Er denkt, wir wären ein Haufen harmloser Umweltfanatiker, die Worten keine Taten folgen lassen. Wir müssen hier und jetzt eine Entscheidung fällen. Und zwar, ob wir uns von Hampton ficken lassen oder nicht.« Die Härte in seiner Stimme ließ mein Blut gefrieren, und meine Furcht sank bis zum tiefsten Grund meiner Seele. Mit langen Schritten kam er auf mich zu. Ich sah es zu spät, aber es hätte sowieso nichts genutzt, wenn ich es hätte kommen sehen. Er packte mich an den Haaren und zog mich daran ein paar Meter mit sich. »Glaubt ihr ernsthaft, sie würde euch nicht verraten, wenn ihr sie nach Hause gehen lasst? Noah – Kjertan«, er sah von Troja zu Pan und wieder zurück, »denkt ihr, sie erinnert sich an euch oder eure Worte, wenn sie erst wieder zuhause in ihrem Luxuspenthouse ist, zurück bei Daddy, der sich durch Lügen aus der Affäre gezogen hat? Schaut euch doch an!« Wie ein Irrer riss er an meinen Haaren, meine Kopfhaut brannte, und aus Reflex und Angst schossen mir Tränen in die Augen. »Ihr seid gesellschaftliches Nichts in ihren Augen. Sogar weniger als das. Sie lächelt euch nur an, weil sie auf eure Gunst angewiesen ist. Glaubt einer von euch ernsthaft, sie hätte euch auf der Straße auch nur eines Blickes gewürdigt?« Er lachte hart. »Sie hätte die Straßenseite gewechselt. Sobald sie frei ist, wird sie singen wie ein Vögelchen. Daddy wird sie einlullen und ganz schnell dafür sorgen, dass sie vergisst, wer der Böse ist.«

Abermals folgte eine unheilvolle Stille. Mein Mut sank noch tiefer, denn seine Worte klangen überzeugend. Selbst ich war mir plötzlich nicht mehr sicher, was ich tun würde, wäre ich erst frei.

»Ich sage, wir sorgen dafür, dass Hampton endlich begreift, wie ernst es uns wirklich ist!« Er ließ mich los, nickte, und im nächsten Augenblick schlug mir jemand so brutal ins Gesicht, dass ich für Sekunden nur eine rote, flimmernde Wand sah. Schmerz brannte von meiner Wange zu den Lippen, und ich schmeckte Blut; aber noch bevor ich reagieren konnte, flog mein Kopf von einem zweiten Schlag herum. Mein Kieferknochen explodierte. Ich taumelte, aber jemand packte mich von hinten und hielt mich so fest, dass ich mich kaum rühren konnte.

Meine Ohren dröhnten. Ich war wie benebelt, alles war hundert Lichtjahre entfernt. Das Geschrei, neue Schüsse, offenbar wollte mir jemand zu Hilfe kommen. Mehrmals versuchte ich, mich aus dem eisernen Griff zu winden, aber ich schaffte es nicht, zappelte nur hilflos herum, bis ich plötzlich einen Schemen vor mir sah. Ich blinzelte angestrengt und erkannte Isaac.

»Dein Vater will uns ficken. Dann ficken wir ihn auch«, hörte ich ihn sagen. Der Mann hinter mir fixierte meinen Kopf, sodass ich ihn nicht drehen konnte. Erst dachte ich, sie würden mich wieder schlagen, doch es blitzte nur ein paar Mal, und ich glaubte, ein Handy zu sehen, aber es war verschwommen.

Danach sah ich Isaac vor mir. »Glaub nicht, es könnte nicht schlimmer werden. Das ist erst der Anfang, kleine Lady. Der Anfang von etwas, das du erst ganz am Ende verstehen wirst. Dann, wenn du mich verstehen wirst.«

»Mein Vater wird sich nie schuldig bekennen«, stieß ich nur hervor und spürte eine Schwellung an meiner Lippe. »Niemals. Egal, was du mir antust.«

Isaac beugte sich ein Stück herab und strich mir mit den Fingerknöcheln zart über die Wange. »Und du glaubst, das weiß ich nicht?«, flüsterte er so leise, dass nur ich es hören konnte.

Kapitel 17

Ich wusste nicht, was schlimmer war. Die Wahrheit hinter seinen Worten, seine Berührung oder dass er so tat, als würde er mich kennen. Meine Wange brannte unter seinen Fingerknöcheln, und für den Bruchteil einer Sekunde lächelte er so kurz und flüchtig wie Nathan. »Ich bin gleich zurück, Willa Nevaeh Rae.« Mein Magen krampfte. Mit dem Daumen fuhr er über meine geschwollene Lippe, dann drehte er sich um und verschwand.

Das Dröhnen in meinem Kopf schwoll an. Isaac wusste, dass Dad sich niemals schuldig bekennen würde, und spielte den Männern trotzdem diese Farce vor. Warum? Was wollte er? Geld statt Gerechtigkeit? Und was hatte er mit mir vor? Ich wollte es mir lieber gar nicht ausmalen. Das Geschehen lief vor mir ab wie in einem Albtraum, den ich nicht stoppen konnte. Ein paar Dinge passierten, ohne dass ich den Sinn dahinter verstand. Der Söldner zielte mit dem Gewehr auf Troja, der daraufhin redete, ein Ausdruck von Scham und Furcht in den Zügen. Ich sah, wie er den Schlüssel für die Zelle aus der Hosentasche zog. Immer noch quetschte mich Isaacs dunkelhaariger Lakai zusammen wie eine Ölsardine in der Büchse, immer noch standen zwei Männer in dunkelgrünen Overalls auf den Pollern und kontrollierten das Deck mit ihren Waffen. Dann entdeckte ich Nathan, den ich die ganze Zeit gesucht hatte.

Mein Herz setzte einen Schlag aus. Sie hatten ihn mit einem Strick an die Ankerkette gefesselt. Sein Auge war zugeschwollen, sein Jochbein schillerte grün und blau, während immer noch Blut aus seiner Nase rann. Ich wollte ihn rufen, doch in dem Moment scheuchte jemand Sparta die Stufen zum Bug hinauf, und ich blieb still.

Er sah todkrank aus. Seine Haut schien wie von etwas Bläulichem korrodiert, die roten Pusteln leuchteten darauf, doch das Erschreckendste waren seine geröteten Augen, die absurd tief in ihren Höhlen flackerten.

»Ihr könnt euch jetzt entscheiden«, sagte Isaac, ohne Sparta eines Blickes zu würdigen. »Diejenigen, die aus Feigheit nicht mitmachen wollen, sperren wir in die freigewordene Zelle, bis alles vorbei ist. Wenn ihr keinen Ärger macht, wird euch nichts geschehen. Für alle anderen gilt: Wer sich uns anschließt, tut, was ich sage. Ihr werdet der kleinen Lady nicht helfen.« Er musterte die Männer nacheinander, bevor er mich wieder so intensiv ansah, dass ich seinem Blick auswich. »Denkt an meine Worte: Wenn Hampton mit seiner irren Lüge davonkommt und wir sie freilassen, wird sie uns alle verraten. Deshalb muss er bluten. Er soll gestehen, und wir fordern Geld. Eine Menge Geld. Geld, das uns zusteht, um unterzutauchen und an einem schönen Ort ein besseres Leben anzufangen. Und erst danach lassen wir sie laufen.«

»Du lügst! Du wirst sie nie gehen lassen!«, hörte ich Nathan brüllen. Ich sah zu ihm. Die Verletzungen in seinem Gesicht schimmerten wie Ölfarbe, und als sich unser Blick traf, lag Elend in seinen Augen.

Einen Wimpernschlag lang herrschte Stille, dann knurrte Pan: »Wer sagen, dass du Willa nicht hinterher töten? Wer das garantiert?«

Isaac musterte ihn scharf. »Wir verkaufen keine Waschmaschinen, Johannsson, Garantien gibt es nicht.«

Nathan riss an seinen Fesseln. »Er wird sie nicht gehen lassen, Kjertan! Egal, was er sagt! Glaub ihm nicht! Und Coldville und diese weißen Kreuze sind ihm scheißegal. Es geht ihm nur um seinen eigenen beschissenen Krieg mit Hampton … und ihr?

Maury, Anthony, Billy … wir sind aus demselben Dorf. Ihr bedroht uns mit Waffen? Ernsthaft? Wir haben zusammen die Gräber unserer Freunde …«

Weiter kam er nicht, denn Isaac entriss diesem eisenharten Söldner die Glock und schoss über Nathans Kopf in den Himmel. Ich zuckte in dem harten Griff zusammen. »Wenn du noch ein einziges Wort sagst, Nathaniel, geht Maury mit ihr rein und hat ein bisschen Spaß«, sagte er laut, aber mit einer gefährlichen Ruhe.

Meine Kehle wurde eng, und ich sah Nathan erbleichen.

»Wir haben weder Zeit noch Platz für Verräter«, sagte Isaac jetzt kalt in den Nachhall des Schusses und drückte dem Söldner wieder die Pistole in die Hand. »Damit ihr seht, was euch blüht …« Er vervollständigte seinen Satz nicht, sondern nickte dem Söldner zu, der Sparta den Lauf der Glock ins Genick setzte.

Instinktiv schrie ich auf, weil ich dachte, er würde ihn wie bei einer Hinrichtung erschießen, aber er bugsierte ihn mit der Mündung zur Reling.

Isaac schlenderte ein paar Schritte hinterher, die Hände in den Taschen seines Overalls. »Was, Stanton, hätten wir deiner Meinung nach ohne unser wertvolles Pfand anfangen sollen? Du hättest den ganzen Plan ruiniert wegen niederer persönlicher Gründe.«

»Ich war's nicht!«, schrie Sparta und in seinem Zorn lag so ein ehrliches Entsetzen, das ich an seiner Schuld zweifelte. Die Nacht erschien mir plötzlich so kalt. Männer redeten durcheinander, und ich konnte mir schlagartig nicht mehr vorstellen, dass jemand wie Sparta mich mit so einer Leichtigkeit über die Brüstung gehievt hatte. Es musste eher jemand wie Ilias oder Taurus gewesen sein. Sparta war viel zu krank und zu schwach. Außerdem: Wenn wirklich er Isaac die Koordinaten gefunkt hatte, weil sein Outer-Banks-Plan gescheitert war, sagte das doch, dass er mit mir hatte abhauen wollen. Dann hätte er mich aber nie im Leben samt Ring ins Wasser geworfen.

»Vielleicht hat er es nicht getan!«, platzte ich heraus und überraschte mich damit selbst, aber Isaac beachtete mich nicht. Dafür sah Sparta zu mir rüber. Sekundenlang sahen wir uns an, mein Kopf war angefüllt mit tausend Fragen und trotzdem leer. Vielleicht ging es Isaac ja auch nicht um den Anschlag auf mich? Womöglich bestrafte er Sparta für den Plan an sich, nämlich mit mir abzuhauen. Doch von wem sollte er davon erfahren haben? Von Nathan? Soweit ich wusste, war er der Einzige mit einem Handy an Bord, das sagten jedenfalls die anderen, aber eben hatten sie Troja bedroht. Wahrscheinlich hatte er ihnen erzählt, was hier vorgefallen war.

Mit wachsender Enge in der Brust beobachtete ich, wie Sparta auf die unterste Sprosse der Reling stieg, die Waffe des Söldners immer noch im Nacken.

»Spring oder Miller jagt dir eine Kugel in den Kopf. Vielleicht ist dir das ja lieber.«

Miller. *Biller-Miller-The-Killer.* Das war ganz sicher der gewissenlose Jäger aus Coldville, den Nathan mal erwähnt hatte. Isaacs bester Scharfschütze. Und vermutlich war er es auch gewesen, der damals meinen Vater im Visier gehabt hatte.

Von ihm sah ich zu Sparta. Er zitterte bis in die filzigen Enden seiner Dreadlocks. »Ich war's nicht«, wiederholte er, und ich spürte gegen meinen Willen Mitleid in mir aufsteigen. »Ich habe auch keine Koordinaten verraten. Ich bin kein Verräter, Nathaniel!«, schrie er und blickte über die Schulter zurück.

Nathan sah ihn nicht an. »Er hat Schmerzen. Er wusste nicht, was er tat«, sagte er dunkel zu Isaac. »Lass ihn in Ruhe.«

Isaac tat, als hätte er Nathans Worte nicht gehört. Ein Nicken reichte, und Miller steckte die Waffe in einen Waffengurt, der mir erst jetzt auffiel, packte Sparta um die Oberschenkel und warf ihn wie einen Sack Mehl über die Reling. Ich hörte ihn schreien, bevor er ins Wasser klatschte, und spürte das Entsetzen und die Ungläubigkeit an Bord in der Luft flimmern. Sogar Maury lockerte seinen Griff, sodass ich mich dagegenstemmte, was ihn jedoch sofort wieder fester zupacken ließ.

Es herrschte Totenstille.

»Auge um Auge. Zahn um Zahn. Das ist wahre Gerechtigkeit … und darum geht es doch hierbei.« Isaac musterte die Männer und schritt lässig über das Deck. »Möchte sich noch jemand auflehnen? Wenn nicht, will ich jetzt eure Entscheidung.«

Von unten schrie Sparta. »Ich mache mit. Ich bin dabei! Verdammt, lasst mich wieder rauf!« Seine Worte hallten über die See, ganz weit raus, und man hörte das Platschen seiner Arme im Wasser.

Für einen Moment dachte ich an Mom. »Er ist krank«, sagte ich unwillkürlich. »Du kannst ihn doch nicht einfach ertrinken lassen.«

Isaac lächelte, ein Zeichen, dass er meine Worte sehr wohl gehört hatte, doch er reagierte nicht und wandte sich stattdessen an diesen Miller. »Wenn er versucht, aufs Motorboot zu kommen, erschießt du ihn, Billy!«

Billy Miller. *Biller-Miller-The-Killer.*

Der Söldner nickte, stellte sich an die Reling und zielte mit der Glock hinunter aufs Wasser. Er war furchterregend, eine personifizierte Waffe, das Gesicht grausam und kalt, ohne ein Gefühl.

Ich sah zu Nathan. Er sah beschwörend zurück und hantierte wie nebenbei an seiner Fessel, doch den festen Strick würde er niemals mit bloßer Kraft durchreißen können.

Isaac stellte sich demonstrativ vor ihn, um unseren Blickkontakt zu unterbrechen, und wies auf die andere Flanke der Reling. »Eure Entscheidung.«

Der Erste, der den Bug überquerte und somit die Seite wechselte, war Apollon. Der brave Alvin White.

Mykonos, Owen Wilson, folgte keine fünf Sekunden später.

Ich hatte nichts anderes erwartet. Er hasste mich.

Ein Murmeln lief durch die Reihen, dann ging einer der Hobbits, der zweite schloss sich an. Ich vermutete aus Furcht. Ich verstand es. Niemand von ihnen wusste, ob Isaac nicht doch kurzen Prozess mit den Männern machte, die sich widersetzten.

Aber kamen sie nicht alle aus Coldville? Sie kannten sich doch. Manche vielleicht sogar aus Kindertagen.

Ich sah zu, wie Taurus den Bug überquerte, ohne jemanden aus seiner Schicht anzusehen.

Ikarus spuckte auf den Boden. »Feigling!«

Mir wurde schwindelig. Taurus konnte es locker mit drei Männern wie Troja oder Ikarus aufnehmen. Aber wegen der Waffen spielte selbst das keine Rolle. Ich hatte nicht die geringste Chance.

Hinter mir atmete Maury in meinen Nacken, heiß und feucht wie ein angetrunkener Matrose, und ich musste an Isaacs Worte denken. *Wenn du noch ein einziges Wort sagst, geht Maury mit ihr rein und hat ein bisschen Spaß.*

Grauen stieg in mir auf. Als ich zu Pan und Ilias blickte, pochte mein Herz bis in die Ohren. Dabei war es egal. Sie konnten mir sowieso nicht helfen, wenn sie eingesperrt waren. Niemand konnte mir helfen. Am besten ich ließ mich ebenfalls zu Sparta ins Wasser fallen. Im Augenblick war es still dort unten, nur ein feines Planschen war zu hören. Wenn er clever war, schwamm er zum Floß, falls es noch an die Agamemnon angebunden war, aber dann rief er urplötzlich nach oben. »Der Schlüssel steckt. Sie haben den Schlüssel nicht von ihrem scheiß Boot abgezogen!«

Die Worte rüttelten etwas an Bord wach, das zuvor von Schock wie gelähmt gewesen war. Mit einem winzigen Funken Hoffnung blickte ich zu Nathan, der mit Pan einen verschwörerischen Blick tauschte.

»Das nutzt euch nichts«, sagte Isaac, der es ebenfalls gesehen hatte. »Sobald einer von euch auch nur daran denkt, über Bord zu springen, erschieße ich ihn persönlich.« Er deutete auf Pan. »Und, was machst du nun, Kjertan? Wie entscheidest du dich?«

Pan zögerte.

Mein Mut sank. Ich sah ihn von Isaac zu Ilias und dann zu Nathan blicken. Nathan nickte kaum merklich, aber er schien nicht bei der Sache, er hantierte immer noch an seiner Fessel herum. Wieso nickte er?

»Es tut mir leid, Prinsessa«, sagte Pan leise und ließ den Kopf hängen, als er die Seite wechselte.

Kaum hatte er die Mitte überschritten, hielt Isaac ihn zurück. »*Das* kauf ich dir nicht ab, Kjertan!«

Pan blieb stehen, selbst mit gebeugten Schultern wirkte er gewaltig. »Wieso nicht? Du sagen, du dafür sorgen, dass Hampton bezahlen. Ich das wollen. Gerechtigkeit.« Er kehrte mir den Rücken, und ich war froh, da er so nicht die Tränen sah, die mir in die Augen schossen. Ich suchte Nathans Blick, doch Isaac stand vor ihm.

Er sah von Pan zu mir, und seine Augen begannen heimtückisch zu glitzern. »Okay.« Er zuckte mit den Schultern. »Dann schlag sie! Schlag sie so fest du kannst, damit ich sehe, wie ernst es dir ist.«

Seine Worte waren ein Schock. Eine Blase neuer Furcht sammelte sich in meinem Bauch. Mit aller Kraft stemmte ich mich gegen den Griff von Maury, der mich immer noch so fest wie ein Schraubstock umklammerte, doch es war vergeblich. So vergeblich.

Ich sah noch, wie Pan sich umdrehte und mich taxierte, dann verschwamm mein Sichtfeld. Kurz und schnell schüttelte ich den Kopf. *Nein. Nein. Nein.* Ich wollte schreien und weinen, aber kein Ton kam über meine Lippen. *Tu das nicht! Bitte, tu das nicht!*

Doch er kam auf mich zu, schwerfällig und vor Kraft strotzend. Ein Schlag von ihm würde mir ganz sicher Kiefer und Nase brechen, meine Zähne zertrümmern oder mich auf der Stelle töten, abhängig davon, wo er mich erwischte. Als er vor mir stand, zerlief sein Gesicht in tausend Farben, wie buntes Wasser auf dem Objektivträger eines Mikroskops. Ich sah, wie er den Arm hob und die Faust ballte, strampelte mit den Beinen und wollte ausweichen, doch Maury fixierte meinen Kopf. »Bitte nicht, Pan«, flüsterte ich erstickt.

ENDE TEIL EINS

Weiterlesen?

»A GIRL, unbroken« erscheint Mitte April 2020.

DANKSAGUNG …

für Anne Paulsen, Anna Milo, Ann Christine Larsen und Jürgen Müller erfolgt in Teil 2, »A GIRL, unbroken«.

Und natürlich gibt es dort auch noch ein paar Zeilen für dich, lieber Leser oder liebe Leserin. Ansonsten freue ich mich wie immer über eine Rezension bei Amazon, egal ob kurz oder lang.

ÜBER MILA OLSEN

Geboren in den 70er-Jahren ist Mila Olsen ein Kind der Krisen, Veränderungen und Umbrüche. Holzclogs, Punk und Anti-Atomkraft-Bewegung gehörten dazu wie Disco-Welle, New Age und »Wir Kinder vom Bahnhof Zoo«. Mit 12 Jahren wollte sie Schriftstellerin werden, doch realisiert hat sich dieser Traum erst sehr viel später.

Heute schreibt sie Geschichten über die Liebe und das Leben. Aufgrund ihrer Ausbildung und ihrem Interesse an psychologischen Phänomenen drehen sich ihre Romane oft um Grenzerfahrungen.

BÜCHER VON MILA OLSEN

ENTFÜHRT-REIHE

Entführt - Bis du mich liebst (Teil 1)

Nichts hasst Louisa mehr, als das Leben in dem winzigen Kaff Ash Springs, mitten in der Wüste Nevadas. Sie sehnt sich nach Spaß und Abenteuer. Als sie in den Ferien mit ihren vier Brüdern zum Campen in den Sequoia Nationalpark muss, trifft sie auf den geheimnisvollen Brendan. Ihr Schicksal nimmt eine dramatische Wende, denn Brendan ist keinesfalls zufällig am selben Ort. Akribisch hat er jeden Schritt von Louisas Entführung geplant.

Er verschleppt sie in die Einsamkeit Kanadas, an einen Ort, an dem es nur Fichten, blauen Himmel, Wölfe und Hermeline gibt. Er sagt, sie wäre sein Licht in der Dunkelheit. Für Louisa beginnt eine Zeit voller Angst und Verzweiflung, in der sie immer mehr mit Brendans traumatischer Vergangenheit konfrontiert wird.

Schon bald ist er für sie viel mehr als nur ihr Entführer. Mitgefühl, Zuneigung und Abhängigkeit vermischen sich und stürzen Louisa in ein tiefes Gefühlschaos. Vor allem zwei Fragen gewinnen immer mehr an Bedeutung: Darf man seinen Entführer lieben? Und wie gefährlich ist Brendan wirklich?

Entführt – Bis in die dunkelste Nacht (Teil 2)

Von seiner Vergangenheit tief traumatisiert lebt Brendan zurückgezogen in der Einsamkeit des Yukon. Nichts in seinem Leben macht

Sinn, gar nichts! Bis er eines Tages dieses fröhliche, blonde Mädchen im Internet entdeckt. Louisa. Für sie erscheint alles so leicht.

Ab diesem Zeitpunkt wird sie sein Lebensinhalt, wie besessen verfolgt er ihre Posts auf Facebook, sammelt Fotos und Informationen. Doch eines Tages ist sie plötzlich aus dem Netz verschwunden und Brendans scheinbares Glück zerbricht binnen Sekunden. In seiner Verzweiflung kommt ihm ein irrsinniger Gedanke: Lou entführen, um sie für immer bei sich zu haben …

Doch kann aus Besessenheit tatsächlich Liebe werden? Und was, wenn mit Lou nichts so leicht ist, wie er sich das vorgestellt hat?

Entführt - Zwischen Himmel und Wind (Teil 3)

Genau ein Jahr, nachdem Bren Lou in den Yukon entführt hat, treffen sie sich auf dem Campingplatz des Nationalparks wieder. Ein Sommer voller Sonne und Freiheit liegt vor ihnen, doch nichts ist so leicht, wie Lou es sich vorgestellt hat. Die Schatten der Vergangenheit sind allgegenwärtig, denn Bren ist immer noch nicht gesund, und auch Lous Brüder stellen sich ihnen mit aller Macht in den Weg. Ethan ist fest entschlossen, die beiden zu trennen.

Als Lou bedingungslos zu Bren hält, beschwört sie eine Katastrophe herauf. Schon bald wird aus dem Sommer voller Träume eine wilde Hetzjagd und ein Kampf auf Leben und Tod ...

Entführt - Wohin die Träume uns tragen (Teil 4)

Bren ist fort und für Lou ist nichts mehr, wie es einmal war. Sie ist öffentliches Eigentum und steht im Fokus der Medien.

Nur mühsam gelingt es ihr, die Scherben des letzten Sommers zusammenzusetzen. Was war wirklich echt an ihrer Liebe zu Bren?

Gerade als sie anfängt, ihn endlich loszulassen, geschieht etwas, das ihre Welt erneut auf den Kopf stellt. Sie muss Bren endlich erzählen, was sie über seine Vergangenheit weiß, doch damit setzt sie eine fürchterliche Kettenreaktion in Gang. Plötzlich wird sie selbst Teil seiner Geschichte, doch diesmal scheint es kein Entkommen zu geben ...

COCO LAVIE-REIHE

Coco Lavie - Spiegelblut (Teil 1)

Ein Mädchen in der Welt der Vampire, zwei Brüder, die sich lieben und hassen! Der eine will sie schützen, der andere töten ...

Mystisch, düster, poetisch

Nichts in Cocos Leben verläuft normal. Sie kauft ihre Klamotten nur online und kann sich nicht schminken – denn Coco fürchtet sich vor Spiegeln. An ihrem 18. Geburtstag will sie sich jedoch ein für alle Mal ihrer Phobie stellen – doch es kommt anders.

Sie wird entführt und landet in dem Castle von Damontez, dem Anführer eines mächtigen Vampirclans. Er sagt, ihr Blut sei eine magische Waffe in einem uralten Krieg und ihre Gefangenschaft bei ihm ein Schutz. Doch die Regeln dieser fremden Welt sind eisern und Damontez behandelt sie mit unnötiger Härte. Coco hasst ihn mit jedem Tag mehr, bis genau das eintrifft, was er ihr prophezeit hat.

Andere Vampire werden auf sie aufmerksam, jeder will sie für sich, allen voran Damontez' Seelenbruder Remo. Mehr als einmal muss Damontez Leben und Seele riskieren, um Coco zu schützen. Schon bald fragt sie sich, was der wahre Grund seiner eisernen Fassade ist ...

»Kennst du den Gesang von Farben? Den Geschmack von Zorn und Kummer? Weißt du, wie der Himmel schmeckt?« Damontez und Coco, der Vampir und das Mädchen, die Geschichte einer gefährlichen Liebe in einer magischen Welt ...

Coco Lavie - Nachtschattenherz (Teil 2)

Coco liebt Damontez, doch seine Liebe ist für sie die tödlichste Gefahr. Denn alles, was er fühlt, spürt auch sein Seelenbruder Remo. Und der will das Seelenband der Brüder mit aller Macht brechen. Kann Damontez Remos Grausamkeit standhalten, bis Coco den Fluch der beiden brechen kann?

Und welche Rolle spielt Pontus, der engelhafte Vampir, der dazu verdammt ist, ewig zu leben? Ist er bereit, den Preis für seine Sterblichkeit zu zahlen und Coco zu töten – das Mädchen, das er über alles liebt?

»Kennst du den Gesang von Farben? Den Geschmack von Zorn und Kummer? Weißt du, wie der Himmel schmeckt?« Damontez und Coco, der Vampir und das Mädchen, die Geschichte einer gefährlichen Liebe in einer magischen Welt ...

EINZELBAND, Whisper I Love You

Whisper I Love You

Eine Geschichte so bezaubernd schön, tragisch und voller Wunder wie das Leben. Eine Liebe, die man niemals vergisst.

Es ist Sommeranfang, als die 17-jährige Kansas mit weit ausgebreiteten Armen am Rand der alten Brücke steht. Es ist nicht der Tod, den sie fürchtet, sondern das Leben. Allem voran ihre Mitschüler und die ständigen Übergriffe, denn Kansas hat all ihre Worte verloren und schweigt.

Doch gerade, als sie springen will, trifft sie auf River. River mit den flussblauen Augen und dem Blick eines gefallenen Engels. River, der schöne Wörter genauso liebt wie sie. Er überredet sie zu einem Deal: Einen Sommer lang soll sie ihn begleiten, danach springen sie zusammen – wenn sie es immer noch möchte.

Was folgt, ist eine Reise, in der Kansas das Leben wiederfindet. Doch das neue Glück ist zerbrechlicher als Glas, denn River ist nicht der, der er vorgibt zu sein. Und während ihre Verletzungen heilen, geht es River immer schlechter. Schon bald fragt sie sich, wer von ihnen wirklich gerettet werden muss – und welches dunkle Geheimnis er vor ihr versteckt.

River und Kansas, eine Liebe wie der Tanz auf einem Drahtseil ohne Sicherung. Nur einen Schritt vom Tod entfernt.

SAMMELBÄNDE

Entführt - Lous Sammelband (Entführt-Reihe, Teil 1, 3 und 4)

Entführt - Sammelband (Entführt-Reihe, Teil 1 und 2)

Coco Lavie - Sammelband (Coco Lavie-Reihe, alle Teile)

Printed in Poland
by Amazon Fulfillment
Poland Sp. z o.o., Wrocław

51532490R00182